BASTEI
LÜBBE

Von Boris von Smercek sind bei Bastei Lübbe Taschenbücher lieferbar:

14936 Tod im Regenwald
15149 Das Matthäus-Projekt
15378 Der zweite Gral

Über den Autor:

Boris von Smercek, geb. 1968, schreibt Thriller, Jugend-Abenteuerromane und Business-Fabeln (z. B. DAS DSCHUNGEL-SEMINAR). Außerdem arbeitet er als Projektmanager in einer Bank. Er lebt mit seiner Frau und seinem Sohn in der Nähe von Stuttgart.

Boris von Smercek

R_EVOLUTION

THRILLER

BASTEI LÜBBE

BASTEI LÜBBE TASCHENBUCH
Band 15595

1. Auflage: Dezember 2006

Bastei Lübbe Taschenbücher in der Verlagsgruppe Lübbe

Originalausgabe

Dieses Werk wurde vermittelt durch die
Literarische Agentur Thomas Schlück GmbH, 30827 Garbsen
Lektorat: Dr. Kai Lückemeier
Umschlaggestaltung: Gisela Kullowatz
Satz: hanseatenSatz-bremen, Bremen
Druck und Verarbeitung: Nørhaven Paperback
Printed in Denmark
ISBN-13: 978-3-404-15595-5 (ab 01.01.2007)
ISBN-10: 3-404-15595-8

Sie finden uns im Internet unter
www.luebbe.de

Der Preis dieses Bandes versteht sich einschließlich
der gesetzlichen Mehrwertsteuer.

Evolution (lat.) – im Gegensatz zur Revolution die langsame, kontinuierlich fortschreitende Entwicklung; v. a. in biologischem Zusammenhang die Entwicklung des Lebens von den niedrigen Organisationsstufen zu den höheren Formen.

1

Queensland, Nordost-Australien
ROSCO-Forschungsstation im tropischen Regenwald

Doktor Alvin Scott kramte ein Taschentuch aus der Hosentasche, wischte sich damit den Schweiß von der Stirn und warf einen Blick auf seinen Computerbildschirm. Was für Außenstehende wie ein heilloses Durcheinander von Buchstaben und Zahlen wirken mochte, war für ihn die Zukunft. Diese Formelkette würde – zusammen mit den unzähligen anderen Daten, die er im Lauf der letzten Stunde auf CD-ROMs gebrannt hatte – sein Leben verändern. Mehr noch: Diese Daten würden ihm einen Ehrenplatz im Pantheon der Wissenschaftsgötter sichern. In nicht allzu ferner Zukunft würde man seinen Namen in einem Atemzug mit Kapazitäten wie Linné, Mendel und Darwin nennen. Insbesondere mit Darwin. Alvin Everett Scott, der Mann, der Charles Darwin vom Thron gestoßen hatte. Eine anmaßende, gleichzeitig jedoch auch überaus erhebende Vorstellung.

Auf dem hageren Gesicht des Sechzigjährigen zeigte sich ein schmallippiges Lächeln. Er verschränkte die Hände hinter dem mit schlohweißem Haar bedeckten Kopf und ließ sich genüsslich in seinen Schreibtischstuhl zurücksinken. Sein bandagierter linker Arm behinderte ihn dabei kaum. Die Wunde am Ellenbogen tat nicht mehr weh, zumindest im Augenblick. Und so lange dieser Zustand anhielt, wollte er das Triumphgefühl in vollen Zügen auskosten. Also malte er sich in Gedanken wieder aus, wie sein künftiges Leben in Ruhm und Reichtum aussehen würde. Die weltweiten Konferenzen, zu denen man ihn als Hauptredner einladen würde. Die Heerscharen von Reportern, die für ein Interview Schlange stehen würden. Die unzähligen Dankesbriefe aus aller Herren Länder. Und natürlich das Geld, mit dem er sich endlich leisten konnte, wovon er bisher nur geträumt hatte: ein schickes Häuschen, ein paar Antiquitäten und – auch wenn manche Leute es bei einem Mann seines Alters für unpassend halten würden – einen nagelneuen Sportwagen.

Doch jeder Erfolg hatte seine Schattenseiten. In diesem Fall war es nicht anders, denn in letzter Zeit schienen sich die Unglücke zu häufen. Das ROSCO-Team hatte sich dadurch immer mehr entzweit. Auf der einen Seite standen diejenigen, die es für viel zu riskant hielten, die Forschungsarbeiten weiter voranzutreiben. Diejenigen, denen die Nerven durchgingen und die sich inzwischen sogar dafür stark machten, das Projekt *aufzugeben!* Auf der anderen Seite stand Doktor Scott, und zwar ganz allein. Aber nie und nimmer würde er jetzt, so kurz vor dem Ziel, aufgeben.

Also hatte er beschlossen, seinen eigenen Weg zu gehen. Sein Kündigungsschreiben hatte er bereits verfasst. Bei nächster Gelegenheit wollte er es in der Zentrale in Townsville einreichen.

Natürlich durfte niemand – weder in Townsville noch hier in der Dschungel-Station – von den heimlich gebrannten CD-ROMs wissen, die vor ihm auf dem Tisch lagen und den Grundstock für sein eigenes kleines Forschungslabor darstellten. Deshalb verstaute er die Datenaufzeichnungen rasch in seiner Aktentasche, die er in der untersten Schublade seines Schreibtischs einschloss.

Scotts Entscheidung, ROSCO zu verlassen und sich selbstständig zu machen, war unumstößlich. Dennoch gab es gelegentlich Momente, in denen sein Hochgefühl durch einen Anflug von Sentimentalität verdrängt wurde. Jetzt zum Beispiel. In Momenten wie diesem fiel ihm der Abschied besonders schwer.

Erinnerungen an längst vergangene Zeiten schlichen sich in sein Bewusstsein. Sein Freund Doyle Rosenstein und er hatten die Forschungsstation vor über zehn Jahren inmitten der australischen *wet tropics* gegründet. Doyle, Erbe eines international tätigen Pharmaunternehmens und eines ziemlich beträchtlichen Vermögens, hatte beinahe die komplette Finanzierung übernommen, die Station aber dennoch ROSCO genannt – ein Kunstwort, bestehend aus den Anfangsbuchstaben der beiden Nachnamen Rosenstein und Scott. Scott war ihm damals aus Dankbarkeit um den Hals gefallen, zumal Doyle ihm auch noch die alleinige Geschäftsleitung übertragen hatte.

Die folgende Zeit war die schönste in Scotts Leben gewesen. Weitab vom Rummel in Townsville hatte er über sein eigenes kleines Dschungelreich regiert. Er hatte Feldforschung in Reinkultur betrieben und war autark in seinen Entscheidungen gewesen. Nur hin und wieder hatte er einen Bericht in der Zentrale abgeben müssen, aber so lange es mit den ROSCO-Arbeiten bergauf ging, war er mehr oder minder unbehelligt geblieben.

Dann, vor fünf Jahren, hatte Doyle Rosenstein dieses Geschäft mit der NASA abgeschlossen und ROSCO mit einem Projekt betraut, das die Forschungen in eine völlig andere Richtung lenkte. Damit nicht genug. Angesichts der Wichtigkeit des Projekts hatte Doyle auch noch beschlossen, sich selbst an den Forschungsarbeiten zu beteiligen. Also war er von Townsville nach ROSCO übergesiedelt.

Im Grunde gab es daran nichts auszusetzen. Doyle war einer

der genialsten Köpfe auf diesem Planeten, zumindest auf dem Gebiet der Molekularbiologie. Ohne sein Zutun hätten sie das Präparat niemals entwickeln können. Aber mit seinem Erscheinen in der Station waren Scotts Tage der Entscheidungsfreiheit gezählt gewesen. Doyle hatte immer mehr das Heft in die Hand genommen. Wer konnte es ihm verdenken? Immerhin war er der Geldgeber. Obwohl Scott auf dem Papier nach wie vor Geschäftsführer war, hatte Doyle ihn de facto zu einem Handlanger degradiert.

Solange die Ansichten der beiden Männer übereinstimmten, tolerierte Scott das sogar, weil er sich privilegiert fühlte, an einem Projekt wie diesem teilhaben zu dürfen. Er wusste, dass sie an etwas wahrhaft Großem arbeiteten, etwas, das die Welt bislang noch nicht gesehen hatte. Aber insbesondere in den letzten Wochen war es immer wieder zu gravierenden Meinungsverschiedenheiten gekommen, bei denen Scott den Kürzeren gezogen hatte. Die Situation war schließlich eskaliert, als Doyle erstmals in Erwägung gezogen hatte, das Projekt zu stoppen. Er hatte das Metamorphin-Präparat als *Bedrohung für die Menschheit und für alles Leben auf der Erde* bezeichnet und die anderen mit seiner Theatralik und seinem Hang zum Pessimismus auf seine Seite gezogen. Alle, abgesehen von Scott.

Zugegeben – Metamorphin hatte seine Tücken. Aber erstens war es noch nicht ganz ausgereift, und zweitens hatte der Zwischenfall vor vier Wochen bewiesen, dass das Gleichgewicht der Natur trotz Freisetzung des Präparats nicht nachhaltig gestört worden war.

Du hast dich geirrt, Doyle, dachte Scott grimmig. Metamorphin wird keine Bedrohung, sondern ein *Segen* für die Menschheit sein! Und ich werde damit reich, ob es dir nun gefällt oder nicht!

Erneut betupfte er mit seinem Taschentuch die Stirn. Diese Hitze! Wenn die Klimaanlage ausfiel, was, wie es schien, wieder einmal der Fall war, heizte sich die Station binnen einer Stunde auf wie ein Treibhaus. Die Luftfeuchtigkeit drückte dann durch jede Ritze und jede Fensterfuge. Die Tausende von Quadratkilometern Urwald, die Scott und die anderen umgaben, kannten kein Erbarmen.

Er griff nach dem Wasserglas auf seinem Schreibtisch, nippte daran und warf einen Blick auf seine Armbanduhr. Drei Uhr nachmittags. Obwohl er keine sonderlich große Lust verspürte, beschloss er, Jeff Beauford einen Besuch abzustatten, dem Neuen, der erst seit drei Tagen das Team verstärkte. Irgendwie musste er schließlich die restliche Zeit in ROSCO totschlagen.

Er kontrollierte noch einmal, ob die Schublade mit seiner Aktentasche – samt CD-ROMs – auch tatsächlich verschlossen war. Dann erhob er sich von seinem Stuhl und verließ die Basisstation, ein flaches, bungalowartiges Gebäude, das aussah wie ein umgefallener, großer weißer Dominostein.

Im Schatten des Urwalds legte Scott die rund hundert Meter bis zu Container Acht zurück. Seine Lederstiefel schmatzten im aufgeweichten Lehmboden. Von irgendwo her drangen Vogelgesang und das Kreischen von Affen.

»Jeff? Sind Sie da?«, fragte er so laut, dass man ihn drinnen hören konnte.

»Wo sollte ich sonst sein?«

»Kann ich reinkommen, ohne Gefahr zu laufen, von Ihren Bestien angefallen zu werden?«

»Die Raubtiere sind in ihren Käfigen.«

Doktor Scott trat ein und fand sich in einem dämmrigen, schlauchartigen Raum wieder, in dem es sogar noch einen Tick heißer und feuchter zu sein schien als in der Basis. Links und rechts standen auf langen Regalreihen unzählige Glasvitrinen. Der Gang in der Mitte war frei.

Vor dem Tisch am gegenüberliegenden Ende des Raums erkannte Scott eine Schattengestalt, die sich an einer der Vitrinen zu schaffen machte – Jeff Beauford. Selbst im Dämmerlicht des Containers schien sein wirres Haar orangerot zu leuchten.

Beauford war Anfang dreißig, schlank und sportlich. Nicht muskelbepackt, sondern eher der Langstreckenläufer-Typ – sehnig und ausdauernd. Außerdem trug er einen Dreitagebart, der ihm in Kombination mit seinem zerzausten Rotschopf ein leicht verwahrlostes Aussehen gab. Beauford war ein Anachronismus, ein zu spät geborener Hippie. Aber er hatte, wie alle in der Station, einen Cum-laude-Titel vorzuweisen.

Der ihm nicht mehr viel helfen wird, schoss es Scott durch den Kopf. Im Grunde tat ihm der junge Mann beinahe Leid. Er war wohl nur deshalb eingestellt worden, weil die Diskussion um das vorzeitige Aus des Projekts noch nicht ganz abgeschlossen war.

Aber das geht mich nichts mehr an, dachte Scott. Ich bin niemandem Rechenschaft schuldig, weder Beauford noch sonst jemandem in dieser Station. Nur mir selbst.

»Wie geht's Ihrem Arm, Doktor?«, fragte der junge Mann mit Blick auf Scotts Verband.

»Ich kann nicht klagen. Danke der Nachfrage. Darf ich Sie einen Moment lang von Ihrer Arbeit abhalten, Jeff?« Scott verzog das Gesicht, weil es ihm Unbehagen bereitete, eine der Vitrinen offen stehen zu sehen.

Beauford schüttelte seufzend den Kopf und schloss den Deckel. »Was Ihre Abneigung gegen Frösche betrifft, sind Sie schlimmer als eine Klosterschülerin«, sagte er.

»Ich würde es begrüßen, wenn Sie derartige Bemerkungen

für sich behielten«, versetzte Scott. Unwillkürlich fühlte er sich provoziert, und sein Mitleid verflog.

Falls Beauford sich durch die Zurechtweisung unangenehm berührt fühlte, ließ er es sich zumindest nicht anmerken. »Bitte verzeihen Sie, Doktor.« Eine Floskel, mehr nicht. »Es fällt mir nur schwer zu begreifen, wie ein im Urwald arbeitender, promovierter Biologe sich derart vor meinen Lieblingen ekeln kann.«

»Glauben Sie mir, es geht«, knurrte Scott. »Für den einen sind es Spinnen, für den anderen Insekten – für mich sind es eben Frösche. Außerdem ist Ihre Zuneigung zu diesen Biestern mindestens ebenso krankhaft wie meine Abscheu vor ihnen.«

»Touché«, grinste Beauford. »Aber jetzt erzählen Sie mir lieber, weshalb Sie sich in meinen Container gewagt haben. Doch wohl nicht, um mit mir zu streiten?«

»Streiten? Nein. Eher um Sie zu mahnen. Heute ist Mittwoch, geht Ihnen da nicht ein Licht auf?«

»Mittwoch …«, murmelte Jeff Beauford.

»Der Tag, an dem mir Ihr erster Bericht vorliegen sollte.«

»Oh, der Bericht …«

»Bisher hat es noch jeder geschafft, den Termin einzuhalten – abgesehen von Ihnen! Dass Sie hier neu sind, kann keine Entschuldigung sein!«

Aller Lockerheit zum Trotz schien die Rüge den jungen Mann zu treffen, was Scott mit Genugtuung erfüllte. Außer Beauford gab es in der Station niemanden, dem gegenüber er noch Autorität besaß. Der Streit um die Zukunft von ROSCO hatte ihn zum Außenseiter gestempelt und ihn seinen letzten Rest Einfluss gekostet.

Milder fügte Scott hinzu: »Nun – da der Bericht nicht fertig ist – wie wäre es mit einer kleinen Demonstration Ihrer bisherigen

Ergebnisse?« Nicht, dass es ihn wirklich interessierte. Beauford war erst seit Sonntag hier. Was konnte er in dieser Zeit schon Neues herausgefunden haben, noch dazu ausgerechnet mit seinen Fröschen? Dennoch – man konnte nie wissen. »Sagen wir in einer halben Stunde in der Basis. Reicht Ihnen das für Ihre Vorbereitungen?«

Jeff Beauford nickte. »Legen Sie Wert auf irgendwelche bestimmten Experimente?«

»Ganz und gar nicht«, erwiderte Scott. »Überraschen Sie mich!«

Um kurz nach halb vier hatte Jeff Beauford alles vorbereitet. Mittlerweile lief auch die Klimaanlage wieder, vermutlich, weil Ivan Trautman sie repariert hatte. Trautman arbeitete eigentlich als Experte für Säugetiere in der Station, kam aufgrund seines technischen Verständnisses jedoch auch als Mechaniker zum Einsatz.

Doktor Scott trat ins Labor und schloss die Tür hinter sich. »Sind Sie so weit?«, fragte er.

»Von mir aus kann's losgehen.«

»Dann lassen Sie uns anfangen. Ich will nur ein oder zwei Versuche sehen. Das Beste, was Sie mir zu bieten haben. Aber bedenken Sie, dass mein Interesse mehr den Insekten und Arachniden gilt. Von Fröschen verstehe ich nicht allzu viel. Deshalb verschonen Sie mich nach Möglichkeit mit Details. Tun Sie, als wäre ich ein Schuljunge – oder meinetwegen eine Klosterschülerin. Ich denke, auf diese Weise kommen wir am schnellsten voran.«

Beauford gefiel die Vorstellung, Scott als Laien zu behandeln. Nach seinem Geschmack hatte er sich vorhin viel zu sehr aufgespielt. Beauford fragte sich, ob Scott ihn anders behandeln, ihn ernster nehmen würde, wenn er erst ein vollwertiges Mitglied des Forscherteams war.

»Wie lange wird es noch dauern, bis ich meine Sicherheitsfreigabe erhalte, Doktor?«, wollte er wissen.

»Darüber entscheide nicht ich, sondern die Zentrale.«

Beauford wusste, dass Scott am frühen Abend nach Townsville fliegen wollte. »Werden Sie ein gutes Wort für mich einlegen?«, fragte er, obwohl er wusste, dass er sich durch den versäumten Bericht nicht gerade ins beste Licht gerückt hatte.

»Ich werde es versuchen. Aber versprechen kann ich nichts.«

Beauford nickte betreten. Ivan Trautman hatte ihm verraten, dass jeder, der bei ROSCO arbeiten wollte, von der Zentrale auf Herz und Nieren geprüft wurde. Erst wenn nach gründlichen Recherchen sämtliche Bedenken ausgeräumt waren, erhielt ein neuer Mitarbeiter die vollständige Freigabe, also Zugriff auf sämtliche Dateien und Zugang zu allen Bereichen. Bis es so weit war, durfte Jeff sich zwar in der Basis und den Containern frei bewegen, doch die Freigehege, die Volieren und das Aquarium waren für ihn tabu. Ein ziemlich unbefriedigender Zustand für einen ehrgeizigen jungen Wissenschaftler.

Wenn er nur gewusst hätte, weshalb die Freigabe so lange dauerte! War die *Pharma-Rosenstein-Zentrale* in Townsville auf irgendeinen dunklen Punkt in seiner Vergangenheit gestoßen? Nicht, dass Jeff etwas Gravierendes zu verheimlichen gehabt hätte. Bei ihm gab es keine Leichen im Keller. Allerdings sozusagen ein paar faulige Kartoffeln – unbedeutende Kleinigkeiten, die in der Summe jedoch ein unschönes Bild ergaben, wenn man es mit der Moral sehr genau nahm. Eine Nacht in der Ausnüchterungszelle, zwei Strafzettel aufgrund zu schnellen Fahrens, eine Anzeige wegen nächtlicher Ruhestörung. Und dann noch dieses unglückselige Foto in der Zeitung von Weipa. Eine blöde Geschichte. Im Grunde handelte es sich um eine Lappalie, aber würde man in der Zentrale genauso denken?

»Nun ziehen Sie kein so langes Gesicht, Jeff«, sagte Doktor Scott. »Haben Sie etwas Geduld, dann werden Sie auch Ihre Freigabe erhalten. Hätte Townsville irgendwelche Bedenken, hätte man Sie gar nicht erst hierher geschickt.«

Beauford nickte. Vermutlich hatte Scott Recht. Außerdem konnte er an seiner Vergangenheit ohnehin nichts mehr ändern. Er musste abwarten und auf das Beste hoffen.

Vorsichtig holte er einen seiner Schützlinge aus der mitgebrachten Plastikbox und setzte ihn in die fest installierte Kleintier-Versuchsanordnung in der Mitte des Labors, eine Art Miniatur-Biotop hinter Glas. Es stand auf einem Steinsockel, maß rund zwei mal zwei Meter und beinhaltete alles, was ein Froschherz sich wünschen konnte – Gräser, Moose, kleine Farne, dazu ein paar Wurzeln und natürlich einen künstlichen Tümpel. Die perfekte Nachbildung einer tropischen Uferlandschaft. Temperatur- und Luftfeuchtigkeitsregler waren per Kabel mit dem Server verbunden und sorgten für gleich bleibende Bedingungen im Innern der Vitrine.

»Was Sie hier sehen, ist ein männliches Exemplar der Spezies *Rana esculenta Linnaeus*«, sagte Beauford.

»Jeff, ich bin im Moment eine Klosterschülerin, schon vergessen?«

»Oh, natürlich. *Rana* ist nichts weiter als ein gewöhnlicher Wasserfrosch, wie er vorwiegend in Europa und Westasien vorkommt. Von diesem Tier weiß man, dass es bei drohender Gefahr ein ausgeprägtes Verhaltensmuster an den Tag legt – es springt blauer Farbe entgegen, weil Blau für den Frosch Wasser bedeutet. Und Wasser bedeutet wiederum Sicherheit.«

»Eine zweckmäßige Einrichtung der Natur«, bemerkte Doktor Scott.

»So ist es. Allerdings hat man in Experimenten bereits nachgewiesen, dass der Wasserfrosch bei Gefahr auch auf ein blaues Stück Pappe hüpft. Er unterscheidet nicht, sondern folgt lediglich seinem Instinkt, der ihn zwingt, wahllos auf Blau zuzuhalten.«

»Ich denke, so weit habe ich es begriffen, Jeff.«

Beauford verkniff sich einen Kommentar. Es Scott recht zu machen war eine Kunst, für die er kein Händchen besaß.

Er schluckte seinen aufkeimenden Ärger hinunter, löschte das Neonlicht und knipste stattdessen eine einzelne Lampe an, die über der Vitrine hing. »Diese Lampe simuliert die Sonne«, sagte er. »Und diese Attrappe hier wird dafür sorgen, dass sich unser Frosch in seiner Haut nicht allzu wohl fühlt.« Er holte aus einer Schublade ein aus Leichtholz und Draht zusammengebasteltes Gestell, das entfernt an einen Storch oder Reiher erinnerte.

»Ich weiß, das wirkt ein wenig improvisiert«, gab er zu. »Aber für unseren Zweck wird es reichen.« Mit diesen Worten hängte er die Attrappe an eine Art Angel und begann, sie langsam über der Vitrine hin- und herzuschwenken. Nach einigen Augenblicken reagierte der Frosch und hüpfte in den Tümpel.

»Wir können dieses Experiment beliebig oft wiederholen«, sagte Beauford. »Es wird mit nahezu hundertprozentiger Sicherheit immer wieder zum selben Ergebnis führen. Ganz anders jedoch bei diesem Frosch hier.«

Er holte aus seiner Plastikbox einen zweiten Frosch und setzte ihn ebenfalls in das Miniatur-Biotop. »Dieser Wasserfrosch, sein Name ist übrigens Barnaby, gleicht dem ersten sozusagen bis aufs Haar. Einziger Unterschied: Barnaby wurde am

Sonntag von mir mit dem Präparat behandelt. Nun sehen Sie, was passiert.«

Er wiederholte das Experiment und ließ wieder die Storchenattrappe über der Vitrine kreisen. Prompt reagierte auch Barnaby. Allerdings hüpfte er nicht in den Tümpel, sondern unter eine Wurzel.

»Ist das nicht unfassbar?«, fragte Beauford. »Ich habe diesen Test heute Morgen zwei Dutzend Mal durchgeführt, immer mit demselben Ergebnis. Alle unbehandelten Wasserfrösche sprangen in den Tümpel, Barnaby und alle anderen behandelten Exemplare zogen es vor, Schutz unter einer Wurzel oder unter den Blättern der Farne zu suchen. Ich weiß nicht, worum es sich bei diesem ominösen Präparat handelt, Doktor, aber eines weiß ich genau – es befähigt Wasserfrösche dazu, sich von ihren angeborenen Verhaltensmustern zu lösen. Wenn das keine Sensation ist!«

An Doktor Scotts ausdrucksloser Miene konnte Jeff nicht erkennen, inwieweit sein Vorgesetzter die Bedeutung des Experiments erfasste. Er erwog, es ihm genauer zu erläutern, doch die Aussicht auf eine weitere Zurechtweisung ließ ihn davon Abstand nehmen. Falls Scott ihm nicht folgen konnte, musste er eben nach Einzelheiten fragen.

»Damit nicht genug«, fuhr Jeff fort. »Ich habe weitere Verhaltensänderungen festgestellt, die mir Grund zu der Annahme geben, dass das Präparat sich auch auf die visuelle Wahrnehmung der Versuchstiere auswirkt.«

»Auf die visuelle Wahrnehmung? Inwiefern?«

»Frösche sehen nicht wie wir Menschen. Die Bilder, welche ihre Augen ihnen vermitteln, spiegeln nicht die komplette Umwelt wider. Sie gleichen, vereinfacht ausgedrückt, einer leeren Wand, auf der lediglich bewegte Objekte und ein paar Konturen erscheinen. Genau genommen bekommt das Froschhirn vom Auge Auskunft über vier Dinge: gerade Kanten, sich bewegende konvexe Formen, Kontrastwechsel und schnelles Dunkelwerden. In der Regel reicht das vollkommen aus, denn der Frosch kann auf diese Weise alles erkennen, was für ihn wichtig ist – Gefahren, Beutetiere, Artgenossen. Möglicherweise auch die grobe Struktur seiner Umgebung, ganz sicher jedoch keine Einzelheiten. Nur, was für ihn absolut lebensnotwendig ist. Den Rest blendet er einfach aus. Beispielsweise steht fest, dass er keine Gräser wahrnimmt, die im Wind hin und her schaukeln – ihnen fehlt es an Kontrast. Doch sehen Sie, was geschieht, Doktor.« Jeff öffnete den Deckel des gläsernen Biotops einen Spalt breit, blies hinein und versetzte die Grashalme in Barnabys Nähe in Schwingung.

»Das Tier zieht sich noch weiter unter die Wurzel zurück«, bemerkte Scott.

»Das Beste kommt erst noch«, sagte Jeff. »Normalerweise spielt bei der Wahrnehmung des Frosches auch die Richtung eine Rolle, in die ein Objekt sich bewegt. Kommt zum Beispiel eine Fliege auf den Frosch zugeflogen, erfasst er sie als Beute. Entfernt sie sich von ihm, nimmt das Froschhirn sie nicht wahr, selbst, wenn sie sich noch innerhalb seiner Reichweite aufhält. Das alles wurde bereits vor vielen Jahren experimentell nachgewiesen. Lassen Sie mich Ihnen nun demonstrieren, wie Barnaby sich im Vergleich zu Rick verhält.«

»Rick?«

»Der erste Frosch.«

»Sie haben einen Tick, Jeff.«

Anstatt auf die Bemerkung einzugehen, bereitete Beaufort mit einigen Handgriffen das nächste Experiment vor. Er spannte einen Gummizug über zwei Rollen, die an der Innenseite der Vitrine angebracht waren. An einer Stelle des Gummizugs befestigte er ein dünnes Stück Nylonfaden, an dessen unterem Ende eine künstliche Fliege baumelte. Dann drehte er an einer der beiden Rollen, bis sich die Fliegenattrappe in Position befand, etwa zwanzig Zentimeter über dem Boden des Biotops.

Er wartete, bis die Fliege sich ausgependelt hatte, anschließend griff er nach einem Kescher, mit dessen Hilfe er Rick aus dem Tümpel fischte. Vorsichtig setzte er ihn ans Ufer. Zu guter Letzt platzierte er Barnaby zu seinem Artgenossen. Nun saßen die beiden Frösche reglos nebeneinander. Von der Fliegenattrappe über ihnen nahmen sie keine Notiz.

»Ich werde jetzt an der Kurbel drehen, sodass sich die Attrappe von Rick und Barnaby entfernt. Ich wette mein letztes Hemd darauf, dass nur Barnaby reagieren wird.«

Er behielt Recht. Kaum hatte er die Fliege in Bewegung versetzt, traf sie auch schon Barnabys klebrige Zunge. Rick saß hingegen nach wie vor starr auf seinem Platz.

Scott, am anderen Ende der Vitrine, nickte zufrieden. »Erstaunlich«, murmelte er vor sich hin. »Wirklich erstaunlich.« Aber auf Jeff machte er nicht den Eindruck, als sei er wirklich überrascht.

Thomas O'Sullivan drückte den Steuerknüppel seines Ultraleichtflugzeugs sanft nach links und stellte sich vor, durch die belebten Straßenschluchten seiner Heimatstadt Sydney zu schweben. Zwischen den weit in den Himmel ragenden Hochhäusern hindurch, und dann über die Oper hinweg in Richtung Meer. Eine herrliche Vorstellung.

Doch sein geliebtes Sydney befand sich über zweitausend Kilometer weiter südlich. Tom O'Sullivan flog mit seinem Ultraleichtflugzeug über einem Flusslauf, der sich hundert Meter unter ihm als glitzerndes Band durch den Urwald von Queensland schlängelte.

Von Osten her zogen dichte Kumuluswolken auf, vermutlich würde noch vor Einbruch der Nacht ein apokalyptisches Gewitter über die schier unendliche immergrüne Weite herziehen. Im Januar, dem Höhepunkt des australischen Sommers, gehörten tropische Gewitter im Norden des Kontinents zum Alltag. In Darwin, wo O'Sullivan zuletzt zu tun gehabt hatte, gewitterte es beinahe jeden Abend, ein Schauspiel, das viele Touristen anlockte. Doch O'Sullivan war kein Tourist. Er befand sich nicht auf einer Urlaubsreise, sondern er hatte einen Auftrag zu erfüllen.

Er flog einige Minuten auf die Wolkenwand zu, dann warf er einen Blick auf das GPS. Die Entfernung bis zum Bestimmungsort betrug mittlerweile kaum noch fünf Kilometer – höchste Zeit zu wassern, sonst würde man ihn bemerken. Das wollte er unter allen Umständen vermeiden.

O'Sullivan drückte den Steuerknüppel nach vorne, sodass sich die Nase des Leichtbauflugzeugs der Erde entgegensenkte. Knatternd tauchte es in die schmale Schneise ein, die der Fluss im Lauf der Jahrmillionen durch den Wald gefressen hatte.

Das Ultraleichtflugzeug glitt noch einige hundert Meter über dem glänzenden Wasser dahin, dann drosselte O'Sullivan das Gas, und er verlor immer mehr an Höhe. Als die Schwimmer auf der Wasseroberfläche aufsetzten, spürte er einen ruckartigen Widerstand an seinen Schultergurten. Daraufhin nahm er noch mehr Gas weg, bis er vollends zum Stillstand kam und nur noch in der sanften Strömung dahintrieb.

Er dirigierte das Ultraleichtflugzeug in Richtung Ufer, wo er es unter ein paar überhängenden Ästen an einem Baumstamm befestigte. Den Rest des Weges musste er zu Fuß zurücklegen.

O'Sullivan schulterte seinen Rucksack, in dem sich alles befand, was er für seinen Auftrag benötigte – hauptsächlich sein wasserdicht eingeschweißter Laptop und eine Ausrüstung für die Nacht. Aber auch eine Pistole. Nur für den Notfall.

»Sind Sie sicher, dass Sie bei diesem Wetter fliegen wollen?«, fragte Jeff Beauford.

Doktor Scott, der neben ihm auf dem Ufersteg stand und soeben sein Gepäck in der kleinen einmotorigen Piper Saragota verstaute, antwortete: »Ich habe gleich morgen früh eine Besprechung in Townsville.«

»Na, wenn Sie sich unbedingt umbringen wollen.«

»Laut Wetterbericht wird es nicht so schlimm, wie es momentan aussieht. Außerdem: Wenn Mutter Natur mir einen Streich spielen wollte, hätte sie in den vergangenen zehn Jahren mehr als genug Gelegenheiten dazu gehabt.«

»Ich will nur nicht, dass Sie sich den Hals brechen und dann kein gutes Wort mehr für mich bei der Verwaltung einlegen können.«

»Alles andere hätte mich auch gewundert.« Scott machte die Leinen los und stieg in das Flugzeug.

»Bis wann werden Sie zurück sein?«

»Schwer zu sagen. Vermutlich wird es einige Tage dauern, bis ich wieder hier bin.«

Scott zog die Tür zu. Kurz darauf begann der Propeller an der Nase des Flugzeugs unter lautem Dröhnen zu rotieren. Die Piper vollführte eine sanfte Drehung in der Strömung und bahnte sich ihren Weg zur Mitte des Flusses. Dort angelangt, beschleunigte sie mit heulendem Motor, bis sie sich majestätisch aus dem Wasser erhob und im aufkommenden Abendnebel aus Jeff Beaufords Blickfeld verschwand.

Der junge Wissenschaftler verspürte eine eigenartige Beklemmung, als ihm bewusst wurde, dass es von nun an keine Möglichkeit mehr gab, diese Station zu verlassen, nicht einmal im Notfall. Nur mit dem Flugzeug war die schier undurchdringliche Wildnis bis zur nächsten menschlichen Siedlung zu überwinden. Zum ersten Mal seit seiner Ankunft kam Jeff sich vor wie in einer riesigen, immergrünen Falle. Wäre da nicht die Funkanlage in Doktor Scotts Büro gewesen – die letzte Verbindung zur Außenwelt –, hätte er sich ernsthafte Sorgen gemacht.

Er wartete, bis sich das Motorengeräusch in der trüben Bodenlosigkeit des tropischen Nebels verlor, und kehrte in die Basis zurück, wo er eine Dusche nahm und sich rasierte. Als er aus dem Bad kam, begegnete ihm im Gang Ivan Trautman.

»Ist der alte Stinkstiefel schon weg?«, fragte er mürrisch.

»Doktor Scott?«

»Wer sonst?«

Jeff schmunzelte. Wenigstens war er nicht der Einzige, der sich über das Verhalten von Doktor Scott aufregte. »Ja, er ist weg. Vor zwanzig Minuten losgeflogen.«

»Dann haben wir hier endlich mal wieder für ein paar Tage unsere Ruhe! Gott sei Dank!« Trautmans Miene hellte sich auf. Er warf einen Blick auf die Wanduhr. »Es ist zwar noch ein bisschen früh fürs Abendessen, aber ehrlich gesagt könnte ich schon einen Happen vertragen. Wie steht's mit Ihnen? Leisten Sie mir Gesellschaft! Es wird Zeit, dass wir uns etwas besser kennen lernen. Haben Sie Lust auf ein Spielchen?«

»Ein Spielchen?«

»Backgammon! Dabei kann man sich wunderbar unterhalten. Wie wär's mit zwanzig Dollar?«

Jeff lachte. Dass sein Kollege gern um Geld spielte, hatte er schon mitbekommen. Trish Adams, die Ichthyologin, nannte ihn nicht umsonst *Zwanzig-Dollar-Trautman*.

»Einverstanden«, sagte Jeff. »Aber ich muss Sie warnen. Sie sind Ihr Geld so gut wie los. Backgammon liegt mir im Blut.«

Obwohl Doktor Scott sich sorglos gegeben hatte, fühlte er sich unbehaglich, während er die 300 PS starke Piper Saragota mit geübter Hand nach Osten dirigierte. Aber ihm blieb nichts anderes übrig.

Unter ihm waberten Nebelschlieren über den abendlichen Dschungel und hüllten die sonst so kräftige Farbenpracht in einen tristen Milchschleier. Vor ihm türmte sich eine grauschwarze Wolkenwand auf wie eine Mauer aus Rauch und Asche. Scott hielt die Augen nach einer Schneise offen, in der er das Unwetter umfliegen konnte – vergeblich. Er würde wohl oder übel den direkten Weg einschlagen müssen.

Sein Blick wanderte zu seiner Aktentasche, die auf dem Sitz neben ihm lag. Er ließ eine Hand über das weiche Leder gleiten und fühlte darunter den Stapel CD-ROMs. Sofort verflüchtigte sich sein Unbehagen, und er gewann neue Zuversicht. Sein Blick schwenkte in den Fußraum des Co-Pilotensitzes. Dort stand ein kleiner, mit Schaumstoff ausgekleideter Aluminiumkoffer, in dem sich einige Proben aus dem Labor befanden. Metamorphin und Antimorphin – Präparat und Gegenmittel. Natürlich hatte er auch diese Proben unerlaubt entwendet. Streng genommen handelte es sich wohl um Diebstahl, aber Scott sah die Sache anders. Er nahm sich lediglich, was ihm nach all den Jahren in ROSCO ohnehin zustand.

Auf halber Strecke wurde der Himmel so dunkel, dass man den Eindruck gewinnen konnte, es sei mitten in der Nacht. Mit einem Mal begann der Regen gegen die Frontscheibe zu prasseln. Der erste Blitz zuckte durch die Düsternis, gefolgt von einem ohrenbetäubenden Donnerschlag.

Regen und Dunkelheit behinderten die Sicht immer mehr, aber Scott kannte die Strecke gut genug, um sein Ziel zu finden. Im flackernden Schein der Blitze sah er, dass der Urwald unter ihm allmählich in karges Buschland überging. Er wusste, dass der kleine Flugplatz *Bluewater Airfield,* etwas außerhalb von Townsville, jetzt nicht mehr weit sein konnte.

Als er in der Ferne die beleuchtete Landebahn erspähte und bereits glaubte, den Höllenritt unbeschadet überstanden zu haben, geschah jedoch das Unerwartete: ein plötzlich auftretendes Stechen im linken Arm, so heftig, dass es Scott schier den Atem raubte.

Verdammt, dachte er, ausgerechnet jetzt! Er ließ den bandagierten Arm sinken und versuchte sich zu entspannen. Das Rollfeld war höchstens noch zwei Kilometer entfernt.

Das muss doch zu schaffen sein!

Schweißtropfen traten Scott auf die Stirn. Er versuchte, den Schmerz zu ignorieren und sich auf die bevorstehende Landung zu konzentrieren, aber es gelang ihm nicht. Er fragte sich, ob er während des Gewitters eine unbedachte Bewegung gemacht hatte und die Wunde am Ellenbogen wieder aufgebrochen war. Immerhin handelte es sich um einen tiefen Schnitt von gut fünfzehn Zentimetern Länge, der unter den klimatischen Bedingungen des Dschungels einfach nicht heilen wollte.

Scotts rechte Hand krampfte sich um das Steuer. Er durfte jetzt nicht die Kontrolle über die Maschine verlieren! Mit zusammengebissenen Zähnen und gepresstem Atem richtete er seine Aufmerksamkeit auf die Instrumente und die Landemarkierungen.

Noch etwa ein Kilometer. So nah – und doch so weit weg!

Eine zweite Schmerzattacke ließ ihn zusammenzucken. Scott hatte den Eindruck, jemand würde seinen Arm in siedendes Öl tauchen, und einen entsetzlich langen Augenblick war er nicht mehr Herr über sich selbst. Er krümmte sich gequält zur Seite, umklammerte mit der Rechten instinktiv seinen Verband. Er wusste, dass er dabei das Steuer losließ, aber der Schmerz war so durchdringend, so überwältigend, dass sein Körper nicht mehr dem Verstand gehorchte. Er keuchte und ächzte, unfähig, sich zu bewegen. Als der Schmerz endlich wieder abflaute, stellte er entsetzt fest, dass er viel zu viel Höhe verloren hatte. Er unternahm einen hektischen Versuch, die Maschine wieder hochzureißen, und konnte gerade noch verhindern, mit der Schnauze voran gegen die Erde zu prallen, doch schon tauchte unmittelbar vor ihm ein Baum auf, dem er nicht mehr rechtzeitig ausweichen konnte. Blätter und Zweige, beinahe ebenso schwarz wie die Nacht, schlugen gegen die Piper. Kurz darauf spürte Scott einen abrupten Widerstand, und sein Kopf schlug gegen das Armaturenbrett.

Das Nächste, was er wahrnahm, war Hitze. Unsägliche, sengende Hitze. Er war fest davon überzeugt, sich in der Hölle zu befinden. Vielleicht hatte er es nicht anders verdient!

Benommen schlug er die Augen auf. Um ihn herum brannte es lichterloh. Aber er war nicht in der Hölle, sondern noch immer in der Piper, die durch die Bruchlandung Feuer gefangen hatte.

Es dauerte eine Sekunde, bis Scotts benebelter Verstand die Realität erfasst hatte. Rauch stieg ihm in die Nase. Er hustete und spürte einen Anflug von Panik in sich aufsteigen.

Ich muss ins Freie, schoss es ihm durch den Kopf, sonst werde ich bei lebendigem Leib verbrennen!

Er stieß die Tür auf und wollte schon nach draußen rennen, als er noch einmal innehielt. Die Aktentasche! Wo war sie? Seine Zukunft hing davon ab, sein Leben! Hektisch schaute er sich um, aber die Tasche war nirgends zu finden. Nur der Aluminiumkoffer befand sich noch an seinem Platz.

Wieder zwang ihn der Rauch, zu husten. Er bekam keine Luft mehr, seine Augen tränten. Außerdem schien ihn die Hitze nunmehr regelrecht zu verschlingen. Ein letztes Mal blickte er sich im Cockpit um. Als er die Aktentasche nirgends entdeckte, schnappte er kurz entschlossen den Alu-Koffer und rannte davon.

Ein paar Meter weiter sank er hustend auf die Knie. Binnen weniger Augenblicke hatte ihn der Wolkenbruch bis auf die Haut durchnässt, aber nach dem, was er durchgemacht hatte, empfand er den Regen als Erfrischung. Er stand unsicher auf und sah sich um. Nichts als Gras, Büsche und ein paar Bäume. Und irgendwo ein paar Lichter, die durchs Blätterwerk schienen. *Bluewater Airfield.*

Wieder kamen ihm die CD-ROMs in den Sinn. Er brauchte diese Daten! Er eilte einige Schritte auf die brennende Piper Saragota zu, blieb dann jedoch unvermittelt stehen, als er sah, dass die Flammen bereits das Cockpit umschlossen hatten.

Niedergeschlagen kehrte er zu seinem Aluminiumkoffer zurück. Er öffnete den Deckel und stellte erleichtert fest, dass sämtliche Ampullen unversehrt waren. Wenigstens etwas!

Er hockte sich neben den Koffer in den aufgeweichten Boden und atmete ein paar Mal tief durch, um wieder einen klaren Kopf zu bekommen. Und während er dem tanzenden Spiel des Feuers zusah, wurde ihm klar, dass der Verlust der CD-ROMs möglicherweise nicht ganz so dramatisch war, wie er im ersten Moment befürchtet hatte. Er würde die Daten eben ein zweites

Mal kopieren müssen. So lange er in ROSCO Zugriff auf den Server hatte, war das kein Problem.

Tom O'Sullivans Armbanduhr zeigte 03.13 Uhr. Mit dem Nachtsichtgerät beobachtete er bereits seit Stunden die Station. Vor etwas mehr als einer halben Stunde war im Haus das letzte Licht erloschen. Seitdem hatte sich nichts mehr gerührt. Er beschloss, den Vorstoß zu wagen.

Mit dem Rucksack auf dem Rücken und dem Nachtsichtgerät vor dem Gesicht schlich er hinüber zu den bauklotzartigen Containern, dann weiter zur Basis. Auf der Lichtung angekommen, bemerkte er, dass die Regenwolken sich inzwischen verzogen hatten und den Blick auf eine sternenklare Nacht freigaben.

Er lauschte an der Tür, hörte aber keine Geräusche – alle Wissenschaftler schienen zu schlafen. Leise öffnete O'Sullivan die Tür. Eine Alarmanlage gab es nicht, wie er wusste. Ein Codeschloss ebenfalls nicht. Nicht in diesem Bereich. Sein Auftraggeber hatte ihn über alle Details gründlich informiert.

Durch den Sucher seines Nachtsichtgeräts schien der Gang vor ihm von grünlich-mattem Schimmer überzogen. Vorsichtig trat O'Sullivan ein. Der an seinen Stiefeln klebende Lehm bereitete ihm keine Sorgen. Wenn er mit seiner Arbeit fertig war, würde niemand mehr seine Spuren identifizieren können.

Im Zeitlupentempo schlich er durch die nächtliche Forschungsstation. Endlich erreichte er sein Ziel: den Serverraum. Das elektronische Gehirn von ROSCO. Von hier aus führten Kabel wie Nervenstränge zu sämtlichen Zimmern und Außengebäuden, gewissermaßen den Organen der Station.

Mit seinem Spezialwerkzeug öffnete O'Sullivan lautlos und binnen Sekunden die Tür. Alles klappte wie am Schnürchen. Wie immer.

Er verkabelte seinen Laptop mit dem Server und begann sein Werk. Als Erstes galt es, die Daten zu kopieren. Das gehörte zwar nicht zu seinem Auftrag, doch er hatte so eine Ahnung, dass ihm diese Daten noch einmal von Nutzen sein würden. In den vielen Jahren, in denen er nun schon als Profi arbeitete, hatte er gelernt, auf seine innere Stimme zu hören. Diesmal hatte sie sogar deutlicher denn je zu ihm gesprochen, was wohl hauptsächlich daran lag, dass er bei erfolgreicher Durchführung der Mission einen siebenstelligen Betrag erhielt – selbst für ihn weit mehr als üblich. Genau das hatte ihn stutzig gemacht. Wenn jemand so viel Geld bezahlte, um Daten vernichten zu lassen, gab es gewiss eine ganze Reihe von Leuten, die sich für diese Daten interessierten. Leute, die bereit waren, ein Vermögen dafür auszugeben. Also hatte er beschlossen, mehrmals abzusahnen: Er würde seinem Auftrag entsprechend die Serverdaten manipulieren und sie dadurch unbrauchbar machen. Aber zuerst würde er die Originaldaten kopieren, um sie später auf eigene Rechnung zu verkaufen.

Er tippte etwas in seine Tastatur und startete das Suchprogramm, dessen Aufgabe es war, nur die wirklich relevanten Daten herauszufiltern und zu kopieren. Aufgrund der begrenzten Speicherkapazität der Laptop-Festplatte musste O'Sullivan eine Auswahl treffen.

Mehrere Zahlenkolonnen bauten sich auf seinem Flachbildmonitor auf. O'Sullivan gestattete sich ein zufriedenes Lächeln.

Plötzlich eine Meldung auf dem Schirm: Falsches Passwort – Zugriff verweigert.

Das klang nicht gut. O'Sullivan wiederholte seinen Suchlauf, erneut ergebnislos.

Was er brauchte, waren die Codes. Natürlich hatte er auch dafür ein Programm, das beste, das es auf dem Schwarzmarkt gab. In Zeiten, in denen Legionen von Hackern, Crackern und anderen Internet-Piraten sich gegenseitig zu übertrumpfen versuchten, gab es so gut wie kein Sicherheitssystem mehr, das nicht irgendwie überlistet werden konnte. Der einzige Nachteil: Das Knacken der Codes benötigte Zeit. O'Sullivan warf einen Blick auf seine Uhr. Kurz nach vier. Noch musste er sich nicht beeilen.

Aber die nächste Stunde kroch zäh dahin. Um fünf Uhr hatte das Programm erst die Hälfte aller relevanten Daten überspielt. O'Sullivan konnte den aktuellen Status einem Info-Fenster entnehmen. Demnach würde es weitere sechzig Minuten dauern, bis sich auch noch der Rest auf seinem Laptop befand. Dann war es sechs. Um diese Uhrzeit würde vielleicht schon der erste Wissenschaftler aufstehen.

O'Sullivan seufzte und spielte mit dem Gedanken, den Kopiervorgang abzubrechen, aber damit hätte er einen gewaltigen Batzen Geld in den Wind geschlagen. Für die Zerstörung der Daten erhielt er laut Auftrag zehn Millionen Dollar. Der Verkauf der kopierten Daten auf dem Schwarzmarkt würde ihm noch einmal mindestens das Doppelte einbringen. Insgesamt rechnete er also mit dreißig Millionen Dollar. Vielleicht sogar mehr. Ein guter Preis für ein bisschen Nervenkitzel.

Um kurz vor sechs Uhr meldete das Info-Fenster auf dem Laptop-Monitor, dass der Kopiervorgang beendet sei. O'Sullivan atmete auf. Jetzt konnte er sich endlich seiner eigentlichen Aufgabe widmen.

Sein Auftraggeber, ein Großindustrieller namens Colin McArthur, hatte ihm alle Anweisungen erteilt und betont, dass er Wert auf deren exakte Einhaltung lege. Nun, O'Sullivan war Profi. So lange der Preis stimmte und das Risiko kalkulierbar blieb, stellte er keine unnötigen Fragen. Wer sich an ihn wandte, erhoffte sich die prompte und unkomplizierte Erledigung seiner Angelegenheiten, keine Diskussionen. O'Sullivan hatte seine Auftraggeber noch nie enttäuscht.

Er startete ein weiteres Programm auf seinem Laptop, eine Viren-Software, die McArthur ihm gegeben hatte. Ihre Aufgabe war es, Daten schnell und zuverlässig in Datenmüll zu verwandeln. Da O'Sullivan inzwischen die Codewörter für die Zugriffslevel geknackt hatte, dauerte die Einspeisung des Programms nur wenige Minuten.

Zur Aktivierung des Virus war es allerdings notwendig, das System herunterzufahren und anschließend neu zu booten. Also drückte O'Sullivan den Hauptschalter des Servers. Diverse rote, grüne und gelbe Lämpchen erloschen. O'Sullivan wartete ein paar Sekunden, dann betätigte er den Druckknopf erneut. Wie erwartet, begann das System wieder anzulaufen.

Plötzlich erschien ein Hinweis auf dem Server-Monitor, der besagte, dass das Abschalten des Systems zu Störungen in den Sektionen 10–15 und 17–19 geführt habe, weil das Backup-System ausgefallen sei. O'Sullivan wusste nicht, welche Folgen die Ausfälle in den genannten Sektionen haben würden. Es war ihm auch gleichgültig. Er wollte jetzt nur noch den letzten Teil seines Auftrags erledigen und dann zu seinem Ultraleichtflugzeug zurückkehren.

Nachdem er seinen Laptop wieder in Schutzfolie verpackt hatte, um ihn vor der extremen Luftfeuchtigkeit zu schützen, kramte er aus dem Rucksack den Sprengsatz hervor. Außerdem setzte er wieder sein Nachtsichtgerät auf. Dann warf er einen Blick auf die Armbanduhr. 06.07 Uhr. Er stellte den Zeitzünder auf zehn Minuten – lange genug, um sich in Sicherheit zu bringen – und lauschte. In der Station schien sich noch immer nichts zu rühren.

Leise verließ er den Serverraum und schlich bis zum Ende des Gangs. Vor einer Tür mit der Aufschrift *Abstellraum* blieb er stehen. Hier sollte er seine explosive Fracht deponieren.

O'Sullivan schlüpfte in den Raum. Rechts von ihm befand sich ein vergittertes Fenster, durch das fahles Licht drang. Mondschein. Die Morgendämmerung setzte erst in einer halben Stunde ein. Zu seiner Linken stand ein Regal, das die komplette Wand verdeckte und mit allen möglichen Forschungsutensilien vollgepackt war. In der Mitte des Raums befand sich, worauf O'Sullivan es abgesehen hatte: die Treibstoffbehälter für das Flugzeug und das Notstromaggregat. Vorsichtig fixierte der Mann den Sprengsatz an einem der Behälter. Der Zeitzünder zeigte noch immer zehn Minuten an. O'Sullivan drückte einen Knopf, und die Digitalanzeige begann, im Sekundentakt rückwärts zu zählen. Lautlos und unerbittlich.

Das Gefühl des Triumphs bemächtigte sich seiner, als er den Abstellraum wieder verließ. Er schlich nach draußen und machte sich auf den Rückweg. In etwa zwei Stunden würde er sein Ultraleichtflugzeug erreichen, und spätestens heute Abend war er wieder in Sydney.

Das Rascheln von Blättern, irgendwo hinter ihm, ließ ihn innehalten. Er fuhr herum, erkannte durch sein Nachtsichtgerät aber nichts Verdächtiges. Dennoch beschlich ihn das ungute Gefühl, verfolgt zu werden.

Mit einem geübten Handgriff riss O'Sullivan seine schallgedämpfte Pistole aus der Seitentasche des Rucksacks. Wieder das Rascheln. Und Knurren. Gegen seinen Willen bekam O'Sullivan es mit der Angst zu tun.

Ohne ein bestimmtes Ziel zu erkennen, feuerte er drei Schüsse in die Richtung, aus der er die Geräusche vernommen hatte. Nun war alles wieder ruhig. Er wollte schon erleichtert aufatmen, als er erneut das Knurren hörte. Diesmal dicht an seinem Ohr. Ein eiskalter Schauder jagte ihm über den Rücken, während er sich fragte, ob er sein geliebtes Sydney jemals wieder sehen würde.

Von weit, weit her war das Klirren von Glas zu vernehmen. Dann bohrte sich ein Schrei, leise, aber durchdringend, in Jeff Beaufords Ohren bis in die Tiefen seines Gehirns und entriss ihn einem irrwitzigen Traum, in dem Frösche, Lurche und Echsen die Weltherrschaft übernommen hatten. Er richtete sich in seinem Bett auf, fuhr sich mit der Hand übers Gesicht und fragte sich, ob er womöglich selbst geschrien hatte. Ganz sicher war er sich nicht. Der Traum war schrecklich gewesen.

Da er Durst verspürte, beschloss er, in der Küche einen Schluck Wasser zu trinken. Er wälzte sich aus dem Bett und bemerkte, dass er noch immer dieselbe Kleidung wie gestern trug – T-Shirt und Jeans. Nicht einmal die Schuhe hatte er ausgezogen, so hundemüde war er ins Bett gefallen. Seine Frosch-Experimente hatten ihn bis spät in die Nacht wach gehalten.

Als er aus der Küche zurückkam, hörte er wieder einen Schrei, diesmal eindeutig von draußen. Kurz entschlossen holte er aus dem Schrank im Gemeinschaftsraum ein Betäubungsgewehr und eine Taschenlampe. Derart ausgerüstet verließ er das Gebäude.

Der Mond stand als weißer Ball am dunkelgrauen Himmel. Die Luft war angenehm kühl. Jeff blieb stehen und lauschte.

»Wer ist da draußen?«, rief er.

Keine Antwort.

Vorsichtig näherte Jeff sich dem Rand der Lichtung. Er hielt sein Gewehr im Anschlag, wobei er mit der Linken sowohl den Lauf der Waffe als auch die Taschenlampe umklammert hielt, sodass er sah, wohin er zielte. Der Lichtstrahl streifte über Sträucher, Farne und Baumstämme hinweg, aber Jeff konnte nicht erkennen, was sich dahinter verbarg.

Vorsichtig wagte er ein paar Schritte in den Wald hinein.

»Hallo? Ist da jemand?«

Wieder keine Reaktion. Unschlüssig blieb er stehen. Was zum Teufel war hier los? Irgendjemand hatte geschrien. Aber wer? Und weshalb?

Jeff kam nicht mehr dazu, sich weiter den Kopf darüber zu zerbrechen, denn in diesem Moment zerriss irgendwo hinter ihm eine gewaltige Explosion die Luft. Er drehte sich um, sah durch das Blätterdickicht eine orangerote Feuerwand auf sich zurasen und wurde im nächsten Augenblick durch die Druckwelle von den Füßen gerissen. Sengende Hitze bedeckte jeden Quadratzentimeter seines Körpers. Beinahe im selben Moment wurde er gegen einen Baum geschleudert, und er verlor die Besinnung.

Eine Ewigkeit lang trieb Jeff Beauford im nachtschwarzen Universum der Bewusstlosigkeit dahin. Dann nahm irgendeine verborgene Windung seines Gehirns eine Berührung wahr, vom Nacken ausgehend in Richtung Ohr und Schläfe. Ein Hoffnungsschimmer keimte in ihm auf, wie ein winziges Licht in der Dunkelheit.

Ich bin noch nicht tot, dachte er.

Er strich sich übers Gesicht und stellte fest, dass nur ein Käfer über ihn hinweggekrabbelt war.

Der stechende Geruch von Rauch stieg ihm in die Nase. Nun erinnerte er sich auch an den Feuerwall, der ihn mit heißem Atem weggeblasen hatte wie ein Orkan ein Blatt Papier. Er betastete sich von Kopf bis Fuß und kam zu dem Schluss, dass er keine ernsthaften Verbrennungen erlitten hatte. Ein kleines Wunder an einem infernalischen Morgen.

Mühevoll rappelte er sich auf. An unzähligen Stellen loderten kleine Brandherde. Jeff kam sich vor wie auf einem fremden Planeten.

Seine Taschenlampe war nirgends auffindbar, aber sein Gewehr lag nur wenige Meter neben ihm in der feuchten Erde. Er nahm es an sich und machte sich mit unsicheren Schritten auf den Weg zur Station.

Auf der Lichtung angekommen, packte ihn das kalte Entsetzen. Der vordere Teil der Basis sah aus wie nach einem Raketeneinschlag. Die Wände waren zerborsten und verkohlt, an unzähligen Stellen lagen brennende und glimmende Trümmer auf dem Boden. Beißender Qualm hing über dem Unglücksort und vollführte einen Trauerreigen mit dem aufkommenden Frühnebel.

Jeff verstand nicht, was geschehen war. Vielleicht hatte eine Propangasflasche durch eine grausame Laune des Schicksals Feuer gefangen. Er brachte jetzt nicht die Kraft auf, genauer darüber nachzudenken.

»Ivan?«, rief er. »Trish? Lizzy? Doktor Golding? …«

Das Schweigen des Waldes war die einzige Antwort, die er erhielt. Jeff sah ein, dass die Gewalt der Explosion niemanden im Gebäude verschont haben konnte.

Tränen rannen ihm über die Wangen. Für Trauer blieb ihm jedoch keine Zeit, das wurde ihm klar, als er durch die über den Boden kriechenden Rauchschwaden den Leoparden erblickte.

Einen Moment lang zweifelte Jeff Beauford an seinem Verstand. In Australien gibt es keine Leoparden, dachte er. Gleichzeitig wusste er, dass seine Augen ihn nicht im Stich ließen.

Dann fielen ihm die Gehege ein. Da ihm seine Sicherheitsfreigabe noch nicht erteilt worden war, hatte ihm bislang niemand verraten, welche Tiere sich darin aufhielten. Aber mussten es ausgerechnet Leoparden sein?

Jeff ließ das Tier nicht aus den Augen. Reglos verharrte es an seinem Platz. Alles, was es tat, war, Jeff Beauford mit Blicken zu fixieren. Und zu knurren.

Im Kopf des Wissenschaftlers arbeitete es fieberhaft. Die Funkanlage befand sich im Büro, und das war bei der Explosion in Flammen aufgegangen. Doktor Scott war mit der Piper unterwegs, alle anderen hatte die Explosion dahingerafft.

Blieb nur noch die Frage offen, wer vorhin im Wald geschrien hatte. Wahrscheinlich ein Affe. Das schien die einzig sinnvolle Erklärung zu sein.

Also bin ich auf mich allein gestellt, dachte Jeff. Die Vorstellung ließ ihn schaudern.

Er richtete seine Aufmerksamkeit wieder auf den Leoparden. Am besten war wohl, das Biest mit einem Betäubungsschuss außer Gefecht zu setzen. Aber was dann?

Weiter kam er in seinen Überlegungen nicht, denn im Augenwinkel bemerkte er plötzlich eine Bewegung. Ein weiterer Leopard näherte sich ihm vom Ufer her. Ein Albtraum!

Der Qualm hing so dick über der Station, dass es keinen Sinn hatte, ins Gebäude zu flüchten. Jeff wusste, dass er da drinnen jämmerlich ersticken würde. Und bis zum neu errichteten Laborkomplex, dem Aquarium, waren es siebenhundert Meter zu Fuß. Abgesehen davon kam er dort ohne Zugangscode nicht hinein.

Ihm blieb nur eine Wahl: Er musste sich in einem Container verschanzen, bis ihm eine Lösung einfiel.

Er brachte sein Gewehr in Anschlag und pirschte Schritt für Schritt rückwärts durch den Urwald. Die beiden Leoparden folgten ihm, machten jedoch keinerlei Anstalten, ihn anzufallen.

Immer wieder blickte Jeff hektisch um sich, um sicherzugehen, dass ihn nicht ein weiterer Leopard aus der Dunkelheit des Waldes ansprang. Doch obwohl er es selbst nicht so recht glauben konnte, erreichte er unversehrt Container Vier, der der Basisstation am nächsten war.

Ausgerechnet Container Vier!, dachte er. Ausgerechnet das Labor von Doktor Scott! Die Spinnenhöhle!

Aber er hatte keine Wahl. Er tastete nach der Türklinke hinter sich und drückte sie auf. Zitternd vor Angst schlüpfte er ins Innere. Erst als er die Tür verriegelt hatte, fiel allmählich die Angst von ihm ab. Stattdessen wurde ihm mehr und mehr bewusst, dass er nun ein Gefangener des Dschungels war.

2

Julie Carlton wischte den Beschlag vom Badezimmerspiegel und betrachtete missmutig ihr Ebenbild.

Lass dich nicht so hängen, mahnte sie sich. Die Männer stehen auf dich!

Zumindest gab es Anzeichen dafür. Charmante Bemerkungen, vieldeutige Blicke, gelegentliche Einladungen zum Abendessen. Todd Webster, ihr Kollege, hatte sie neulich mit der jungen Ava Gardner verglichen und sie augenzwinkernd als *Mensch gewordene Versuchung* bezeichnet. Jedes Mal, wenn sie sich im Gang der Redaktion begegneten, konnte sie sich des Eindrucks nicht erwehren, er ziehe den Bauch ein, um sie zu beeindrucken.

Nun, Todd war ein netter Kerl, aber er stand nicht gerade im Ruf, mit Komplimenten zu geizen. Das galt insbesondere, wenn die Hormone mit ihm durchgingen, was ziemlich genau an 365 Tagen im Jahr der Fall war. Außerdem: Wer kannte heutzutage noch Ava Gardner?

Julie seufzte und betrachtete ihr Spiegelbild genauer. Trotz ihrer neunundzwanzig Jahre fühlte sie sich alt und unattraktiv. Das frisch gewaschene, knapp schulterlange schwarze Haar hing wie Schnittlauch an ihrem Kopf herab. Ihre Nase kam ihr zu knubbelig vor, und wenn sie sich ganz nah vor den Spiegel beugte, zeichneten sich an ihren Augen erste Fältchen ab. Julie zwang sich zu einem Lächeln, aber die frechen Grübchen, die es zum Vorschein brachte, kamen ihr heute vor wie tiefe Krater in der Landschaft ihres Gesichts.

Lieber Himmel, schalt sie sich. Hör auf, so zu jammern, das ist Selbstzerfleischung! Dadurch kommt Roger auch nicht zurück!

Die Scheidung – seit drei Monaten rechtskräftig – nagte noch immer an ihrem Ego. Obwohl Roger, der sie nach zwei kinderlosen Ehejahren wegen einer anderen Frau verlassen hatte, kein Adonis war, hatte sie ihn uneingeschränkt geliebt. Und noch immer empfand sie die Trennung als herben Verlust.

Seit Oktober schottete sie sich innerlich von ihrer Umwelt ab wie eine Einsiedlerin. Sie ließ niemanden an sich heran. Natürlich ging sie weiterhin ihrer Arbeit nach. Schließlich musste sie von irgendetwas leben, da Roger sich in seiner Eigenschaft als erfolgloser Künstler vor jeglicher Art finanzieller Zuwendung gedrückt hatte. Dennoch kam sie sich vor wie lebendig begraben, verschüttet von einer erdrückenden Last aus enttäuschter Liebe und verletztem Stolz.

Aber der heutige Abend sollte das Ende der Trauerphase einläuten. Zum ersten Mal seit drei Monaten hatte sie Besuch eingeladen. Keinen Mann, so weit war sie noch nicht. Aber eine alte Freundin. Ein Gespräch unter Frauen schien ihr ein guter Auftakt für ihre Rückkehr ins Leben.

Es klingelte an der Haustür. Julie warf einen Blick auf die Funkuhr an der Wand und erschrak. Mein Gott, schon zehn nach sieben, dachte sie. Wie konnte ich nur so trödeln?

Mit dem festen Vorsatz, dem Selbstmitleid ab sofort den Rücken zu kehren, streifte sie den Bademantel über. Dann warf sie einen letzten Blick in den Spiegel, sagte sich: »Du bist eine verdammt hübsche junge Frau, Julie Carlton!«, und öffnete die Tür.

Eine halbe Stunde später saß sie frisch geföhnt und mit deutlich besserer Laune auf der Veranda und genoss die freie Sicht auf den Strand von Palm Cove und die Unterhaltung mit Vanessa Pauling. Da Julie vergessen hatte, ihr Hühnchen rechtzeitig in die Bratröhre zu schieben, hatten die beiden Frauen sich ihr Abendessen kurzerhand kommen lassen: indonesische Gemüsepfanne, Schweinefleisch süß-sauer und dazu Reiswein. Die erste Flasche hatten sie bereits geleert, eine zweite stand griffbereit auf dem Beistelltisch. Julie spürte mit jedem Schluck, wie ihr Liebeskummer sich verflüchtigte. Stattdessen keimte mehr und mehr eine Art verklärter Melancholie in ihr auf.

»Meine Güte, wo ist nur die Zeit geblieben?«, seufzte sie und ließ ihren Blick zum Horizont schweifen, wo sich über dem Meer eine Front dichter Kumuluswolken aufgetürmt hatte. Ganz allmählich wich die drückende Hitze des Tages einer angenehmen Brise.

»Du sprichst wie meine Großmutter«, lachte Vanessa Pauling.

»In letzter Zeit habe ich mich auch wie eine Großmutter gefühlt. Aber jetzt kein Wort mehr davon.«

Julie schenkte Reiswein nach und betrachtete ihre Freundin, die so ganz anders war als sie selbst – hoch gewachsen, beinahe dürr, mit langem blondem Haar, das sich über ihre gebräunten Schultern ergoss. Alles an ihr deutete auf ihre europäische Abstammung hin. Ihr Vater war Schwede, ihre Mutter Deutsche, doch beide waren lange vor Vanessas Geburt nach Australien ausgewandert.

Nicht nur äußerlich unterschieden sich die beiden Frauen, auch was ihre Interessen betraf, gab es wenige Gemeinsamkeiten. So hatte Vanessa eine Karriere als Meeresbiologin eingeschlagen, während Julie ihren Lebensunterhalt als Reporterin verdiente.

Ihre langjährige Freundschaft beruhte allein auf der Tatsache, dass sie in der Schule einem gemeinsamen Traum nachgehangen hatten. Im Gegensatz zu den meisten ihrer Mitschülerinnen wollten sie sich nämlich nicht damit abfinden, ihr ganzes Leben in der tiefsten australischen Provinz zu verbringen – als Verkäuferinnen im Supermarkt, als Sekretärinnen im Büro oder als Hausfrauen und Mütter. Sie waren von der Idee beflügelt gewesen, aus ihrem Leben etwas zu machen. Etwas Einzigartiges, Besonderes. Ein Abenteuer.

»Denkst du manchmal an früher?«, fragte Julie.

»Du meinst an die Saint-Mary-Mädchenschule?«

»An unsere vielen Ideen und Pläne.«

»Natürlich. Es war eine wundervolle Zeit.«

»Wir dachten, die Welt liegt uns zu Füßen und wartet nur darauf, von uns erobert zu werden«, sinnierte Julie.

»Ich für meinen Teil kann mich nicht beklagen. Ich verdiene zwar nicht gerade ein Vermögen, aber alles in allem bin ich ziemlich glücklich. Wie steht's mit dir?«

»Mein Job als Reporterin gefällt mir schon«, gab Julie zu. »Allerdings hatte ich gehofft, irgendwann einmal für eine größere Zeitung zu schreiben als für mein Käseblatt. Die ständigen Berichte über die Mitgliederversammlungen der Sportvereine, das Nachtleben von Cairns und die Wohltätigkeitsbälle der Aborigines-Freunde hängen mir zum Hals heraus.«

»Du übertreibst.«

»Ich sehne mich nur nach einer Chance zu zeigen, was in mir steckt.«

»Dein Bericht über diesen Riesen-Salty war doch klasse! Mir läuft es noch jetzt eiskalt den Rücken hinunter, wenn ich daran denke, dass das Vieh hier, auf *deiner Veranda,* war.« Vanessa schüttelte sich wie ein Kind, das sich gruselt.

Julie lachte auf, obwohl das sechs Meter lange Salzwasserkrokodil, das sich im vergangenen November hierher verirrt hatte, ziemlich Angst einflößend gewesen war. Salties waren in dieser Gegend weit verbreitet. Sie lebten nicht nur im Salzwasser, sondern fühlten sich auch in Flussmündungen wohl. Sie galten als gefährlich, jedenfalls weit gefährlicher als Freshies – Süßwasserkrokodile. Jedes Kind wusste das. Immer wieder kam es zu tödlichen Unfällen, meist waren die Opfer ahnungslose Touristen.

»Es ist ein Wunder, dass du mit dem Leben davongekommen bist«, sagte Vanessa.

Julie hob abwehrend die Hände. »Nun übertreib mal nicht. Das Krokodil auf meiner Veranda hat außer den Stühlen nichts angeknabbert.«

»Aber ich dachte …«

»Ich habe meine Verletzung nur vorgetäuscht, damit die Geschichte auf die Titelseite kommt.«

»Du meinst, es hat dich gar nicht angegriffen?«

»Nicht die Spur – aber das muss unter uns bleiben. Wenn herauskäme, dass ich den Bericht künstlich aufgeputscht habe, würde Glimsky mich hochkant aus dem Büro werfen.«

»Meine Lippen sind versiegelt. Aber auch wenn du ein wenig übertrieben hast – ich fand den Bericht ausgezeichnet.«

»Danke für die Blumen.«

»Um ehrlich zu sein, wollte ich dich fragen, ob du nicht Lust hast, etwas über meine Arbeit zu schreiben.«

»Über das Korallensterben am Riff? Glimsky wird mir was husten! Ich höre ihn schon jammern, dass ich damit die Leser vergraule.«

»Es geht nicht um Korallen«, sagte Vanessa. »Ich glaube, ich habe da eine wirklich interessante Story für dich. Exklusiv. Du wirst die Erste und Einzige sein, die darüber berichtet. Natürlich vorausgesetzt, du willst.«

»Worum genau geht es?«, fragte Julie, die nun doch ein wenig neugierig geworden war.

»Wie du weißt, bin ich mit verschiedenen Projekten am Great Barrier Reef betraut. Eines davon befasst sich mit Fischwanderungen – eine Langzeitstudie, der ich schon seit Jahren nachgehe. Für gewöhnlich handelt es sich dabei um reine Fleißarbeit – Fischbestände orten, identifizieren, gelegentlich ein paar Exemplare mit einem Sender markieren und die Daten in den Computer einspeisen. Ziel ist es herauszufinden, welche Strecken einzelne Fischarten über die Jahreszeiten hinweg zurücklegen und wie sich Umweltveränderungen – Schwankungen der Wassertemperatur, Wetterverhältnisse, Strömungsgegebenheiten und so weiter – darauf auswirken.«

»Wenn ich Glimsky damit komme, wird er mich umbringen«, sagte Julie. Sie hatte ein wenig mehr erwartet.

»Ich bin ja noch gar nicht fertig.« Vanessa Pauling hob beschwichtigend die Hände. »Wie gesagt: *Normalerweise* ist das ein Routinejob. Bis gestern. Denn als ich die Daten der vergangenen Woche vom Computer berechnen ließ, stellte ich eine neue Wanderbewegung fest. Eine, die bislang noch nie registriert wurde und die allem widerspricht, was ich als Meeresbiologin an Erfahrungen gesammelt habe.«

Nun war Julie wieder ganz Ohr. »Spann mich nicht länger auf die Folter«, bettelte sie, nur um festzustellen, wie sehr Vanessa es genoss, sie zappeln zu lassen.

»Sieh hinaus aufs Meer«, sagte die Wissenschaftlerin. »Ist es nicht wunderschön, selbst jetzt, da die Sonne untergegangen ist? So ruhig und friedlich. Und dennoch gibt es in den Weiten des Ozeans haufenweise Rätsel, die bislang ungelöst sind. Mehr noch – Rätsel, von deren Existenz wir bislang keine Ahnung haben. Man kann es drehen und wenden, wie man will. Tatsache ist: Wir Menschen wissen mehr über den Mond als über das Meer.«

»Worauf willst du hinaus, Ness?«, drängte Julie.

»Im Lauf der letzten Jahre habe ich unzählige Messbojen im Wasser positioniert, die mir in regelmäßigen Abständen meine Daten liefern, zumindest einen Teil davon. Als ich diese Daten gestern auswertete, glaubte ich zuerst an einen Übermittlungsfehler, aber nachdem ich alles überprüft hatte, stand fest, dass sowohl die Messbojen als auch der Computer einwandfrei funktionierten. Und das bedeutet wiederum, dass ein riesiger Fischschwarm geradewegs auf die Princess Charlotte Bay zusteuert. Als gäbe es für einen Fisch keinen schöneren Ort auf dieser Erde.«

Die Princess Charlotte Bay lag etwa vierhundert Kilometer weiter nördlich, ein ziemlich verlassenes Fleckchen Erde.

»Was für Fische sind das?«, fragte Julie.

»Das ist eines der Rätsel, die ich nicht verstehe. Es handelt sich um keinen Schwarm im eigentlichen Sinn, sondern vielmehr um einen Zusammenschluss aller möglichen Fischarten: Sandfische, Drückerfische, Ziegenfische, Zackenbarsche, Makrelen, Tarpone … Dabei hat der Computer noch längst nicht alle Spezies identifizieren können. Aber eines steht fest: Der Schwarm hat nur ein Ziel vor Augen – die Küste. Gerade so, als würde er von irgendeiner unbekannten Macht angelockt.«

»Für das Verhalten dieser Fische gibt es keine vernünftige Erklärung?«, fragte Julie.

»Bis jetzt nicht.«

»Gab es nicht schon einmal Wale, die zum Sterben ans Ufer schwammen?«

»Ich kenne diese Elefantenfriedhof-Theorie, bezweifle sie allerdings. Außerdem haben wir es nicht mit Walen zu tun, sondern mit Massen von unterschiedlichsten Fischen. Weshalb sollten sie alle den Freitod suchen? Und warum ausgerechnet jetzt?«

»Wie weit ist der Schwarm von der Küste entfernt?«, wollte Julie wissen.

»Achtzig Kilometer, nördlich der Flinders Group. Bei gleich bleibender Wandergeschwindigkeit kommt er in etwa zwei Wochen an der Küste an.«

Julie spürte ein angenehmes Kribbeln auf der Haut. Was Vanessa Pauling ihr anbot, war ganz nach ihrem Geschmack. Ein ungelöstes, beinahe mysteriöses Rätsel, eine hochinteressante Story.

Ihre einzige Sorge bestand darin, dass Harold Glimsky, ihr Chef, diese Meinung nicht einmal ansatzweise mit ihr teilen würde.

3

Am nächsten Tag versuchte Julie sich nichts anmerken zu lassen, aber ihr dröhnte der Schädel von viel zu wenig Schlaf und viel zu viel Alkohol. Wie durch ein Wunder hatten sich in ihrer Vorratskammer zwei weitere Flaschen Reiswein gefunden. Bis tief in die Nacht hinein hatte sie mit ihrer Freundin die abstrusesten Theorien über das merkwürdige Verhalten der Fische aufgestellt und dabei getrunken. Jetzt musste sie dafür büßen.

Sie saß im fünften Stock ihres Zeitungsverlags und starrte gedankenverloren zum Fenster hinaus. Da es kaum ein höheres Gebäude in der Nähe gab, bot ihr Platz eine gute Aussicht über die Stadt. Die Uferpromenade, die Esplanade, konnte Julie von ihrem Büro aus zwar nicht erkennen, wohl aber die Aufbauten der Luxusliner, die im Hafen angelegt hatten. Dahinter lag das tiefblaue Meer mit den beiden dem Festland vorgelagerten Inseln Fitzroy und Green Island. Julies Blick wanderte weiter nach Norden, wo sich neben einem breiten Streifen dicht bewachsenen Mangrovenwalds der internationale Flughafen befand – Ankunftsort für unzählige Australien-Reisende.

Der boomende Tourismus kam nicht von ungefähr. Mit 100 000 Einwohnern gehörte Cairns neben Brisbane und Townsville zu den großen Städten in Queensland. Als selbst ernannte Action-Metropole Australiens zog der Ort vor allem jüngeres Publikum an. Es gab kaum eine Sportart, der man nicht nachkommen konnte, dazu Dutzende von Parks, Museen und Shopping-Malls. Auch das Nachtleben von Cairns genoss einen Ruf weit über Queensland hinaus. Aber natürlich kamen die Touristen hauptsächlich, um am Riff zu tauchen oder um die nahe gelegenen Regenwälder zu erkunden. Für beides war Cairns der ideale Ausgangspunkt.

Doch was vielen so attraktiv erschien, drohte Julie manchmal zu erdrücken. Die sanften Hügel des Atherton Tablelands im Westen waren für sie nicht die Pforte zu einem unbekannten Paradies, sondern ein Wall aus immergrüner Wildnis, der die Stadt wie eine undurchdringliche Mauer umgab. An manchen Tagen fühlte sie sich geradezu eingekesselt. Im Osten das Meer mit dem Riff, in allen anderen Himmelsrichtungen der Regenwald. Auch wenn die UNESCO beides zum Weltnaturerbe erklärt hatte, fühlte sich Julie oftmals wie im Gefängnis.

Sie massierte ihre Schläfen mit den Fingerspitzen. Ja, dachte sie, ich bin gefangen. Es gibt keine Mauern aus Stein, aber ich lasse mich von Wasser, Bergen und Bäumen aufhalten.

Das Pochen in ihrem Kopf ließ langsam nach, und ihr kam in den Sinn, dass weitaus bessere Gründe sie in Cairns zurückhielten. Jahrelang hatte sie sich um ihre alleinstehende, kranke Mutter kümmern müssen, eine Ärztin des Royal Flying Doctor Service. Der RFDS war der medizinische Außendienst für das Outback. Laura Carlton hatte viel Zeit damit zugebracht, von Farm zu Farm zu fliegen, und obwohl sie ihre Tochter aus diesem Grund in ein Internat gesteckt hatte, war Julie ihr deshalb nie böse gewesen. Sie hatte verstanden, wie wichtig ihre Mutter für all die Menschen war, die weit über das Land verteilt lebten. Sie war stolz auf ihre Mutter gewesen. Und es hatte ihr beinahe das Herz gebrochen, hilflos mit ansehen zu müssen, wie ihre Krankheit sie zerfressen hatte. Hautkrebs, die Geißel Australiens.

Julie hatte das Häuschen am Strand von Palm Cove geerbt,

etwa dreißig Kilometer nördlich von Cairns. Obwohl sie nach der Beerdigung fest entschlossen gewesen war, es zu verkaufen und für immer von hier zu verschwinden, hatte sie es nicht übers Herz gebracht. Das Haus, so klein es war, gehörte untrennbar zu ihr.

Sie seufzte. Weder Meer noch Bäume, noch Berge hielten sie zurück, sondern Erinnerungen. Sie war mit diesem Ort verwurzelt, ob sie es wollte oder nicht.

Dennoch gab es Phasen – seit ihrer Scheidung wieder verstärkt –, in denen sie sich trotz des pulsierenden Lebens um sie herum leer fühlte, angeödet von der absoluten Bedeutungslosigkeit dessen, was in Cairns vor sich ging. Umso wichtiger war für sie die Geschichte, die Vanessa ihr erzählt hatte.

»Carlton? Was macht der Tjapukai-Bericht?«, tönte Harold Glimskys Stimme durch den Raum. Er hatte die Angewohnheit, alle Mitarbeiter der Firma beim Nachnamen zu nennen.

Julie fuhr zusammen. Durch ihre Grübeleien hatte sie den Artikel, an dem sie gerade arbeitete, komplett vergessen – ein Kultur-Report über das neue Programm des Tjapukai Dance Theatres. Sie sah Harold Glimsky geradewegs auf sich zustapfen. Mit seinem bulligen Wuchs und dem Schmerbauch wirkte er auf sie wie eine in Fahrt gekommene Dampflok. Das Pochen in ihrem Schädel schwoll wieder an.

»Ich wollte ihn um zehn Uhr auf dem Tisch haben, Carlton. In der morgigen Ausgabe sind dafür zwei Spalten reserviert. Wo ist der verdammte Artikel?«

»Hier, Mister Glimsky«, sagte Julie und holte ein Stück Papier aus ihrem Drucker. Der Mann überflog den Bericht und gab einen Grunzlaut von sich – die höchste Form des Lobs, wie Julie aus Erfahrung wusste. Ein aufmunterndes Wort kam ihm nie über die Lippen.

Julie beschloss, die Gunst der Stunde zu nutzen, doch bevor sie mit den merkwürdigen Begebenheiten draußen am Riff beginnen konnte, brummte Glimsky: »Ich brauche jemanden, der etwas über die Tombola im Seniorenheim schreibt. Fängt um elf Uhr an. Ich will ein paar Zeilen über die Rede des Bürgermeisters, die Namen der Hauptgewinner bei der Verlosung – das Übliche. Ein Foto wäre auch nicht schlecht. Schaffen Sie das bis nach der Mittagspause?«

Eine Senioren-Tombola? Das ist die Höchststrafe, dachte Julie matt. Der absolute Tiefpunkt meiner Karriere!

Um Diplomatie bemüht, sagte sie: »Mister Glimsky, ich weiß, wie sehr die Senioren-Tombola unsere Leser interessiert ...«

»Sparen Sie sich die Ironie!«

Ein schlechter Anfang, dachte Julie, dennoch wollte sie nicht sofort klein beigeben. Unbeirrt fuhr sie fort: »Was würden Sie sagen, wenn ich Ihnen etwas Besseres biete als die Tombola?«

»Fangen Sie bloß nicht wieder mit dem Ozonloch an, Carlton! Sie wissen – das mit Ihrer Mutter tut mir Leid. Aber Sie können die Zeitung nicht für Ihr ökopolitisches Faible missbrauchen.«

Die Bemerkung versetzte Julie einen Stich, doch sie ließ es sich nicht anmerken. »Kein Ozonloch diesmal«, sagte sie. »Eine wirklich heiße Story.«

»Wie heiß?«

Mit dem Dröhnen in ihrem Kopf kämpfend, suchte Julie nach einem Vergleich, der ihren Chef überzeugen würde. »Heiß wie ein ›Playmate des Monats‹«, platzte sie heraus, weil sie auf Glimskys Schreibtisch einmal ein Playboy-Heft gesehen hatte.

Der Mann betrachtete Sie skeptisch. »Haben Sie getrunken?«

Das auch, dachte Julie. »Es geht um das Riff«, sagte sie und begann zu erzählen.

Harold Glimsky hörte ihr zu, ohne sie zu unterbrechen. Als sie am Ende ankam, lag sein Boxerhund-Knautschgesicht in tiefen Falten.

»Ich gebe zu, das hört sich etwas merkwürdig an«, sagte er. »Aber Herrgott noch mal, kein Mensch interessiert sich für Fischwanderung. Diese Krokodil-Sache auf Ihrer Veranda – die war heiß. Aber das hier …«

»Die Senioren-Tombola ist auch nicht gerade ein Knüller!«

»Wenigstens hat sie Bezug zu unserer Stadt. Ich weiß, Sie fühlen sich zu Höherem berufen, Carlton. Aber das ist nun mal Reporter-Alltag.«

»Dort draußen im Pazifik geht irgendetwas Außergewöhnliches vor sich. Und was immer es ist – es nähert sich unserer Küste«, hielt Julie dagegen. »So etwas hat es noch nie gegeben. Aber es *muss* eine Erklärung für das Verhalten dieser Fische geben. Genau das will ich herausfinden. Bitte, Mister Glimsky! Predigen Sie nicht immer, dass das Gespür für eine gute Story auf Intuition beruht?«

»Solch einen Unsinn soll ich gesagt haben?«

»Sie wissen, dass das Ihre Worte sind! Und meine Intuition sagt mir, dass das Geheimnis am Riff nur darauf wartet, von der Cairns News gelüftet zu werden. Stellen Sie sich die Schlagzeilen vor …«

»Sie können einem ganz schön in den Arsch kriechen, wenn Sie es darauf anlegen.« Glimsky sog die Luft hörbar ein. Schließlich meinte er: »Na schön, meinetwegen. Sie bekommen die Story, allerdings unter einer Bedingung: Spätestens am Montag habe ich einen Zwischenbericht.«

»Schriftlich?«

»Schriftlich, telefonisch, meinetwegen per Buschtrommel. Ist mir völlig egal. Ich will nur nicht, dass Sie sich auf Firmenkosten einen faulen Lenz auf hoher See machen.«

Julie wusste, dass er diesen Verdacht nicht ernsthaft hegte, dafür kannten sie sich bereits zu lange. Ruppigkeit gehörte einfach zu seinem Stil.

»Danke, Mister Glimsky«, flötete Julie und sprang von ihrem Sitz auf. »Wenn ich mich beeile, schaffe ich es noch zum Hafen, bevor meine Freundin ablegt.«

Hastig räumte sie ihren Schreibtisch auf, während ihr Chef sie mit gutmütigem Kopfschütteln beobachtete. Auf halbem Weg zur Tür rief er ihr nach: »Machen Sie etwas aus dieser Story, Carlton, hören Sie? Ich wünsche Ihnen viel Erfolg!« Erstaunlich motivierende Worte aus seinem Mund.

»Sie hören am Montag von mir«, warf sie ihm über die Schulter zu. Dann verschwand sie aus der Redaktion.

Weit, weit hinter sich hörte sie Glimskys durchdringenden Bariton: »Ich brauche jemanden, der mir etwas über die Senioren-Tombola schreibt. Webster, wie wär's mit Ihnen?«

Zu Hause angekommen, telefonierte Julie mit Vanessa Pauling, um sie wissen zu lassen, dass sie sie hinaus aufs Meer begleiten würde, so wie sie es am Vorabend geplant hatten. Während sie in aller Eile ihre Sachen in eine Sporttasche packte, stellte sie fest, wie die Dumpfheit in ihrem Kopf mehr und mehr von Abenteuerlust verdrängt wurde.

Eine Stunde später hielt sie mit ihrem Wagen auf dem Parkplatz der Bücherei und machte sich mit geschulterter Tasche auf den Weg zum Hafen. Nach dem ersten Häuserblock passierte sie die Abbott Street, das Shopping-Paradies von Cairns. Entgegen ihrer Gewohnheit schenkte sie ihm heute keinerlei

Beachtung, weil sie in Eile war. Einen Block weiter erreichte sie die Esplanade, eine mit Alleenbäumen begrünte Uferpromenade, auf der sich um die Mittagszeit zahlreiche Menschen tummelten. Von hier aus waren es nur noch wenige Schritte bis zum Pier.

Dank Vanessas Wegbeschreibung fand Julie die Forschungsjacht ohne Probleme, obwohl im Hafen eine Vielzahl von Booten und Schiffen festgemacht hatte. Ein Schriftzug am Heck verriet den Namen Sea Gull, darunter stand in schwungvollen Lettern Marine Institute of Queensland. Die Jacht machte einen gepflegten und einladenden Eindruck. Der weiße Anstrich ließ sie in der Mittagssonne funkeln. Die Beulen und Kerben im Rumpf verrieten indes, dass das Schiff nicht ganz so neu war, wie es auf den ersten Blick erschien.

»Ist jemand da?«, rief Julie.

Hinter der Scheibe des Führerhauses erschien Vanessa Paulings vertrautes Gesicht. »Komm an Bord Jules! Wir treffen gerade die letzten Vorbereitungen zum Ablegen. In ein paar Minuten habe ich Zeit für dich.«

Julie betrat die Sea Gull und suchte sich einen Platz, von dem aus sie freie Sicht aufs Meer hatte. Auf dem Wasser paddelten ein paar Pelikane. Möwen flatterten im Wind. Eine angenehm salzig riechende Brise strich Julie um die Nase, das Gefühl der Vorfreude bemächtigte sich ihrer. Irgendwo, weit draußen auf hoher See, ging etwas vor sich, und sie, Julie Carlton – der aufgehende Stern am Reporterhimmel –, würde das Mysterium enträtseln.

Als der Motor ansprang, begann unter ihren Füßen der Rumpf zu vibrieren. Dann wurden die Leinen losgemacht, und die Sea Gull driftete rückwärts ins offene Wasser. Als sie sich in sicherer Entfernung zu den anderen Booten am Kai befanden, durchzuckte ein Ruck das Schiff, und von da an ging es Bug voran weiter. Zunächst noch mit halber Kraft, schon bald aber schneller, nahm die Jacht Fahrt auf, um die weit geöffnete Sichel des Hafens von Cairns hinter sich zu lassen und dem offenen Ozean entgegen zu steuern.

»Das ist Caleb«, sagte Vanessa und deutete dabei auf einen beleibten, dunkelhäutigen Mann, der neben ihr im Führerhaus stand und das Steuerruder bediente. »Ohne ihn wäre ich verloren. Er ist in erster Linie Computerexperte, aber auch Kapitän, Techniker, Taucher, Koch und wissenschaftlicher Assistent. Alles in einer Person.«

»Außerdem bin ich Aborigine, zweiundvierzig Jahre alt, Ehemann und Vater zweier prächtiger Söhne«, fügte er mit strahlendem Lächeln hinzu, während er Julie die Hand schüttelte.

»Damit dürfte wohl alles gesagt sein«, lachte Vanessa. »Ich bin sicher, ihr werdet euch prima verstehen. Aber jetzt lass uns erst mal dein Gepäck verstauen. Komm mit, ich zeige dir deine Unterkunft.«

Julie folgte ihr zum Heck, von wo aus eine schmale Treppe hinab ins Unterdeck führte.

»Die Schlafkabinen sind vorne, weil achtern die Motoren so laut sind«, erklärte Vanessa. »Außerdem kann es hier mächtig nach Schiffsdiesel stinken, wenn der Wind ungünstig steht.«

Sie führte Julie am Labor und am Computerraum vorbei, danach kamen die Dusche, das WC, eine kleine Bibliothek und endlich die Kajüten.

»Hier wohne ich, dort drüben Caleb, und das hier ist jetzt dein Zuhause.« Mit diesen Worten öffnete die Ozeanographin die Tür, und Julie fand sich in einem kleinen, zweckmäßig eingerichteten Raum wieder. Ein Bett, ein Tisch, ein Schrank, eine

Kommode – alles war da, auch wenn es ein wenig steril wirkte. Dennoch wusste Julie, dass sie sich hier wohlfühlen würde.

»Ich schlage vor, dass du erst einmal deine Sachen auspackst«, sagte Vanessa. »Danach treffen wir uns auf einen Begrüßungsdrink oben in der Küche und stoßen auf das große Abenteuer an, einverstanden?«

»Ich kann kaum erwarten, dass es endlich beginnt.«

4

16.30 Uhr.

Jeff Beauford hockte resigniert auf dem Boden und sah von seiner Armbanduhr auf. »Wir stecken jetzt schon seit zwei Tagen hier fest«, murmelte er. »Gottverdammte zwei Tage! Und ich habe keinen Schimmer, wie wir jemals hier rauskommen sollen. Du, Kojak?«

Natürlich erhielt er keine Antwort. Kojak war eine eigenwillige Mischung aus Ratte, Hamster und Streifenhörnchen, ein struppiges kleines Ding mit borstigem Fell, langem, glattem Schwanz und tiefschwarzen Murmelaugen. Zwischen den spitz zulaufenden Ohren war ihm das Fell ausgegangen – daher sein Name.

So klein Kojak war, hatte er Jeff doch gewaltige Angst eingejagt. Unentwegt war er um den Container getippelt, hatte mal hier, mal da im Boden gescharrt, wohl auf der Suche nach Käfern und Würmern. Das war vorgestern gewesen. Jeff hatte lediglich das Rascheln des Laubs gehört und vermutet, dass die Leoparden ihn umkreisten. Mindestens eine Stunde lang hatte er – sein Betäubungsgewehr fest in den Händen – aus den Fenstern gespäht, bis er endlich den wahren Verursacher der Geräusche entdeckt hatte. Und da er sich nicht weiter von dem kleinen Nager in die Irre führen lassen wollte, hatte er ihn kurzerhand in den Container geholt.

Ob Kojak ein entlaufenes Versuchstier war oder ein Waldbewohner, der hier sein natürliches Revier hatte, wusste Jeff

Beauford nicht. Er wusste nicht einmal, welcher Spezies Kojak angehörte. Was spielte es auch für eine Rolle? Sie saßen beide hier fest, zwei armselige Kreaturen, die sich vor dem Tod fürchteten.

Im Lauf des gestrigen Tages hatte Jeff all seinen Mut zusammengenommen und sich zur Basisstation geschlichen, doch seine Hoffnungen auf eine besser geschützte Unterkunft waren enttäuscht worden. Die durch die Explosion zerstörte Vorderseite des Gebäudes war ein einziger großer Schutthaufen aus Stahlträgern, Betontrümmern und Wellblech. Nicht nur Doktor Scotts Büro und der Aufenthaltsraum lagen darunter begraben, sondern auch die Abstellkammer, der Serverraum und der komplette Schlafbereich. Jeff hätte eine Woche gebraucht, um sich den Weg freizuräumen. Außerdem schreckte ihn die Vorstellung, unter den Trümmern die Leichen seiner verschütteten Kollegen zu finden.

Der hintere, noch intakte Teil der Basis hatte sich durch die Gewalt der Explosion derart verzogen, dass die Türen klemmten. Und die Fenster waren im Gegensatz zu denen der Container vergittert. Also war Jeff unverrichteter Dinge in seinen Unterschlupf zurückgekehrt. Danach hatte er sich trotz Kojaks Anwesenheit noch einsamer gefühlt als zuvor.

»Ich kapiere nicht, dass uns niemand zu Hilfe kommt«, murmelte Jeff. »Irgendjemand muss doch bemerkt haben, dass die Funkverbindung ausgefallen ist. Weshalb sucht niemand nach uns?«

Er war am Rand der Verzweiflung angelangt. Zwei Tage lang hatte er nichts gegessen und kaum geschlafen. Er stank nach Schweiß, sein Bart juckte, außerdem fühlte er sich mut- und kraftlos. Der Container kam ihm vor wie eine Falle, die stündlich enger zu werden schien. Ein langgezogenes, düsteres

Verlies, vollgestopft mit Glasvitrinen, in denen sich Dutzende, nein, Hunderte von Spinnen tummelten. Kein Ort, an dem man sich wohlfühlen konnte.

Wenigstens gab es ausreichend Trinkwasser. Apollinaris. Sogar erfrischend kalt. Denn in einer Ecke des Container-Labors stand ein Kühlschrank, der aus irgendeinem Grund noch nicht den Geist aufgegeben hatte.

Jeff trank einen Schluck, befüllte Kojaks Wasserschale und stand auf. Mit steifen Gliedern ging er wieder einmal die Fenster ab, doch er sah nichts Ungewöhnliches. Nur Bäume und Sträucher im Wechselspiel von Licht und Schatten.

Wo zum Teufel sind sie?, dachte er. Wo verstecken sich die verdammten Mistviecher?

Mit einiger Mühe konnte er die Leoparden anhand der Fellzeichnung unterscheiden. Bislang hatte er sieben gezählt. Die schwarzen Panther waren schwerer auseinander zu halten. Es waren mindestens drei, vielleicht aber auch mehr.

Die Panther wirkten auf Jeff besonders unheimlich – falls es sich überhaupt um Panther handelte, denn sie waren mit mächtigen, säbelartigen Reißzähnen ausgestattet.

Vor einiger Zeit hatte er eine wissenschaftliche Abhandlung gelesen, in der behauptet wurde, dass die Evolution bereits fünf Mal unabhängig voneinander den Säbelzahn hervorgebracht hatte – offenbar, weil es sich dabei um ein besonders effizientes Jagdwerkzeug handelte. Dem Text hatte er allerdings auch entnommen, dass das letzte Säbelzahn-Raubtier vor vielen tausend Jahren ausgestorben war. Von Panthern wie jenen, die um Jeffs Container streiften, war kein Wort erwähnt worden.

Er rieb sich die müden Augen. Wo bin ich hier nur hineingeraten, fragte er sich.

Auf der Suche nach einer Erklärung hatte er in den letzten beiden Tagen tief in seinem Gedächtnis gegraben. Dabei war ihm nicht nur die Abhandlung über die Säbelzahn-Entstehung eingefallen. Er hatte sich auch an alle möglichen Geschichten über australische Fabeltiere erinnert, die sein Vater ihm früher beim Zubettgehen erzählt hatte.

Da gab es zum einen den so genannten *Marsupial lion,* ein raubkatzenartiges Beuteltier, das angeblich mit einem außergewöhnlichen Gebiss ausgestattet war. Allerdings wurde er kaum größer als ein Hund. Dann war da noch der *Queensland tiger.* Es hieß, dass er größer und gefährlicher sei als der Beutellöwe. Außerdem hatte er gestreiftes Fell. Und schließlich gab es ein drittes Fabelwesen, von den Aborigines als *Yarri* bezeichnet. Jeff wusste über dieses Tier nicht viel mehr, als dass es auf Bäume klettern konnte und – ebenso wie die beiden anderen Spezies – zu den Nachfahren eines Fleischfressers namens Thylacoleo zählte, der Knochenfunden zufolge noch vor zehntausend Jahren in den australischen Wäldern sein Unwesen getrieben hatte.

Als Kind hatte Jeff die Schauermärchen seines Vaters mit wohligem Gruseln genossen. Er hatte sie vermutlich hundert Mal gehört, daher erinnerte er sich noch so gut daran. Auch das Gruseln war wieder da, heute allerdings ganz und gar nicht mehr wohlig.

Was die Panther betraf, passten sie in keine der ihm bekannten Kategorien. Sie besaßen weder Beutel noch gemasertes Fell. Abgesehen von den auffallend großen Reißzähnen sahen sie aus wie gewöhnliche Panther. Sie waren schwarz. Und Furcht einflößend. In der Dämmerung oder im Schatten kaum auszumachen. Jeff war sicher, dass sie irgendwo da draußen lauerten.

Bislang hatte keines der Tiere versucht, in den Container einzudringen. Wahrscheinlich, weil sie satt waren. Aber wie lange würde dieser Zustand noch andauern?

Jeffs Blick fiel auf das Gewehr, das in der Ecke an der Kühlschranktür lehnte, aber es konnte ihm nicht das Gefühl von Sicherheit vermitteln. Im Gegenteil. Es erinnerte ihn daran, dass er lediglich eine Handvoll Betäubungsmunition besaß. Sechs oder sieben Schuss. Allein der Gedanke löste bei Jeff einen Anfall von Übelkeit aus.

Eine Bewegung im Augenwinkel ließ ihn zusammenzucken. Irgendwo dort draußen hatte sich etwas geregt. Nur ein Farnblatt? Ein Zweig? Ein vorbeifliegender Vogel?

Plötzlich sah er ihn – den Panther. Groß, schwarz, mächtig. Größer als die Leoparden und größer als seine Artgenossen. Das Alpha-Männchen. Eine majestätische Erscheinung, halb verborgen hinter Baumstämmen und Gestrüpp. Jetzt kam das Tier vollends aus seinem Versteck und zeigte sich in seiner ganzen imposanten Pracht. Sonnenflecken tanzten auf seinem glänzenden Fell. Seine bernsteinfarbenen Augen schienen förmlich zu glühen. Die Säbelzähne sahen aus wie geschwungene weiße Dolche.

Nun tauchten auch die beiden anderen Panther auf. Und zwei der Leoparden. Wie die Mitglieder einer Straßengang positionierten sie sich links und rechts ihres Anführers. Einen Moment lang verharrten sie so, als wollten sie ihre Stärke, ihre Überlegenheit demonstrieren. Dann, auf ein Knurren des großen Schwarzen hin, löste sich die Formation auf. Ohne Eile bewegten sich die beiden Flanken auseinander. Die Leoparden nach rechts, zwei Panther nach links. Nur das Alpha-Tier blieb an seinem Platz stehen.

»Sie kreisen uns ein, Kojak«, flüsterte Jeff.

Er glaubte schon einmal irgendwo gelesen zu haben, dass Panther und Leoparden normalerweise als Einzelgänger lebten. Doch *diese* Tiere hatten sich zweifellos zusammengeschlossen. Aus ihnen war eine Gruppe, mehr noch, ein Rudel geworden. Trotz unterschiedlicher Rassenzugehörigkeit schienen sie sich zu koordinieren, wie von einer höheren Macht gelenkt.

Sie lösen sich von ihren angestammten Verhaltensmustern, dachte Jeff. So wie Barney und die anderen Frösche, die ich mit dem Präparat behandelt habe.

Er kontrollierte sein Gewehr und vergewisserte sich, dass die restlichen Betäubungspatronen noch in seiner Jackentasche waren. Dann hockte er sich mit dem Rücken zur Wand neben den Kühlschrank, sodass er den kompletten Container im Blickfeld hatte – links und rechts die Fensterreihen und am anderen Ende des Containers die Tür.

Kommt endlich, ihr Scheißviecher, dachte er. Kommt schon und holt mich!

Doch alles blieb ruhig.

Minutenlang.

Das ewige Warten legte Jeffs Nerven blank. Sein Puls begann sich zu beschleunigen, in seinen Adern floss viel zu viel Adrenalin. Immer wieder wischte er sich die schweißnassen Hände an seiner dreckigen Hose ab, immer wieder tastete er nach den Betäubungspfeilen.

Dann ein Fauchen, irgendwo von rechts. Jetzt geht's los, dachte Jeff. Schnell brachte er sein Gewehr in Anschlag, bereit abzudrücken, falls die Bestien in den Container eindrangen.

Der Angriff blieb aus. Stattdessen wurde das Fauchen jetzt von ohrenbetäubendem Gekreische überlagert. Was hatte das zu bedeuten? Jeff wusste es nicht. Jedenfalls passte dieses Kreischen nicht zu einer Raubkatze!

Er stürzte zum Fenster und traute seinen Augen kaum. Die beiden Leoparden waren umzingelt von einer Meute Affen – einem guten Dutzend Schimpansen, zweifellos entlaufenen Versuchstieren. Sie schrien, hüpften auf der Stelle, schlugen mit Fäusten wütend auf den Waldboden, als wollten sie die Bestien vertreiben. Einige von ihnen schwangen sogar primitive Keulen über ihren Köpfen, grobe Äste, denen sie die Zweige abgerissen hatten. Eindeutig Drohgebärden.

Bei genauer Betrachtung erkannte Jeff, dass die Keulen weit weniger primitiv waren, als sie zunächst ausgesehen hatten, denn die Ansätze der abgerissenen Zweige standen wie Dornen hervor. Ein Zufall? Oder der bewusste Versuch, eine Waffe zu improvisieren?

Noch während Jeff darüber nachdachte, griffen die Schimpansen die Leoparden an. Ein Männchen gab dazu den Anstoß, indem es seine Keule anhob, einen abrupten Satz nach vorne machte und einer der Raubkatzen einen Schlag in die Flanke versetzte. Daraufhin fielen die Affen von allen Seiten über die Raubkatzen her.

Was Jeff sah, glich einem Gemetzel. Unablässig droschen die Affen mit ihren Streitkolben auf die beiden Leoparden ein. Das Fauchen, jetzt nur noch klägliches Winseln, ging unter im Siegesgebrüll der aufgebrachten Primaten. Blut spritzte von den Keulen auf. An den Dornenfortsätzen klebten Fell- und Fleischfasern.

Nachdem die Affen ihr grausames Werk vollbracht hatten, verschwanden sie wieder im Wald. Den entstellten Körpern der Leoparden schenkten sie keine Beachtung mehr.

Jeff zitterte am ganzen Körper. Was er soeben beobachtet hatte, ergab keinen Sinn. Es hatte nichts mit Verteidigung zu tun oder mit Abschreckung. Die Affen hatten gar nicht erst versucht, die Leoparden in die Flucht zu schlagen. Sie hatten sie eingekesselt und getötet. Abgeschlachtet. Ermordet.

Was, wenn die Affen zurückkehrten? Was, wenn sie versuchen würden, in den Container einzudringen? Mit ihren Keulen konnten sie mühelos die Fensterscheiben zertrümmern.

Oder meinen Schädel, dachte Jeff.

Mittlerweile hatte die Dämmerung eingesetzt. Das schwindende Sonnenlicht erschwerte es ihm, den Wald im Auge zu behalten. Unruhig warf er mal zur linken, mal zur rechten Seite einen Blick aus dem Container, aber sowohl von den Panthern als auch von den Affen fehlte jegliche Spur.

Allmählich beruhigte Jeff sich wieder, und er spürte, wie die Müdigkeit seine Sinne benebelte. Obwohl er es nicht wollte, gab er seinen Widerstand bald auf. Er hockte sich auf den Boden des Containers, lehnte sich an eine Wand und legte Kojak, der sich an ihn drückte, eine Hand aufs Fell. Dann fiel er binnen weniger Minuten in einen abgrundtiefen Schlaf.

»Großer Gott! Da unten sieht es aus wie auf einem Schlachtfeld!«, brüllte Doktor Scott gegen den Lärm des Hubschraubermotors an.

Die Bruchlandung vor drei Tagen hatte er unbeschadet überstanden. Keine Knochenbrüche, nicht einmal Platzwunden. Nur ein paar Prellungen, aber die machten ihm weit weniger zu schaffen als der Verlust der heimlich gebrannten CD-ROMs, die unwiederbringlich durch das Feuer im Cockpit der Piper zerstört worden waren.

Die verlorenen Daten waren auch der Grund, weshalb Scott der Pharma-Rosenstein-Zentrale in Townsville noch nicht seine Kündigung vorgelegt hatte. Zuerst musste er noch einmal den ROSCO-Server anzapfen. Erst dann konnte er der Vergangenheit ein für alle Mal den Rücken kehren und sich auf seine Zukunft, sprich auf sein eigenes Forschungslabor, konzentrieren. Das AESCOM – das Alvin Everett Scott Centre Of Morphology.

Er stand an der offenen Luke des Hubschraubers und blickte auf die Lichtung neben dem Fluss hinab. »Was zum Teufel ist da passiert?«, rief er.

»Sieht wie eine Explosion aus«, schrie James Noolan zurück. Noolan war der Kopf der fünf Männer, die von Pharma Rosenstein angeheuert worden waren.

Nach dem Abbruch der Verbindung zur ROSCO-Station hatte man sich in der Zentrale in Townsville zunächst noch keine Sorgen gemacht. Kurzfristige Störungen waren in den letzten Jahren häufig vorgekommen. Aber als die Funkverbindung nach vierundzwanzig Stunden noch immer brachlag, wuchsen die Befürchtungen, dass etwas vorgefallen war. Also hatte man beschlossen, Noolans Dienste in Anspruch zu nehmen, nur um auf Nummer sicher zu gehen.

Doktor Scott hatte sich natürlich erboten, den Trupp zu begleiten. Genauer gesagt: Er hatte darauf *bestanden.* Mit dem Argument, sich besser als jeder andere in ROSCO auszukennen, war es ihm nicht schwer gefallen, Noolan sowie die für Sicherheitsbelange zuständige Dame bei Pharma Rosenstein von der Notwendigkeit zu überzeugen, die Rettungsmannschaft zu unterstützen.

Angesichts des grauenhaften Anblicks, der sich ihm nun bot, kam er sich jedoch schäbig und pietätlos vor. In den letzten Tagen hatte er nur an seine Daten gedacht, dabei hatte hier eine Tragödie stattgefunden. Eine Tragödie, die Menschenleben gefordert hatte, das sah man auf den ersten Blick. Scott glaubte nicht, seine Kollegen jemals wieder lebend zu Gesicht zu bekommen. Trotz der Reibereien und Zerwürfnisse der letzten Wochen taten sie ihm jetzt irgendwie Leid.

»Alle Mann hinsetzen und anschnallen!«, brüllte Noolan zu niemand Bestimmtem. »Wir gehen runter!« Dann wandte er sich an seinen Piloten und meinte: »Die Lichtung ist zu klein für den Hubschrauber. Lass uns auf dem Fluss wassern, Al!«

Der Pilot nickte stumm und begann sofort mit dem Landemanöver.

Scott ließ seinen Sitzgurt einrasten, was ihm jedoch schwerer fiel als den anderen, weil er seinen linken Arm schonen wollte. Erst heute Morgen hatte er ihn frisch verbunden. Die Wunde am Ellenbogen begann allmählich zu heilen, und er wollte verhindern, dass sie erneut aufbrach.

Er hörte, wie sich der Motorenlärm veränderte, als der Pilot Gas wegnahm und die schwere, bauchige Maschine zu sinken begann. Durch die offene Ladeluke sah er, wie die Kronen der Bäume durch die Luftströmung in Bewegung versetzt wurden. Unter den flirrenden Drehungen der mächtigen Rotoren erzitterten Blätter und Äste. Zweige, ja sogar kleinere Bäume bogen sich, als würden unsichtbare Waldgeister an ihnen zerren. Kalte Asche wirbelte auf wie Flocken bei einem Schneegestöber. Und das Wasser im Fluss begann zu vibrieren und zu tanzen, als würde es durch ein Erdbeben in Bewegung versetzt.

Kaum hatten die Schwimmer des Hubschraubers aufgesetzt, ließ Noolans Trupp auch schon ein Schlauchboot mit Außenbordmotor zu Wasser.

»Warten Sie!«, rief Scott.

»Warten? Worauf?«

»Ich glaube, ich habe irgendetwas am Ufer gesehen. Dort hinten, zwischen den Bäumen.«

Scott deutete in eine Richtung, und Noolan suchte das Gelände mit seinem Feldstecher ab, während die Turbinen des Hubschraubers langsam zur Ruhe kamen.

»Ich kann nichts erkennen«, sagte er. »Wenn das einer Ihrer Kollegen war – weshalb zeigt er sich uns dann nicht?«

»Was ich gesehen habe, war kein Mensch, Mister Noolan, sondern ein Tier. Und wenn ich mich nicht irre eines aus unserem Freigehege. Eine Art Panther.«

»Eine *Art* Panther? Was zum Teufel soll das bedeuten?«

»Es würde zu lange dauern, Ihnen das zu erklären. Ich wollte Sie lediglich warnen! Wir sollten die Augen offen halten. Wenn meine Vermutung stimmt und die Explosion die Entriegelung der Gehege verursacht hat, steht uns ein ziemlich gefährlicher Ausflug bevor!«

Noolan nickte grimmig. »Ihr habt's gehört, Männer!«, rief er seinen Leuten zu. »Könnte sein, dass wir angegriffen werden! Also entsichert eure Waffen und seid wachsam!« Er wandte sich zum Piloten. »Al, du bleibst hier. Lass den Motor laufen, falls irgendwas schiefgeht und wir schnell von hier verschwinden müssen. Der Rest ins Boot, aber dalli! Je schneller wir hier fertig sind, desto besser!«

Sie tuckerten über den Fluss und ließen das Boot am flachen Ufer neben dem Steg aufsetzen. Noolan und seine Leute sprangen an Land und zogen das Boot so weit aus dem Wasser, dass es nicht von der Strömung abgetrieben werden konnte. Als Letzter betrat Doktor Scott wieder festen Boden.

Je näher sie dem Ort der Zerstörung kamen, desto unbehaglicher fühlte er sich, denn er wusste genau, mit welchen Raubtieren sie es hier zu tun hatten. Weder Noolans Trupp noch die Tatsache, dass er selbst bewaffnet war, konnten etwas daran ändern, dass er Angst hatte, einem der vielen gefräßigen Mäuler zum Opfer zu fallen. Unter Laborbedingungen waren die Tiere einigermaßen berechenbar. Aber in freier Wildbahn? Er wollte lieber nicht so genau darüber nachdenken.

Während sie sich mit den Waffen im Anschlag langsam den Trümmern näherten, verdrängte ein anderes Gefühl die Angst: das blanke Entsetzen darüber, mit welch zerstörerischer Wucht diese Explosion stattgefunden haben musste. Als er seinen Blick über den eingefallenen, verkohlten vorderen Bereich der Basis schweifen ließ, gab es für ihn keinen Zweifel mehr.

»Sie sind alle tot«, murmelte er. »Niemand kann diese Katastrophe überlebt haben …«

»Ich fürchte, Sie haben Recht, Doktor«, sagte Noolan. Für jemanden, der durch eine Vielzahl ähnlicher Einsätze bereits abgehärtet sein musste, legte er erstaunlich viel Mitgefühl in die Stimme. »Hätte einer Ihrer Kollegen sich retten können, müsste er längst den Hubschrauber gehört und auf sich aufmerksam gemacht haben. Dennoch – sobald wir ein wenig Ordnung in die Station gebracht haben, werden wir die Umgebung absuchen. Vielleicht finden wir jemanden. Man soll die Hoffnung nie aufgeben.«

Scott nickte.

»Hören Sie, Doktor«, sagte Noolan und legte ihm eine Hand auf die Schulter. »Ich kann mir vorstellen, wie nahe Sie diesen Menschen standen. Gewiss werden wir den einen oder anderen von ihnen unter den Trümmern finden. So etwas ist selbst für meine Jungs und mich jedes Mal ein furchtbarer Anblick, aber für Sie wird es noch viel schlimmer sein. Was ich damit sagen will, ist: Wenn Sie lieber im Hubschrauber warten möchten, bis wir unsere Arbeit erledigt haben, könnte ich das gut verstehen.«

»Danke, Mister Noolan, aber fürs Erste würde ich lieber hier bleiben.«

»Selbstverständlich, wie Sie wollen«, sagte Noolan. Dann erhob er wieder seine Stimme. »Roy, du bleibst hier und hilfst mir. Wir suchen die Trümmer nach Toten und Verletzten ab. Hank und Billy, ihr nehmt den Seiteneingang. Durchsucht die Station, vielleicht ist noch jemand dort drin!«

Die beiden Letztgenannten machten sich auf den Weg. Langsam, mit angelegten Gewehren, pirschten sie sich an der Hauswand entlang in Richtung Seitentür. Ihre Blicke hielten sie dabei ins Halbdunkel des Waldrands gerichtet. Noolan und der Mann, den er Roy genannt hatte, machten sich unterdessen über den Trümmerhaufen her.

»Vermutlich können wir das Chaos ohne schweres Gerät gar nicht beseitigen«, sagte er, während er an einem großen, zerbeulten Stück Wellblech zu zerren begann. »Wir werden in den nächsten Tagen noch mal kommen müssen, mit besserer Ausrüstung und mehr Männern.« Während Roy den Waldrand im Auge behielt, hob Noolan mit einem kräftigen Ruck das Wellblech an und wälzte es zur Seite. Klappernd fiel es zu Boden.

Im selben Augenblick drehte es Doktor Scott beinahe den Magen um: Aus den Trümmern, die unter dem Wellblech verborgen gewesen waren, ragte ein menschlicher Fuß hervor, bedeckt mit Blut und Ruß, die Zehen bereits angefressen. Scott riss sich von dem grauenhaften Bild los und zwang sich dazu, ruhig ein- und auszuatmen. Etwas Scheußlicheres hatte er in seinem ganzen Leben noch nicht gesehen.

Sein Blick wanderte zu den beiden anderen Männern, Hank und Billy, die mittlerweile die Seitentür erreicht hatten, aber vergeblich versuchten, ins Innere der Station zu gelangen. Scott beobachtete, wie einer der beiden aus seinem Rucksack ein Schweißgerät hervorholte und sich damit an der Tür zu schaffen machte, während sein Begleiter mit dem Gewehr im Anschlag die Stellung sicherte. Rotweiße Funken stoben auf, und das Zischen des Schweißbrenners vermischte sich mit dem Geräusch des im Leerlauf ratternden Hubschraubers auf dem Fluss.

Allmählich legte sich Doktor Scotts erster Schock. Du musst dich jetzt auf die Daten konzentrieren, sagte er sich. Vergiss, was du eben gesehen hast! Denk nur an deine Zukunft!

Wie er die Daten kopieren konnte, ohne den Argwohn der anderen zu erwecken, wusste er noch nicht. Er kam auch nicht mehr dazu, sich einen Plan zurechtzulegen, denn in diesem Moment donnerte ein Gewehrschuss durch die schwüle Abendluft und riss ihn aus seinen Gedanken.

Im ersten Moment wusste er nicht, was geschehen war. Dann bemerkte er, dass Hank geschossen hatte und dass Billy nun ebenfalls sein Gewehr in Anschlag brachte. Jetzt erst sah Scott die dunklen Silhouetten der Raubkatzen, die sich aus dem Schatten des Dschungels lösten und mit mörderischem Tempo auf die Lichtung preschten. Hank und Billy blieb kaum Zeit zum Zielen. Sie schrien etwas, aber Scott konnte sie nicht verstehen.

Weitere Schüsse krachten durch die Luft. Scott bemerkte, dass Noolan und Roy nun neben ihm standen und ihren beiden Kumpels Feuerschutz geben wollten, doch plötzlich schienen die Tiere von allen Seiten aus dem Unterholz hervorzubrechen.

»Wir müssen von hier verschwinden!«, brüllte Noolan. »Zurück zum Boot, sofort!« Er feuerte ein paar Schuss in schneller Folge. Ein Panther brach tot zusammen.

Nur einer!, dachte Scott entsetzt. Er erinnerte sich daran, dass er selbst eine Waffe in der Hand hatte, aber er fühlte sich wie gelähmt. Er wollte nur noch eines: fort von hier, so schnell wie möglich.

»Billy, Hank!«, grölte Noolan. »Wo zum Teufel bleibt ihr? *Rückzug* habe ich gesagt!«

Doch ihr Schicksal war besiegelt, denn schon fielen die Panther über sie her. Das erste Opfer war Billy, der bis zuletzt seine Waffe im Anschlag behielt. Zwei der Tiere sprangen ihn gleichzeitig an und begruben ihn unter sich. Billys gellender Schrei ging Scott durch Mark und Bein. Der andere, Hank, suchte seine Chance in der Flucht – ebenfalls erfolglos. Während er in heller Panik davonrannte, griff ihn ein Panther von hinten an. Hank taumelte und stürzte. Das schwarze Biest krallte sich in seinen Rücken und biss zu. Mit seinen mächtigen Säbelzähnen riss es ihm den Hals auf. Ein pulsierender Strom von Blut schoss aus der Wunde. Der Panther hatte die Halsschlagader durchtrennt. Hank öffnete und schloss die Lippen wie ein Fisch auf dem Trockenen. Beinahe glaubte Scott, seinen stummen Schrei, sein Röcheln, sein Flehen hören zu können. Aber es gab nichts, was er oder Noolan oder Roy noch für ihn hätten tun können, zumal der Panther nun zu einem zweiten tödlichen Biss ansetzte.

Scott spürte, wie ihn eine Hand am Ärmel packte und wegzerrte.

»Kommen Sie, Doktor!«, schrie Noolan. »Zum Ufer! Und schießen Sie, verdammt noch mal! Schießen Sie, was das Zeug hält!«

Die Lethargie fiel von Scott ab wie eine bleierne Hülle. Er legte wie die beiden anderen sein Gewehr an und feuerte. Zu dritt – jeder in eine andere Richtung zielend – zogen sie sich in Richtung Ufer zurück, während nun auch noch die Affen aus dem Wald auf die Lichtung drängten.

Endlich erreichten sie das Schlauchboot. Sie stießen es ins Wasser, sprangen hinein. Noolan zog an der Reißleine, und der Motor sprang an.

»Schmeiß die Maschinen an, Al!«, brüllte Noolan über den Fluss hinweg. Der Pilot verstand. Noch während das Boot auf den Hubschrauber zuhielt, begannen die Rotorblätter immer schneller und schneller zu kreisen. Scott spürte die aufgewirbelte Luft im Gesicht und fühlte sich etwas ruhiger. Aber erst als er im Bauch des Hubschraubers saß und merkte, wie sich der stählerne Rumpf aus dem Wasser erhob, wusste er, dass er in Sicherheit war.

Durch die Schüsse war Jeff aus seinem Tiefschlaf erwacht. Zunächst hatte er an eine Halluzination geglaubt, aber als er dann den Hubschrauber hörte, hatte er begriffen: Die Rettung war da. Also hatte er Kojak in seinen Hemdausschnitt gesteckt, sein Gewehr geschnappt und den Container verlassen. Um die wilden Tiere nicht auf sich aufmerksam zu machen, hatte er es nicht gewagt, um Hilfe zu rufen. Aber er war zur Basis geschlichen, so schnell es die gebotene Vorsicht zuließ.

Was er dort erblickte, ließ ihn erstarren. Auf der Lichtung wimmelte es nur so von fauchenden Raubkatzen und von Affen, die aufgeregt kreischten und ihre Keulen schwangen. Diesmal hatten sie es nicht aufeinander abgesehen, sondern in trauter Eintracht ein gemeinsames Ziel auserkoren: den Hubschrauber, der wie eine dröhnende, stählerne Libelle in die Luft emporstieg, sich dann zur Seite neigte und irgendwo über den Bäumen aus Jeffs Blickfeld verschwand. Schon wenige Sekunden später verlor sich das laute Knattern der Turbinen im Wald. Zurück blieb die entsetzliche Erkenntnis, dass der Rettungstrupp unverrichteter Dinge abgezogen war.

Ohne mich!, dachte Jeff. Sie wissen nicht einmal, dass ich noch am Leben bin!

Hoffnungslosigkeit kroch ihm in die Knochen wie lähmendes Gift. Er hatte seine Chance auf Rettung verpasst. Verschlafen – im wahrsten Sinne des Wortes! Eine innere Stimme sagte ihm, dass er längst tot sein würde, bis der Trupp zurückkehrte.

Jeffs Augen hafteten noch immer an der Stelle, wo er den Hubschrauber zuletzt gesehen hatte. Die untergehende Sonne ließ den Himmel bereits violett schimmern. Bald würde die Nacht hereinbrechen.

Während er so dastand und mit sich haderte, wurde ihm bewusst, dass es keinen Sinn mehr hatte, länger in ROSCO zu warten. Die ersehnte Hilfe war gekommen und wieder verschwunden. Jetzt musste er die Dinge selbst in die Hand nehmen, ob er wollte oder nicht.

Ein Gedanke zuckte ihm durch den Kopf: Die Tiere hatten sich auf der Lichtung versammelt, nach Jeffs Einschätzung zumindest die meisten. Wenn er fliehen wollte, würde es keinen günstigeren Zeitpunkt mehr geben. Und er *musste* fliehen, denn hier zu bleiben würde den sicheren Tod bedeuten.

Natürlich ist es auch gefährlich, sich durch den Dschungel zu schlagen, überlegte Jeff. Aber ich muss es riskieren. Am gegenüberliegenden Flussufer habe ich vielleicht eine Chance. Affen und Panther können nicht schwimmen. Oder etwa doch?

Er wusste es nicht genau, aber welche Alternativen standen ihm zur Wahl?

Er schlich tiefer in den Wald hinein, um den Abstand zwischen sich und den wilden Kreaturen zu vergrößern. Angstschweiß überzog seinen Körper. Sein Atem klang keuchend und gehetzt, seine Beine zitterten. Unter seinem Hemd begann Kojak zu strampeln.

»Ruhig, mein Freund!«, flüsterte Jeff heiser. »Ganz ruhig! Wir müssen zusammenhalten, wenn wir überleben wollen!«

5

Julie Carlton genoss das sanfte Auf und Ab, das Rauschen des Meeres und das Geräusch der Wellen, wenn sie gegen den Rumpf der Sea Gull klatschten. Das alles vermittelte ihr den Eindruck von Gelassenheit und Freiheit. Hier draußen gab es keine Sorgen, keinen Sklaventreiber namens Harold Glimsky, keinen Druck. Sogar die quälende Erinnerung an Roger, ihren Ex-Mann, schien angesichts der unendlichen Weite des Ozeans zu verblassen.

Bis in die Nacht hinein waren sie mit fünfzehn Knoten in Richtung Norden gefahren, immer weiter hinaus aufs Meer. Caleb, der Aborigine, war die ganze Zeit hinter seinem Steuerrad geblieben, ohne die geringste Spur von Müdigkeit zu zeigen. Vanessa hatte kurz nach dem Ablegen einen überraschenden Funkruf von Osmond Lodewick, dem Leiter des Marine Institute of Queensland, erhalten und von ihm die Anweisung erteilt bekommen, eine Präsentation für den Bewilligungsausschuss für öffentliche Fördermittel zu erstellen. Daher hatte sie kaum Zeit gefunden, sich um Julie zu kümmern. Doch jetzt saßen sie alle drei unter einem sternenklaren Himmel am Achterdeck und ließen sich ihr spätes Abendessen schmecken.

»Caleb beherrscht genau drei Gerichte«, sagte Vanessa. »Spaghetti aus der Dose, Ravioli aus der Dose und Eintopf aus der Dose.«

Das dunkle Gesicht des Aborigines verzog sich zu einem breiten Grinsen. »Als *du* das letzte Mal gekocht hast – gab es da nicht ein verkohltes Stück Fleisch mit Brikett-Kartoffeln und Ruß-Erbsen?«

»Meine Güte, dabei hätte ich um ein Haar die Jacht abgefackelt!«, gestand Vanessa und hielt sich eine Hand vor den lachenden Mund. »Besser wir sprechen nicht mehr darüber. Jules muss nicht alles wissen – immerhin arbeitet sie bei der Zeitung. Da muss man aufpassen, was man sagt.«

»Jammerschade!«, seufzte Julie theatralisch. »Das wäre eine tolle Geschichte für die Klatsch-Spalte der Cairns News geworden. *Kochversuch steckt Schiff in Brand.* Glimsky würde es lieben.«

»Apropos Cairns News«, sagte Vanessa. »Ich denke, es ist an der Zeit, dir etwas mehr über diesen Fischschwarm zu erzählen. Caleb, bist du so nett, den Abwasch zu übernehmen, während ich Julie die Computeraufzeichnungen zeige? Du bist ein Schatz!«

Mit gespielter Empörung meinte Caleb, er sei der lebende Beweis dafür, dass die Weißen die Eingeborenen noch immer unterdrückten.

Vanessa kniff ihm in die dunkelbraunen Wangen. »Du bist mein Lieblingssklave«, lachte sie. Dann bedeutete sie Julie mit einer Kopfbewegung, ihr ins Unterdeck zu folgen.

Der Computerraum befand sich gegenüber dem Labor im hinteren Teil der Jacht – ein enges Zimmer, das mit modernster Technik vollgestopft war. Auf dem Boden wanden sich armdicke Kabelstränge, an den Wänden hingen mehrere Flachbild-Monitore. Auf den Tischen drängten sich Tastaturen, Lautsprecher, Drucker, Scanner und gut ein Dutzend weiterer Geräte, die Julie nicht zuordnen konnte. In einer Ecke stapelten sich Kartons voller Papier, in einer anderen standen drei Computer-Tower, die leise vor sich hinsummten. Auf einem Kontrollpult leuchteten und blinkten verschiedenfarbige Lämpchen. Der aufgeklappte Laptop-Bildschirm zeigte eine Statistik mit der Überschrift *Korallenbestand und -entwicklung seit 1990.*

Julie nahm neben ihrer Freundin an einem der Tische Platz. Vanessa stieß die Computermaus an, und ein bis dahin schwarzer Monitor erwachte unmittelbar vor ihnen zum Leben.

Es erschien eine Karte der nordostaustralischen Küstenregion. Vanessa zog mit der Maus einen Ausschnitt und zoomte ihn heran. Jetzt lag am linken Bildschirmrand die Halbinsel Cape York, von oben nach unten durch den Höhenzug der Great Division Range geteilt. Einige Zentimeter weiter rechts war der Verlauf des Great Barrier Reefs als Ansammlung gestrichelter Linien eingezeichnet.

»Wir befinden uns etwa hier«, sagte Vanessa und deutete auf eine Stelle zwischen Küste und Riff. »Siehst du die vier blauen Kreuze, ein Stück weiter nördlich?«

Julie nickte. Die Kreuze bildeten ziemlich genau ein Quadrat auf der Wasseroberfläche.

»In diesem Areal gehe ich meinen Forschungen nach«, erläuterte Vanessa. »Wir werden es morgen Vormittag erreichen. Von hier aus sind es höchstens noch zwei oder drei Stunden.« Sie vergrößerte die Karte abermals, sodass der Forschungsquadrant den Computerbildschirm komplett ausfüllte.

»Was bedeuten die roten Kreise?«, fragte Julie.

»Sie markieren die Positionen meiner Mess-Bojen. Wie du siehst, bilden sie eine Art Koordinatensystem. Ein Karomuster. So lange ein Fischschwarm sich innerhalb dieses Areals bewegt, kann ich seine Wanderbewegung exakt nachvollziehen.«

»Also auch bei *unserem* Schwarm?«

»So ist es. Pass auf, ich zeig's dir.«

Sie rief ein Eingabemenu auf und tippte einige Befehle in die

Tastatur. Daraufhin erschien eine lang gezogene, dunkle Wolke auf dem Bildschirm, der Satelliten-Aufnahme einer Schlechtwetterfront nicht unähnlich.

»So sah der Schwarm vor ziemlich genau vierundzwanzig Stunden aus«, sagte Vanessa. »Ich werde die Daten jetzt aktualisieren, damit wir sehen, wie er sich seitdem verhalten hat.«

Wieder flogen ihre Finger über die Computertastatur. Auf dem Monitor erschien ein Fenster mit einer Prozentanzeige, die den aktuellen Stand der Datenübermittlung angab. Als das Fenster verschwunden war, sagte Vanessa: »Jetzt wollen wir mal sehen, was sich seit gestern so alles getan hat. Vierundzwanzig Stunden komprimiert auf zwei Minuten.«

Sie drückte die Eingabetaste, und das Wolkenband begann sich zu bewegen. Zunächst dehnte der Schwarm sich weiter nach Norden und Süden aus, ein kleiner Teil der Gruppe löste sich sogar wie ein Tief-Ausläufer und begann eigenständig abzudriften. Doch schon nach wenigen Sekunden zog die Wolke sich zusammen, und auch der Ableger integrierte sich wie von Geisterhand getrieben wieder in die Großgemeinschaft. Derart vereinigt, wanderte das komplette Gebilde nun wieder langsam, aber eindeutig der australischen Küste entgegen.

»Der Schwarm ist zurzeit rund zehn Kilometer lang und zweihundertfünfzig Meter breit«, sagte Vanessa. »Es müssen Millionen von Tieren sein – wie bereits erwähnt, ist vom Rochen bis zum Tiefseeaal so ziemlich alles dabei. Der Computer konnte bislang über fünfundzwanzig Arten selbständig identifizieren. Allerdings dürften es de facto wesentlich mehr sein, da die Computeridentifikation durch das enge Zusammenschwimmen der Tiere erschwert wird. Ich tippe auf mindestens vierzig oder fünfzig verschiedene Arten, die sich hier zusammengeschlossen haben.«

»Die Frage ist nur: warum?«

»Genau das wollen wir morgen herausfinden. Wir werden bei Sonnenaufgang unsere Fahrt fortsetzen und an einer Stelle halten, die der Schwarm im Lauf des Tages passieren wird. Und dann werden wir dieser Sache auf den Grund gehen. Du kannst doch noch tauchen, nicht wahr, Jules?«

Am nächsten Morgen erreichten sie gegen 09.00 Uhr ihre Position. Allerdings gab es beunruhigende Neuigkeiten: Der Computer hatte anhand der neuesten Datenauswertung eine neue Spezies identifiziert, die er jedoch nicht eindeutig benennen konnte. Große Fische mit zwei Metern Körperlänge und mehr.

»Ich bin nicht sicher, ob sie ebenfalls zum Schwarm gehören«, sagte Vanessa. »Es scheint eher so, als bildeten sie eine Art Nachhut. Oder als würden sie den Schwarm verfolgen.«

»Haie?«

»Zumindest müssen wir die Möglichkeit in Betracht ziehen.«

Die Wanduhr im Steuerhaus zeigte 09.47 Uhr, als das Echolot zu piepsen begann. Vanessa und Julie hatten bereits ihre Taucheranzüge angezogen. Jetzt beeilten sie sich, auch noch die restliche Ausrüstung anzulegen: Bleigürtel, Messer, Flossen, Masken und so weiter. Auch ihre Harpunen nahmen sie mit. Zum Schluss schnallten sie sich die schweren Sauerstoffflaschen auf den Rücken. Vanessa sagte, dass sie damit gut zwei Stunden unter Wasser bleiben konnten.

Während sie einen letzten Kontroll-Check durchführten, ließ Caleb mit dem Bordkran den Haikäfig zu Wasser. Obwohl er stabil aussah, wirkte er auf Julie nicht besonders Vertrauen erweckend. Allein die Tatsache, dass Vanessa sich ihrer Sache sicher schien, ließ sie ihre Bedenken beiseite schieben.

»Wie weit ist der Schwarm noch entfernt?«, fragte Vanessa ihren Kollegen.

Caleb verschwand im Steuerhaus und rief: »Achtzig Meter. Kommt in gleichbleibendem Tempo auf uns zu. Gemächliche 0,24 Kilometer pro Stunde, wie schon die letzten Tage.«

Julie blickte hinaus auf die See, in jene Richtung, aus der der Schwarm nahte. Der Ozean lag ruhig und friedlich vor ihr. Nichts deutete auf die merkwürdigen Vorkommnisse unter der Wasseroberfläche hin.

Vanessa watschelte zum Heck, ließ sich von Caleb eine Unterwasserkamera reichen und sprang über Bord. Als Julie ihr folgte, konnte sie sich des Gefühls nicht erwehren, die größte Dummheit ihres Lebens zu begehen.

Das Wasser war trotz Neoprenanzug unerwartet kühl. Die unzähligen Luftbläschen, die vor ihrer Tauchermaske tanzten, verzogen sich rasch und gaben den Blick auf eine glasklare Unterwasserwelt frei. Dreißig oder vierzig Meter unter ihr lag der Meeresboden. Obwohl nur ein Teil des Sonnenlichts so weit hinabdrang, erkannte Julie zumindest schemenhaft den weißen Sand und eine Vielzahl bunter Korallenstöcke.

Doch ihr stand der Sinn nicht danach, sich vom Anblick der Unterwasserwelt gefangen nehmen zu lassen. Sie wollte nur eines: Vanessa so schnell wie möglich zum Haikäfig folgen.

An Bord der Sea Gull hatte der Käfig ziemlich geräumig gewirkt, jetzt stellte sich heraus, dass er kaum genug Platz für zwei Personen bot. Julie fühlte sich beengt, eingezwängt wie eine Maus in der Falle.

Sie spielte mit dem Gedanken, lieber wieder an Bord der Sea Gull zurückzukehren, doch es war bereits zu spät. Aus dem tiefblauen Nichts des Ozeans tauchten in sechzig Metern Entfernung die ersten silbernen Fischkörper auf.

Angesichts des sonderbaren Schauspiels, das sich Julie nun bot, vergaß sie sogar ihre Angst. Immer mehr Fische drangen in ihr Sichtfeld, eine einzige schillernde Wand aus Tausenden und Abertausenden von Tieren, ein zuckendes, pulsierendes Organ, homogen und inhomogen zugleich, glitzernd, funkelnd, unwirklich.

Nie zuvor hatte Julie so viele Fische auf einmal gesehen. Immer näher kamen sie, immer bunter wurde die Farbenpracht. Was im einen Moment noch silbern schimmerte, wurde gleich darauf rot, grün, gelb oder einfach nur gläsern, als schwebe inmitten dieses riesigen Schwarms eine Art Wasserloch. Ein atemberaubender Anblick.

Vanessa schaltete ihre Kamera an und hielt sie sich vor die Tauchermaske. Julie war sicher, dass diese Aufnahmen einmalig würden.

Nach einer Viertelstunde hatten die Fische den Käfig erreicht. Die meisten von ihnen waren so klein, dass die Gitterstäbe für sie kein Hindernis darstellten. Unwillkürlich wurde Julie von dem Schwarm umfangen, von ihm absorbiert, in ihn eingesogen wie in eine fremdartige, schillernde Welt. Die Tiere schwammen so dicht beieinander, dass Julie nicht einmal mehr Vanessa erkennen konnte, obwohl diese kaum einen Meter von ihr entfernt war.

Das surreale Schauspiel dauerte eine ganze Stunde lang, dann löste es sich mit einem Male wieder auf. Schon folgten die Fische weniger dicht aufeinander, und Julie konnte wieder ihre Freundin erkennen, die ihre Kamera herunternahm und mit Daumen und Zeigefinger ein O formte. Julie tat es ihr gleich.

Alles okay.

Dann entdeckte Julie inmitten der Nachzügler plötzlich einen großen, stromlinienförmigen Körper, stahlgrau, mit einer spitz zulaufenden Dreiecksflosse am Rücken. Lautlos durchschnitt er das Wasser. Ein Räuber auf Jagd.

Sofort begann Julies Herz zu rasen, automatisch griff sie nach ihrer Harpune. Doch Vanessa legte ihr eine Hand auf den Arm und bedeutete ihr, noch einmal genauer hinzuschauen. Tatsächlich erkannte Julie jetzt, dass es kein Hai war, sondern ein Delfin. Erleichtert ließ sie von ihrer Harpune ab.

Erhaben umrundete das Tier den Käfig. Zunächst hielt es Abstand, dann kam es neugierig näher, bis es mit seiner Schnauze sogar die Gitterstäbe berührte.

Vanessa nickte auffordernd, und Julie wagte, den Delfin zu streicheln. Das anfangs noch mulmige Gefühl in der Magengegend wich einem wohligen Kribbeln. Rasch kehrte die Erinnerung an ihre erste Begegnung mit einem Delfin zurück. Das war über zehn Jahre her, als sie gemeinsam mit Vanessa den Tauchschein gemacht hatte. Aber das Zutrauen, das sie damals zu den Tieren gefasst hatte, war noch immer da.

Vanessa wartete ein paar Minuten, bis der Schwarm sich weiter entfernt hatte, dann gab sie Julie noch einmal das Okay-Zeichen und entriegelte den Käfig. Die Bodenklappe öffnete sich, und die beiden Frauen tauchten nach unten ins Freie.

Der Delfin schien sich darüber zu freuen. Er vollführte ein paar lustige Pirouetten und stieß dabei ein schnatterndes Geräusch aus, das an menschliches Lachen erinnerte.

Zu spät erkannte Julie, dass dieses Geschnatter kein Lachen war, sondern ein Lockruf für die Artgenossen. Schon tauchten zwei weitere Delfine aus der blauen Weite auf. Auch sie schnatterten und wanden sich im Wasser, aber die Vertrautheit zwischen Mensch und Tier war plötzlich wie weggeblasen. Julie spürte, dass von diesen Delfinen etwas Bedrohliches ausging.

Sie wollte Vanessa ein Zeichen geben, doch die hatte ihr

den Rücken zugekehrt und versuchte soeben, auf einen vierten Delfin zuzuschwimmen, der aus der anderen Richtung zu ihnen gestoßen war.

Dann geschah es: Noch bevor Julie bei Vanessa angelangt war, vollführte der Delfin einen kräftigen Schlag mit der Schwanzflosse und schoss nach vorne. Er schnappte nach der Kamera in Vanessas Hand, zerbiss das Gehäuse mit lautem Knacken und spie es wieder aus. Ohne weiter auf das zu Boden sinkende Gerät zu achten, fasste er nach. Diesmal packte er Vanessas Arm und zerrte mit einem so kräftigen Ruck daran, dass der Neoprenanzug riss. Eine Blutwolke trat aus der Wunde. Durchs Wasser hörte Julie den gedämpften Schrei ihrer Freundin.

Julie war vor Schreck wie gelähmt. Dann fiel ihr plötzlich wieder die Harpune ein. Sie befürchtete, aus Versehen Vanessa zu treffen, wusste aber, dass sie handeln musste. Also drückte sie ab. Mit hellem Surren zerschnitt der Pfeil das Wasser. Er sauste dicht am Schädel des wild gewordenen Delfins vorbei und wurde vom Nirgendwo des Ozeans verschluckt.

Das Tier schrak auf und ließ von Vanessa ab. Julie schwamm eilig zu ihr, packte sie am unverletzten Arm und wollte sie – Dekompression hin oder her – an die Oberfläche zerren, doch schon kreisten die Delfine über ihnen.

Sie schneiden uns den Weg ab, dachte Julie. Als wüssten sie, dass wir früher oder später auftauchen müssen.

Endlich kam ihr die rettende Idee: Im Haikäfig befand sich ein Seil, das hinauf zur Sea Gull führte. Mit Caleb hatte Vanessa ein Notsignal ausgemacht: Dreimaliges Ziehen in kurzer Folge hieß, dass er die Kranwinde betätigen solle.

Gemeinsam schwammen Julie und Vanessa zum Haikäfig. Sie tauchten von unten hinein, schlossen die Gitterluke und gaben das Signal. Wenige Sekunden später spürte Julie, wie der Käfig sich langsam aufwärts bewegte.

Die Delfine kreisten noch immer über ihnen, abwartend, zögernd, lauernd. Doch dann, wie auf ein geheimes Zeichen hin, tauchten sie ab, holten in weitem Bogen Schwung und schossen wie lebende Torpedos auf das Gitter zu.

Entsetzt registrierte Julie, dass sie von allen vier Seiten her gleichzeitig angegriffen wurden. In einer Geste der Verzweiflung umklammerte sie ihre verletzte Freundin, als könne sie ihr auf diese Weise Schutz bieten. Dann hielt sie den Atem an und wartete auf den Aufprall.

Er folgte nur eine Sekunde später, als der erste Delfin mit unverminderter Geschwindigkeit gegen die Gitterstäbe prallte. Ein dumpfer Donnerschlag drang durch den Ozean. Der Haikäfig wurde jäh zur Seite gerissen. Julie spürte einen Schlag gegen den Rücken, aber noch bevor sie sich Sorgen darüber machen konnte, ob mit ihrer Sauerstoffflasche alles in Ordnung war, krachten auch schon die drei anderen Delfine in den Käfig.

Julie keuchte in ihr Mundstück und stellte erleichtert fest, dass alle Gitterstäbe noch intakt waren. Eingedellt, aber nicht aus den Angeln gerissen. Gott sei Dank! Allerdings arbeitete diese verfluchte Kranwinde so langsam, dass Julie am liebsten drauflos geheult hätte. Wie weit war es noch bis zur Oberfläche? Acht Meter? Womöglich zehn?

Die Delfine starteten die nächste Attacke. Diesmal griffen sie nicht von allen vier Seiten an, sondern nur von einer. Sie bündelten ihre Kraft.

Die Wucht des Aufpralls traf Julie wie ein Vorschlaghammer. Sie krachte mit dem Kopf gegen das Gitter und spürte sofort eine Beule.

Auch ein Delfin hatte sich bei der Attacke verletzt, denn während drei der Tiere erneut Schwung holten, verharrte das vierte nur wenige Meter vor dem Käfig, reglos im Wasser treibend. Julie erkannte eine riesige aufgeplatzte Wunde von der Stirn bis weit hinter das Atemloch. Der Delfin musste sich beim Aufprall den Schädel gebrochen haben.

Eine Seite des Käfigs war inzwischen arg demoliert. Besorgt fragte Julie sich, ob das Gitter einem weiteren Angriff standhalten würde. Doch durch den plötzlichen Verlust des Artgenossen schienen die anderen Delfine jegliches Interesse an weiterer Gewalt verloren zu haben.

Julie fiel eine Zentnerlast vom Herzen.

»Ich verstehe nicht, was in diese Tiere gefahren ist«, sagte Vanessa, als sie mit den beiden anderen bei einer Tasse Kaffee im Steuerhaus saß. Der Biss an ihrem Arm war weniger schlimm als befürchtet. Caleb hatte die Wunde desinfiziert und verbunden.

»Eine Narbe wird wohl bleiben«, meinte der Aborigine. »Aber immerhin gibt es nicht viele Leute, die mit einem Delfinbiss prahlen können.«

»Ich wünschte, du könntest auch mal ernst sein. Nur ein einziges Mal. Dort unten war mir nämlich alles andere als zum Lachen zumute.«

»Tut mir Leid, Vanessa. Ich wollte die Situation nur ein wenig auflockern.«

Die Frau seufzte. »Schon gut. Mir tut es Leid. Schließlich trifft dich keine Schuld an dem, was passiert ist.«

»Dass Delfine nicht ganz so friedfertig sind wie ihr Ruf, solltest du doch am besten wissen«, sagte Caleb. »Hast du nicht im letzten Jahr einen Aufsatz darüber veröffentlicht?«

Vanessa machte eine wegwerfende Handbewegung, zuckte aber unter den Schmerzen der noch frischen Wunde zusammen.

»Stimmt das?«, fragte Julie. »Es heißt doch immer, Delfine sind die Freunde der Menschen!«

»Caleb übertreibt«, meinte Vanessa. »Hätte ich auch nur die geringste Gefahr gesehen, hätte ich nicht den Käfig geöffnet. Im Allgemeinen sind Delfine nämlich durchaus angenehme Zeitgenossen. Es ist nachgewiesen, dass sie bereits Menschen vor dem Ertrinken gerettet haben. Und vor Hai-Attacken. Sie können Haie töten, indem sie ihnen die Schnauze in die Kiemen rammen. Sie sind intelligent, verspielt und anhänglich.«

»Aber sie können auch aggressiv sein«, beharrte Caleb.

Vanessa nickte. »Man hat schon beobachtet, wie Tümmler einen Schweinswal töteten – ohne ersichtlichen Grund. Ein Kollege aus Schottland filmte vor ein paar Jahren, wie ein Delfinmännchen fast eine Stunde lang ein Junges biss und immer wieder aus dem Wasser schleuderte, so lange, bis es starb. Selbst Vergewaltigungen unter Delfinen sind verbürgt – oft scharen sich mehrere Männchen um ein Weibchen und vergehen sich an ihm. Aber dass Delfine gezielt Menschen angreifen – davon habe ich noch nie gehört.«

»Dennoch hättest du vorsichtiger sein müssen!«, beharrte Caleb. »Schließlich wusstest du nicht, ob noch andere Gefahren da draußen lauern …«

»Im Nachhinein gebe ich zu, dass es töricht war – aber die Delfine gaben mir das Gefühl von Sicherheit!«

»Delfine, die eine tagelange Treibjagd quer durch den Ozean veranstalten, vermitteln kein Gefühl von Sicherheit!«

»Eine Treibjagd?«

»Wie würdest du es nennen?«

»Sie folgen dem Schwarm in der Hoffnung, dass ein paar Happen für sie abfallen.«

»Unsinn!«

»Caleb, ich bestreite nicht, dass Delfine Beutefische vor sich hertreiben können. Sie sind intelligent genug, um miteinander zu kommunizieren und ihr Jagdverhalten aufeinander abzustimmen. Aber sie jagen nur, wenn sie Hunger haben.«

»Du weißt, dass ich Recht habe, Vanessa. Unsere Echolot-Aufzeichnungen belegen meine Theorie. Der Schwarm schwimmt zwar ziemlich gemächlich vor sich hin, aber wann immer eine Gruppe sich abspalten will, wird sie wieder zurückgetrieben. Der Schwarm wird von den Delfinen zusammengehalten wie eine Schafherde von Schäferhunden.«

»Das ergibt keinen Sinn.«

»Vielleicht treiben die Delfine ihre Beute zur Küste, um sich im flachen Wasser eine Art lebendes Vorratslager einzurichten.«

»Im Schwarm gibt es Fische, die viel zu groß sind, um von Delfinen als Beute betrachtet zu werden.«

»Wir sprechen nicht von gewöhnlichen Delfinen, sondern von Delfinen, die Menschen anfallen!«

Vanessa saß eine ganze Weile nachdenklich auf ihrer Bank und starrte auf die See hinaus. Endlich meinte sie: »Möglicherweise hast du tatsächlich Recht, Cal. Delfine treiben ihre Beute in Buchten zusammen, um sich daran satt zu fressen. Das ist nachgewiesen. Allerdings handelte es sich bislang stets um Schwärme von Kleinfischen. Weshalb greifen *diese* Delfine auch größere Fische und sogar Menschen an?« Wieder blickte sie hinaus aufs Meer. »Es muss eine Ursache für dieses Verhalten geben«, murmelte sie. »Und ich sehe nur einen Weg, diese Ursache zu finden.«

Julie beschlich ein ungutes Gefühl. »Du willst doch nicht etwa …?«

»Doch, Jules, genau das will ich.«

»Lass es sein, Ness!«, bat Julie ihre Freundin, die sich erneut einen Taucheranzug übergestreift hatte und am Achterdeck der Sea Gull stand.

»Ich will nicht lange im Wasser bleiben. Wenn alles glattgeht, nur ein paar Minuten.«

»In ein paar Minuten könntest du tot sein!«

»Der Schwarm ist weitergezogen. Die letzten Computerdaten haben ergeben, dass er sich bereits über fünfhundert Meter weiter westlich befindet.«

»Wie lange brauchen diese Delfine wohl für läppische fünfhundert Meter?«

»Weshalb sollten sie zurückkehren? Sie konzentrieren sich längst wieder auf ihre Jagd.«

»Was, wenn du dich irrst?«

»Es ist die einzige Möglichkeit herauszufinden, was los ist. Ich muss den toten Delfin bergen. Nur er kann uns die Antworten liefern, die wir suchen. Das hoffe ich jedenfalls.«

»Warte wenigstens noch ein paar Stunden.«

»Dann treibt die Strömung den Kadaver weg.«

Julie seufzte, als sie den entschlossenen Blick in den Augen ihrer Freundin sah. »Wenn es schon unbedingt sein muss, lass Caleb oder mich tauchen. Mit deinem verletzten Arm lockst du höchstens Haie an, und ich finde, wir hatten genug Aufregung für einen Tag.«

»Caleb darf nicht mehr tauchen, seit ihm das Trommelfell geplatzt ist. Und dir mangelt es an Erfahrung. Oder weißt du etwa, wie du den Bergungsknoten am Kadaver anbringen musst, damit er nicht durch die Schlinge rutscht? Jetzt hör auf, dich zu sorgen. Du machst mich nur nervös. Denk lieber an den Lorbeerkranz, den Glimsky dir für diesen Artikel aufs Haupt setzen wird.«

Dann stülpte sie sich die Tauchermaske übers Gesicht, setzte das Mundstück ein und sprang ins Wasser.

Vom Boot aus verlor Julie ihre Freundin rasch aus den Augen. Vanessas Umrisse lösten sich im bewegten Wasser auf, bis nur noch ein undefinierbarer, orangeroter Fleck zu sehen war. Schließlich verschwand auch er. Zurück blieb nichts weiter als das schale Gefühl der Hilflosigkeit.

Um nicht untätig herumzustehen, gesellte Julie sich zu Caleb, der im Steuerhaus die Sonaraufzeichnungen beobachtete. Ohne ein Wort zu verlieren, starrte sie in das Gerät.

Sie wusste bereits, dass der Punkt in der Bildschirmmitte die Sea Gull darstellte. Links davon befand sich die dunkle Wolke des großen Schwarms.

»Seien Sie unbesorgt«, sagte Caleb. »Falls die Delfine umkehren, merken wir es sofort.«

»Was Vanessa wenig helfen dürfte, da wir sie nicht erreichen können.«

»Sie weiß: Wenn ich die Schiffsdiesel starte, ist Gefahr im Verzug. Dann kommt sie so schnell wie möglich nach oben. Aber wie es aussieht, haben die Delfine nur noch Augen für den Schwarm.«

Tatsächlich löste sich nicht ein einziger Punkt aus der schwarzen Wolke. Dennoch gestattete Julie sich erst aufzuatmen, als ihre Freundin wieder an Bord war.

»Den Delfinkadaver habe ich gefunden«, berichtete Vanessa. »Aber die Kamera ist definitiv verloren. Schade! Um die Aufnahmen hätten die Fernsehsender sich gerissen.«

Während sie sich trockene Kleidung anzog und ihren Armverband wechselte, hievte Caleb mithilfe des Krans den toten Delfin aufs Achterdeck.

»Tursiops truncatus«, stellte er sachkundig fest. »Ein großer Tümmler, knapp 2,50 Meter lang und schätzungsweise 350 Kilogramm schwer. Also ein eher kleineres Exemplar, vermutlich ein Jungtier. Ausgewachsen wird diese Art bis zu vier Meter lang und 650 Kilo schwer.«

»Bist du der Experte oder ich?«, lachte Vanessa, die aus dem Unterdeck zu ihnen stieß und sich mit einem Handtuch die Haare abtrocknete. Wie Julie und Caleb trug auch sie jetzt kurze Jeans und T-Shirt.

»Ich wollte nur ein bisschen mit meinem Wissen protzen«, grinste Caleb. »Schließlich will auch ich in Julies Artikel erwähnt werden. Würde meiner Frau und meinen Söhnen sicher gefallen.«

»Der Einzige, der in Julies Artikel zitiert wird, ist vermutlich Lodewick«, gab Vanessa zurück. »Du weißt, dass er es nicht sonderlich mag, wenn seine Mitarbeiter öfter in der Presse zitiert werden als er. Nanu, was ist das denn?« Sie legte das Handtuch beiseite, kniete sich neben das tote Tier und stemmte sich dagegen, sodass es zur Seite kippte. »Seht ihr diese Narben?«

»Bisse?«

»Und was für welche!«

Julie ging ebenfalls in die Knie, um besser sehen zu können. Dort wo die dunkle Rückenfärbung in den helleren Bereich der Unterseite überging, erkannte sie einen lang gezogenen, ellipsenförmigen Abdruck, der sich quer über die Bauchdecke erstreckte. Als habe ein riesiges Maul das Tier von unten geschnappt und dann wieder losgelassen. Die linke Seitenflosse zeigte im Ansatz ähnliche Spuren.

»Seht ihr, was ich sehe?«, meinte Caleb plötzlich, während er auf die Unterseite der Flosse deutete. »Da steckt etwas in der Haut!« Er griff nach Vanessas Tauchermesser, das zusammen mit der anderen Ausrüstung auf einem Staukasten lag, und drückte die Spitze ins Fleisch des toten Delfins. »Sitzt ziemlich fest«, murmelte er, während er das Messer vorsichtig als Hebel benutzte. »Das Ding muss sich in den Knochen gebohrt haben.«

Endlich gelang es ihm, einen elfenbeinfarbenen schmalen Dorn freizulegen.

»Ein Zahn«, stellte er fest.

»Von einem Hai?«, fragte Julie.

Er betrachtete das etwa zehn Zentimeter lange Objekt in seiner offenen Handfläche und schüttelte entschieden den Kopf. »Niemals. Haifisch-Zähne sehen anders aus – wie messerscharfe Dreiecke mit gezackten Rändern. Dieser Zahn hat einen runden Durchmesser, vom Zahnschmelz ausgehend spitz zulaufend. Keine Zacken, keine scharfen Ränder. Ein Gebiss mit solchen Zähnen ist nicht dafür geschaffen, Fleischbrocken aus einem Körper herauszureißen, sondern Beute zu schnappen und sie als Ganzes hinunterzuschlingen. Allerdings kenne ich kein Tier, das einen Delfin am Stück verspeisen könnte.«

Vanessa Pauling wusste darauf ebenfalls keine Antwort. »Wir müssen den Kadaver so schnell wie möglich ins Labor nach Cairns bringen und obduzieren«, entschied sie. »An Bord der Sea Gull fehlen uns dazu die geeigneten Mittel. Caleb, ich schlage vor, du wirfst den Motor an. Und dann volle Kraft voraus. Ich will endlich wissen, was in diesem Gewässer vor sich geht.«

6

Das Marine Institute of Queensland, kurz MIQ, lag etwa fünf Kilometer südlich von Cairns, direkt am Meer, umsäumt von dichtem Mangrovenwald. An mehreren Piers hatten Forschungsboote festgemacht: zwei kleine Außenborder, ein umgebauter Fischkutter und eine moderne Hochseejacht ähnlich der Sea Gull, nur eine Nummer kleiner. Rund zehn Meter vom Heck bis zum Bug, schätzte Julie.

Sie legten hinter dem Kutter an, und die Schiffsdiesel verstummten. Im warmen Gegenlicht der untergehenden Sonne wirkte das Institutsgelände beinahe malerisch. Weiße Wände, lange, getönte Glasfronten und Dächer aus Palmwedeln verliehen ihm von der Meerseite her den Charme einer tropischen Hotelanlage.

Im Inneren wurde dieser Eindruck sogar noch verstärkt. Auf einer riesigen Freifläche verteilte sich ein halbes Dutzend großer, kreisrunder Wasserbassins. Wären sie nicht durch ein Schleusensystem miteinander verbunden gewesen, hätten sie ausgesehen wie einladende – wenngleich vorübergehend trockengelegte – Swimming-Pools. Die mit hellem Stein gepflasterten Wege wirkten sauber. Eine Reihe liebevoll angelegter Blumenbeete verströmte Behaglichkeit, und die in der aufkommenden Abendbrise raschelnden Palmen vermittelten Erholungs-Flair.

»Ich gehe nie mehr von hier weg. Wo ist meine Suite?«, scherzte Julie. »Hätte ich geahnt, wie schön es hier ist, hätte ich dich längst einmal besucht!«

»Hier kann man es schon aushalten«, entgegnete Vanessa. »Aber auch wenn es aussieht wie in einer Wellness-Oase, wird viel gearbeitet. In den Bassins führen wir Langzeitstudien durch – an Delfinen und Haien, aber auch an Kraken und Kalmaren. Vor allem versuchen wir herauszufinden, wie intelligent diese Tierarten sind, welche Denkleistungen sie vollbringen können und wie sie lernen. Jetzt stehen die Bassins allerdings leer, wie du siehst, weil sie gereinigt werden müssen. In dieser Zeit sind die Haie und Delfine in den Außenbecken hinter dem Verwaltungs- und Labortrakt untergebracht. Die Kalmare und Kraken kommen über Nacht ohnehin immer in die Innenaquarien. Sie büchsen sonst aus.«

»Sie büchsen aus?«

»Die frechen kleinen Biester können über Land kriechen. Natürlich nur für kurze Zeit, weil sie ohne Wasser nicht überleben können. Aber mithilfe ihrer Fangarme sind sie in der Lage, sich von einem Becken ins nächste zu bewegen.« Vanessa lachte, als sie Julies Gesicht sah. »Keine Sorge, hier passiert dir schon nichts. Die meisten von ihnen sind kaum größer als ein Fußball. Und – wie gesagt – nachts stecken wir sie in Aquarien.«

Dennoch war Julies Bild vom paradiesischen Urlaubs-Idyll wie eine Seifenblase zerplatzt. Mit aufgestellten Nackenhaaren folgte sie ihrer Freundin zu den Labors.

Vanessa begrüßte die Dame am Empfang mit einer herzlichen Umarmung und stellte sie als Lisa Reed vor.

»Caleb wartet am Pier«, sagte sie zu ihr. »Sei so gut und schicke ihm einen Kranwagen.«

»Lou ist bereits unterwegs«, antwortete Lisa. »Caleb hat schon per Funk angefragt. Du musst nur noch die Empfangsbestätigung für den Laborschlüssel unterschreiben. Du weißt ja, wie viel Wert Lodewick auf Formalitäten legt.«

Vanessa zuckte mit den Schultern und kritzelte mit einem Kugelschreiber ihren Namen auf ein Stück Papier. Daraufhin händigte Lisa ihr den Schlüssel aus.

Wieder folgte Julie ihrer Freundin, diesmal durch einen langen Korridor, an dessen Wänden in messingfarbenen Lettern die Namen all jener aufgereiht waren, die das Institut mit großzügigen Spenden unterstützten.

Vanessa lud Julie zu einem Kaffee ein, weil es ohnehin noch ein paar Minuten dauern würde, bis Caleb und Lou den Kadaver ins Labor geschafft hatten. Während die beiden Frauen es sich in einer Sitzecke gemütlich machten, ließen sie noch einmal die Ereignisse der letzten Tage Revue passieren.

Als sie ihre Becher geleert hatten, wurde Julie von ihrer Freundin zum Labor geführt, wo sie sich grüne Schutzkleidung und Masken überstreiften, außerdem Schuh-Überstülper und Latexhandschuhe.

Der Delfin lag bereits auf einem Steingut-Tisch. Obwohl die klaffende Wunde auf seinem Schädel ihn grausam entstellte, schien er noch immer zu lächeln – ein für Tümmler typisches Merkmal, das durch den hervorstehenden Unterkiefer und die geschwungene Linie des Mauls hervorgerufen wird.

»Caleb und Lou haben ihn vom Pier aus mit dem Kranwagen hierher gebracht«, erklärte Vanessa. »Damit kann man bis ins Labor fahren – natürlich nicht, ohne zuvor eine Entkeimungs-Schleuse passiert zu haben. Caleb selbst wird an der Obduktion nicht teilnehmen. Er hat genug damit zu tun, sich um die Sea Gull zu kümmern. Auftanken, Sauerstoffflaschen nachfüllen, sauber machen, die Messdaten auswerten … Abgesehen davon sieht er nicht gerne Blut.« Nach kurzem Zögern fragte sie: »Willst du überhaupt bei der Obduktion dabei sein? Nicht, dass du mir umkippst.«

»Ich bin hier, um die Story meines Lebens zu schreiben. Das kann ich nur, wenn ich hautnah dabei bin«, sagte Julie, das aufkommende Drücken in der Magengegend ignorierend.

»Übertreibe es nicht. Falls dir schlecht wird, warte lieber draußen auf mich, okay?«

Julie nickte entschlossen.

In der nächsten Stunde untersuchte Vanessa Pauling den toten Tierkörper aufs Genaueste. Sie vermaß ihn, wog ihn anhand einer in den Steingut-Tisch eingebauten Waage, fotografierte die Schädelwunde und die vernarbten Bisse. Außerdem bemerkte sie links und rechts am Kopf, knapp hinter den Augen, zwei kleine, senkrecht verlaufende Hautfalten, die sie bislang noch bei keinem Delfin gesehen hatte. Alle Angaben diktierte sie in ein Mikrofon, das an einer Halterung über dem Tisch befestigt war.

Anschließend wälzte sie das Tier mithilfe einer Hebevorrichtung auf die Seite, um die Bauchdecke zu öffnen. Den ersten Schnitt setzte sie quer von Seitenflosse zu Seitenflosse. Den zweiten Schnitt führte sie über die komplette Länge des Bauchs. Die durch diesen T-förmigen Eingriff entstandenen Hautlappen fixierte sie samt Fettschicht, dem so genannten Blubber, mit ein paar Klammern, damit sie ungehindert arbeiten konnte.

»Art und Lage der Organe unterscheidet sich nicht allzu sehr von uns Menschen«, erklärte Vanessa, während sie sich nun dem Innenleben des Delfins widmete. Julie wagte allerdings nicht mehr, so genau hinzusehen, um sich nicht doch noch übergeben zu müssen. Allein der Anblick ließ sie erschaudern, hinzu kam der widerwärtige Gestank, der dem Kadaver entwich.

Vanessa schien daran gewöhnt. »Herz, Lunge, Leber, Darm,

Blase, Nieren und so weiter – alles wie bei uns«, dozierte sie. »Im Grunde genommen nicht allzu erstaunlich, wenn man bedenkt, dass Delfine Säugetiere sind.« Sie entnahm ein paar Gewebeproben und verstaute sie in kleinen Glasröhrchen, die sie beschriftete und in einen Ständer auf einem Beistelltisch stellte. »Noch mehr Ähnlichkeit hat der Aufbau des Delfinkörpers übrigens mit einem Hund«, führte sie weiter aus. »Das liegt daran, dass sich der Delfin urgeschichtlich aus einem wolfsähnlichen Landtier entwickelt hat, dem Pakicetus. Kaum zu glauben, aber wahr. Nanu – das ist merkwürdig.«

Julie wandte sich ab, als Vanessa mit beiden Händen in den toten Tierkörper griff.

»Die Lungenflügel sind überraschend groß«, sagte Vanessa, ohne auf Julie zu achten. »Beinahe wie bei einem ausgewachsenen Tier. Auch das Herz zeigt deutlich mehr Volumen, als man es bei einem Tümmler dieser Größe erwarten sollte.«

Bei den anderen Eingeweiden konnte Vanessa mit bloßem Auge keine Besonderheiten feststellen. Allerdings schloss sie nicht aus, dass die Analyse der Gewebeproben weitere Ergebnisse liefern würde.

»Nun zum Schädel«, sagte sie und griff nach einer elektrischen Knochensäge. Als das helle Surren den Raum erfüllte, zog Julie es vor, auf dem Korridor zu warten.

Später saßen die beiden in Vanessas Büro, und Julie ließ sich erklären, was der weitere Verlauf der Obduktion ergeben hatte. Ein Overhead-Projektor warf ein Bild auf die weiße Wand hinter dem Schreibtisch: die schematische Darstellung eines Delfin-Kopfs.

»Fangen wir beim Schädelknochen an«, sagte Vanessa und deutete mit einem Laser-Pointer auf die entsprechenden, grau eingefärbten Partien des Bildes. »Abgesehen von dem Bruch, den das Tier sich beim Aufprall auf den Haikäfig zugezogen hat, konnte ich daran nichts Außergewöhnliches feststellen. Wie du siehst, geht der Schädelknochen direkt in den Bereich der Kiefer über, die ein wenig an einen Vogelschnabel erinnern. Allerdings ein Vogelschnabel mit Zähnen. Und hier zeigt der Kadaver eine weitere Auffälligkeit. Ein Tursiops truncatus bildet normalerweise maximal achtzig Zähne aus. Mit achtundsiebzig liegt dieses Exemplar zwar im Schnitt, aber an der Innenseite der Kiefer hat es kleine, scharfkantige Knochenwucherungen ausgebildet. Eine Art Vorstufe für eine zweite Zahnreihe, ähnlich wie bei Haien. Der Sinn ist folgender: Wenn man sich einen Zahn ausbeißt, schiebt sich der nächste – bereits voll ausgebildete – nach vorne und übernimmt dessen Platz. Dadurch wird die volle Funktionsfähigkeit des Gebisses sehr schnell wiederhergestellt. In der hinteren Reihe kann der neue Zahn dann in aller Ruhe nachwachsen. Bei einem Delfin hat man so etwas allerdings noch nie entdeckt.«

Sie schüttelte nachdenklich den Kopf, bevor sie fortfuhr: »Der Schädel gibt noch ein zweites Rätsel auf. Ähnlich wie Herz und Lunge weist auch die Melone eine deutliche Vergrößerung auf.«

»Die Melone?«

»Das ist dieses Organ hier.« Sie zeigte mit dem Pointer auf einen gelb eingefärbten, ovalen Fleck, der für Julie wie ein Silikon-Implantat für Brustvergrößerungen aussah.

»Die Melone liegt eingebettet zwischen Stirnhaut und Schädeldecke auf dem Oberkiefer«, sagte Vanessa. »Alle Walarten verfügen über ein solches Organ. Beim Pottwal nennt es sich Spermaceti-Organ und wiegt viele Tonnen. Bei unserem Tümmler fällt es natürlich bescheidener aus.«

»Wozu ist dieses Sperma-Ding gut?«

»Ich denke, wir bleiben lieber bei Melone«, grinste Vanessa. »Im Grunde handelt es sich dabei um nichts anderes als ein Fett-Depot. Allerdings unterscheidet sich die chemische Zusammensetzung dieser Fettschicht deutlich von der des normalen Körperfetts. Sie dient nicht als Energiereserve, sondern als Instrument zur Echolot-Orientierung. Mit ihrer Hilfe kann der Delfin einen Fisch von der Größe eines Herings noch auf eine Entfernung von hundert Metern orten.«

»Das musst du mir schon genauer erklären, Ness.«

Die Ozeanographin nickte. »Dann also von Anfang an. Beginnen wir mit der Nasenhöhle. Sie führt nicht zur Schnauzen-Spitze, wie man vermuten könnte, sondern zum Blasloch an der Schädeldecke, denn als die Wölfe vor Jahrmillionen ins Wasser gingen, wanderten die Nasenlöcher nach oben.«

Julie zog die Brauen hoch. Das hatte sie nicht gewusst.

»Wie du siehst, befindet sich die Nasenhöhle zwischen Schädelknochen und Melone. Das ist ein wichtiger Aspekt, denn die Töne für die Echolot-Peilung werden von einem Zapfen im oberen Nasenhöhlenbereich produziert. Ein Teil davon durchdringt die Melone direkt, ein Teil wird zuerst vom Schädelknochen reflektiert und dann durch die Melone zurückgeleitet. Man kann sagen, die Melone fungiert als eine Art Linse, die die akustischen Signale zu einem Richtstrahl bündelt.«

»Eine akustische Linse aus Fettgewebe?«

»Es mag sich seltsam anhören, aber so ist es. Und wenn dieser Richtstrahl auf ein Objekt trifft – zum Beispiel auf einen Beutefisch –, sendet er Signale zurück.«

»Die dann ebenfalls wieder von der Melone aufgefangen werden.«

»Nicht ganz. Nasenhöhle, Schädelknochen und Melone

bilden nur den Sender. Als Empfänger dient der Unterkiefer. Dort ist der Knochen nur als dünne Scheibe ausgebildet, also überaus empfindlich. Er nimmt die Echolot-Signale auf und leitet sie über eine in den Unterkiefer-Knochen eingelagerte Fettschicht ans Innenohr weiter, wo sie dann vom Gehirn verarbeitet werden.«

»Ist die Empfänger-Fettschicht unseres Delfins ebenfalls vergrößert?«

»Dafür lässt der Unterkiefer keinen Spielraum. Aber ich glaube, sie hätte sich vergrößert, wenn Platz dafür vorhanden gewesen wäre.« Vanessa machte eine Pause. »Jetzt kommt das Beste«, sagte sie. »Erinnerst du dich an die beiden Hautfalten hinter den Augen?«

»Was ist mit ihnen?«

»Das sind erste Ansätze von Kiemen, Jules! Verrückt, nicht wahr?«

»Kiemen? Bei Säugetieren? Ist das überhaupt möglich?«

»Offensichtlich schon. Hör zu, ich habe mir eine Theorie zurechtgelegt: Größere Lungen ermöglichen es dem Tier, sich länger unter Wasser aufzuhalten – zumindest, so lange die Kiemen sich noch in der Entwicklung befinden. Mit einem leistungsfähigeren Herz kann der Tümmler seinen Körper besser mit Sauerstoff, also mit Energie, versorgen. Anders ausgedrückt: Er kann schneller schwimmen. Eine größere Melone wirkt wie ein größeres Zoom-Objektiv auf einem Fotoapparat – das heißt, der Delfin kann seine Echolot-Signale exakter bündeln. Dadurch kann er entweder weiter hören, oder er kann kleinere Objekte als bisher orten. Noch dazu der Ansatz einer zweiten Zahnreihe und, nicht zu vergessen, das auffallend aggressive Verhalten. Ich finde dafür nur eine Erklärung: Wir haben es mit einer neuen Delfinart zu tun! Mit einer, die sich vor Millionen von Jahren von den Vorfahren der großen Tümmler abspaltete und sich aus irgendeinem Grund schneller entwickelte als ihre Verwandten. Diese Delfine befinden sich auf dem Weg zur nächsten Stufe der Evolution! Sie perfektionieren sich für ihr Leben als Meeresbewohner und Jäger. Diese Entdeckung ist eine Sensation!«

Julie spürte, wie sie von Vanessas Hochstimmung angesteckt wurde. Doch als Reporterin hatte sie gelernt, so lange skeptisch zu bleiben, bis die Wahrheit klar vor ihr lag. »Ist es nicht merkwürdig, dass kein Mensch vor uns diese Delfinart zu Gesicht bekommen haben soll?«, fragte sie.

Vanessa, völlig gefangen vom Forscher-Fieber, schüttelte vehement den Kopf. »Die Wahrscheinlichkeit einer solchen Entdeckung mag gering sein …«

»Vermutlich geringer, als an Weihnachten den Jackpot im Lotto zu knacken.«

»Dennoch ist es möglich! Auch in jüngster Zeit stoßen Forscher immer wieder auf neue Spezies – zum Beispiel Latimeria menadoensis, eine Quastenflosser-Art, wurde erst in den 90er Jahren entdeckt. Wenn ich mich recht entsinne, hat ein Meeresbiologe namens Eastman 1999 gleich *vier* neue Arten von Notothenoiden aufgespürt – das sind Antarktisfische.«

Julie erinnerte sich dunkel, in den Medien davon gehört zu haben. »Arktisfische und Quastenflosser leben in der Tiefe, oder etwa nicht?«, hielt sie dagegen. Vanessas Schweigen deutete sie als Zustimmung. »Dann ist es kein Wunder, dass sie sich so lange Zeit vor dem Menschen versteckt halten konnten. Aber du sagtest selbst, dass die Kiemen unseres Delfins nur ansatzweise existieren. Das heißt, er muss regelmäßig an die Wasseroberfläche, um zu atmen. Folglich müsste ihn doch schon irgendjemand vor uns gesehen haben.«

»Meine Güte, Jules! Du verstehst es wirklich, Träume im Keim zu ersticken. Ich erinnere mich an Zeiten, in denen du nicht so verdammt pessimistisch warst.«

»Ich tue mich nur schwer, an Wunder zu glauben.«

Vanessa seufzte bitter, und Julie fragte sich, ob sie nicht womöglich zu viel Skepsis an den Tag gelegt hatte. Konnte es sein, dass irgendwo in den unendlichen Weiten der Weltmeere eine Abart des großen Tümmlers lebte? Wenn ja, wo hatten diese Tiere sich dann bislang versteckt? Und weshalb tauchten sie gerade jetzt und ausgerechnet vor diesem Küstenstreifen auf?

Irgendetwas in Julie weigerte sich, an einen schlichten Zufall zu glauben. Ihr Reporterinstinkt verriet ihr, dass die Lösung sich nicht ganz so simpel präsentieren würde. Doch um Vanessas Ärger nicht noch mehr zu schüren, behielt sie alle weiteren Bedenken für sich.

7

Da es bereits spät geworden war, übernachtete Julie bei Vanessa, wobei sie es peinlich vermied, das Gespräch nochmals auf den toten Delfin zu bringen. Ihre Freundin schien einen Narren an der Idee gefressen zu haben, eine neue Tierart entdeckt zu haben, und Julie wollte ihr nicht noch mehr die Freude verderben. Immerhin war es nicht ausgeschlossen, dass Vanessa Recht hatte.

Julie schlief auf der Couch im Wohnzimmer. Die ungewohnte Liegefläche und das Gewitter, das kurz nach Mitternacht losbrach, ließen sie immer wieder aus dem Schlaf hochschrecken. In den langen Phasen des Wachseins dachte sie viel über die vergangenen Tage nach. Zumindest war es besser, als Robert hinterherzutrauern.

Ob die Bisswunden an Bauch und Flosse des Tümmlers eine Rolle spielten? Vielleicht war dadurch irgendeine Art von Virus übertragen worden, welches sich anschließend auch auf die anderen Delfine der Gruppe ausgebreitet hatte.

Dieser Biss ging Julie nicht mehr aus dem Kopf. Der Zahn, der in der Seitenflosse des Delfins gesteckt hatte, ebenfalls nicht. Niemand im Institut hatte den Zahn einer bestimmten Spezies zuordnen können. Also hatte Vanessa ihn fotografiert, eingescannt und die Bilder per Mail an zwei Dutzend Experten in aller Welt geschickt. Mit einer Rückmeldung rechnete sie jedoch frühestens in ein paar Tagen.

Der Biss, dachte Julie, während die Müdigkeit sie endlich übermannte. Der Biss ist der Schlüssel.

Draußen zuckte ein Blitz vom Himmel herab, und ein Donnerhall krachte durch den prasselnden Regen. Julie hörte es nicht mehr.

Am Frühstückstisch hielt sie es für angebracht, sich bei Vanessa zu entschuldigen. »Ich wollte dir die Stimmung gestern nicht vermiesen, ehrlich«, begann sie bei Kaffee und Toast. »Ich bin es nur gewohnt, die Dinge zu hinterfragen. Nichts ist für einen Reporter peinlicher als eine Ente.«

»Schon in Ordnung, Jules. Vielleicht habe ich auch zu empfindlich reagiert. Eine neue Spezies zu entdecken ist für einen Forscher so aufregend wie eine politische Verschwörung für einen Reporter. Da ging wohl die Euphorie mit mir durch.«

»Wie soll es jetzt weitergehen?«

»Vielleicht bringt uns die Analyse der Gewebeproben weiter. Reichst du mir mal die Marmelade? Danke.« Während Vanessa sich eine Scheibe Toast bestrich, sagte sie: »Auf jeden Fall sollten wir die Wanderung dieser Delfine weiter verfolgen. Das Problem ist, dass der Schwarm demnächst meinen Forschungsquadranten verlassen wird. Sobald das passiert, kann ich seinen Aufenthaltsort nicht mehr bestimmen. Um die Delfine auch in Zukunft im Auge zu behalten, müssen sie mit Peilsendern markiert werden. Vielleicht finden wir auf diese Weise heraus, wo die Tiere für gewöhnlich leben. Das wäre der Durchbruch! Noch Kaffee?«

»Ja, bitte.«

Sie goss Julie ein, während sie weitersprach. »Allerdings gibt es da ein Problem: Bis wir den Wanderweg dieser Delfine kartografiert haben und wissen, ob – und wenn ja, wo – sich weitere Exemplare ihrer Art aufhalten, können Monate vergehen, vielleicht sogar Jahre.«

»Wenn ich das Glimsky erzähle, wird er mich augenblicklich wieder zu einer Senioren-Tombola beordern«, stöhnte Julie.

»Ich glaube, das lässt sich vermeiden. Denn so zwischen drei und vier Uhr heute Nacht kam mir die Erleuchtung.« Vanessa biss herzhaft in ihren Toast.

»Meine Güte, Ness, ich sterbe vor Neugier!«, drängte Julie.

Vanessa Pauling kaute betont langsam ihren Bissen zu Ende und grinste. »Es ist nur ein Versuch«, sagte sie. »Ich garantiere für nichts. Aber mit etwas Glück kann der Computer uns weiterhelfen. Er hat uns immerhin zu der Stelle geführt, an der wir auf den Schwarm gestoßen sind.«

»Worauf willst du hinaus, Ness?«

»Wenn der Computer anhand des Datenmaterials das Schwarmverhalten *prognostizieren* kann, sehe ich keinen Grund, weshalb er nicht auch Vergangenheitswerte berechnen können sollte. Mit anderen Worten: Wir lassen ihn rückwärts rechnen, um herauszufinden, wo der Schwarm sich gebildet hat. Das müsste dann ungefähr die Stelle sein, an der auch die Delfine zum ersten Mal in Erscheinung traten. Vielleicht gibt es dort noch mehr von ihnen. Immerhin wäre es möglich, dass die Gruppe sich aufgespalten hat. Manche Delfine bleiben das ganze Jahr über ortstreu. Meine Güte, Jules, das wäre der Knüller.«

Zwei Stunden später befanden sie sich wieder auf dem Gelände des Marine Institute of Queensland. Trotz regnerischen Wetters und der Tatsache, dass heute Sonntag war, herrschte rege Betriebsamkeit im Außenbereich. Mehrere Wissenschaftler standen in Ölzeug oder Neoprenanzüge gekleidet an den Bassins und arbeiteten mit ihren Schützlingen. Manche schwammen auch mit ihnen im Wasser.

»In diesen beiden Becken experimentieren wir mit Kraken und Kalmaren, wie du siehst«, erklärte Vanessa. »Die Tiere sind intelligenter, als man landläufig glaubt. Sie lernen ziemlich schnell und können sogar mühelos einzelne Personen voneinander unterscheiden. Der Kalmar dort drüben« – sie deutete auf eines der Tiere – »arbeitet beispielsweise nur mit Sarah Hucknell zusammen. Das ist die kleine Brünette, die am Beckenrand kniet. Mich und alle anderen Kollegen ignoriert der Kalmar einfach. Ich persönlich glaube, er ist in Sarah verknallt.« Sie lachte. »Lass uns weitergehen. Da vorne sind die Delfinbecken.«

Die Wissenschaftler, die hier arbeiteten, warfen die unterschiedlichsten Gegenstände ins Wasser und gaben den Delfinen dazu Anweisungen, teils in Form von Zeichensprache, teils durch akustische Signale, teils auch ganz einfach durch Zuruf. *Bringe den roten Ball zum blauen,* lautete eine Anweisung. Oder: *Tauche nach dem gelben Ring, und berühre ihn mit der Fluke.* Und die Delfine gehorchten.

»Unsere Experimente muten auf den ersten Blick nach Dressur an«, sagte Vanessa. »Aber hier geht es nicht um das Ausführen von Kunststücken. Wir wollen herausfinden, inwieweit die Tiere uns wirklich *verstehen.* Und das können sie in der Tat. Nicht nur die Bedeutung einzelner Worte oder Bestimmungsbezeichnungen wie auf, ab, links oder rechts. Nein, sie begreifen sogar Satzstrukturen.«

»Wie meinst du das?«

»Nimm als Beispiel das Tümmlerweibchen in dem Becken neben der großen Palme. Ihr Name ist Alba. Sie wurde nicht auf optische Signale trainiert, sondern auf menschliche Sprache. Zeige ihr einen Gegenstand, den sie noch nicht kennt, zum Beispiel eine Gummiente, und sage ihr: *Das ist eine Gummi-*

ente. Sie kennt die Bedeutung der Worte *das ist*. Sie weiß, dass danach ein Begriff folgt, den sie sich merken soll – in diesem Fall *Gummiente*. Alba wird sich den Gegenstand ansehen und dir zuhören, mehr nicht. Aber sagst du: *Ist das eine Gummiente?*, wird sie verstehen, dass es eine Frage ist und entweder mit dem Kopf nicken oder ihn schütteln, je nachdem, welchen Gegenstand du in der Hand hältst. Anders gesagt: Sie kann zwischen Aussagen und Fragen unterscheiden. Ziemlich beachtlich, wie ich finde. Am erstaunlichsten ist, dass Delfine mit der Zeit begreifen, nach welchen *Regeln* wir ihnen etwas beizubringen versuchen. Ein neu eingefangener Delfin, der diese Regeln noch nicht beherrscht, wird einige Zeit brauchen, bis er versteht, auf welche Art und Weise ihm Dinge beigebracht werden. Hat er die Regeln der Zusammenarbeit begriffen – weiß er also beispielsweise, dass er aufpassen soll, wenn jemand einen Satz mit *das ist* beginnt –, lernt er viel schneller.«

Julie nickte gedankenverloren. Natürlich standen Delfine in dem Ruf, intelligent und lernfähig zu sein – Eigenschaften, die sie den Menschen für gewöhnlich sympathisch machten. Doch irgendwo dort draußen im Meer waren plötzlich Delfine aufgetaucht, die ein erstaunliches Maß an Aggressivität an den Tag legten. Delfine, die Haifisch-Käfige angriffen und nach Menschen schnappten. Delfine, die im Begriff standen, sich dem Leben unter Wasser noch perfekter anzupassen als ihre Artgenossen. Delfine, die schneller schwimmen und länger tauchen konnten, kurz: Delfine, die sich zu besseren Räubern entwickelten.

Wie mochte es um die Intelligenz *dieser* Tiere bestellt sein?

In Vanessas Büro trafen sie Caleb. Als Computerexperte zeigte er sich vorsichtig optimistisch, dass die Rückwärtsberechnung der Schwarmdaten sie weiterbringen würde.

»Irgendein Ergebnis wird dabei schon herauskommen«, sagte er. »Die Frage ist nur, wie brauchbar es sein wird.« Daraufhin setzte er zu einer langen Erklärung über die Unzulänglichkeiten der Wahrscheinlichkeitsrechnung an, insbesondere bei so vielen Unbekannten.

»Wir wissen so gut wie nichts über das Schwarmverhalten *vor* dem Eintritt in unseren Forschungsquadranten«, sagte er. »Das heißt, wir müssen mit einem ganzen Haufen Annahmen arbeiten.«

»Wenn es jemanden gibt, der es schaffen kann, dann du«, sagte Vanessa. »Du bist ein Genie.«

»Erzähl das mal Lodewick!«

»Ach, was weiß der schon?«

Caleb seufzte. »Wenn man mir so viel Honig ums Maul schmiert, kann ich wohl schlecht Nein sagen. Ich werde mir die Daten ansehen und ein wenig damit herumspielen. Allerdings kann das eine Weile dauern, denn wenn wir schon so wenig über den Schwarm an sich wissen, sollten wenigstens die Rahmendaten einigermaßen stimmen – Wetter, Strömungsverhältnisse, Wassertemperatur. Solche Dinge eben. Kommt in zwei Stunden noch mal vorbei, bis dahin habe ich vielleicht ein Ergebnis.«

In der Zwischenzeit statteten sie Wilbur O'Donnell einen Besuch ab.

»Er arbeitet bei uns als Tiermediziner«, erzählte Vanessa auf dem Gang. »Normalerweise kümmert er sich um erkrankte Versuchstiere. Aber bevor er hierher kam, war er als Pathologe in Cairns tätig. Ich habe ihm gestern die Gewebeproben unseres toten Delfins gegeben. Mal sehen, ob er schon etwas herausgefunden hat.«

Sie trafen Wilbur O'Donnell in seinem Büro an, laut schnarchend mit dem Kopf auf der Tischplatte. Er trug einen weißen, zerknitterten Laborkittel, in der schlaffen Hand hielt er eine Tasse abgestandenen Automaten-Kaffee. Als Vanessa ihm die Nase zuhielt, zuckte der Mann zusammen und richtete sich abrupt in seinem Ledersitz auf.

»Herrje – ich schlage mir die ganze Nacht für dich um die Ohren, und zum Dank dafür ärgerst du mich auch noch, Vanessa!«, brummte er und strich sich über das zerknautschte Gesicht. »Werden schlafende Prinzen nicht üblicherweise wachgeküsst?«

»In den Märchen, die ich kenne, sind die Prinzen allerdings gut aussehend, frisch rasiert und keine sechzig Jahre alt.«

»Nebensächlichkeiten!«

Vanessa lachte. Zu Julie sagte sie: »Darf ich dir vorstellen: Wilbur O'Donnell, der berüchtigtste Schürzenjäger des Instituts. Nimm dich vor ihm in Acht. Bei ihm trügt der äußere Schein. Wenn er erst mal seinen Charme spielen lässt, kann man ihm kaum widerstehen.«

»An dir habe ich mir bislang die Zähne ausgebissen«, sagte O'Donnell.

»Nun ja – die wenigen, die du noch hast.«

»Schlagfertig wie immer«, schmunzelte der Mann. »Aber bevor du weiter auf meinem alternden Selbstwertgefühl herumhackst, solltest du mich lieber mit deiner reizenden Begleiterin bekannt machen.«

»Das ist Julie Carlton. Sie ist Reporterin bei der Cairns News«, sagte Vanessa und erzählte, welche Umstände sie hierher geführt hatten.

»Dann sind Sie also im Bilde, was diesen toten Tursiops – oder was auch immer – betrifft.«

»So einigermaßen«, lächelte Julie, »auch wenn ich von Delfinen nicht allzu viel verstehe.«

»Offen gestanden – in Bezug auf *diesen* Delfin verstehe ich auch nicht allzu viel. Setzt euch, dann werde ich euch erklären weshalb.«

Julie und Vanessa nahmen auf der gegenüberliegenden Tischseite Platz, während Wilbur O'Donnell seine Notizen zusammenschob und darin blätterte.

»Ich will mich auf das Wesentliche beschränken«, sagte er. »Das heißt, auf die gravierendsten Unterschiede im Vergleich zu einem *normalen* Tursiops truncatus – was unser Exemplar zweifellos *nicht* ist. Lasst mich bei den Nieren beginnen, denn im Gegensatz zu allen anderen inneren Organen weisen sie eine Besonderheit auf: Sie scheinen sich zurückzubilden. Das schlägt sich zwar noch nicht im Volumen nieder, aber das Organgewebe weist eine geringere Dichte als üblich auf. Gleichzeitig stellte ich deutliche Anzeichen von Verwachsungen fest.« Für Julie erläuterte er diesen Aspekt genauer: »Delfine müssen wie alle anderen Säugetiere Flüssigkeit zu sich nehmen, um zu überleben. Den größten Teil ihres Flüssigkeitsbedarfs decken sie über die Aufnahme von Nahrung ab, außerdem schlucken sie beim Fressen Wasser. Damit das Salz nicht in den Blutkreislauf gerät, benötigen Delfine sehr effiziente Nieren. Sie bestehen aus vielen kleinen Einzelnieren, die wie eine Ansammlung von Bläschen aussehen. Dadurch vergrößert sich die Oberfläche des Organs, was wiederum zu einer besseren Reinigung des Bluts führt.«

»Das verstehe ich nicht«, sagte Julie. »Weshalb sollte sich dieses hoch entwickelte Organ zurückbilden? Ist das nicht gefährlich für das Tier?«

»Als Einzelphänomen betrachtet gäbe ich Ihnen Recht«,

antwortete O'Donnell. »Würde die Verwachsung weiter voranschreiten und die Oberfläche dadurch schrumpfen, ginge das Tier irgendwann an einer überhöhten Salzkonzentration im Körper zugrunde. Aber im Gesamtzusammenhang ergibt dieser scheinbare Widerspruch durchaus Sinn. Denn wenn Vanessas Vermutung stimmt und diese Delfinart tatsächlich eine evolutionäre Zwischenstufe vom Meeressäuger zum Fisch darstellt, benötigt sie irgendwann keine so leistungsfähigen Nieren mehr. Bei den meisten Fischen übernehmen die Kiemen nämlich die Aufgabe des Salzfilters.«

»Die Nierenverwachsung ist also ein weiteres Indiz für Vanessas Theorie?«

O'Donnell nickte und blätterte wieder in seinen Notizen. »Auch alle anderen von mir festgestellten Absonderlichkeiten deuten in diese Richtung. Nehmen wir als Nächstes die Muskelpartien rund ums Auge. Auch sie entwickeln sich rückläufig.« Als er Julies fragendes Gesicht sah, holte er erneut ein wenig weiter aus. »Wie Sie wissen, werden Lichtstrahlen beim Übergang von Luft in Wasser gebrochen. Daher können Augen, die an das Landleben angepasst sind, unter Wasser nicht fokussieren. Anders gesagt: Man sieht verschwommen. Wir Menschen lösen dieses Problem, indem wir beim Tauchen eine Maske tragen, also einen künstlichen Luftraum zwischen Auge und Wasser schaffen. Wale haben sich angepasst, indem sie im Lauf der Zeit kräftige Muskeln um die Augen ausbildeten. Mit ihrer Hilfe können sie die Form der Linse so stark verändern, dass sie sowohl in der Luft als auch im Wasser scharf sehen können. Die Abnahme der Muskelmasse um die Augen deutet meines Erachtens also ebenfalls darauf hin, dass diese Delfinart sich von dem Medium Luft abwendet und sich dem Wasserleben anpasst. Vermutlich entwickeln sich die Augen mehr und mehr zu Fischaugen, aber das habe ich noch nicht untersuchen können.«

Er überblätterte ein paar Seiten, bevor er zum letzten Punkt kam. »In den Gewebeproben der äußeren Hirnschichten befindet sich eine erhöhte Konzentration von Magnetit. Das ist eine magnetische Form von Eisenoxid – winzige, ins Gewebe eingelagerte Kristalle, die das Tier befähigen, Richtungsinformationen vom Magnetfeld der Erde zu empfangen. Magnetit kommt in vielen Organismen vor. In Reptilien, Fischen, Vögeln, auch in Bienen und anderen Insekten. Sogar in manchen Bakterien. Und in einigen Meeressäugern. Die moderne Wissenschaft geht davon aus, dass Magnetitkristalle sich wie winzige Kompassnadeln verhalten, nämlich dass sie sich kontinuierlich parallel zu den natürlichen Magnetfeldern der Erde ausrichten. Durch Lageveränderungen kann ein Tier Informationen über die Richtung ableiten, in der es sich bewegt. Denn in der marinen Umwelt gibt es wenige feste Punkte, die für die Navigation taugen. Ein Orientierungssystem auf der Basis des Erdmagnetismus ist für Wale, zu denen auch die Delfine zählen, also von großem Nutzen.«

»Verlaufen die magnetischen Linien denn nicht gleichmäßig von Norden nach Süden?«, fragte Julie, die sich dunkel an den Physik-Unterricht in der Saint-Mary-Mädchenschule erinnerte. »Wie können sie den Walen dann bei der Orientierung helfen?«

»Unter bestimmten Umständen werden die normalerweise gleichförmig verlaufenden Magnetfelder gestört, zum Beispiel, wenn sich größere Mengen von eisenerzhaltigem Gestein am Meeresgrund befinden. Derartige geomagnetische Anomalien treten überall in den Ozeanen auf, in mehr oder weniger starker Ausprägung. Sie bilden für die Wale magnetische Landmarken,

Fixpunkte in den Weiten der Meere, vor allem im Umkreis der Mittelozeanischen Rücken, also in Zonen, in denen aufgrund der Kontinentaldrift neues Gestein gebildet wird. Aber auch in manchen Regionen der Kontinentalschelfe treten geomagnetische Störungen auf.« O'Donnell legte seine Notizen beiseite. »Um nochmals auf unseren Delfin zurückzukommen – eine Erhöhung der Magnetit-Konzentration im Außenhirn wird sehr wahrscheinlich eine Verbesserung seiner magnetischen Sinneswahrnehmung bewirken.«

»Was ihn noch besser an das Leben im Wasser anpasst«, murmelte Julie.

Ihr kamen die Bissspuren in den Sinn. »Konnten Sie irgendwelche Anzeichen einer Krankheit feststellen?«, fragte sie.

O'Donnell schüttelte den Kopf, nahm die Brille von der Nase und rieb sich die geröteten Augen. »Ich habe Zellkulturen angelegt, bislang ohne Ergebnis. Aber vielleicht wissen wir in einigen Tagen mehr.«

In diesem Moment klopfte es, und Caleb streckte den Kopf zur Tür herein. »Ich wollte nur Bescheid geben, dass ich fertig bin«, sagte er, übers ganze Gesicht strahlend.

»Perfektes Timing«, meinte Vanessa und sprang von ihrem Sitz auf. »Lass uns gleich mal sehen, was der Computer ausgespuckt hat.«

»Das Ergebnis ist erstaunlich genau«, kommentierte Caleb. Er saß an Vanessas Schreibtisch und bediente den Computer. Die beiden Frauen hatten sich zwei Stühle zurechtgerückt und schauten ihm über die Schulter. »Das ist die Position des Schwarms um etwa 10.00 Uhr heute Morgen, als ich die Daten zum letzten Mal aktualisierte. Wie ihr seht, hat er schon beinahe die westliche Grenze unseres Forschungsquadranten erreicht.

Er zieht sich wie ein graues Band von Norden nach Süden über eine Länge von etwas mehr als zehn Kilometern. Jetzt seht, was passiert …«

Er klickte mit der Maus, und das Bild begann sich zu bewegen. Während eine Zeitanzeige in der unteren linken Ecke rückwärts zählte, schob sich das graue Band von links nach rechts, mal langsamer, mal schneller. Eine Minute lang wanderte es pulsierend, aber beständig in Richtung Bildmitte, dann darüber hinaus, weiter nach rechts, wie eine sich seitwärts windende Schlange.

Nach etwa zwei Dritteln des Weges änderte sich das Verhalten des Schwarms. Er wanderte zwar weiter nach Osten, dabei schien er sich jedoch gleichzeitig zusammenzuziehen. Er schrumpfte mehr und mehr zu einem amöbenartigen Gebilde und verschwand schließlich am rechten Bildschirmrand.

»So weit die Fakten im Rückwärtsgang«, sagte Caleb. »Aus dem vorhandenen Datenmaterial habe ich versucht, Regelmäßigkeiten abzuleiten. Beispielsweise besteht eine eindeutige Beziehung zwischen Wandergeschwindigkeit und klimatischen Gegebenheiten. Bei Gewitter reduziert sich die Wandergeschwindigkeit um zwei Drittel. Auch die Wassertiefe spielt eine Rolle. Je flacher das Wasser, desto schneller wird der Schwarm, offensichtlich, weil er nicht mehr nach unten, sondern nur noch nach rechts und links ausweichen kann. Die Delfine können ihre Jagd somit schneller vorantreiben. Wenn man diese und ein paar weitere Faktoren in die Berechnung einfließen lässt, kommt man zu folgendem Ergebnis.«

Er gab einen Befehl in den Computer ein, der Bildschirm scrollte ein Stück nach links. Eine gestrichelte Linie markierte die Ostgrenze des Forschungssektors.

Nach einem weiteren Tastaturbefehl setzte sich die Rückwärtswanderung des bis dahin eingefrorenen Schwarms fort. Noch etwa eine Minute lang schrumpfte er immer weiter zusammen, bis schließlich nur noch ein kleiner dunkler Punkt auf dem ansonsten weißen Monitor zu sehen war.

»Wo genau ist das?«, fragte Vanessa.

Caleb nannte ihr Längen- und Breitengrad.

»Das liegt bereits hinter dem Riff, oder?«

Der Aborigine nickte. »Das Wasser ist dort bis zu 3000 Fuß tief.«

»Irgendwelche Inseln in der Nähe?«

»Keine.«

»Schade, ich hatte auf eine verborgene Lagune oder etwas in der Art gehofft. Einen Ort, wo diese Delfine bislang unbemerkt leben konnten, abgeschnitten vom Rest der Welt.«

»Tut mir Leid. Dort gibt es nichts als Wasser.«

»Bist du sicher, dass dir kein Fehler unterlaufen ist?«

»Absolut. Gib mir etwas mehr Zeit, und ich kann die Berechnung noch ein wenig verfeinern. Aber das Ergebnis wird garantiert irgendwo innerhalb dieses Gebiets liegen.«

Kurz vor dem Mittagessen fragte Vanessa ihre Mails ab. Neben einigen belanglosen Nachrichten gab es dreizehn Mitteilungen bezüglich des Zahns im Körper des toten Delfins. Zwölf Experten äußerten ihr Bedauern, dass sie ihn keinem bestimmten Tier zuordnen konnten. Einer hatte eine Telefonnummer angegeben und bat um Rückruf.

»Das ist die Vorwahl nach Amerika«, stellte Julie fest. Seit dem Tod ihrer Mutter telefonierte sie zweimal im Monat mit ihrem einzigen Onkel, der in Los Angeles lebte.

Vanessa nahm den Hörer ab, wählte die Nummer und schaltete auf Lautsprecher, damit Julie mithören konnte. Nach dem vierten Klingelzeichen wurde am anderen Ende der Leitung abgenommen.

»San Diego Aquapark«, meldete sich eine heiser wirkende Stimme. »Sie sprechen mit Dave Correll. Was kann ich für Sie tun?«

»Mein Name ist Vanessa Pauling vom Marine Institute of Queensland.« Sie stockte und fügte sicherheitshalber noch »Australien« hinzu. »Sie hatten um Rückruf gebeten.«

»Das war wegen dieser Zahn-Sache, nicht wahr?«

»Soweit ich mich erinnere, hatte ich Ihnen die Bilder nicht gemailt.«

»Ein ehemaliger Studienkommilitone ließ sie mir zukommen. Chester Burnett.«

»Ich hatte Doktor Burnett um Hilfe gebeten.«

»Und er wiederum mich. Er war am Ende seines Lateins angelangt, weil er in seinen Archiven kein passendes Pendant zu Ihrem Zahn finden konnte.«

»Weshalb wandte Doktor Burnett sich ausgerechnet an Sie?«

»Weil ich Mitglied der ISC bin.«

»ISC?«

»Die International Society of Cryptozoology.«

Vanessa warf einen fassungslosen Blick auf Julie. »Sie befassen sich mit *Monstern?*«

»Wir befassen uns mit Tieren, deren Existenz bislang nicht eindeutig nachgewiesen werden konnte. Wie auch immer – was diesen Zahn angeht, bin ich mir ziemlich sicher. Er stammt von einem Exemplar der Spezies *Regalecus glesne.*«

»Sie sprechen von einem Riemenfisch?«

»Ich bevorzuge den Begriff *Riesen-Seeschlange,* so wie es die alten Seefahrer taten. Bis zu zehn Meter lang, mit hervortretenden Augen und einer feuerroten Mähne auf dem Kopf, die nahtlos in eine lange, kammartige Rückenflosse übergeht.«

»Nach allem, was über diese Tiere bekannt ist, sind sie harmlose Meeresbewohner, die in einer Tiefe von mindestens drei- bis sechshundert Metern leben.«

»Was weiß die moderne Forschung schon über diese Tiere? So gut wie nichts, weil sie nur streng wissenschaftlich gewonnene Erkenntnisse zulässt – und die sind nun mal rar. Die ISC hingegen geht davon aus, dass auch in Mythen und Legenden ein gewisser Wahrheitsgehalt steckt, insbesondere, wenn verschiedene Überlieferungen sich gegenseitig bestätigen.«

Julie konnte kaum glauben, was sie da über den Lautsprecher hörte. Tausende von Kilometern weiter, am anderen Ende des Pazifiks, saß ein Mann namens Dave Correll, der allen Ernstes behauptete, über Riesen-Seeschlangen Bescheid zu wissen? Julie schüttelte den Kopf als Zeichen dafür, dass sie nicht gewillt war, einer solchen Quelle Glauben zu schenken.

»Ich kann verstehen, wenn Sie skeptisch sind«, sagte der Mann. »Aber Sie müssen mir glauben – die ISC bemüht sich um seriöse Forschung. Nicht umsonst gehören ihr über achthundert namhafte Wissenschaftler aus aller Welt an. Ich selbst habe bereits das Gebiss eines Regalecus glesne gesehen. Mit eigenen Augen!«

Julie deutete mit einem kreisenden Finger an der Schläfe an, dass sie den Mann für übergeschnappt hielt.

Doch der fuhr unbeirrt fort. »1996 fingen US-Marinesoldaten eine Riesen-Seeschlange vor der kalifornischen Küste«, erzählte er. »Sieben Meter lang, zweihundertfünfzig Pfund schwer. Prüfen Sie das nach, wenn Sie wollen. Es existiert sogar eine Fotografie. Fünfzehn Männer, die das Ungetüm auf ihren Armen tragen.«

Zu Julies grenzenlosem Erstaunen sagte Vanessa: »Ich kenne das Bild. Was hat es mit Ihnen zu tun?«

»Ich hatte das Glück, bei der Untersuchung des Kadavers dabei zu sein.«

»Gibt es von damals noch Detailaufnahmen?«

»Ich besitze leider keine. Aber ich kann ein bisschen herumfragen, wenn Sie wollen.«

»Das wäre nett.«

»Ich melde mich wieder bei Ihnen. Aber falls ich tatsächlich Bilder auftreiben kann, werden sie meine Aussage nur bestätigen. Die Untersuchung des Regalecus war denkwürdig. So etwas vergisst man nicht.«

Vanessa dankte ihm und legte auf. Kopfschüttelnd sagte sie zu Julie: »Diese Sache wird immer verrückter. Ich schätze, mir wird nichts anderes übrig bleiben, als bei Lodewick zu betteln.«

Osmond Lodewick, der Leiter des MIQ, saß stocksteif hinter seinem polierten Mahagonitisch und lauschte Vanessas Ausführungen, ohne die Miene zu verziehen.

Auf Julie wirkte der Mann wie ein Relikt aus dem vergangenen Jahrhundert. Ein schlohweißer Vollbart umrahmte seine eingefallenen Wangen, auf der markanten Nase trug er eine Nickelbrille aus dünnem Drahtgestell. Sein unbewegter Gesichtsausdruck verströmte Erhabenheit und Strenge. Er machte den Eindruck eines Patriarchen, wie man ihn sonst nur auf alten Schwarzweißfotos zu sehen bekam. Julie fühlte sich in seiner Gegenwart unbehaglich.

Vanessa ging es offenbar ähnlich, denn von ihrer lockeren Art war nichts mehr zu spüren. Sie legte großen Wert auf knappe Schilderungen und präzise Formulierungen, was ihrem

Naturell widersprach und sie unsicher scheinen ließ, insbesondere als sie auf den Kern ihres Anliegens zu sprechen kam.

»Um dieser Geschichte auf den Grund zu gehen, benötigen wir technisches Equipment, Sir«, sagte sie, eindringlich und bittend zugleich.

Lodewicks Augenwinkel begannen zu zucken. »Sie sprechen von der Cormoran?«

»Ja, Sir.«

»Haben Sie eine Ahnung, was das kostet, Doktor Pauling?«

»Selbstverständlich, aber mit etwas Glück brauchen wir das Schiff nur ein paar Tage.«

Lodewicks eingefallene Wangen bebten, und mit ihnen der ganze Bart. *»Ein paar Tage!«,* wiederholte er brüskiert. »Ein paar Tage, um einer Spur nachzujagen, die allein auf der Aussage eines Kryptozoologen basiert! Doktor Pauling, was denken Sie sich nur dabei?«

Doch trotz seiner anfänglichen Ablehnung gelang es Vanessa, ihn mehr und mehr vom Gegenteil zu überzeugen. Insbesondere die Erwähnung des Ruhmes, der auf das Institut und damit auch auf ihn selbst fallen würde, stimmte ihn nachdenklich. Als sie dann noch andeutete, dass ihr Vorhaben gewiss Spendengelder anziehen würde, brach auch noch der letzte Rest seines Widerstands in sich zusammen.

Als die beiden Frauen das Zimmer verließen, versicherte Lodewick sie seiner vollen Unterstützung. Kein Wunder, dachte Julie. Immerhin ging es mittlerweile nicht mehr nur um ein paar Delfine, sondern um Riesen-Seeschlangen. Diese Geschichte nahm eine wahrhaft sonderbare Wendung.

8

Kojak, du verfluchte kleine Ratte!, dachte Jeff Beauford, während er sich keuchend an die Brettwurzel eines Urwaldriesen lehnte und an seinem blutverkrusteten Hemd hinabsah.

Er hatte das Beuteltierchen auf freien Fuß gesetzt, kaum dass er die andere Seite des Flusses an der ROSCO-Forschungsstation erreicht hatte. Das war mittlerweile vier Tage her. Gerne hätte er Kojak als Weggefährten bei sich gehabt, doch so anschmiegsam er während ihrer gemeinsamen Zeit im Container gewesen war, so widerspenstig hatte er sich in Jeffs Hemdausschnitt aufgeführt. Wie wild hatte er gekratzt, gezappelt und gebissen. Die Wunden an Jeffs Bauch waren nicht tief, anfangs hatte er ihnen überhaupt keine Beachtung geschenkt. Doch mittlerweile hatten sie sich entzündet und brannten bei jeder Bewegung wie Feuer. Hinzu kam das Fieber, welches Jeff in unregelmäßigen Schüben heimsuchte. Selten hatte er sich so matt gefühlt wie in den letzten Tagen. Der Dschungel sog ihm die Kraft aus den Gliedern, langsam, aber beständig.

Vorsichtig setzte er sich auf den Boden, um ein wenig zu verschnaufen. Sein Gewehr hatte er im Fluss verloren, doch bislang vermisste er es nicht. Die Leoparden, Panther und Schimpansen waren ihm nicht gefolgt.

Ein eigenwilliger Gedanke drängte sich in sein Bewusstsein: die Frage, ob Wendy angesichts seiner misslichen Situation Genugtuung empfinden würde. Wendy, seine Freundin. Oder Ex-Freundin. Je nachdem, wie endgültig ihre Entscheidung gewesen war, als sie ihre Sachen gepackt hatte. *Ich kann es nicht länger ertragen, in deinem Leben nur an zweiter Stelle zu stehen. Immer geht es nur um dich und deine Experimente!* Das waren ihre letzten Worte gewesen, bevor sie aus der gemeinsamen Wohnung ausgezogen war.

Jeff seufzte. Die Gedanken an Wendy, an ihr duftendes Haar, ihr strahlendes Lächeln und ihren süßen, wohlgeformten Po, erfüllten ihn mit melancholischem Schmerz. Sie hatte ihm Bedenkzeit gegeben, damit er seine Prioritäten überdenken konnte, dabei war ihnen beiden klar gewesen, dass es nichts zu überdenken gab. Jeffs oberste Priorität stand fest, seit sein Vater ihm zum fünften Geburtstag ein Mikroskop und einen Experimentierkasten geschenkt hatte. Von da an hatte ihn kaum noch etwas anderes interessiert als Biologie. Vor allem die Echsen und Amphibien hatten es ihm angetan.

Er verwarf die Hoffnung, jemals wieder mit Wendy zusammenzukommen, und verbannte sie aus seinen Gedanken. Er hatte ihr nie die Zuwendung geben können, die sie von ihm erwartete – und sie dadurch verloren. Den Job bei ROSCO hatte er angenommen, obwohl sie ihn angefleht hatte, es nicht zu tun. Also verdiente er es nicht, sich ausgerechnet jetzt an ihr aufzubauen – nachdem dieser Job sich als bittere Niederlage, ja sogar als tödliche Bedrohung erwiesen hatte.

Er schöpfte mit der Handkuhle Wasser aus einer Pfütze und trank einen Schluck. Sein Rachen fühlte sich danach noch immer heiß und trocken an. Außerdem schien ein riesiger Hammer in seinem Schädel zu pochen. Vermutlich der Salzmangel.

Jeff schloss die Augen und wartete ein paar Minuten. Vergeblich. Das Hämmern in seinem Kopf wurde höchstens noch schlimmer. Er beschloss, die Rast zu beenden und seinen Marsch fortzusetzen.

Zuvor wollte er sich noch einmal seine Wunden ansehen. Behutsam knöpfte er das Hemd auf. Seine Bauchdecke war vom Rippenbogen abwärts mit rot-schwarzer Kruste bedeckt – eine Mischung aus getrocknetem Blut, Eiter und Dreck. Kein schöner Anblick. Die Wunde schien augenblicklich noch mehr zu schmerzen.

Reiß dich zusammen!, befahl er sich. Du hast eine Explosion überlebt und warst umzingelt von wilden Bestien. Da wirst du dich von ein paar Kratzern doch nicht unterkriegen lassen!

Gleichzeitig wusste er, dass eine Infektion bei den vorherrschenden klimatischen Bedingungen rasch lebensbedrohlich werden konnte. Aber er wollte nicht sterben, mutterseelenallein, irgendwo in der Wildnis. Er hatte es bis hierher geschafft, und so lange er sich noch auf den Beinen halten konnte, würde er weitermarschieren.

Jeff Beauford knöpfte sein Hemd wieder zu, bückte sich nach seinem Rucksack und machte sich auf den Weg. Auch wenn er nicht wusste wohin.

9

Vanessa hatte Moss Ryder, einen ihrer Kollegen, gebeten, die Spur des Schwarms aufzunehmen und wenigstens ein paar der Delfine mit Argos-Peilsendern zu markieren, bevor sie den Forschungssektor verließen. Ryder übernahm diese Aufgabe gerne und beteuerte, dass ihm der kleine Abstecher zu Vanessas Forschungsareal keine Umstände bereiten würde.

Aufgrund seiner Hilfsbereitschaft konnte Vanessa sich voll und ganz darauf konzentrieren, die Vorbereitungen auf der Cormoran zu koordinieren. Sie verbrachte den ganzen Montag damit, Material zu ordern, Ausrüstungsgegenstände zu überprüfen und eiligst eine Crew zusammenzustellen.

Julie hielt sich dabei weitgehend im Hintergrund. Sie beschränkte sich auf ihre Rolle als stille Beobachterin, machte sich viele Notizen und stellte Fragen, wenn sie den Überblick verlor oder Details wissen wollte.

Außerdem stattete sie Harold Glimsky einen Besuch in der Redaktion ab. Julies Chef gefiel es überhaupt nicht, dass sie noch mehr Zeit in diese Geschichte investieren wollte. Aber als er ihren Zwischenbericht las, gab er ihrem Drängen nach, weil er einsah, dass Riesen-Seeschlangen und aggressive Delfine einen Artikel in der Cairns News wert waren.

Am Dienstagabend stach die Cormoran in See. Wind und Regen peitschten das Wasser auf. Je weiter sie sich von der Küste entfernten, desto höher wurden die Wellenberge. Die meiste Zeit der Nacht verbrachte Julie auf Knien neben der Bord-Toilette.

Wie durch ein Wunder verzogen sich am darauf folgenden Morgen die Wolken, und von da an lag das Schiff ruhig im Wasser. Ganz allmählich erholte sich Julie von den nächtlichen Strapazen.

Um wieder zu Kräften zu kommen, brühte sie sich in der Kombüse einen Tee auf. In einem Schrankfach fand sie eine Packung Zwieback. Sie hüllte sich in eine Decke und schlenderte zum Bug, wo sie ihr karges Frühstück unter freiem Himmel genießen wollte.

Es war ein wundervoller Morgen. Im warmen Licht der aufgehenden Sonne wirkte der Ozean friedlich. Frische Meeresluft wehte Julie um die Nase und vertrieb auch noch den letzten Rest ihrer Übelkeit. Nachdem sie den Tee getrunken und zwei Scheiben Zwieback geknabbert hatte, spürte sie, wie ihre Lebensgeister zurückkehrten.

An Bord des Fünfzig-Meter-Schiffs befanden sich außer Vanessa und Julie noch vier weitere Besatzungsmitglieder: der Kapitän, Caleb und zwei Tiefsee-Experten des Instituts – Annabelle und Sean Baxter.

»Die beiden haben sich vor zwei Jahren auf diesem Schiff kennen gelernt«, erzählte Vanessa. »Er betreute ein Forschungsprojekt vor dem Louisiade-Archipel, sie schrieb damals ihre Dissertation und begleitete sein Team als Praktikantin. Die Abgeschiedenheit der See hat die beiden zueinander geführt. Kaum waren sie wieder an Land, heirateten sie. Seitdem sind sie unzertrennlich.«

In der Tat war die Verliebtheit der beiden Wissenschaftler unübersehbar. Die Art, wie sie Blicke austauschten, ein Küsschen hier, eine Umarmung da … Julie fand das Geturtel ziemlich übertrieben, aber außer ihr schien sich niemand daran zu stören. Sie fragte sich, ob sie nur deshalb so empfindlich reagierte, weil ihre eigene Ehe in die Brüche gegangen war.

Während sie sich dem Zielgebiet näherten, besprach Vanessa mit Kapitän John McFadden, einem muskulösen Endvierziger mit glattem, strähnigem Haar und Dreitagebart, die Route. In Julies Beisein erklärte sie: »Caleb konnte den Suchradius noch etwas genauer eingrenzen. Der Computer hat dafür eine Trefferwahrscheinlichkeit von knapp 90 Prozent errechnet.« Sie reichte McFadden eine Karte, auf der das Zielgebiet als schwarzer Kreis eingezeichnet war.

McFadden zog die Stirn kraus. »Das ist noch immer ein Radius von über sieben Meilen.«

»Ein erstaunlich kleines Gebiet, wenn man bedenkt, dass manche Delfine über hundert Kilometer am Tag zurücklegen. Aber die Delfine, die den Schwarm vor sich hertreiben, gehören ja nicht gerade zur schnellen Sorte.«

»Um das komplette Areal abzufahren, werden wir dennoch Geduld brauchen.«

»Exakter lässt sich unser Ziel nicht bestimmen, meint Caleb. Er hat wirklich alles versucht.«

»Dann müssen wir uns wohl damit zufrieden geben.« McFadden zog die Karte näher an sich heran und deutete mit dem Finger darauf. »Ich schlage vor, dass wir das Zielgebiet systematisch abfahren. In Zeilen, von Westen nach Osten. Mithilfe des GPS ist das kein Problem. Wir scannen das komplette Gebiet mittels Fächer-Echolot, dann werden wir schon erkennen, ob hier irgendwelche Delfine beheimatet sind. Oder Riesen-Seeschlangen. Oder was auch immer.«

Am Abend lag das Ergebnis vor, aber es war enttäuschend.

»Ich verstehe das nicht«, sagte Vanessa sichtlich verwirrt.

Sie saß während des Abendessens neben Julie, rührte Calebs Dosen-Ravioli aber nicht an. »Wir sind das Gebiet flächendeckend abgefahren. Das Echolot war so eingestellt, dass es uns jedes schwimmende Objekt ab einer Länge von einem Meter hätte anzeigen müssen, gleich ob Schwarm oder Einzelfisch. Wie ist es möglich, dass wir nicht einen einzigen Treffer zu verzeichnen haben? Ich würde es ja noch angehen lassen, wenn wir die Delfine nicht angetroffen hätten. Immerhin besteht laut Computer eine 10-prozentige Rest-Unsicherheit bezüglich des Suchradius. Aber es kann doch nicht sein, dass es in diesem Gebiet *keinen einzigen* großen Fisch gibt!«

»Und keinen kleinen Schwarm«, ergänzte Annabelle Baxter.

»Könnte das Ortungssystem defekt sein?«, warf Julie ein.

»Ausgeschlossen. Wir haben es vor der Abreise getestet. Es funktioniert einwandfrei, dafür lege ich meine Hand ins Feuer. Wenn das Echolot kein Signal empfangen hat, kann das nur eines bedeuten: Dieses Stück Ozean ist mehr oder weniger verwaist. Die Frage ist nur, weshalb?«

Julie, Vanessa und Annabelle Baxter diskutierten eine ganze Weile darüber, ohne zu einem brauchbaren Ergebnis zu kommen.

Sean Baxter, Annabelles Mann, brachte ebenfalls eine Theorie vor. »Submarine vulkanische Aktivitäten«, sagte er. »Sie sind in dieser Gegend zwar selten, dennoch existieren sie als Folgeerscheinung der plattentektonischen Bewegungen rund um den Pazifik. Dabei tritt nicht nur enorme Hitze aus, sondern auch ein Gemisch der unterschiedlichsten Chemikalien, die jegliches Leben auslöschen und nachhaltig unmöglich machen können.«

Vanessa blieb skeptisch. »Die Echolot-Aufzeichnung hat uns ein ziemlich konkretes Bild über die Beschaffenheit des Meeresbodens geliefert. Ich konnte darauf nichts erkennen, das an einen Vulkankrater erinnert.«

»Es muss sich nicht zwangsläufig um einen Krater handeln«, sagte Sean Baxter. »Es könnten auch Risse oder unscheinbare Löcher sein. Um sicher zu gehen, müssen wir das Zielgebiet morgen noch einmal scannen – mit einem Infrarot-Sensor.«

»Alles, was ihr benötigt, bin *ich!*«, tönte es plötzlich im Brustton der Überzeugung aus dem Unterdeck. Kurz darauf erschien Calebs strahlendes schwarzes Gesicht im Treppenaufgang. Er positionierte sich vor dem Tisch, hielt ein Stück Papier in die Höhe und grinste zufrieden: »Wir brauchen keinen Infrarot-Sensor. Denn wir suchen weder einen Krater noch einen Riss im Meeresboden.«

Alle anderen sahen ihn an, als hätten sie es mit einem Geist zu tun.

»Was zum Teufel suchen wir dann?«, fragte Vanessa.

Das Blatt Papier in Calebs Hand entpuppte sich als Computerausdruck – ein grafisch aufbereitetes Bild des Meeresbodens als Draufsicht, erstellt auf der Basis der Echolot-Aufzeichnungen, wie er erklärte.

Noch immer bis über beide Ohren strahlend setzte er sich zu den anderen an den Tisch und begann mit seinen Erläuterungen: »Ich gebe zu, an Seans submariner Vulkan-Theorie ist was dran. Aber sie hat einen Haken: Sie erklärt nur, weshalb diese Meeresregion so gut wie unbewohnt ist. Sie liefert keine Erklärung dafür, weshalb ausgerechnet an dieser Stelle erstmals eine neue Delfinart aufgetaucht ist. Ich hingegen kann eine Erklärung für beide Phänomene bieten.« Er machte eine theatralische Pause, bevor er die Katze aus dem Sack ließ: »Umweltverschmutzung!«

Julie konnte ihm nicht folgen. Sie wollte schon nachhaken, als Vanessa ihr zuvorkam. »Ich fürchte, das wirst du mir etwas genauer erläutern müssen, Cal.«

»Liegt das nicht auf der Hand? Die Industrie entsorgt ihre Abfallprodukte schon seit langem in den Ozeanen dieser Welt. Während ein Tanker von A nach B schippert, lässt er heimlich, still und leise irgendwelche Chemikalien ins Wasser ab. Das ist zwar illegal, aber viel billiger als eine aufwändige Entsorgung. Und so praktisch: Innerhalb weniger Minuten können tonnenweise Fässer über Bord geworfen werden. Auf dem Meeresgrund stören sie niemanden. Zumindest, so lange sie nicht leckschlagen. Denn ich glaube, genau damit haben wir es zu tun.«

»Mit Giftmüll-Fässern?«

»Genau! Leider entwich das Gift viel früher, als diese Umwelt-Verpester es geplant hatten. Vor etwas mehr als einem Monat – also kurz bevor unsere Delfine in dieser Region zum ersten Mal in Erscheinung traten – bildete sich eine große, toxische Unterwasser-Wolke. Einige Tiere erkannten die Gefahr und flüchteten rechtzeitig, aber viele Meeresbewohner kamen auch mit ihr in Kontakt. Sie starben oder erlitten, wie unsere Delfine, wüste Deformierungen.«

»Und so ganz nebenbei schreckte diese Wolke auch noch ein paar Riemenfische auf, die in ihrer Panik wiederum die Delfine bissen!«, lachte Annabelle Baxter.

»So ähnlich stelle ich es mir tatsächlich vor.«

Vanessa schüttelte vehement den Kopf. »Vergiss es, Cal! Die körperlichen Veränderungen des toten Delfins können unmöglich zufällig sein. Das war keine Ansammlung von Geschwüren oder Geschwulsten, sondern die konsequente evolutionäre Weiterentwicklung von Organen und anderen Körperteilen.«

»Vanessa, ich weiß, du bist auf diese Idee fixiert, aber betrachten wir einmal die Fakten – was bleibt dann? Eine Vergrößerung von Herz, Lunge und Melone, außerdem eine Nierenschwäche und ein paar Auswucherungen am Kiefer, die mit viel Fantasie aussehen wie die Vorstufe zu einer zweiten Zahnreihe.«

»Du vergisst die Kiemen-Ansätze, die Rückbildung der Muskelpartien rund um die Augen und die Erhöhung des Magnetit-Vorkommens im Außenhirn.«

Caleb seufzte. »Ich habe meine Giftmüll-Theorie bereits überprüft, indem ich den Computer die Echolot-Scannung des Meeresbodens auswerten ließ. Vereinfacht ausgedrückt gab ich ihm den Befehl, jene Stellen anzuzeigen, an denen sich bestimmte geometrische Formen häufen. Insbesondere Kreise, Ovale oder Rechtecke – weil Tonnen von oben betrachtet so aussehen, je nachdem, in welcher Position sie auf dem Boden liegen.« Er schob den Computerausdruck weiter in die Tischmitte, sodass alle einen Blick darauf werfen konnten. »Der Computer hat die infrage kommenden Bereiche gelb eingefärbt. Es sind lediglich dreizehn.«

Vanessa war durch Calebs Ausführungen nachdenklich geworden. Sie sagte: »Wenn wir Glück haben und die Fässer aus Stahl sind, können wir sie mit dem Magnetometer erkennen.«

»Vielleicht ist das gar nicht nötig«, sagte Caleb. »Denn seht euch einmal den gelben Bereich in Planquadrat C3 an.«

Julie beugte sich vor und erkannte an der angegebenen Stelle tatsächlich einige Formen, die an Fässer erinnerten. Viel interessanter schien ihr jedoch das Gebilde neben diesen Fässern. »Ist das ein Wrack?«, fragte sie.

»Bingo! Zwar lässt die Auflösung zu wünschen übrig, aber ich fresse einen Besen, wenn das nicht unser Giftmüll-Transporter ist!«

Sean Baxter, der sich zunächst darüber geärgert zu haben schien, dass Caleb seine Theorie zunichte gemacht hatte, musste ihm beipflichten. »Wenn das kein Wrack ist, kannst du mir ein Stück von deinem Besen abgeben«, sagte er anerkennend. »Dieses Gebilde ist zwar ziemlich klein für einen Frachter – eher eine Hochseejacht. Aber ich schätze, du könntest dennoch Recht haben.« Dann wandte er sich an seine Frau und meinte: »Ich schätze, die Zeit ist reif für unser Baby.«

Das »Baby« hieß UNEX – die Abkürzung für Underwater Explorer – und entpuppte sich als Vertreter der neuesten Tauchroboter-Generation. Es hatte die Ausmaße eines Kleinwagens, wog dreieinhalb Tonnen und konnte laut Sean Baxter bis zu 8000 Meter tief tauchen, also rund 27 000 Fuß. Das und vieles mehr erzählte er, während er mit seiner Frau die Plane am Achterdeck abzog, unter der das Gerät bis dahin verborgen gewesen war.

Auf den ersten Blick wirkte der Roboter eher ernüchternd. Für Julie sah er aus wie ein auf ein Stahlgestell montierter, wuchtiger Motorblock. Aber die Baxters machten ihr schnell klar, dass es sich dabei um ein ausgefeiltes Meisterwerk der Elektrotechnik handelte – wohl nicht zuletzt, weil Annabelle und Sean es selbst konstruiert hatten.

»Über eine Fernsteuerung an Bord der Cormoran kann jedes einzelne Element des UNEX bedient werden«, erzählten sie. »Wenn er zu Wasser gelassen ist, gibt es keinerlei Kabelverbindung mehr zur Oberfläche. Eine Batterie versorgt ihn für wenigstens fünf Stunden mit Strom, bei sparsamem Umgang sogar für sieben. Die insgesamt acht Scheinwerfer – zwei vorne, zwei hinten und zwei an jeder Flanke – sind nötig, weil das Sonnenlicht bereits ab einer Wassertiefe von sechzig bis achtzig Metern so stark abnimmt, dass man kaum noch etwas sieht. Angetrieben wird der Roboter über eine Reihe von Elektromotoren, die selbstverständlich unabhängig voneinander betrieben werden können. Damit ist er auch unter schwierigsten Bedingungen manövrierfähig. Diverse Kameras – ebenfalls einzeln steuerbar – zeichnen alles auf, was sich in Reichweite der Scheinwerfer abspielt. Und mit den frei beweglichen Greifarmen können Sediment- und Bioproben entnommen werden. Sie sehen, Julie, dieses Gerät lässt jedes Tiefseeforscher-Herz höher schlagen.«

Auch wenn sie kein besonderes Interesse für Technik aufbringen konnte, musste Julie den Baxters Recht geben. Der UNEX schien tatsächlich keine Wünsche offen zu lassen. Sie hoffte nur, dass all das technische Equipment ausreichen würde, um die vielen offenen Fragen zu beantworten.

Der Abstieg des UNEX begann am Donnerstagmorgen um 09.00 Uhr und dauerte beinahe eine halbe Stunde. Die Analyse des Meerwassers, die Sean Baxter den Roboter alle paar Minuten durchführen ließ, ergab keinerlei Besonderheiten.

Vom Kontrollraum aus beobachtete die Crew, was um den Roboter herum vor sich ging. Vier Monitore – zwei auf dem Tisch, zwei auf bewegliche Wandhalterungen montiert – zeigten die Unterwasseraufnahmen. Sean und Annabelle Baxter hatten vor einem beachtlichen Schaltpult mit diversen Knöpfen, Hebeln, Leuchtanzeigen und Schaltern Platz genommen. Julie stand mit den anderen dahinter und beobachtete interessiert das Geschehen.

Zunächst passierte wenig. Während sich die digitale Tiefenanzeige der 300-Fuß-Marke näherte, wich das leuchtende Türkis des Ozeans immer mehr einem geheimnisvoll schimmernden Dunkelblau und schließlich einer alles verschlingenden Schwärze, gegen die selbst die Scheinwerfer des UNEX nicht mehr ankamen.

Annabelle Baxter betätigte einen Kippschalter und aktivierte dadurch eine Computersimulation auf Monitor 1. Es erschien ein 3D-Gitterdrahtmodell des Meeresbodens. Ein rot blinkender Punkt markierte die Position des Tauchroboters innerhalb eines angedeuteten Koordinatenkreuzes. Er befand sich jetzt noch rund 2500 Fuß senkrecht über dem Wrack, weiterhin kontinuierlich sinkend.

Die nächsten zwanzig Minuten verliefen ereignislos. Die Kameras übertrugen permanent die gleichen Bilder: nachtschwarzes Wasser, in dem sich das Licht der Scheinwerfer verlor. Hier und da ein paar vorbeiziehende Schwebstoffe. Ansonsten nichts. Absolut gar nichts.

Endlich sagte Annabelle Baxter: »Noch 250 Fuß. Ich reduziere jetzt die Sinkgeschwindigkeit und schalte die Bauchkamera des UNEX auf Monitor 4, damit wir sehen können, wie wir uns dem Wrack nähern.«

Sie drückte einen Knopf. Drei unerträgliche Minuten lang tat sich noch immer nichts. Dann gab die Tiefe des Meeres endlich ihr Geheimnis preis. Auf Monitor 4, inmitten der Dunkelheit, erkannte Julie jetzt einen weißen Schimmer. Je tiefer der UNEX sank, desto klarer zeichneten sich Konturen ab.

Dreißig Fuß über dem Meeresboden ließ Sean Baxter den Roboter anhalten, sodass er nun schwerelos im Wasser zu schweben schien.

»Ich aktiviere die Computerstabilisierung, damit das Bild nicht wackelt«, sagte Sean Baxter und betätigte einen Kippschalter. Die leichten, durch submarine Strömungen ausgelösten Schwankungen der Kameraübertragung blieben daraufhin aus.

Julie erkannte jetzt ganz deutlich einen Schiffsrumpf. Das Wrack lag gekippt auf der Backbordseite. Wie Sean Baxter bereits vermutet hatte, handelte es sich um eine Hochseejacht, beinahe ebenso groß und beeindruckend wie die Cormoran.

Als die vom UNEX aufgewirbelten Sedimente und Schwebteile sich legten, sah Julie, dass der Bug zersplittert war. Dort, wo sich normalerweise der Namenszug befand, klaffte ein beachtliches Leck. Nur noch die Endbuchstaben »... ra« waren zu entziffern.

»Das Schiff muss mit der Nase voraus senkrecht in die Tiefe gezogen worden und am Grund zerschellt sein«, stellte Sean Baxter fest. »Der Bug wurde eingedrückt, der Rumpf zersplitterte. Dann fiel die Jacht zur Seite wie ein gefällter Baum. So muss es sich abgespielt haben.«

»Dort liegt etwas«, stellte Annabelle Baxter fest. »Neben dem Wrack, auf dem Boden.«

Ihr Mann ließ den Roboter an der Jacht entlang gleiten. Im Bildausschnitt von Monitor 4 erschienen zwei Fässer, die nur wenige Meter neben dem Wrack lagen.

»Also hatte ich Recht!«, brummte Caleb. »Giftmüll!«

Vanessa nickte, wirkte dabei jedoch sichtlich geknickt. Julie ahnte, weshalb: Bis zuletzt hatte ihre Freundin sich an die Idee geklammert, eine neue, höher entwickelte Delfin-Spezies entdeckt zu haben. Jetzt aber schien Calebs Ansatz sich zu bewahrheiten: Die körperlichen Veränderungen der Tümmler waren nichts weiter als Deformierungen.

Die UNEX-Elektromotoren verursachten ein paar Sediment-Aufwirbelungen, doch alles in allem blieb die Sicht klar. Julie erkannte mehrere große Löcher in den Fässern, längliche Risse mit nach innen gedrückten Rändern, als habe jemand mit einem riesigen Dosenöffner in den Stahl geschnitten. Eine Erklärung dafür konnte niemand abgeben.

»Wie sind die Wasserwerte?«, fragte Vanessa.

»Absolut normal«, antwortete Sean Baxter. Er lenkte den Roboter zu den Fässern und fuhr einen Teleskoparm aus. Der Messfühler am Ende des Arms näherte sich den länglichen Rissen. »Immer noch keine Auffälligkeiten«, sagte er. »Das Gift muss sich längst verflüchtigt haben.«

Julies Aufmerksamkeit richtete sich schon wieder auf die gesunkene Jacht. »Da ist ein zweites Leck«, sagte sie. »Weiter achtern. Und was für eins! Es ist riesig, gerade so, als habe jemand das komplette Heck herausgerissen. Herrje, was ist denn da passiert?«

Sean Baxter dirigierte den UNEX zum Heck des Wracks.

»Ist das Loch groß genug für den Roboter?«, fragte Julie.

»Das Risiko, dass er irgendwo hängen bleibt, ist zu groß«, entgegnete der Mann. »In diesem Fall wären fünfzehn Millionen Dollar dahin. Lodewick würde Annabelle und mich steinigen – zu Recht. Um die Finanzen des Instituts ist es ohnehin nicht allzu gut bestellt. Für einen UNEX II würde schlicht das Geld fehlen. Dennoch müssen wir nicht darauf verzichten, einen Blick ins Wrack zu werfen. Bei der Konstruktion des Geräts haben wir solche Fälle eingeplant.«

Seine Finger huschten über die Konsole. Auf Monitor 4 wechselte das Bild.

»Der UNEX ist jetzt auf Stand-by«, erklärte er. »Der Computer hält ihn auf seiner momentanen Position. Das Ganze funktioniert als eine Mischung aus GPS-Navigation und optischer Fixpunkt-Erfassung …«

»Sag doch einfach, dass du das Ding geparkt hast«, lachte Caleb.

Sean Baxter seufzte. »Meinetwegen – ich habe *das Ding geparkt.* Außerdem habe ich die Mobilkamera entkoppelt und die Frequenz der Konsolen-Fernsteuerung darauf ausgerichtet. Noch mal in einfachen Worten für dich, Cal: Es gibt quasi einen Mini-UNEX. Eine frei bewegliche Kamera. Und mit der werde ich jetzt ins Wrack tauchen.«

»Danke«, grinste Caleb. »Warum nicht gleich so?«

Julie verfolgte auf dem Bildschirm die weitere Tauchfahrt. Ein gleißend heller Strahler leuchtete den Weg durchs Leck hinein ins Bootsinnere. Immer tiefer drang die Kamera ins Wrack ein. Nicht nur wegen des bizarren Spiels aus Licht und Dunkelheit wirkte die Tauchfahrt befremdlich, sondern auch weil das Schiff auf der Seite lag. Dort, wo üblicherweise der Fußboden war, befand sich auf dem Monitor eine Wand mit Türen. Und der mit Teppich belegte Fußboden bildete wiederum die rechte Wand.

Sean Baxter manövrierte die Kamera durch den Gang, dann seitlich nach links, dem Verlauf der Treppen folgend.

»Das müsste die Brücke sein«, kommentierte er.

Vor Julies Augen tat sich ein mittelgroßer Raum auf, dem Steuerhaus der Cormoran nicht unähnlich. Am gegenüberliegenden Ende erkannte sie vage eine breite Fensterfront, in der sich das Licht des Kamera-Scheinwerfers widerspiegelte, daran angrenzend das Armaturenbrett mit allen möglichen Instrumenten und Anzeigen.

»Da ist etwas«, bemerkte Julie. »Direkt beim Steuerrad.«

»Tatsache!«, pflichtete Vanessa ihr bei. »Was ist das?«

Julie fühlte einen eisigen Schauder über ihren Rücken jagen, als die Kamera sich dem Objekt näherte. Auf Monitor 4 erschien ein stark skelettierter Leichnam, eingeklemmt zwischen Steuerrad und Schaltpult. An manchen Knochen hingen noch Reste von Muskeln und Fleischfasern, die im Salzwasser eine beinahe weiße Farbe angenommen hatten. Der abgenagte Schädel schien gespenstisch zu grinsen, die leeren Augenhöhlen starrten geradewegs ins Kameraobjektiv. Der Anblick hätte grausiger nicht sein können.

»Das Gerippe ist auffallend klein«, murmelte Vanessa. »Der Körper reicht vom Steuerrad kaum bis zum Boden.«

»Nicht nur die Größe ist merkwürdig, auch der Knochenbau«, ergänzte Caleb. »Seht euch den Brustkorb an. Und den Schädel – die Wülste über den Augenhöhlen, der vorstehende Kiefer. Wenn ich es nicht besser wüsste, würde ich behaupten, das ist das Gerippe eines Neandertalers.«

»Ein Neandertaler, der eine Jacht steuerte? Das ist ja eine tolle Erklärung!«, versetzte Vanessa.

Julie kam eine Idee. »Das Gift hatte bei den Delfinen doch körperliche Veränderungen zur Folge – weshalb sollte es auf Menschen anders wirken? Die Deformierungen dieses Skeletts könnten darauf zurückzuführen sein, dass der Steuermann der Jacht mit dem Inhalt der Fässer in Berührung kam.«

»Dieses Skelett ist wesentlich stärker missgebildet als der von mir obduzierte Tümmler«, hielt Vanessa dagegen.

»Weil der Tümmler mit dem Gift nur kurz in Kontakt kam. Dieser Tote jedoch wurde von der Giftwolke regelrecht eingehüllt.«

»Das setzt allerdings voraus, dass die Substanz nicht nur lebende Organismen befällt, sondern auch post mortem wirkt.«

»Das tun Bakterien ebenfalls.«

Vanessa seufzte. »Vielleicht hast du Recht.«

Julie war froh, eine Erklärung gefunden zu haben, die alle

Merkwürdigkeiten einschloss. Das ließ sich ausgezeichnet für einen Artikel in der Cairns News verwenden. Sogar Glimsky würde sich dafür ein Lob abringen müssen.

Im Geiste beschäftigte sie sich bereits mit dem Aufbau des Zeitungsberichts, als ihr auffiel, dass ein winziges Detail nicht passte. Sie sagte das den anderen: »Ich sehe keinerlei Hinweis darauf, dass der Tote irgendein Kleidungsstück am Leib trug. Fasern von T-Shirts und Hosen mögen sich dort unten rasch zersetzen, aber müssten nicht wenigstens die Schuhe erhalten sein?«

Sean Baxter legte die Stirn in Falten und nickte. »Gummi oder Leder konserviert sich im Meer jahrelang«, sagte er. »Das Wrack kann aber erst ein paar Wochen da unten liegen – nämlich genau so lange, wie die Delfine nach dem Kontakt mit dem Gift brauchten, um zu mutieren und ihre heutige Position zu erreichen.«

»Wäre mehr Zeit vergangen, hätten wir die Wanderbewegung der Delfine auch nicht so exakt zurückverfolgen können«, meinte Caleb. »Meine Computerberechnungen basierten ja auf der Annahme einer mehr oder weniger kontinuierlichen Entwicklung des Schwarms, ausgehend von einem Ursprungspunkt. Läge das Schiffsunglück mehr als ein paar Wochen zurück, hätten wir diesen Ort niemals lokalisieren können. Was wiederum bedeutet, dass der Leichnam nackt war, als die Jacht sank.«

»Wenn die Besatzung von dem Unglück überrascht wurde – vielleicht sogar mitten in der Nacht –, wäre das kein Wunder«, sagte Kapitän McFadden. »Vielleicht wurde die Mannschaft wachgerüttelt, als die Jacht mit einem anderen Schiff kollidierte. Irgendjemand – nennen wir ihn den *Nacktschläfer* – will nach dem Rechten sehen und stürzt Hals über Kopf ins Führerhaus.

Aber er kommt zu spät. Er stirbt in dem sinkenden Schiff, eingehüllt von der freigesetzten Giftwolke. So einfach könnte es sich abgespielt haben.«

Julie seufzte innerlich auf. Eine skandalösere Erklärung wäre ihr lieber gewesen. Die Zeitungsleser liebten das. Nun ja, immerhin blieb ihr die Giftmüll-Katastrophe.

»Können wir das Skelett bergen?«, fragte sie. »Nur um sicherzugehen, dass unsere Vermutungen stimmen.«

Sean Baxter hob abwehrend die Hand. »Das ist unmöglich. Die Kamera könnte niemals das Gewicht tragen.«

»Was ist mit dem UNEX-Roboter?«

»Der ist zu groß. Mit ihm komme ich nicht bis zum Steuerhaus, dafür ist der Gang zu schmal.«

»Und wenn wir nicht von hinten ins Wrack tauchen, sondern den direkten Weg einschlagen?«

»Sie meinen durch die Vordertür? Das dürfte nicht so einfach sein. Die Roboter-Greifarme zu bewegen ist eine verdammt schwierige Angelegenheit. Aber wir können es versuchen.«

Er ließ die Mobilkamera vorsichtig zu Boden sinken und schaltete die Fernsteuerung wieder auf den UNEX um. Langsam stieg der Roboter neben dem Wrack auf und tauchte in Richtung Bug. Sean Baxter fixierte seine Position über der Brücke und fuhr eine Teleskopstange aus. Die Greifer an deren Ende schoben sich dicht an die Tür des Führerhauses heran.

Er versuchte mindestens zwei Dutzend Mal, den Zugang zur Brücke zu öffnen – vergeblich. Die Greifer rutschten stets von der Klinke ab.

»Keine Chance«, meinte der Tiefsee-Forscher schließlich und lehnte sich in seinem Stuhl zurück.

»Und wenn wir versuchen, eine Scheibe einzudrücken?«, fragte Vanessa.

»So viel Kraft kann der Roboter nicht aufbieten. Außerdem ist ja schon die Tür kaum groß genug für ihn – wie soll er da erst durchs Fenster passen? Belle und ich haben den UNEX konstruiert, um den Meeresgrund zu erforschen, nicht um Wracks zu durchsuchen!« Seine Enttäuschung war offensichtlich.

»An der Mobilkamera ist doch ebenfalls ein Greifer«, warf seine Frau ein.

»*Pinzette* stimmt wohl eher. Damit können wir nie im Leben ein Skelett bergen.«

»Nicht am Stück, aber vielleicht in Etappen.«

Vanessa war Feuer und Flamme. »Wir brauchen gar nicht das komplette Skelett«, sagte sie. »Ein paar Knochen würden genügen. Hauptsache, wir bekommen irgendetwas in die Hände, das wir von einem Experten untersuchen lassen können. Am besten den Schädel.«

Sean Baxter positionierte den UNEX wieder vor dem Leck und reaktivierte die Mobilkamera. Geschmeidig erhob sie sich vom Boden, stieg immer weiter hinauf, an den Rippen vorbei, zum grinsenden Totenkopf. Julie sah auf dem Monitor, wie der kleine Teleskoparm auf die Stirnplatte des Skeletts zufuhr und in die leere Augenhöhle eindrang.

»Ich werde jetzt versuchen, den Schädel anzuheben«, kommentierte Sean Baxter sein Vorhaben. Er drückte einen Hebel auf der Schaltkonsole sanft nach oben, doch das Monitorbild blieb starr.

»Es klemmt«, sagte er. »Das wäre ja auch zu einfach gewesen.«

Er setzte mit dem Mini-Roboter ein Stück zurück, sodass der Greifer sich nun wieder im Freien befand. Dann ließ er ihn ein paar Zentimeter sinken, am Gebiss vorbei bis knapp unter den Unterkiefer.

»Am Ende des Greifers befindet sich ein ausfahrbares Sägeblatt«, sagte er. »Es sieht aus wie ein Pizza-Roller – oder wie heißt dieses Ding, das du zu Hause immer benutzt, Belle?« Er wartete die Antwort gar nicht erst ab, sondern fuhr ohne Pause fort: »Wir haben die Säge ursprünglich nur eingebaut, um den UNEX befreien zu können, falls er sich in Pflanzen oder Korallen verheddert. Bislang war das zwar nicht nötig, aber ich schätze, heute ist eine prächtige Gelegenheit, die Säge einzuweihen. Was denkt ihr?«

Er drückte einen Kippschalter, und am Ende des Greifers klappte ein kreisrundes Sägeblatt aus, das augenblicklich zu rotieren begann. Als es am Halswirbel ansetzte, stob eine feine weiße Wolke aus Knochenstaub durchs Wasser. Beinahe glaubte Julie, das unangenehme Surren hören zu können, aber natürlich war das nur Einbildung.

Sean Baxter durchtrennte den Wirbel mit einem sauberen Schnitt. Kaum war er damit fertig, neigte sich der Schädel zur Seite und fiel wie in Zeitlupe vom Körper ab.

Der Wissenschaftler betätigte erneut den Kippschalter, das Sägeblatt verschwand in der Greifzange. Gleichzeitig folgte er mit dem Mini-Roboter dem sinkenden Schädel. Am Boden angelangt, drang der Teleskoparm erneut in die Augenhöhle ein. Diesmal ließ sich der Schädel mühelos anheben.

Obwohl sich der Mini-Roboter durch das Gewicht des Kopfes deutlich nach vorne neigte, gelang es Sean Baxter, ihn mitsamt Knochenfracht zum Heck des Wracks zu steuern. Er passierte das Leck, ohne anzuecken, traf auf den UNEX und ließ den Schädel in eine Luke fallen, die eigentlich für Bio- und Gesteinsproben gedacht war, wie der Forscher erklärte.

»Ein Kinderspiel!«, triumphierte er. »Welcher Knochen darf es als Nächstes sein?«

Noch bevor Vanessa ihm antworten konnte, ertönte aus dem Lautsprecher plötzlich ein durchdringender Pfeifton.

»Was ist los?«, wollte Julie wissen.

»Ein Echolot-Signal«, sagte Annabelle Baxter und deutete auf das 3D-Gitterdraht-Modell auf Monitor 1. Ein blauer Punkt an der angedeuteten Wasseroberfläche markierte die Position der Cormoran. Senkrecht darunter befanden sich das Wrack in Grün und der Tauchroboter in blinkendem Rot. Und von Osten her schob sich ein großer, undefinierbarer schwarzer Fleck über den Meeresgrund, immer näher an das Wrack heran.

»Was um alles in der Welt ist das?«, murmelte Vanessa.

»Jedenfalls keine Seeschlange, falls du daran gedacht hast«, entgegnete Annabelle Baxter. »Dafür ist es viel zu groß. Wenn die Mess-Skala nicht spinnt … Nein, das kann nicht sein.«

»Sag schon – wie groß ist es?«

»Annähernd fünfunddreißig Meter lang.«

»Wie breit?«

»Vier Meter – nein, sechs. Jetzt zehn. Und jetzt wieder sechs. Herrgott, was ist nur mit diesem Gerät los?«

Nicht nur die Mess-Skala schien verrückt zu spielen, auch die Grafik. Julie sah, wie der schwarze Fleck zuckte und pulsierte. Dabei kroch er über den Meeresgrund wie ein bedrohlicher Schatten.

»Jedenfalls ist es jetzt nur noch fünfhundert Meter vom Wrack entfernt«, sagte Sean Baxter. »Ich werde den UNEX besser auftauchen lassen. Sicher ist sicher.«

»Was ist mit dem Mini-Roboter?«, fragte seine Frau.

»Das Andock-Manöver würde zu viel Zeit kosten. Wir lassen ihn vorläufig vor Ort. Vielleicht gelingt uns ein Schnappschuss, dann wüssten wir wenigstens, wer uns hier die Arbeit vermiest.«

Mit wenigen Handgriffen startete er den UNEX. »Ich werde sämtliche Scheinwerfer ausschalten, damit wir unseren Besucher nicht unnötig anlocken«, sagte er. Eine Sekunde später wurden die Monitore 2 bis 4 schwarz. Monitor 1 zeigte weiterhin die 3D-Darstellung der Echolot-Aufnahme.

»Noch dreihundert Meter«, sagte Baxter. »Laut Computer werden wir in etwa zwei Minuten unseren Schnappschuss machen können – vorausgesetzt, dieses Ding kommt dem Mini-Robot so nahe, dass es sich lohnt, das Licht wieder einzuschalten.«

Doch zweihundert Meter vor dem Wrack änderte sich plötzlich die Richtung des pulsierenden Flecks.

»Was immer es ist – es steigt auf«, stellte Sean Baxter entsetzt fest. »Es verfolgt den UNEX! Meine Güte, es wird ihn doch nicht angreifen?«

Julie schwieg, aber ihr war bereits derselbe Gedanke gekommen.

»Schalte das Licht wieder an«, sagte Caleb zu Sean Baxter. »Ich glaube, wir werden gleich etwas sehen, das nie zuvor ein menschliches Auge erblickt hat.«

»Licht?« Sean Baxter kreischte beinahe. »Bist du von allen guten Geistern verlassen?«

»Was man mit Geld kaufen kann, ist ersetzbar. Uns bietet sich hier eine einmalige Chance! Außerdem: Ob mit Licht oder ohne – dieses Phantom kann den UNEX orten, sonst würde es wohl kaum so direkt auf ihn zusteuern.«

»Vielleicht schreckt Helligkeit es sogar ab«, meinte Annabelle Baxter. »Sean – schalte das Licht ein. Das kann die Lage kaum verschlimmern, oder?«

Der Mann zögerte, entschied sich dann aber und legte einen Schalter um. Die acht Scheinwerfer ließen den UNEX als gleißende Lichtkugel erstrahlen. Aber die Helligkeit reichte nicht aus, um im schwarzen Wasser auch nur irgendwelche Konturen zu erkennen.

»Das Phantom bleibt auf Distanz«, bemerkte Annabelle mit Blick auf die Echolot-Grafik. »Es sieht ganz so aus, als hätten wir es verwirrt.«

Sean atmete erleichtert auf.

»Wie lange dauert es noch, bis der UNEX die Oberfläche erreicht?«, fragte Vanessa.

»Circa zwölf Minuten.«

Auf der Grafik sah Julie, wie der Roboter kontinuierlich aufstieg – in gleich bleibendem Abstand verfolgt von dem schwarzen Fleck. Mit einem Mal drängte sich ihr eine Frage auf. »Wenn wir den UNEX an die Oberfläche holen – ziehen wir die Aufmerksamkeit dieses Phantoms dann nicht geradewegs auf uns?«

»Großer Gott, Julie hat Recht!«, sagte Vanessa. »Wir sollten den UNEX stoppen, bis das Ding verschwunden ist.«

»Bislang zeigt es keinerlei Anzeichen von Aggression«, gab McFadden zu bedenken.

»Das taten die Delfine anfangs auch nicht«, hielt Julie dagegen. »Und plötzlich liefen sie Amok. Ich will nicht wissen, was geschieht, wenn ein Fünfunddreißig-Meter-Koloss die Cormoran attackiert.«

»Wir sollten auf dem Boden der Tatsachen bleiben«, meldete sich nun wieder McFadden zu Wort. »Diese Geschichten von Meeresungeheuern, die Schiffe angreifen – das ist Seemannsgarn.«

»Irgendetwas ist dort draußen im Meer, Kapitän«, hielt Julie dagegen. »Etwas, das sich nur noch einen halben Kilometer unter unseren Füßen befindet. Und niemand – weder unsere beiden Tiefsee-Experten noch Sie, noch ich –, *niemand* hat eine Vorstellung davon, was es sein könnte. Vielleicht ist es harmlos. Vielleicht aber auch nicht. Ich will nicht mein Leben riskieren, um das herauszufinden!«

»Außerdem sollten wir davon ausgehen, dass dieses Ungetüm hungrig ist«, warf Vanessa ein. »Vergesst nicht, im Umkreis von vielen Meilen gibt es keine großen Fische mehr. Ich habe keine Lust, als Appetithappen zu enden.«

Das überzeugte sogar Sean Baxter. »Falls überhaupt jemand dran glauben muss, dann lieber der UNEX als wir, da stimme ich dir zu«, murmelte er, mit einem Mal kreidebleich im Gesicht. »Ich gehe jetzt auf Stand-by.«

Er hielt den Tauchroboter an, der Fleck näherte sich. Dann, im Abstand von hundertfünfzig Metern, blieb auch er auf der Stelle stehen.

»Das Phantom zeigt Nerven«, murmelte Annabelle. »Es scheint unschlüssig, ob es angreifen soll oder nicht. Eine Beute, die solche Geräusche aussendet, stand bisher wohl nicht auf seinem Speiseplan. Seht, was es jetzt macht – es taucht um den UNEX herum.«

Tatsächlich vollführte es eine Seitwärtsbewegung, gleichzeitig stieg es ganz langsam auf, stets in sicherem Abstand zu dem Tauchroboter. Ein paar Minuten später hielt es plötzlich wieder inne. Jetzt schwebte es genau zwischen dem UNEX und der Forschungsjacht.

Und dann schoss es geradewegs nach oben!

An Bord der Cormoran brach von einer Sekunde zur nächsten Panik aus. McFadden stürzte zum Steuerhaus, kurz darauf heulten die Schiffsdiesel auf. Die Jacht machte einen Satz nach vorne, und Julie, die sich noch immer im Kontrollraum befand, wurde beinahe von den Beinen gerissen.

»Noch fünfhundert Fuß!«, krächzte Sean Baxter. »Hundertdreißig Meter! Herrgott, es holt uns ein!«

Nie hätte Julie es für möglich gehalten, sich an Bord der Cormoran bedroht zu fühlen. Jetzt war es so weit. Ihr Magen schrumpfte zusammen, ihre Gedanken waren nur noch auf monströse Delfine, Riesen-Seeschlangen und gigantische, Furcht einflößende Unterwasser-Phantome gerichtet.

»Vierhundert Fuß!«, tönte Sean Baxters brüchige Stimme durch den Raum. Kurz darauf: »Dreihundertfünfzig. Es nähert sich uns weiter von achtern.«

Von klaustrophobischer Angst ergriffen, schaffte Julie die wenigen Schritte nach draußen. Der Fahrtwind zerrte an ihrem Haar, salzige Gischt spritzte über die Reling. Sie warf einen Blick übers Heck, aber die Motoren der Jacht wühlten das Wasser auf, sodass sie nicht erkennen konnte, was sich unter der Oberfläche abspielte.

»Zweihundertfünfzig!«, hörte sie Sean Baxter aus dem Kontrollraum kreischen.

In wenigen Minuten sind wir alle tot, dachte sie.

Doch dann löste sich der ganze Spuk so unvermittelt in Wohlgefallen auf, dass Julie es kaum mitbekam. Das Heulen der Motoren verstummte, Sean Baxters heiseres Kreischen ging über in geradezu irrsinniges Lachen. Aber erst als Vanessa ihr eine Hand auf die Schulter legte und ihr mitteilte, dass das Phantom wieder abgetaucht sei, fiel die Spannung wie eine Zentnerlast von Julie ab.

»Warum?«, kam ihr über die zitternden Lippen.

»Keine Ahnung. Vielleicht wollte es uns nur vertreiben, vielleicht ließen auch seine Kräfte nach. Auf jeden Fall verlor es plötzlich das Interesse an uns und drehte ab.«

Julie atmete auf. Irgendjemand da oben im Himmel meinte

es heute gut mit ihr. »Erinnerst du dich daran, wie wir als Kinder am Strand spielten?«

Vanessa nickte.

»Falls wir jemals wieder unsere Bucht besuchen, erinnere mich daran, dass ich nicht mehr ins Wasser gehe.«

»Versprochen«, sagte Vanessa und lachte.

10

Im Lauf der nächsten Stunden legte sich der anfängliche Schreck zusehends. Um kein Risiko einzugehen, ließen die Forscher das Echolot ohne Unterbrechung laufen. Zusätzlich drehten sie den Lautsprecher bis zum Anschlag auf, damit jeder an Bord das Warnsignal hören konnte, falls das Phantom zu einer neuerlichen Jagd ansetzen sollte. Zumindest im Moment schien keine Gefahr zu drohen, und so gewann mehr und mehr der wissenschaftliche Aspekt des Zwischenfalls die Oberhand.

»Wir haben das Sonargerät inzwischen zweimal überprüft«, sagte Vanessa Pauling bei einer Tasse Tee im Steuerhaus. »Es funktioniert einwandfrei, was bedeutet, dass wir es nicht mit einem technischen Defekt zu tun hatten. Aber das einzige Tier auf diesem Planeten mit einer Körperlänge von dreißig Metern und mehr ist der Blauwal.«

»Das Problem ist, dass ein Blauwal beim Schwimmen seine Form nicht verändert«, hielt Caleb dagegen. »Immerhin schwankte der Körperdurchmesser unseres Phantoms zwischen vier und zehn Metern. Wie wäre es mit einer Art Rochen? Das Auf- und Abschlagen der Flossen könnte die Schwankungsbreite erklären.«

»Kein Rochen der Welt wird fünfunddreißig Meter lang!«

»Kein *uns bekannter* Rochen«, verbesserte Annabelle Baxter. »Du weißt selbst am besten, Vanessa, dass nur rund ein Zehntausendstel des Meeresbodens bislang erforscht ist. In den schier unendlichen Weiten der Ozeane könnten Kreaturen von enormer Größe leben, die trotz modernster Technologie bis zum heutigen Tag unentdeckt geblieben sind.«

»Du bist nicht zufällig unter die Kryptozoologen gegangen, oder?«

»Ich meine es ernst, Vanessa.«

»Entschuldige. Es ist nur so, dass ich mir die Hoffnung mittlerweile abgeschminkt habe, eine neue Spezies zu entdecken. Das Gift in den Fässern deformierte die Tümmler und den Kerl hinter dem Steuer des Wracks, folglich wird es auch für unser Phantom verantwortlich sein.«

Julie glaubte das auch, und die Vorstellung jagte ihr einen Schauder über den Rücken. Durch einen unglückseligen Zufall hatte der Mensch das Gleichgewicht der Natur gestört. Eine Schiffshavarie hatte dazu geführt, dass eine noch unbekannte Substanz in die offene See gelangt war. In der Folge davon waren Delfine mutiert, Riesen-Seeschlangen in Erscheinung getreten – und nunmehr ein Fünfunddreißig-Meter-Monster wie aus dem Nichts aufgetaucht. Julie fragte sich, welche Überraschungen diese Geschichte noch für sie bereithielt.

Oder ging womöglich nur die Reporter-Fantasie mit ihr durch? Wenn man es genau nahm, war bislang nichts wirklich Schlimmes geschehen. Ein Delfin hatte Vanessa in den Arm gebissen, und die Wunde heilte ohne Komplikationen. Das war alles.

Aber wovor hatte sie am Vormittag dann solche Angst gehabt?

Nein, dachte Julie. Dieses Phantom ist *real.* Es ist groß und monströs und lauert irgendwo in der Weite des Ozeans.

Sie betete, dass es nicht zu einer zweiten Begegnung kommen würde.

Wenn es nach ihr gegangen wäre, hätte die Cormoran augenblicklich den Rückweg nach Cairns angetreten, aber Annabelle und Sean Baxter wollten nicht ohne den UNEX losfahren. Auch Vanessa, Caleb und Kapitän McFadden sahen ein, dass eine Menge Geld auf dem Spiel stand, und so beschlossen sie, einen Bergungsversuch zu wagen. Am Nachmittag kehrten sie ins Zielgebiet zurück, während das Echolot noch immer pausenlos lief. Alles schien ruhig zu sein. Von dem Phantom fehlte jede Spur.

Dennoch verloren sie keine Zeit, den UNEX an Bord zu hieven. Der Tauchroboter trieb bereits an der Wasseroberfläche, als sie ihre Position über dem Wrack einnahmen und den Hebekran ausfuhren. Sean Baxter blühte beim Anblick seines Roboters förmlich auf und erklärte, dass er über eine Aufstiegs-Automatik verfüge, die einsetze, sobald die Batterien einen bestimmten Grenzwert unterschritten.

Weniger glücklich war er über den Verlust der Mobilkamera. »Ihre Batterien sind ebenfalls längst leer, aber sie verfügt über keinen eigenen Auftriebsmechanismus. Wir hatten beim Bau einfach keine Notwendigkeit dafür gesehen. Das heißt, sie liegt jetzt irgendwo am Grund. Es wäre aussichtslos, nach ihr suchen zu wollen. Die Strömung hat sie längst weggetrieben. Bis wir eine Ersatzkamera konstruiert haben, werden Wochen vergehen.«

Julie konnte die Enttäuschung des Forscherehepaars nachvollziehen, allerdings überwog bei ihr die Freude darüber, endlich nach Hause fahren zu können. Sie sehnte sich nach festem Boden unter den Füßen, um die Gefahr, die trotz Echolot wie ein Damoklesschwert über dem Schiff hing, endlich hinter sich zu lassen.

Umso fassungsloser war sie, als die Baxters vorschlugen, noch etwas mehr Zeit auf See zu verbringen. »Wenn die Batterien des UNEX wieder voll sind, könnten wir versuchen, eines der Fässer zu bergen. Eine Laboranalyse könnte uns vielleicht doch noch verraten, mit welcher Art von Gift wir es zu tun haben«, sagte Sean. »Außerdem sollten wir die Gelegenheit nutzen, mehr über das Phantom herauszufinden. Das ist eine einmalige Gelegenheit!«

»Das ist eine einmalige Gelegenheit, uns als Futter anzubieten!«, platzte Caleb heraus. »Das Biest hat uns heute Morgen beinahe in den Hintern gebissen, schon vergessen?«

»Nur, weil es uns überraschte! Jetzt, da wir von seiner Existenz wissen, können wir uns darauf einstellen.«

Annabelle Baxter pflichtete ihrem Mann bei: »Außerdem ist nicht erwiesen, dass es tatsächlich gefährlich ist«, sagte sie.

»Es schoss wie ein Torpedo auf uns zu!«

»Vielleicht war das nur ein Verteidigungsmechanismus. Eine Honigbiene greift selbst einen Elefanten an, wenn sie sich von ihm bedroht fühlt.«

»Nur, dass unsere Honigbiene über die stolze Körperlänge von fünfunddreißig Metern verfügt, Herrgott noch mal!«

Vanessa wirkte unentschlossen. Daher sprang Julie dem Aborigine zur Seite. »Wir kamen aus einem ganz bestimmten Grund hierher«, sagte sie. »Nämlich, um herauszufinden, was es mit den Delfinen und diesem Riemenfisch-Zahn auf sich hat. Ich denke, wir haben dieses Ziel erreicht. Als Reporterin wäre es mir natürlich am liebsten, wenn alle Fragen beantwortet wären – wenn wir wüssten, welche Substanz sich in den Fässern befand und wie unser Phantom aussieht. Aber wir sollten unser Schicksal nicht herausfordern. Ich stimme Caleb zu. Wir sollten so bald wie möglich nach Cairns zurück. Vielleicht erfahren wir durch die Untersuchung des Schädelknochens etwas über das Gift. Immerhin hat der Tote im Wrack eine ordentliche Konzentration abbekommen.«

Sie diskutierten noch eine ganze Weile über das weitere Vorgehen, aber da Vanessa sich schließlich Julies und Calebs Meinung anschloss und Kapitän McFadden neutral blieb, traten sie am späten Nachmittag die Rückfahrt an.

Von Westen her zogen dichte Wolken auf, die sich über dem Festland gebildet hatten und nun wie ein dunkler Teppich über den Himmel krochen. Böiger Wind ließ die Cormoran auf dem stahlgrauen Wasser tanzen. Julie stand an der Reling und wusste, dass es nicht mehr lange dauern würde, bis ihr Magen wieder rebellierte. Es war wie verhext – entweder ihr wurde übel, oder sie fühlte sich von Monstern bedroht. Sie schwor sich, in nächster Zeit keinen Fuß mehr auf ein Schiff zu setzen.

11

Die Nacht war kalt. Eisig kalt. Und dunkel. Wie ein arktischer Winter.

Jeff Beauford zitterte am ganzen Leib. Zusammengekauert lag er zwischen Wurzeln und Gestrüpp, die Arme um die Knie geschlungen, leise vor sich hinwimmernd. Seine Zähne klapperten. Er hatte das Gefühl zu erfrieren.

Er wusste nicht, wo er war. Natürlich – im Dschungel, so viel stand fest. Aber wie viele Kilometer war er bereits marschiert? Wie weit war es bis zur nächsten menschlichen Siedlung?

Er hatte vollständig die Orientierung verloren, was nicht nur am Fieber lag, sondern vor allem an den sintflutartigen Regengüssen dieser Gegend. Bäche schwollen rasend schnell zu Flüssen an, die über die Ufer traten. Senken füllten sich mit Wasser, bildeten binnen kürzester Zeit riesige Seen mitten im Wald. Selbst ein Kompass hätte ihm nicht viel genutzt. Ob er wollte oder nicht – er musste die Wege akzeptieren, die das Wasser ihm ließ. Und die führten ihn kreuz und quer durch ein endloses Labyrinth aus Laub und Gehölz.

Durchaus denkbar, dass ich mich immer weiter in diesen gottverlassenen Wald hineinverirre, anstatt mich dem Rand zu nähern, dachte Jeff. Dabei hatte er kaum noch die Kraft, um weiterzulaufen.

Ein neuer Anfall von Schüttelfrost durchzuckte seinen geschwächten Körper. Er hätte alles für eine Decke gegeben.

Oder für einen Löffel Suppe. Oder dafür, noch einmal Wendys warmen Körper zu spüren.

»Schätze, du hattest Recht, Darling«, murmelte er. »Ich hätte meine Prioritäten anders setzen sollen.« Er nahm sich vor, Wendy um Verzeihung zu bitten und sich irgendeinen Bürojob in der Stadt zu suchen.

Falls er die Stadt jemals erreichen würde.

Jeff sah auf seine Armbanduhr. 23.16 Uhr. Die Nacht von Donnerstag auf Freitag. Vor anderthalb Wochen hatte er in der ROSCO-Forschungsstation zu arbeiten begonnen. Am darauf folgenden Mittwoch war die Basis explodiert. Zwei Tage später hatte er sich auf den Weg gemacht.

Seitdem sind gerade mal sechs Tage vergangen, dachte er. Sechs Tage! Und ich bin am Ende meiner Kräfte.

Jeff verbrachte die ganze Nacht in seiner Kauerstellung. Manchmal fror er, manchmal hatte er das Gefühl, vor Hitze zu zergehen. Als am kommenden Morgen die regnerische Dämmerung anbrach, stand er zum ersten Mal nicht mehr auf, sondern blieb liegen. Der Dschungel hatte ihn in seiner Gewalt. Es war sinnlos, sich dagegen zu wehren.

12

»Kyle Atkins ist eine Kapazität auf seinem Gebiet«, schwärmte Vanessa, während sie ihren klapprigen Daihatsu auf der befestigten Überlandstraße in Richtung Cooktown lenkte. »Wenn es in Queensland irgendjemanden gibt, der uns weiterhelfen kann, dann ist er es.«

»Aha«, murmelte Julie knapp.

»Was ist los mit dir? Müde?«

»Das auch. Die Nacht war kurz. Außerdem habe ich immer noch ein flaues Gefühl im Magen. Der Sturm hat uns ganz schön durchgeschüttelt.« Nicht einmal die Tabletten, die Julie nach dem Aufstehen eingenommen hatte, kamen gegen die anhaltende Übelkeit an. Sie wurde das Gefühl nicht los, dass der Boden schwankte. Das schlechte Wetter trug auch nicht gerade zu ihrem Wohlbefinden bei. Seit vier Stunden klatschte der Regen gegen das Autodach, und die Scheibenwischer gaben ihr rhythmisches Quietschen von sich. Julie sehnte sich in ihr Bett zurück.

»Es sind nur noch ein paar Kilometer«, sagte Vanessa und wich einem Schlagloch aus. »Kyle hatte leider nur noch heute für uns Zeit. Ich habe gestern vom Schiff aus mit ihm telefoniert. Morgen muss er geschäftlich nach Melbourne. *Geschäftlich* – sagt man das, wenn es um Mord geht? Na ja, jedenfalls kann das einige Tage dauern, und so lange wollen wir doch nicht warten!«

»Mord?«, wiederholte Julie.

»Kyle ist forensischer Anthropologe – erwähnte ich das nicht?«

»Schon möglich. Aber mir war gestern so schlecht … Hast du mir auch erklärt, was ein forensischer Anthropologe den ganzen Tag lang so treibt?«

Vanessa lachte auf. »Er befasst sich mit Knochen. Kyle betreibt ein kleines Labor, das sich auf die Untersuchung von menschlichen Skeletten spezialisiert hat. Klingt irgendwie morbide, nicht? Aber er ist als Experte landesweit anerkannt. Erinnerst du dich an den Milgarra-Fall? Ohne Kyle würde die Polizei noch immer im Dunkeln tappen.«

»Milgarra-Fall? Nie davon gehört«, sagte Julie.

»Eine merkwürdige Geschichte im Lakefield National Park. Dort wurde vor etwa einem Jahr ein Gerippe im Sumpf gefunden. Die Polizei wusste nicht, wer der Tote war, und ging zunächst von Mord aus, weil ein Teil des Schädelknochens fehlte. Dort, wo normalerweise der Gehörgang hätte sein sollen, befand sich ein großes unförmiges Loch.«

»Könntest du mich bitte mit Einzelheiten verschonen?«

»Entschuldige. Ich wollte dir nur verdeutlichen, wie gut Kyle ist. Er fand heraus, dass der Tote lediglich an einer unbehandelten Mittelohrentzündung litt. Sie zerfraß seinen Schädelknochen, was zu Taubheit und im Endstadium sogar zu Desorientierung führte. Wie sich später herausstellte, war der Tote ein alter Einsiedler namens James Milgarra, der in einer Hütte im Wald gelebt hatte. Eines Tages wollte er wohl fischen gehen, aber er verirrte sich im Sumpf und starb. Ohne Kyle Atkins wäre die Wahrheit nie ans Licht gekommen. Ich bin sicher, er wird uns eine verlässliche Auskunft über den Schädel aus dem Wrack geben können. Er wirkt ein wenig verschroben, trägt stets Anzüge wie zu Einsteins Zeiten, dazu extrabreite Krawatten, die so grell sind, dass dir die Augen schmerzen. Aber lass dich von seinem Äußeren nicht täuschen. Auf seinem Gebiet ist er ein Ass!«

Cooktown lag rund dreihundert Kilometer nördlich von Cairns. Julie war noch nie dort gewesen, aber nach dem zu urteilen, was sie heute zu Gesicht bekam, hatte sie nicht viel verpasst. Vanessa wusste, dass der Ort im Jahre 1770 von dem Entdecker James Cook als erste englische Siedlung auf dem australischen Kontinent gegründet worden war. Sie fand das 1500-Seelen-Nest malerisch und schwärmte davon, dass der Pioniercharakter noch immer an jeder Ecke spürbar war. Auf Julie wirkte das alles, als sei hier vor hundert Jahren die Zeit stehen geblieben.

Vanessa parkte den Wagen vor einem Gebäude, das aussah wie eine altviktorianische Villa. Fünf Minuten später saßen sie und Julie in Kyle Atkins Büro und warteten auf seinen Befund.

Mit dem Totenkopf in der Hand am Fenster stehend, wirkte das schmale Männlein auf Julie wie eine Macbeth-Karikatur. In seinem mit tiefen Falten bedeckten, hageren Gesicht zeigte sich keine Regung. Auch verlor er kein einziges Wort. Er musterte den Schädel nur von allen Seiten, tief in Gedanken versunken.

Schließlich legte er ihn vor sich auf den Tisch und setzte sich auf seinen abgewetzten Ledersessel, wobei sein Tweed-Anzug zur Seite rutschte und eine schillernd grüne Krawatte freilegte.

»Nun, Kyle, was sagen Sie dazu?«, fragte Vanessa.

»Dass mir diese Geschichte suspekt vorkommt – das sage ich dazu.«

»Suspekt? In welcher Hinsicht?«

»In so ziemlich jeder Hinsicht. Ich gehe davon aus, dass Sie nicht so weit gefahren sind, um mich zum Narren zu halten.«

»Keineswegs!«

»Das heißt, Sie haben das Skelett, zu dem dieser Schädel gehört, tatsächlich im Führerhaus eines Schiffswracks gefunden?«

»Es klemmte zwischen dem Steuerrad und dem Armaturenbrett.«

Atkins schüttelte nachdenklich den Kopf. »Das entbehrt jeglicher Logik.«

»Weshalb? Wenn der Tote mit dem Gift in Kontakt kam ...«

»Diese *Deformierungen,* wie Sie es nennen, haben nichts mit dem Gift zu tun.«

»Sie halten unsere Theorie für falsch?«

»Allerdings. Denn eines kann ich mit Gewissheit sagen: Der Schädel stammt nicht von einem Menschen, sondern von einem Affen!«

Angesichts dieser Neuigkeit vergaß Julie sogar ihre Übelkeit.

»Zugegeben, es gibt ein paar physiognomische Besonderheiten«, fuhr der Mann fort. »Insbesondere die Reißzähne sind auffallend schwach ausgeprägt. Dennoch besteht nicht der geringste Zweifel. Die Überaugenwülste, der vorstehende Kiefer, die abgeflachte Schädeldecke – das alles sind eindeutige Zeichen. Mit großer Wahrscheinlichkeit handelt es sich um einen Schimpansen. Mit Ihrem Einverständnis, Vanessa, werde ich das Fundstück gerne einer genaueren Untersuchung unterziehen, sobald ich aus Melbourne zurück bin.«

»Lassen Sie sich so viel Zeit wie nötig, Kyle.«

»In spätestens zwei Wochen melde ich mich wieder bei Ihnen. Aber erwarten Sie nicht zu viel. Ich fürchte, die Untersuchung wird meine Prognose nur bestätigen. Mit anderen Worten: Sie sollten sich mit dem Gedanken vertraut machen, dass ein Schimpanse hinter dem Steuer des Wracks stand.«

Julie und Vanessa verabschiedeten sich und machten sich auf

den Rückweg nach Cairns. Mittlerweile hatte es aufgehört zu regnen, und durch einzelne Löcher in der noch immer grauschwarzen Wolkendecke drangen die ersten Sonnenstrahlen des Tages.

»Ein Schimpanse!«, murmelte Julie immer wieder fassungslos vor sich hin. »Was hat ein Schimpanse im Führerhaus einer Jacht zu suchen?«

»Vielleicht eine Art Haustier«, mutmaßte Vanessa.

»Ein Hausaffe auf einer Hochseejacht, die mit Giftmüllfässern beladen ist? Ich weiß nicht!«

»Mir fällt leider nichts Besseres ein.«

»Wenn wir herausfinden könnten, wem das Wrack gehört, würde uns das vielleicht weiterbringen.«

»Vergiss es! Ich habe schon mit der Küstenwache Kontakt aufgenommen, aber in den letzten beiden Monaten ist kein Notruf aus der Gegend der Unglücksstelle eingegangen. Und die Lecks an Bug und Heck sind ausgerechnet an den Stellen, wo für gewöhnlich die Namenszüge aufgemalt sind. Ohne Namen ist es aussichtslos, Näheres über die Jacht herauszufinden. Die Endbuchstaben …*ra* bringen uns nicht weiter. Wenn nicht irgendein Wunder geschieht, stecken wir in einer Sackgasse.«

Im Marine Institute of Queensland herrschte helle Aufregung, denn Moss Ryder – der Kollege, den Vanessa mit der Verfolgung und Markierung der Delfine beauftragt hatte – war zurückgekehrt. Und er hatte ein lebendes Exemplar gefangen.

Als Vanessa und Julie am späten Nachmittag im Institut eintrafen, stand eine ganze Gruppe von Wissenschaftlern gestikulierend und in aufgeregte Diskussionen verstrickt um eines der Außenbassins.

»Darf ich vorstellen – das ist Bruce«, sagte Moss Ryder zu Vanessa. Dabei deutete er auf den Tümmler, der im Becken seine Kreise zog.

»Bruce?«

»So hieß die Film-Attrappe in *Der weiße Hai.*«

»Wenn du ihm schon einen Film-Namen geben musstest – hätte es dann nicht *Flipper* sein können?«

»Oh nein! Nein, nein, nein! *Flipper* kommt nicht infrage. *Bruce* passt viel besser zu ihm. Sieh, was er angestellt hat.« Er deutete auf den Boden, wo einige bunte, undefinierbare Fetzen herumlagen. »Das waren einmal Spielzeuge. Plastikringe, Gummitiere, Schwimmbälle. Er hat sie regelrecht zerrissen, sich an ihnen ausgetobt wie ein Kampfhund. Außerdem hat er einen Mordsappetit. Ich habe ihm schon drei Eimer Fisch gegeben. Der Kerl ist eine Fressmaschine.«

»Schon überzeugt«, sagte Vanessa. »Es bleibt bei *Bruce.* Wie lange ist er schon hier?«

»Etwa drei Stunden. Seitdem dreht er im Affentempo seine Bahnen – wenn er nicht gerade frisst oder Spielzeug zerfetzt. Er scheint überhaupt nicht zu ermüden.«

»Hast du ein paar seiner Kameraden markieren können?«

»Klar doch. Drei von ihnen sind mit Argos-Peilsendern ausgestattet. Der Rest hat schnell Lunte gerochen und von da an einen Bogen um uns gemacht.«

»Drei sind genug, um die Wanderbewegung zu verfolgen, selbst für den Fall, dass eines der Tiere stirbt oder die Gruppe verlässt. Danke, Moss.«

»Gern geschehen. Allerdings gibt es noch ein paar Dinge, die du wissen solltest.«

»Über die Delfine?«

»Über Bruce. Am besten, wir gehen in mein Büro, dort zeige

ich dir ein paar Bilder. Wenn ich es dir nur erzähle, würdest du es mir ja doch nicht glauben.«

Moss Ryder, das erkannte Julie schnell, war ein ebenso netter wie chaotischer Typ. In seinem Büro gab es kaum eine freie Fläche. Auf seinem Schreibtisch häuften sich Akten, bekritzelte Notizzettel und Schreibutensilien aller Art. Auch auf den Konsolen, dem Beistelltisch und den Besucherstühlen türmten sich Berge von Material.

Vanessa, die den mangelnden Ordnungssinn ihres Kollegen lange genug kannte, meinte nur: »Ein Wunder, dass die Putzfrauen dich nicht umbringen.«

»Die trauen sich schon seit Monaten nicht mehr hierher«, grinste Moss.

Trotz des Durcheinanders griff er zielsicher nach einer Mappe auf seinem Schreibtisch. Dann blickte er sich in dem überfüllten Zimmer um und meinte lapidar: »Ich zeige euch das besser in der Cafeteria.«

Dort sahen die beiden Imbisstische, die er zusammenrückte, bald ebenso verwildert aus wie sein Büro, und das, obwohl die Aktenmappe, die er mitgenommen hatte, nicht übermäßig dick war. Moss Ryder schien ein Talent dafür zu besitzen, Ordnung in Chaos zu verwandeln.

In krassem Gegensatz dazu arbeitete sein Verstand überaus klar und strukturiert. »Hier sind Fotografien von Bruce«, sagte er und hielt sie den beiden Frauen hin. »Die Bilder wurden auf der Neptun aufgenommen – nachdem wir Bruce gefangen und ruhig gestellt hatten. Ich fürchte, wir stehen vor einem Problem.«

Julie nahm eines der Fotos in Empfang und warf einen Blick darauf. Es zeigte das Maul des Delfins, das von zwei Männerhänden aufgehalten wurde. Sofort erkannte Julie, was Moss Ryder gemeint hatte.

»Die Zähne!«, platzte sie heraus. »Die zweite Zahnreihe ist viel ausgeprägter als bei dem toten Delfin von letzter Woche.« Das war unverkennbar. Im Maul des obduzierten Delfins hatten sich allenfalls Zahnansätze befunden. Bruce verfügte hingegen über eine deutlich weiter entwickelte zweite Reihe an dornenartigen, kleinen Zähnen.

»Das ist noch nicht alles«, sagte Moss Ryder. »In deinem Obduktionsbericht steht, dass du links und rechts am Kopf des toten Tiers zwei Hautfalten entdeckt hast, die aussahen wie Kiemen in einem frühen Entwicklungsstadium.«

»Damals ging ich noch davon aus, dass wir es mit einer neuen Spezies zu tun haben«, seufzte die Ozeanographin. »Deshalb suchte ich in allen körperlichen Besonderheiten einen Sinn. Aber da war wohl eher der Wunsch der Vater des Gedankens, wie man so schön sagt. Heute wissen wir, dass es sich um toxisch verursachte Mutationen handelt. Mit anderen Worten: Wir haben es weder mit einer zweiten Zahnreihe noch mit Kiemenansätzen zu tun, sondern ganz einfach mit Missbildungen.«

»Die weiter voranschreiten«, sagte Moss Ryder. »Sieh dir das an.«

Er schob ein Foto über den Tisch, sodass auch Julie es betrachten konnte. Dort, wo der obduzierte Delfin nur zwei Hautfalten aufgewiesen hatte, zeigten sich bei Bruce gleich drei.

»Die Exemplare, die wir mit Peilsendern ausstatteten, sind genauso gebaut«, fuhr der Mann fort. »Eines ist allerdings merkwürdig. Als wir Bruce heute Morgen ins Bassin abließen, befanden sich – ob ihr es glaubt oder nicht – nicht mehr drei, sondern nur noch zwei Hautfalten an jeder Kopfseite!« Moss

Ryder legte eine bedeutungsvolle Pause ein, in der er sich in seinen Plastikstuhl zurücklehnte und die Arme hinter dem Kopf verschränkte. »Seht mich nicht an, als sei ich übergeschnappt. Ich nenne nur die Fakten. Aber ihr dürft mir glauben, dass ich nicht weniger überrascht war als ihr. Daraufhin fotografierte ich auch noch einmal das Gebiss. Dieses Bild habe ich vor kaum dreißig Minuten geschossen und ausgedruckt.« Er hielt es den beiden Frauen hin. »Fällt euch etwas auf?«

Julie traute ihren Augen kaum. »Was ist mit der zweiten Zahnreihe passiert?«, fragte sie.

Eine Stunde später vergewisserten sie sich am lebenden Objekt der überaus seltsamen körperlichen Veränderungen. Bruce lag betäubt und festgeschnallt auf einer Segeltuchtrage mit Löchern für die Flossen. Aus einem perforierten Edelstahlrohr tröpfelte Wasser herab, um den Tierkörper vor dem Austrocknen zu schützen.

»Die dritte Hautfalte ist tatsächlich verschwunden«, sagte Vanessa und ließ ihre Finger über die glatte, graue Haut des Tiers streifen. Dann öffnete sie das Maul des Delfins und meinte: »Die zweite Zahnreihe ist zwar weiter entwickelt als bei dem obduzierten Exemplar vom vergangenen Samstag, aber deutlich weniger ausgeprägt als auf dem Foto, das auf der Neptun geschossen wurde. Wir haben es definitiv mit Rückbildungen zu tun.«

»Als würde eine Krankheit abklingen«, sagte Julie.

»Vielleicht ist es genau das – ein Heilungsprozess. Die Mutationen bilden sich zurück, weil Bruce sich auf dem Weg der Genesung befindet. Ich glaube, das ist ein gutes Zeichen.«

Julie wusste nicht, was sie davon halten sollte.

In den kommenden Tagen fuhr Vanessa alles auf, was das MIQ zu bieten hatte, um die Rekonvaleszenz zu beschleunigen und Bruce vollständig zu heilen. Sie führte Dutzende von Experimenten mit ihm durch, untersuchte Gewebe- und Blutproben und unterzog ihn allmorgendlich einer Computertomographie. In den Pausen zwischen den Experimenten und während der Nächte entließ sie ihren Schützling in ein Innenbecken neben dem Laborbereich. Selbstverständlich achtete sie peinlich genau darauf, dass etwaige Krankheitserreger sich nicht ausbreiten konnten. Das Becken verfügte über einen eigenen, von den anderen Bassins losgelösten Wasserkreislauf und wurde jedes Mal gründlich desinfiziert, wenn Bruce sich bei der Computertomographie befand.

Für die medizinische Rundumbetreuung sorgte Doktor O'Donnell, aber da es keinerlei Komplikationen gab, hatte der alternde Casanova kaum etwas zu tun.

Tatsächlich entwickelten sich Bruce' Mutationen so rasch zurück, dass es fast an ein Wunder grenzte. Die Hautfalten am Kopf verschwanden zusehends, die zweite Zahnreihe ebenso. Die Computertomographie ergab, dass auch Melonen-, Herz- und Lungenvolumen sich normalisierten. Binnen weniger Tage verwandelte Bruce sich beinahe wieder in einen ganz normalen Tümmler.

Das galt nicht nur in körperlicher Hinsicht, auch sein Verhalten änderte sich drastisch. Sein Appetit mäßigte sich mehr und mehr, seine Aggression ebenfalls. Hatte er sein Spielzeug am ersten Tag noch in wilder Wut zerfetzt, bereitete es ihm bereits zwei Tage später sichtliches Vergnügen, sich von Vanessa Hol-den-Ball beibringen zu lassen. Er lernte das Spiel so schnell, dass Vanessa dazu überging, ihn vor schwierigere Aufgaben zu stellen. Auch diese meisterte er mit Bravour. Er legte einen solchen Lerneifer an den Tag, dass er innerhalb weniger Stunden begriff, wozu andere Delfine eine ganze Woche benötigten.

Vier Tage nach seiner Einlieferung bemerkte Vanessa erneut eine Verhaltensänderung.

»Ich glaube, er fühlt sich einsam«, sagte sie zu Julie. »Wenn ich Pause mache und mich zum Gehen abwenden will, sieht er mich mit einem Blick an, der so wehleidig ist, dass einem beinahe das Herz zerspringt. Wie ein Hund, der Angst hat, von seinem Frauchen verlassen zu werden. Ich glaube, wenn er könnte, würde er mir bis ins Büro folgen.«

Obwohl er noch nicht vollkommen genesen war, ließ Vanessa einen anderen Delfin zu ihm ins Becken, aber Bruce schenkte seinem neuen Spielkameraden kaum Beachtung. Also wagte sie sich schließlich selbst ins Bassin, um ihm Nähe und Geborgenheit zu vermitteln. Julie wollte sie davon abbringen, weil sie es für viel zu gefährlich hielt, sich einem Tier auszuliefern, das noch vor kurzem unberechenbar gewesen war. Aber Vanessas Entschluss stand fest. Sicherheitshalber bat sie einen Kollegen, sich mit einem Betäubungsgewehr an den Beckenrand zu stellen, doch die Vorsichtsmaßnahme erwies sich als unnötig. Nach einer halben Stunde kletterte Vanessa unversehrt und bester Laune aus dem Wasser.

Auch Bruce war regelrecht aufgeblüht. Er verhielt sich wie ein Bilderbuch-Delfin, wippte mit dem Kopf, schnatterte, keckerte und vollführte tollkühne Sprünge. Ganz offensichtlich fühlte er sich wieder pudelwohl.

Als Julie und Vanessa am nächsten Morgen ins MIQ kamen, war Bruce tot.

Die Obduktion brachte nur wenige neue Erkenntnisse. Sämtliche Mutationen, die nach Bruce' Gefangennahme registriert worden waren, hatten sich zurückgebildet, teils waren sie sogar komplett verschwunden. Allerdings stellte Vanessa erstmals eine leichte Veränderung der Seitenflossen fest. Sie schienen etwas länger und kräftiger als üblich zu sein. Vermutlich eine Nachwirkung des Gifts.

Die Todesursache blieb indes ungeklärt. Doktor O'Donnell plädierte auf Herzversagen, und so kam es in die Akten.

Am Mittag rief Kyle Atkins, der forensische Anthropologe aus Cooktown, bei Vanessa an. Sein Befund brachte sie nicht weiter. Er hatte eine Knochenprobe des Schädels analysiert, aber keine giftigen Substanzen entdeckt. Allerdings war er inzwischen sicher, dass der Schädel von einem Schimpansen stammte, wenngleich er die Unterart nicht exakt bestimmen konnte. Nicht einmal die von ihm zu Rate gezogenen Primaten-Experten seien sich sicher, sagte er. Alles deute darauf hin, dass es sich um einen nahen Verwandten des westafrikanischen Weißgesicht-Schimpansen handle, aber es gab auch ein paar Besonderheiten – insbesondere die Rückbildung der Kieferpartie und die damit einhergehende schwächere Ausprägung des Gebisses. Gleichzeitig sei die Schädeldecke im Vergleich zu einem gewöhnlichen Weißgesicht-Schimpansen voluminöser.

Das war alles, was Atkins zu berichten hatte. Einen Hinweis darauf, wo eine solche Affenart beheimatet war, konnte er nicht geben. Julie begrub die Hoffnung, dass das Rätsel um den Affen auf der Jacht sich jemals lösen würde. Vielleicht war der Schimpanse tatsächlich nur als Haustier an Bord gewesen, so wie sie es ursprünglich vermutet hatte. Eine bessere Erklärung fiel ihr jedenfalls nicht ein.

Kaum hatte Vanessa aufgelegt, klingelte das Telefon erneut.

»Eins zu einer Million, dass das der nächste Tiefschlag wird«, murmelte die Wissenschaftlerin niedergeschlagen.

Am anderen Ende der Leitung meldete sich Moss Ryder, der mittlerweile wieder sein Korallen-Forschungsprojekt in der Torresstraße betreute, der Meerenge zwischen der nordaustralischen Halbinsel Cape York und Papua-Neuguinea. Julie hörte wieder über den Lautsprecher mit.

»Von hier gibt es interessante Neuigkeiten«, erzählte er mit aufgeregter Stimme.

»Interessant im Sinne von gut oder im Sinne von schlecht?«, wollte Vanessa wissen.

»Keine Ahnung. Eher im Sinne von schlecht, würde ich sagen.«

»Hätte mich gewundert, wenn es anders gewesen wäre. Was ist passiert?«

»Es geht um den Schwarm. Wie du weißt, hat er deinen Forschungssektor längst verlassen und seine Richtung geändert.«

Julie kannte die Route des Schwarms, weil Vanessa täglich die Argos-Satelliten-Daten auswertete. Die Tiere wanderten nicht mehr auf die Küste zu, sondern waren nach Norden abgebogen. Sie hatten deutlich an Tempo zugelegt, waren an der Lloyd, der Weymouth und der Temple Bay vorbei bis hinauf zum Kap geschwommen.

»Gestern Abend befanden sie sich nur noch zwanzig Seemeilen von mir entfernt«, hörte Julie Moss Ryders blecherne Stimme durch den Lautsprecher. »Aber seit kurz vor zwei Uhr heute Nacht haben sie ihre Position nicht mehr verlassen.«

»Ich bin heute noch gar nicht dazu gekommen, die Satelliten-Daten auszuwerten«, sagte Vanessa. Dabei hellte sich ihre Miene zum ersten Mal an diesem Tag auf. »Wenn die Delfine nicht mehr weiterwandern, könnte das bedeuten, dass sie ihr

Ziel erreicht haben! Herrje, Moss, das ist doch eine *gute* Nachricht!«

»Lass mich erst zu Ende erzählen! Heute Morgen stellte ich fest, dass die drei markierten Delfine sich seit Stunden nicht von der Stelle gerührt hatten. Nicht um einen einzigen Meter, Vanessa! Ich dachte, da kann etwas nicht stimmen, also bin ich hingefahren. Das Erste, was mir auffiel, war, dass der Schwarm sich aufgelöst hatte. Keine Spur mehr von ihm.«

»Der Schwarm ist nebensächlich. Mich interessieren die Delfine.«

»Verstehst du denn nicht? Sie sind gestorben.«

Vanessa war sichtlich überrascht. »Alle drei gleichzeitig?«

»Nicht nur die drei markierten! *Alle!* Ich habe es mir aus der Nähe angesehen, das Wasser ist hier nur fünfzig Meter tief. Über eine Länge von einer halben Meile habe ich zwanzig Delfinkadaver gezählt. Ich denke, wir können davon ausgehen, dass keines der Tiere überlebt hat.«

»Wie sahen die Kadaver aus? Ich meine: Sahen sie aus wie gewöhnliche Tümmler oder wie … na ja, du weißt schon.«

»Eher wie *du weißt schon,* nur noch schlimmer. Vier bis fünf Hautfalten an jeder Kopfseite, und Zähne im Maul, die so manchem Hai Konkurrenz machen. Na ja, ich übertreibe vielleicht ein wenig – aber nicht viel.«

Vanessa rieb sich mit den Fingerspitzen den Nasenrücken. »Also ist dieses Gift absolut tödlich.« Sie seufzte. »Danke, Moss. Gib mir Bescheid, falls sich noch etwas tut.«

Sie legte auf und widmete sich ohne ein weiteres Wort wieder ihrem Obduktionsbericht, den sie bis zum Abend fertig tippen wollte. Osmond Lodewicks Sekretärin, die derlei Aufgaben normalerweise übernahm, befand sich zurzeit im Urlaub, und ihre Vertretung war kurzfristig erkrankt.

Während Vanessa ihre Computertastatur bearbeitete, widmete Julie sich in der Sitzecke ihren Notizen. Sie musste Harold Glimsky wie jeden Tag einen Bericht über den neuesten Stand der Story faxen. In der Cairns News waren schon mehrere kurze Beiträge darüber erschienen, aber der endgültige, der *große* Artikel, stand noch aus.

Allerdings ahnte Julie, dass sie sich beim Schreiben des Artikels so viel Mühe geben konnte, wie sie wollte, ihr Chef würde kaum damit zufrieden sein. Sie hatte ihn permanent vertröstet, ihm eine Sensation versprochen, aber am Ende ging es lediglich um eine Jacht mit Giftmüllfässern, die irgendwo weit draußen auf hoher See gesunken war. Gewiss, es gab auch ein paar recht interessante Aspekte: Wie hatte sich das Schiffsunglück ereignet, und welche Rolle hatte der Schimpanse im Führerhaus dabei gespielt? Welches Gift war aus den Fässern ausgetreten? Waren wirklich alle mutierten Delfine gestorben, oder hatten womöglich doch ein paar überlebt? Und was war mit dem Phantom?

Aber auf all diese Fragen fehlten die Antworten. Was Glimsky wollte, waren glasklare, abgesicherte Fakten. Keine Vermutungen. Zur Strafe würde er Julie wochenlang auf irgendwelche Pressekonferenzen und Vereinssitzungen schicken – falls nicht irgendeine Senioren-Tombola stattfand.

Im Grunde geschieht mir das völlig recht, dachte Julie. Diese Geschichte war eine Nummer zu groß für mich. Ich habe mein Talent überschätzt, wollte etwas Besseres sein. Das habe ich nun davon! Wer nach den Sternen greift, verbrennt sich die Finger.

Es kam nicht ganz so schlimm, wie Julie befürchtete, dennoch zeigte Harold Glimsky sich über ihre Arbeit enttäuscht.

»Zwei Wochen lang jagen Sie angeblich dem Bericht Ihres Lebens hinterher, und dann kommt *das* dabei heraus, Carlton?«, brummte er mit hochrotem Kopf. Danach strich er Julies Entwurf für einen Leitartikel auf die Hälfte zusammen und kündigte an, ihn in der morgigen Freitagsausgabe zu veröffentlichen. Auf Seite fünf. Oder sechs. Eventuell auch erst am Montag.

Julie war den Tränen nahe. So viel Arbeit für nichts. Sie hatte den Durchbruch schaffen wollen, dabei jedoch nur ihre eigene Unfähigkeit entdeckt. Es war zum Verzweifeln.

Vanessa und sogar Osmond Lodewick, der Leiter des MIQ, hielten das Thema jedoch für überaus spannend. Möglicherweise ungeeignet für den ökologisch wenig bewanderten Zeitungsleser, aber allemal interessant genug für die Fachpresse. Natürlich war das Balsam auf Julies wunder Reporter-Seele, und so musste sie nicht lange überlegen, als Lodewick ihr anbot, in seinem Auftrag einen ausführlichen Artikel für das *National Geographic Magazine* zu schreiben. Er sagte, er habe bereits seine Kontakte spielen lassen. Der Bericht über die Vorkommnisse am Riff sei für eines der nächsten Hefte fest eingeplant, und auch mit Harold Glimsky habe er bereits gesprochen.

»Er war nicht gerade begeistert«, sagte Lodewick. »Aber ich habe ihm ein bisschen gut zugeredet, und schließlich hat er eingewilligt. Sie dürfen den Artikel fürs *National Geographic* schreiben. Vorausgesetzt, Sie erledigen das in Ihrer Freizeit.«

Julie wäre ihm am liebsten um den Hals gefallen. Endlich bekam sie die Chance, sich einen Namen zu machen, nicht nur regional, sondern weltweit. Eine ganze Woche lang tüftelte und feilte sie in jeder freien Minute an ihrem Bericht. Sie schlug sich die Nächte vor dem Computer um die Ohren, recherchierte im Internet, tippte wie wild. Das Ergebnis sprach für sich. Vanessa und Osmond Lodewick, die den Artikel als Erste lesen durften, waren voll des Lobes. Sie ergänzten hier und da ein paar Fachbegriffe und steuerten das Bildmaterial bei, ansonsten beließen sie das Werk, wie es war. Bereits drei Wochen später konnte Julie ihren Namen unter einem auf Hochglanzpapier gedruckten, achtseitigen Artikel des *National Geographic* lesen.

Damit schien das Thema abgeschlossen.

13

Jeff Beauford hatte jegliches Zeitgefühl verloren. Er erinnerte sich dunkel an den Schüttelfrost, an das Fieber, an die schmerzende Bauchwunde. Auch daran, dass er bereits innerlich aufgegeben und sich zur letzten Ruhe gebettet hatte.

Aber dann war ein kleines Wunder geschehen. Die Wunde war vernarbt, das Fieber zurückgegangen, der Schüttelfrost verflogen. Seitdem irrte er wieder durch den Dschungel. Er ernährte sich von Wildbeeren und Fallobst. Die Angst, sich zu vergiften, war längst von quälendem Hunger verdrängt worden.

In den letzten zwei Wochen hatten die Regengüsse nachgelassen, der Wasserpegel war dadurch merklich gesunken. Der größte Teil des Waldes war jetzt ohne Umwege passierbar – aber was nutzte das schon, wenn man keine Ahnung hatte, wo man sich befand oder wohin man gehen sollte? Jeff wurde das Gefühl nicht los, dass dieses riesige, grüne Labyrinth namens Dschungel mit ihm spielte wie die Katze mit der Maus. Einer Maus, die immer wieder Hoffnung schöpfte, immer wieder versuchte, sich in Sicherheit zu bringen, und auf die am Ende dennoch nichts anderes wartete als der Tod.

Hatte er sich anfangs noch zur Eile angetrieben, so zwangen ihm der Nahrungsmangel und die Nachwirkung des Fiebers mittlerweile eine langsamere Gangart auf. Mit unsicherem Schritt stakste er durch den Wald. Ein verirrter Wanderer am Ende seiner Kräfte.

Aber noch war sein Überlebenswille nicht komplett gebrochen.

Wieder einmal begann es zu regnen, und die Nacht brach herein. Schon begrub ihn die Dunkelheit unter sich wie eine große schwarze Glocke. Blätter von herabhängenden Zweigen streiften über sein Gesicht. Büsche und Wurzeln zerrten an seinen Stiefeln. Die noch immer nasse Erde erschwerte jeden Schritt zusätzlich.

Inmitten der Finsternis bemerkte Jeff Beauford die Veränderung kaum. Und dennoch – irgendein verborgener Winkel seines eingetrübten Verstandes registrierte, dass etwas fehlte. Die Blätter. Die Zweige.

Jeff sank auf die Knie und betastete mit den Händen den Boden. Nichts als Matsch und Steine. Wo waren die Büsche, wo die Wurzeln?

Müdigkeit und Schwäche ließen ihn kaum einen klaren Gedanken fassen. Noch während er sich über seine neue Umgebung bewusst zu werden versuchte, hörte er ein Geräusch. Es kam von rechts, leise, aber grollend. Und aus derselben Richtung tauchten plötzlich wie aus dem Nichts zwei Lichter auf.

Scheinwerfer!

Ein Auto!

Er befand sich auf einer Straße.

Jeff rappelte sich hastig auf. Der Drang, dem Auto entgegenzulaufen, war plötzlich überwältigend. Er lachte auf, hob die Arme, fuchtelte wie wild damit herum und rannte, während er sich gleichzeitig die Seele aus dem Leib brüllte.

Im Lichtkegel des Wagens brach er zusammen. Seine Beine versagten ihm einfach den Dienst. Er keuchte, hustete, winkte noch immer.

Die Fahrertür schwang auf, und ein Mann stieg aus. Im grellen Gegenlicht sah Jeff Beauford eine dunkle Silhouette auf sich zukommen, umhüllt von Nebel und Nieselregen.

Die Gestalt beugte sich zu ihm herab, griff ihm unter die Arme und zog ihn auf die Beine. Sie sagte etwas, das Jeff nicht verstand. Aber das machte nichts. Hauptsache, sie half ihm.

Am Wagen erkannte Jeff, dass der Fahrer ein Eingeborener war. Ein alter Aborigine. Er trug eine rote Steppjacke und einen Hut auf dem Kopf. Sein Gesicht sah aus wie in Stein gemeißelt, nur die abgeflachte Nase gab seinen Zügen eine weiche Note.

Der Aborigine legte eine Decke über den Beifahrersitz, bugsierte Jeff in den Wagen und schlug die Tür zu. Es roch nach Tabak, das Radio spielte Folkloremusik, die Scheibenwischer quietschten leise vor sich hin. Nach der langen Zeit der Abgeschiedenheit empfand Jeff tiefe Dankbarkeit für diese ersten Anzeichen von menschlicher Zivilisation.

Der Eingeborene nahm hinter dem Steuer Platz und fuhr los. Er versuchte erneut, ein Gespräch zu beginnen, begriff aber schnell, dass es keinen Sinn hatte. Also summte er leise die Radiomelodie mit.

Nach einer Weile holte er aus dem Seitenfach eine Schnapsflasche und nippte daran, während er den Blick starr auf die lehmige Urwaldpiste gerichtet hielt. Als er Jeff die Flasche anbot, lehnte dieser nicht ab. Er nahm einen kräftigen Schluck und spürte, wie sich beinahe im selben Moment eine angenehme Wärme in seinem Körper ausbreitete.

»Goody-goody!«, lachte der Alte und bedeutete Jeff mit einer Handbewegung, er solle weiter trinken.

Jetzt lachte auch Jeff. »Goody-goody«, sagte er und setzte zum zweiten Mal an.

Eine halbe Stunde später hörte es auf zu nieseln, und das Dickicht zu beiden Seiten der Straße lichtete sich ein wenig. Kurz darauf erreichten sie eine Tankstelle, die den Eindruck erweckte, als sei sie vollkommen verwaist. Erst bei näherem Hinsehen erkannte Jeff im Innern des Tankhauses ein dämmriges Licht.

Der Aborigine hielt seinen Wagen unter dem löchrigen Vordach an, stieg aus und machte sich an einer der beiden rostigen Zapfsäulen zu schaffen. Jeff beschloss, sich beim Tankwart zu erkundigen, wo er sich befand und wie er am schnellsten in die nächste Stadt gelangen konnte.

Als er durch die Tür trat, fühlte er sich benommen, und er musste sich einen Moment lang an einem Regal abstützen.

Ich bin den Alkohol nicht mehr gewöhnt, dachte er.

Drinnen war es unerwartet gemütlich und sauber – ein kleiner Laden, in dem es so ziemlich alles zu geben schien, was ein Autofahrer auf dieser gottverlassenen Piste benötigen konnte. Auf der Ladentheke thronte eine mächtige, vorsintflutliche Registrierkasse, dahinter saß ein schlafender Mann in einem Schaukelstuhl – ein Weißer, mindestens ebenso alt wie Jeffs Retter. In einem kleinen Schwarzweißfernseher flimmerte ein Fußballspiel.

Jeff klopfte auf die Theke, und der Mann schreckte aus dem Schlaf auf.

»Herrgott noch mal, was soll das? Wollen Sie mich ins Grab bringen, Mister?«, polterte er los, während er sich aus seinem Stuhl erhob. »Jesus Christus, wie sehen Sie denn aus?«

Heilfroh, endlich jemandem gegenüber zu stehen, der ihn verstand, war Jeff einen Moment lang versucht, von der Explosion und den wilden Tieren zu erzählen. Doch vermutlich hätte der Tankwart ihn für verrückt gehalten. Also sagte er nur, dass er sich im Urwald verlaufen habe.

»So, wie Sie nach Alkohol riechen, ist das kein Wunder, Mister«, krächzte der Alte. »Wohl einen zu viel hinter die Binde gekippt, was? Schlage vor, Sie machen sich erstmal ein bisschen frisch.«

Jeff nickte. Er erinnerte sich dumpf an die gewonnene Backgammon-Partie gegen Ivan Trautman. Trautman, der Säugetier-Experte. Trautman, der Spieler. Zwanzig-Dollar-Trautman.

»Kann ich bei Ihnen etwas Frisches zum Anziehen bekommen?«, fragte er und kramte den Geldschein aus der Hosentasche.

Der Alte betrachtete den Schein mit einer Mischung aus Ekel und Skepsis.

»Er ist echt«, drängte Jeff.

»Ich führe keine Kleidung in meinem Sortiment. Ein paar Gummihandschuhe, um Öl zu wechseln, das ist aber auch alles.«

»Haben Sie hier nicht ein paar Ersatzklamotten?«

»Sie wollen *meine* Kleidung kaufen?«

»Wenn zwanzig Dollar reichen!«

»Für zwanzig Dollar kriegen Sie von mir eine komplett neue Garderobe, Freundchen«, lachte der Alte. »Das ist der Deal meines Lebens.«

Er verschwand in einem Hinterzimmer, offenbar eine Art Wohnstube. Gleich darauf kam er – noch immer lachend – mit einem Stapel Kleidung zurück.

»Nicht gerade der feinste Zwirn, aber wenigstens sauber und gebügelt. Das Zeug war sogar mal modern – ist aber schon zwanzig oder dreißig Jahre her!« Sein Gelächter ging in Husten über. Als er sich wieder gefasst hatte, nahm er einen Schlüssel vom Wandhaken und schob ihn über die Theke. »Der ist für die

Toilette. Gleich rechts neben dem Laden. Dort gibt's auch fließend Wasser. Und tun Sie uns beiden einen Gefallen: Nehmen Sie reichlich Seife.«

Jeff nickte, griff nach dem Schlüssel und verschwand aus dem Laden.

Der Blick in den Spiegel ließ ihn zusammenzucken. Er erkannte sich selbst kaum wieder. Sein Haar hing zottig vom Kopf herunter, die rötliche Farbe war unter einer dicken Schicht Dreck verschwunden, die sich auch über die ungepflegten Bartstoppeln bis zum Kinn hinzog. Sein Gesicht glich dem eines lebenden Toten. Der anstrengende Fußmarsch hatte ihn Substanz gekostet. Seine Wangenknochen drückten durch die Haut, seine Lippen waren aufgeplatzt, und um die Augen zeichneten sich dicke schwarze Ringe ab.

Als Jeff sein Hemd und sein T-Shirt auszog und beides zu Boden fallen ließ, bemerkte er, wie mager auch sein Körper geworden war. Er hatte noch nie viel Speck auf den Rippen gehabt, aber heute erinnerte ihn sein Spiegelbild an einen ausgehungerten sibirischen Strafgefangenen.

Er zog sich vollends aus und wusch sich von Kopf bis Fuß. Die Seife brannte in der noch nicht ganz verheilten Bauchwunde wie Feuer. Es war Jeff egal. Von nun an ging es wieder bergauf mit ihm!

Als er in den Laden zurückkehrte, fühlte er sich wie ein neuer Mensch. Hosen und Hemd des alten Tankwarts waren ihm zwar zwei Nummern zu groß, aber er wollte ja keinen Mode-Wettbewerb gewinnen.

»Sieh mal einer an«, krächzte der Alte. »So gefallen Sie mir schon besser, Mister. Setzen Sie sich dort drüben an den Tisch, und essen Sie was. Ich habe Ihnen einen Teller Eintopf hingestellt. Dachte, Sie können eine warme Mahlzeit vertragen. Ein Bier steht auch da. Keine Sorge, ist alles im Preis inbegriffen.«

»Wo ist der Eingeborene, der mich hierher gebracht hat?«

»Duncan? Ist weitergefahren. Sagte, er kann Sie nicht mit zu sich nach Hause nehmen. Sie würden seine Kinder erschrecken.«

Jeff seufzte. Es sah ganz so aus, als säße er hier fest. Aber bevor er sich irgendwelche Gedanken darüber machte, wie er von hier aus nach Hause gelangen konnte, würde er sich erst einmal das Essen schmecken lassen.

Er musste sich zwingen, den Eintopf nicht in sich hineinzuschlingen, denn dem dampfenden Teller entstieg ein köstlicher Duft. Doch er wusste, dass er langsam essen musste, da sein Magen sonst gegen die ungewohnt reichliche Nahrung rebellieren würde. Also löffelte er Bissen für Bissen wie ein Genießer. Das Bier trank er nur zur Hälfte leer, denn der Alkohol stieg ihm schon wieder zu Kopf.

»Wie weit ist es bis zur nächsten Stadt?«, fragte er den Tankwart und gähnte.

»Etwa fünf Meilen – vorausgesetzt, man bezeichnet Old Walker Creek als Stadt. Bis nach Fairview ist es etwa doppelt so weit.«

»Fairview?« Jeff hatte noch nie davon gehört.

»Liegt direkt an der Peninsular Developmental Road.«

Diese Straße führte, wie Jeff wusste, diagonal durch die Halbinsel von Cape York, geradewegs in Richtung Südosten zur Küste. Nach Cairns, der schönsten Stadt der Welt. Seinem Zuhause.

»Wie komme ich von hier aus nach Fairview?«, fragte er.

»Tja, einen Bus gibt es nicht. Und die Taxis befahren während der Regenzeit nicht gerne die Piste durch den Wald.« Der

Alte schürzte die Lippen. »Mein eigener Wagen steht hinterm Haus, aber der Anlasser funktioniert seit zwei Tagen nicht mehr. Habe zwar längst einen neuen bestellt, aber die Lieferung kann erfahrungsgemäß dauern. Schätze, das Beste wird sein, zu warten, bis irgendjemand anhält und Sie mitnimmt.«

Jeff blieb keine Wahl. Abgesehen davon fühlte er sich so schlapp, dass er gegen eine Rast nichts einzuwenden hatte. Was gab es Schöneres als ein Dach über dem Kopf und ein wenig Gesellschaft? Beides wurde ihm hier geboten. Er befand sich im Paradies.

Doch als eine Stunde später ein Pick-up-Truck an der Tankstelle hielt, verabschiedete er sich.

»Wenn Sie mal wieder Klamotten brauchen – kommen Sie einfach vorbei«, krächzte der Alte.

»Ich weiß nicht, ob ich mir das auf Dauer leisten kann«, lachte Jeff. Dann ging er hinaus in die Nacht.

Der Fahrer des Pick-ups sah wenig Vertrauen erweckend aus – ein Hells-Angels-Typ mit Kopftuch, ärmelloser Leder-Nieten-Jacke und Oberarmen wie Keulen. Aber er war freundlich genug, Jeff mitzunehmen.

Er nannte sich Bull und entpuppte sich als überaus mitteilungsbedürftig. Auf der Fahrt erfuhr Jeff so ziemlich alles, was es über ihn zu wissen gab.

Bulls Gesprächigkeit kam Jeff gerade recht. So konnte er es sich in seinem Sitz bequem machen, zuhören und sich darauf beschränken, hin und wieder eine Zwischenfrage oder ein kurzes »Aha« einfließen zu lassen. Alkohol und Schlafmangel hatten ihn so träge gemacht, dass er es genoss, nicht selbst erzählen zu müssen.

Als sie Fairview passierten und auf die Peninsula Developmental Road einbogen, hörte Jeff von weit her, wie Bull eine

Reifenpanne schilderte, bei der ihn um ein Haar ein aufgebrachtes Känguru umgerannt hätte.

»Krasse Geschichte«, murmelte Jeff und spürte, wie ihn nun endgültig die Müdigkeit übermannte.

14

»Du schuldest mir ein Rendezvous, Julie. Mindestens!«

»Nicht so laut, Todd!«, flüsterte Julie in den Telefonhörer. Sie saß in der Redaktion der Cairns News und warf einen unauffälligen Blick durch den Raum, aber niemand nahm von ihrem Gespräch Notiz.

»Zuerst musste ich für dich die Tombola im Altersheim übernehmen, dann kümmerst du dich wochenlang nur um deinen Fisch-Artikel. Und kaum bist du wieder im Büro, erwischt mich das Pfeiffersche Drüsenfieber.«

»Delfine sind keine Fische, Todd. Sie sind Säugetiere.«

»Ich lag eine halbe Ewigkeit in der Quarantänestation! Kannst du dir vorstellen, wie lustig das ist? Komm schon, Julie, gib mir eine Chance! Wie wär's mit einem Abendessen im Red Corner? Die machen die besten Chili-Wraps in der Stadt. Betrachte es als Wiedergutmachung dafür, dass du mich nicht im Krankenhaus besucht hast.«

»Du lagst in Quarantäne!«

»Es gab Glasscheiben und eine Sprechanlage. Ich sah übrigens umwerfend aus in meinem grünen Kittel.«

Julie musste grinsen. Todd Webster hatte einen Narren an ihr gefressen und gab sich seit ihrer Scheidung die größte Mühe, bei ihr zu landen. Seine Beharrlichkeit konnte zwar manchmal nervig sein, andererseits fühlte Julie sich auch geschmeichelt. Immerhin sah Todd recht gut aus, außerdem war er ein netter Kerl.

»Wo bist du gerade?«, fragte sie.

»Im Rathaus. Der Bürgermeister gibt in ein paar Minuten eine Presseerklärung. Unwichtig! Jetzt ist es 16.25 Uhr. Um spätestens 17.00 Uhr bin ich wieder in der Redaktion. Dann hacke ich kurz meinen Artikel in den Computer, und um Punkt 17.30 Uhr führe ich dich zum Abendessen aus. Einverstanden?«

»Todd – ich bin noch nicht so weit. Gib mir etwas mehr Zeit, okay?«

»18.00 Uhr?«

»Todd!«

»Na schön, ich verstehe. Tu mir den Gefallen, und überlege es dir wenigstens. Einverstanden?«

»Einverstanden.«

Sie legte auf und wandte sich wieder dem Bericht über das Wohltätigkeits-Konzert der Aborigines-Band Yothu Yindi im Fogerty-Park zu, mit dem Harold Glimsky sie beauftragt hatte. Tödlich langweiliger Stoff! Aber nach dieser Geschichte am Riff erschien ihr beinahe alles tödlich langweilig. Sie gähnte und streckte sich.

Erneut klingelte das Telefon.

»Cairns News, Sie sprechen mit …«, begann sie.

»Ich bin's noch mal.«

»Todd …?«

»Wir könnten auch ins Lotus gehen. Du magst doch asiatisch, oder?«

»Schon, aber …«

»War nur so ein Gedanke – für den Fall, dass du nicht gerne mexikanisch isst.«

Julie seufzte.

»Ich mache jetzt Schluss«, sagte Todd. »Wir sehen uns später im Büro.«

Kaum hatte Julie eingehängt, läutete es schon wieder.

»Todd!«

»Todd? ... Entschuldigen Sie, ich muss falsch verbunden worden sein. Ich wollte mit einer gewissen Julie Carlton sprechen.«

Die Stimme klang unbekannt. »Ich bin es, die sich entschuldigen muss«, sagte Julie verlegen.

»Dann bin ich bei Ihnen richtig?«

»Ja. Ich bin Julie Carlton. Ich hatte ein anderes Gespräch erwartet. Was kann ich für Sie tun?«

»Sie haben den Delfin-Artikel im *National Geographic* verfasst?«

»So ist es.« Seit Erscheinen des Berichts hatte Julie diverse Leserbriefe erhalten, nicht nur aus Australien, sondern auch aus Amerika und Europa. Aber angerufen hatte sie noch niemand.

»Wie hat Ihnen der Artikel gefallen?«, fragte sie.

»Sehr gut. Genau deshalb melde ich mich bei Ihnen. Er war ausgesprochen aufschlussreich.«

Damit hatte sie nun wirklich nicht gerechnet. Einige Leserbriefe hatten den Artikel als *interessant* oder *spannend* bezeichnet. Andere wiederum fanden ihn *unbefriedigend,* weil von den vielen aufgeworfenen Fragen nur die wenigsten hatten beantwortet werden können. Und viele hatten ihn *ambitioniert* genannt, weil Julie angekündigt hatte, ihre Recherchen weiterzuführen und die fehlenden Antworten nachzuliefern. Das Attribut *aufschlussreich* hatte noch niemand verwendet.

Am anderen Ende der Leitung hörte Julie das Rascheln von Papier. »Sie schildern die Krankheitssymptome dieser Tümmler und behaupten, die Ursache dafür seien Giftmüllfässer auf dem Grund des Ozeans«, sagte die Stimme.

»Ich behaupte es nicht nur.«

Der Anrufer fuhr unbeirrt fort: »Sie schreiben, mit den körperlichen Missbildungen gingen Verhaltensänderungen einher – erhöhte Angriffsbereitschaft, aber auch die Ausweitung der intellektuellen Fähigkeiten.«

Irgendwie klang die fremde Stimme skeptisch. Julie hatte das Gefühl, sich rechtfertigen zu müssen. »Am Marine Institute of Queensland in Cairns wurden diesbezüglich mehrere Tests durchgeführt. Es stand zwar lediglich ein einziges Versuchstier zur Verfügung, weshalb die Ergebnisse nicht als repräsentativ angesehen werden können. Dennoch zeigten sich bei den Tests signifikante kognitive Unterschiede im Vergleich zu anderen Vertretern der Spezies *Tursiops truncatus.*« Sie fand, dass das ziemlich wissenschaftlich klang, und hoffte, den Anrufer damit zu überzeugen.

»Soso«, sagte die Stimme. »Und die forensische Untersuchung des Schädels aus dem Wrack ergab definitiv, dass es sich um einen Affen handelt?«

Julie schluckte. Es klang, als wolle der Mann sich über sie lustig machen. Unwillkürlich wurde sie wütend. »Ich weiß, es klingt verrückt, aber … ja. Im Führerhaus des Wracks befand sich tatsächlich ein Affe.«

»Sie erwähnten das in Ihrem Bericht nur beiläufig.«

»Wenn ich Sie so höre, hätte ich es lieber ganz bleiben lassen sollen.«

»Im Gegenteil!« Es wirkte beschwichtigend. »Der Affe ist möglicherweise entscheidend.«

»Wie meinen Sie das?«

»Um welche Affenart handelte es sich?«

»Sagen Sie mir, weshalb das wichtig ist.«

Ein Seufzer in der Leitung. »Ich will Ihnen helfen, Miss

Carlton. War es ein Schimpanse? Konkret: ein Weißgesicht-Schimpanse?«

Julie brachte keinen Ton heraus. Woher wusste der Kerl das? Hatte er zuvor jemanden aus dem MIQ interviewt?

»Kann ich Ihr Schweigen als Zustimmung deuten?«, drängte die Stimme.

»Ja ... ja, das können Sie.«

»Dann gibt es keinen Zweifel mehr.« Der Mann schien eher mit sich selbst zu sprechen.

»Keinen Zweifel – woran?«, hakte Julie nach.

»Die Delfine. Sie litten nicht an einer Vergiftungserscheinung.«

»Woran dann?«

»Hören Sie, Miss Carlton, es ist schwierig, das am Telefon zu erklären. Aber Sie müssen mir glauben: Ich weiß, was vorgefallen ist. Wie wäre es, wenn wir uns auf einen Kaffee zusammensetzen? Sagen wir morgen Mittag, ist Ihnen das recht?«

»Natürlich. Wo sollen wir uns treffen?«

»Können Sie nach Port Douglas kommen?«

Port Douglas lag etwa achtzig Kilometer nördlich von Cairns. »Kein Problem«, sagte Julie. Abgesehen vielleicht von Glimsky.

»Dann morgen um 12.00 Uhr im Billabong. Das ist eine Kneipe, von Cairns aus kommend direkt an der Ortseinfahrt. Sie können sie nicht verfehlen.«

»Abgemacht.«

»Und nehmen Sie sich für den Rest des Tages nichts vor. Ich habe eine Überraschung für Sie.«

Julie lagen noch mindestens ein halbes Dutzend Fragen auf der Zunge. Wer war der Mann? Weshalb wusste er über die Vorkommnisse am Riff Bescheid, und warum wollte er mit ihr darüber sprechen? Auch ein paar konkretere Hinweise auf die angebliche Überraschung hielt Julie für angebracht. Hinweise, die dazu taugten, Glimsky zu überzeugen.

Doch die Leitung war bereits tot.

15

Rund zweihundertfünfzig Kilometer weiter südlich, in Townsville, schob Jeff Beauford sich den letzten Happen seines Hotdogs in den Mund und spülte mit einer Cola nach. Dann verließ er das kleine, ungemütliche Schnellimbiss-Restaurant und trat hinaus auf die Straße, wo er von Smog und Motorenlärm in Empfang genommen wurde.

Er konnte es kaum glauben. Die Einsamkeit des Dschungels hatte in ihm eine tiefe Sehnsucht nach Zivilisation ausgelöst – ein Verlangen, brennender als Durst und Hunger und schmerzhafter als jede Wunde. Doch jetzt wusste er beim besten Willen nicht mehr, was er so sehr vermisst hatte. All die Autos, die Menschen, die Häuser. Die reinste Irrenanstalt.

In den letzten Tagen hatte er hauptsächlich zwei Dinge getan – gegessen und geschlafen. Er sah zwar noch immer ein wenig abgemagert aus, aber er fühlte sich ausgeruht und kräftig. Besser denn je.

Er befand sich inmitten des Geschäftsviertels, seine Armbanduhr zeigte 13.45 Uhr. Er hielt an der Fußgängerampel und sah hinüber zur anderen Straßenseite, wo ein gewaltiger Neubau aus poliertem Granit und verdunkeltem Glas in den Himmel ragte – imposant, Ehrfurcht gebietend, ja sogar unheimlich. Die Firmenzentrale von Pharma Rosenstein, dem Mutterunternehmen von ROSCO. Irgendwie erinnerte Jeff das Gebäude an den Monolithen aus Kubricks *2001: Odyssee im Weltall.* Es fehlten nur noch die Fanfaren von *Also sprach Zarathustra.*

Jeff erinnerte sich noch genau an den Film. An die urzeitlichen Affen, die den Monolithen berührt und daraufhin den Gebrauch von Waffen erlernt hatten – einfache Knochen, die sie wie Keulen benutzten. Zunächst, um ihr Revier zu verteidigen, später, um andere Reviere zu erobern.

Der Gedanke jagte Jeff eine Gänsehaut über den Rücken. Die Affen in der ROSCO-Forschungsstation hatten sich nicht viel anders verhalten als die Film-Affen. Hätten sie mich in die Finger bekommen, hätten sie mich garantiert erschlagen, dachte er. Wenn ich nicht schon vorher den Raubkatzen zum Opfer gefallen wäre!

Zorn kochte in ihm hoch. Bei seiner Einstellung hatte man lediglich ein paar vage Andeutungen über die Experimente bei ROSCO gemacht. Aber niemand hatte es für nötig befunden, ihn zu warnen, wie gefährlich die Arbeit dort tatsächlich war. Natürlich hatte Jeff nicht erwartet, nur mit Echsen und Fröschen konfrontiert zu werden. Aber Säbelzahn-Panther und bewaffnete Schimpansen – herrje, das wäre für seine Entscheidung vielleicht nicht ganz unwichtig gewesen!

Sein Blick wanderte an dem schwarz glänzenden Gebäude hinauf. Dort oben, im zwanzigsten Stock, saß die Geschäftsleitung von Pharma Rosenstein. Am liebsten wäre Jeff sofort hinaufgestürmt, um die feinen Herren in ihren schwarzen Anzügen zur Rede zu stellen. Um ihnen voller Ironie dafür zu danken, dass sie ihn in eine Schlangengrube gestoßen hatten, ohne ihn anschließend wieder herauszuholen. Andererseits kannten sie vermutlich nicht einmal seinen Namen!

Aber Doktor Scott würde sich an ihn erinnern. Von ihm wollte er ein paar Antworten. Das hatte er sich verdient! Er hatte sich quer durch den Dschungel geschlagen, verzweifelt, mutterseelenallein und am Ende seiner Kraft – ganze sechs Wochen lang, wie er mittlerweile wusste. Er hatte das Recht zu erfahren, was vorgefallen war!

Sein Blick wanderte an dem Monolithen-Bau hinab bis zu den beiden Springbrunnen vor der Drehtür am Eingangsbereich. Dort standen neben ein paar schwarzen Limousinen zwei geschäftig aussehende Damen in eleganten Kostümen. Sie unterhielten sich ernst, gestikulierten, schüttelten sich die Hände.

Die Ampel sprang auf Grün, und Jeff überquerte die Straße. Kaum hatte er die beiden Springbrunnen passiert, hielt er jedoch abrupt inne, denn aus der Drehtür des Foyers trat soeben kein anderer als Doktor Scott höchstpersönlich.

Auch Scott erstarrte mitten in der Bewegung. Auf seinem Gesicht glaubte Jeff eine ganze Palette an Emotionen ablesen zu können: Ungläubigkeit, Verwirrung, vielleicht sogar so etwas wie Wiedersehensfreude. Aber auch Ratlosigkeit und Angst. Vor allem Angst.

Dennoch war er es, der als Erster die Fassung wiedererlangte. Eiligen Schrittes kam er zu den Springbrunnen herüber. Jeff wollte ihm die Hand reichen, doch anstatt ihn zu begrüßen, schob Scott ihn auf ein Taxi zu, das am Straßenrand wartete. Die beiden setzten sich auf den Rücksitz.

»Keyetta Park bitte«, sagte Scott zum Fahrer, und der Wagen setzte sich in Bewegung. Jeffs Versuch, mit ihm ins Gespräch zu kommen, begegnete er mit einer beschwichtigenden Handbewegung. *Gedulden Sie sich noch einen Augenblick,* schien diese Bewegung zu sagen. *Gedulden Sie sich, und halten Sie um Himmels willen den Mund!* Jeff verstummte. Gewiss gab es einen guten Grund für Scotts merkwürdiges Benehmen.

Ein paar Blocks weiter bogen sie in die Hauptstraße von Townsville ein, dann fuhren sie stadtauswärts, an mehreren

Grünanlagen vorbei. Nach einigen Minuten erreichten sie ihr Ziel.

Als sie ausstiegen, gab Doktor Scott dem Taxifahrer einen Geldschein und bat ihn zu warten. Dann wandte er sich Jeff zu.

»Gehen wir ein paar Schritte«, sagte er. Ohne auf Jeffs Reaktion zu warten, packte er ihn am Arm und bugsierte ihn in Richtung Park.

Dort wirkte er deutlich entspannter. Er warf einen letzten Blick über die Schulter, als wolle er sichergehen, nicht verfolgt zu werden, dann gehörte seine Aufmerksam voll und ganz Jeff. »Meine Güte, Sie leben?«, platzte er heraus. Der sonst so ernste Wissenschaftler machte einen geradezu fröhlichen Eindruck.

»Niemanden wundert das mehr als mich«, entgegnete Jeff.

»Ich dachte, Sie seien im Dschungel umgekommen.«

»Dazu fehlte nicht viel, aber mein Schutzengel hat wohl ein gutes Wort für mich eingelegt.«

Jeff schilderte in knappen Worten, was vorgefallen war. Er erwähnte auch die missglückte Rettungsaktion.

Das meiste davon schien Doktor Scott bereits bekannt zu sein. »Ich selbst habe den Suchtrupp begleitet«, sagte er. »Aber wir wurden so schnell von den Tieren angegriffen, dass wir uns völlig übereilt zurückziehen mussten.«

»Das habe ich gemerkt.«

»Jeff – es tut mir wirklich Leid, glauben Sie mir! Niemand von uns hat es für möglich gehalten, dass noch jemand vom Team am Leben ist. Wir dachten, wer nicht bei der Explosion umgekommen ist, den haben die Tiere erwischt. Hätten wir gewusst …« Er brach mitten im Satz ab. »Das ist schrecklich!«

Durch Scotts offensichtliche Reue milde gestimmt, flaute Jeffs Wut wieder ab. »Schwamm drüber«, sagte er. »Schließlich war das Unglück nicht Ihre Schuld.«

Scott nickte und sah ihn einen Moment lang schweigend an. Dann sagte er: »Hören Sie, Jeff, ich bin in Eile. Um halb drei geht mein Flug nach Brisbane. Mein letztes Geschäftsessen im Auftrag von Pharma Rosenstein.«

»Ihr letztes? Weshalb?«

»Ich habe gekündigt. Wie wäre es, wenn wir morgen in Ruhe über alles reden? Ich habe einen Termin mit einer Reporterin vereinbart. In Port Douglas. Wollen Sie sich nicht einfach dazugesellen?«

»Gerne.«

»Können Sie um 12.00 Uhr dort sein? Die Kneipe, in der ich mich verabredet habe, heißt Billabong.«

Jeff nickte.

Scott klopfte ihm wie ein Vater auf die Schulter. »Noch eine letzte Sache«, sagte er. »Halten Sie sich in Ihrem eigenen Interesse von der Zentrale fern. Denn es gibt Anzeichen dafür, dass das Unglück in ROSCO kein Zufall war.«

Daher also Scotts merkwürdiges Verhalten vor der Zentrale, dachte Jeff. »Wollen Sie damit andeuten, dass jemand eine Bombe gelegt hat?«, fragte er.

»Etwas in der Art, ja. Ich bin mir noch nicht ganz sicher, aber ich habe einen Verdacht. Und daher halte ich es für das Beste, dass Sie es einstweilen nicht an die große Glocke hängen, dass Sie noch am Leben sind. Ich für meinen Teil bin jedenfalls überaus vorsichtig.«

Doktor Scott drückte Jeffs Hand, dann eilte er zurück zu seinem Taxi. Jeff sah ihm hinterher und fühlte sich auf einmal völlig leer. Nach der Explosion der ROSCO-Basis und seinem

Fußmarsch quer durch den Dschungel von Queensland hatte er geglaubt, das Schlimmste hinter sich zu haben. Jetzt kam er sich vor, als sei er vom Regen in die Traufe geraten.

16

Die Digitaluhr am Armaturenbrett von Jeff Beaufords Honda Civic zeigte 12.03 Uhr, als er am kommenden Tag das Ortsschild von Port Douglas passierte. Bereits zweihundert Meter weiter tauchte rechter Hand das Billabong auf, ein niedriger, hüttenartiger Bau aus Holz und Glas. Definitiv nicht das Richtige für die feine Gesellschaft des Städtchens, denn in Port Douglas lebte nur, wer es sich leisten konnte. Aber schließlich musste das einfache Volk ja auch irgendwo essen gehen. Und die Touristen, die von Cairns aus den Daintree National Park oder Cape Tribulation besuchen wollten, kehrten gewiss ebenfalls hier ein.

Das Innere war vollgestopft mit Tischen und Stühlen, ziemlich verräuchert und ein wenig heruntergekommen, aber durchaus gemütlich. Allemal gut für ein Bier oder ein preiswertes Essen.

Jeff ging hinüber zu dem Fenstertisch, von dem aus Doktor Scott ihm zuwinkte.

»Dann wären wir jetzt wohl vollzählig«, sagte Scott. »Miss Carlton, darf ich Ihnen meinen Mitarbeiter und Kollegen Doktor Beauford vorstellen?«

Die Frau stand auf und reichte Jeff die Hand. »Freut mich, Sie kennen zu lernen, Doktor Beauford«, lächelte sie.

Jeff fand sie auf Anhieb sympathisch. Sogar mehr als das, wie er sich eingestehen musste. »Bitte – nennen Sie mich Jeff«, sagte er.

»Julie.«

»Die Freude ist ganz auf meiner Seite.«

Doktor Scott klopfte Jeff auf die Schulter. »Setzen wir uns wieder. Wollen Sie einen Kaffee? Miss Carlton und ich haben schon bestellt.«

»Gerne, vielen Dank.«

Während Doktor Scott nach der Bedienung Ausschau hielt, um die Bestellung aufzugeben, warf Jeff Julie einen unauffälligen Blick zu. Ihr offenes Lächeln, die Grübchen in ihren Wangen, die großen, warmherzigen Augen – einfach hinreißend.

Dennoch mahnte er sich zur Zurückhaltung. Erst gestern Abend hatte Wendy ihm telefonisch endgültig den Laufpass gegeben. Unverwunden hatte sie ihm eröffnet, dass sie bereits wieder liiert sei – mit jemandem, der einer *vernünftigen* Arbeit nachgehe. *Vernünftig* hatte sie dabei betont, als sei wissenschaftliche Feldforschung etwas Anrüchiges oder Asoziales. Auf jeden Fall etwas, das in der gesellschaftlichen Hierarchie ziemlich weit unten rangierte. Obwohl Jeff nicht ernsthaft damit gerechnet hatte, Wendy zurückzugewinnen, war ihm die Abfuhr zu Herzen gegangen, und er hatte sich geschworen, fürs Erste einen weiten Bogen um alle Frauen dieser Welt zu machen. Andererseits – gestern Abend hatte er auch noch nicht Julie Carlton gekannt …

Bevor er sich weitere Gedanken über sein gespaltenes Verhältnis zum anderen Geschlecht machen konnte, kamen die Getränke, und Doktor Scott begann mit dem offiziellen Teil der Zusammenkunft.

»Ich weiß, Sie beide haben eine Menge Fragen«, sagte er. »Sie, Miss Carlton, in Bezug auf das Wrack und die Delfine. Und Sie, Jeff, weil Sie wissen wollen, was in der Station vorgefallen ist. Nun, ich denke, die meisten dieser Fragen kann ich beantworten. Das ist der Grund für unser heutiges Treffen.«

»Haben Sie etwas dagegen, wenn ich mir Notizen mache?«, fragte Julie.

»Keineswegs – sofern Sie meinen Namen nicht erwähnen.«

Julie holte Block und Kugelschreiber aus ihrer Tasche. »Ich bin bereit«, sagte sie.

Scott sammelte sich einen Moment, bevor er begann: »Ich bin Mitbegründer der ROSCO-Forschungsstation, einem Labor mitten im Dschungel von Queensland, das zur Unternehmensgruppe von Pharma Rosenstein gehört. Da Sie bei Ihren Recherchen ohnehin darauf stoßen werden, will ich Ihnen auch gleich verraten, dass ich inzwischen gekündigt habe. Aber ich versichere Ihnen, dass meine Geschichte nicht das Hirngespinst eines verbitterten Mitarbeiters ist. Es ist vielmehr so: Ihr Artikel im *National Geographic* hat mein Gewissen berührt, weil er mir vor Augen geführt hat, welche Fehler wir in der Vergangenheit gemacht haben. Wir haben eine Macht erschaffen, die wir nicht kontrollieren konnten. Durch unsere Schuld wurde beinahe das ökologische Gleichgewicht durcheinander gebracht. Bevor ich ROSCO und Pharma Rosenstein verlasse, möchte ich reinen Tisch machen. Aus diesem Grund habe ich mich mit Ihnen in Verbindung gesetzt. Mit Ihrer Hilfe, Miss Carlton, will ich die öffentliche Aufmerksamkeit schärfen, damit sich derartige Fehler nicht wiederholen.«

»Erzählen Sie mir mehr über Ihre Arbeit«, bat Julie. »Dann werden wir sehen, ob ich etwas für Sie tun kann.«

Scott nickte. »Lange Zeit befassten wir uns bei ROSCO ausschließlich mit der Erforschung von Naturheilmitteln. Wir versuchten herauszufinden, welche pflanzlichen Wirkstoffe für eine pharmazeutische Nutzung infrage kommen.«

»So etwas lohnt sich?«

»Nun – reich sind wir dabei nicht geworden, aber wir konnten davon leben. Aufwärts ging es erst, nachdem Doyle Rosenstein uns mit der Weiterentwicklung eines ganz bestimmten Präparats beauftragte.« Scott sah Julies fragendes Gesicht und erläuterte: »Doyle Rosenstein ist der Inhaber von Pharma Rosenstein und mein Partner bei ROSCO. Besser gesagt: Das war er.«

»Jetzt nicht mehr?«

»Er ist tot.« Scott hielt inne. Auf Jeff machte er einen etwas bedrückten Eindruck, aber er fing sich sogleich wieder. »Er starb an den Folgen eines Unglücks, das sich Mitte Dezember ereignete, also vor zweieinhalb Monaten – einer jener Fehler, von denen ich eben sprach. Aber lassen sich mich später darauf zurückkommen. Zuerst möchte ich Ihnen genauer erläutern, worum es bei den ROSCO-Forschungen ging.«

»Einverstanden.« Julie kritzelte einen Merkposten auf ihr Papier und wandte sich wieder Doktor Scott zu.

»Wie Sie wissen, bereitet die zunehmende Industrialisierung unserem Planeten eine Menge Probleme: Treibhauseffekt, Ozonloch, saurer Regen und so weiter. Es war nur eine Frage der Zeit, bis irgendein gewiefter Geschäftsmann auf die Idee kam, aus diesem Umstand Profit zu schlagen. Dieser Geschäftsmann hieß Doyle Rosenstein. Seine Rechnung war ebenso simpel wie einleuchtend: Im gleichen Maß wie die Industrialisierung voranschreitet und die Menschheit sich vermehrt, wird auch die Umwelt verschmutzt. Dadurch steigt wiederum die Gefahr drohender Gesundheitsrisiken. Ich spreche nicht nur von allergischen Reaktionen, Schleimhautentzündungen, Reizhusten und so weiter, sondern auch von ernstzunehmenden, tödlichen Krankheiten. Wussten Sie, dass jährlich über eine

Million Kinder an Atemwegserkrankungen sterben, die auf Luftverschmutzung zurückzuführen sind? Und das ist gar nichts angesichts der ungeheuren Anzahl an Krebsopfern. Denken Sie an das Ozonloch. Auch wenn man seit Jahren kaum mehr etwas in den Medien darüber hört, ist es noch da. Vor allem hier, direkt über uns. Australien hat die weltweit höchste Hautkrebsrate. Jeder zweite Australier erkrankt im Lauf seines Lebens an irgendeiner Hautkrebs-Form. Jährlich werden knapp 800 000 Hautkrebsoperationen durchgeführt, die rund 300 Millionen Dollar kosten – allein auf unserem Kontinent! Dennoch erliegen unzählige Menschen dieser schrecklichen Krankheit. Nicht nur in Australien, sondern überall auf der Welt. Was ist los mit Ihnen, Miss Carlton? Habe ich etwas Falsches gesagt?«

Jeff sah Julie an und bemerkte, dass sie plötzlich traurig wirkte.

»Nein, Doktor«, sagte sie. »Es ist nur … Ich hatte letztes Jahr einen Fall von Hautkrebs in der Familie. Bitte erzählen Sie weiter.«

Scott nickte und fuhr in mildem Tonfall fort: »Die Angst vor Krankheiten, die durch Umweltveränderungen hervorgerufen oder zumindest begünstigt werden, wird in den nächsten Jahren weiter steigen. Unser Ziel in ROSCO bestand darin, ein Präparat herzustellen, durch das Organismen in die Lage versetzt werden, sich rasch an diese Umweltveränderungen anzupassen. Ich kann mir vorstellen, was Sie jetzt denken: Das ist unmöglich.«

»Etwas in der Art«, gab Julie zu.

»Anfangs dachte ich das auch. Aber es ist erstaunlich, was man alles erreichen kann, wenn man genug Geduld und das nötige Taschengeld besitzt. Von beidem hatte Doyle Rosenstein eine ganze Menge. Grundlage für unsere Forschungen war ein

Präparat, das er von der NASA erwarb. Doyle war davon derart fasziniert, dass er sogar die Geschäftsführung von Pharma Rosenstein in Townsville einem Stellvertreter übertrug, nur um mit uns im Dschungel zu arbeiten und das Präparat fertigzustellen. In den letzten fünf Jahren taten wir kaum etwas anderes. Wir waren wie besessen.« Scott hielt inne und leerte seine Tasse in einem einzigen großen Zug.

»Können Sie mir Genaueres über dieses NASA-Präparat erzählen?«, fragte Julie.

Scott sammelte sich erneut. Dann sagte er: »Die NASA arbeitet schon seit einer Ewigkeit an einer Art Arche-Noah-Projekt mit dem Ziel der Besiedelung fremder Planeten – in erster Linie des Mars, weil man für eine Reise dorthin nur etwa ein Jahr benötigt. Allerdings herrschen dort – wie auf allen anderen uns bekannten Planeten – äußerst lebensfeindliche Bedingungen. Die Atmosphäre besteht zu 95 Prozent aus Kohlendioxid. Sauerstoff gibt es so gut wie gar nicht. Die Schwerkraft beträgt nur etwa ein Drittel von der der Erde. Die Temperaturschwankungen zwischen Tag und Nacht belaufen sich auf rund 150 Grad Celsius. Und das sind nur ein paar der Probleme, mit denen die NASA sich befassen muss. Um sie zu lösen, hat man viele Pläne geschmiedet. Der erste Gedanke war natürlich, eine hermetisch abgeschlossene Station zu bauen, aber der Nachteil liegt auf der Hand: Man wäre ziemlich beengt und könnte sich niemals frei auf dem Planeten bewegen. Daher entwickelte die NASA eine Reihe von Ansätzen, wie man den Mars in seiner Ganzheit lebensfreundlicher gestalten könnte. Ob Sie es glauben oder nicht, es existieren zum Beispiel Pläne, gigantische Spiegel in eine Mars-Umlaufbahn zu bringen, um die Planetenoberfläche zu erwärmen. Zudem will man durch Freisetzung von polyfluorierten Kohlenwasserstoffen einen künstlichen Treibhauseffekt erzielen – ebenfalls, um die Atmosphäre aufzuheizen. Beides würde aber mehrere hundert Jahre dauern. Und bis Pflanzen genug Sauerstoff für menschliche Lungen produzieren, würden laut Expertenmeinung weitere hunderttausend Jahre vergehen. Deprimierend, nicht wahr? Da es also äußerst schwierig und zeitraubend ist, den Mars an die Erfordernisse des irdischen Lebens anzupassen, verfolgte man eine Zeit lang den umgekehrten Ansatz. Man versuchte, einen Weg zu finden, irdische Lebensformen an die Mars-Gegebenheiten anzupassen. Ich weiß, es klingt verrückt. Andererseits könnte man es auch als genial bezeichnen. Stellen Sie sich das einmal vor: Sie schlucken eine Pille oder injizieren sich eine Spritze, und Ihr Körper kommt mit Sauerstoffmangel, höherer Strahlenbelastung und Temperaturen weit unter dem Gefrierpunkt aus.«

»Das ist nicht Ihr Ernst!«

»Das war zumindest die Idee. Aber die Genetik steckte zu jener Zeit noch in den Kinderschuhen. Mit der Entwicklung des Präparats stand die NASA vor einem unlösbaren Problem. Irgendwann beschloss man, diesen Weg nicht weiter zu beschreiten. Doyle Rosenstein erwarb die Rechte an dem halbfertigen Produkt für ein Butterbrot. Allerdings verfolgte er eine völlig andere Zielsetzung. Die Besiedelung ferner Planeten war ihm viel zu utopisch. Er wollte das Präparat auf der Erde einsetzen, als Schutz gegen Umweltschädigungen. Und da er panische Angst vor Industriespionage hatte, erschien ihm ROSCO als geeigneter Ort: ein kleines, vom Rest der Welt völlig abgeschnittenes Forschungslabor. Keine neugierige Konkurrenz, so gut wie keine staatliche Kontrolle, keine aufwändigen Genehmigungsformalitäten für Tierversuche. Perfekt für seinen Zweck.«

Jeff sah Julie an, dass sie noch immer zweifelte. So recht

daran glauben konnte er selbst kaum. Das meiste von dem, was Scott erzählte, war ihm ebenfalls neu.

»Unser Präparat verfolgt dasselbe Ziel wie die gute alte Mutter Erde mithilfe der Evolution«, sagte Doktor Scott. »Anpassung!«

»Mit einem kleinen Unterschied«, bemerkte Julie. »Ihr Präparat vollzieht innerhalb von Tagen, wofür die Evolution Jahrmillionen benötigt.«

»Es stimmt – das Präparat beschleunigt den natürlichen Gang der Dinge. Allerdings ist es ein weit verbreiteter Irrtum, dass Evolution sich nur in erdgeschichtlichen Dimensionen abspielt. Von Taufliegen weiß man, dass sie sich innerhalb weniger Generationen an eine andere Umgebung anpassen können. Von Blaurücken-Lachsen ebenfalls, und auch von einigen Vogel- und Reptilienarten. Es ist längst erwiesen, dass evolutionäre Veränderungen keine Frage von Erdzeitaltern sein müssen. Wenige Jahre reichen manchmal schon aus. Und mit unserem Präparat geht das Ganze noch ein bisschen schneller. Wir schlagen sozusagen eine Abkürzung ein. Evolution geschieht jetzt nicht mehr durch natürliche Auslese und Vererbung, sondern durch direkte Anpassung eines Organismus an seine Umwelt. In Anlehnung an das griechische *metamorphosi* – was so viel wie Verwandlung heißt – nannten wir das Präparat Metamorphin. Es gibt allerdings eine Schwierigkeit: Die körperlichen Veränderungen der mit dem Präparat behandelten Versuchstiere vollziehen sich nicht nur überaus rasch, sondern zudem absolut unvorhersehbar. Aus *Evolution* wurde, wenn man so will, *Revolution.* Bislang haben wir keinen Weg gefunden, die Wirkung des Präparats zu kanalisieren.«

»Wie um alles in der Welt gehen diese Veränderungen vor sich?«, wollte Julie wissen. »Immerhin sprechen wir nicht nur davon, dass bei Sonnenschein die Haut schneller bräunt. Wichtige Organe vergrößern sich, andere, weniger wichtige, bilden sich zurück. Wie kann Ihr Präparat das bewerkstelligen? Ich kenne kein anderes Medikament, das so tief greifend wirkt.«

Scott räusperte sich. »Im Grunde sprechen wir nicht von einem Medikament«, gestand er. »Eher das Gegenteil ist der Fall. Es handelt sich um eine künstlich herbeigeführte Infektion. Und wie schnell man erkranken kann, weiß jeder. Einen Schnupfen bekommt man innerhalb von Tagen. Selbst Krebstumore können binnen weniger Wochen erschreckende Ausmaße annehmen.«

»Mister Rosenstein wollte eine *Krankheit* vermarkten?«

»Nennen wir es lieber eine Art Impfung. Ich will Sie mit Details verschonen, aber einfach ausgedrückt ist das Präparat ein Virus. Ein überaus anspruchsloses sogar, denn im Gegensatz zu vielen anderen Viren ist es nicht zellspezifisch. Idealerweise breitet sich unser Labor-Virus gleichmäßig im ganzen Organismus aus. Wie jedes andere Virus, verschafft es sich Zugang zu den Zellkernen, speist dort seinen DNS-Code ein und veranlasst die Zelle, von nun an das zu tun, was das Virus von ihr verlangt. Das sind genau drei Dinge: erstens die Rekombination der Viren-DNS, also deren Vervielfältigung, damit das Virus sich weiter im Körper ausbreiten kann. Zweitens die Beschleunigung der so genannten Gen-Expression. Mit anderen Worten: Die Beschleunigung der Produktion von Botenstoffen und Proteinen – das bewirkt ein schnelleres Reagieren auf Veränderungen. Und drittens die Bildung neuer RNS-Ketten, mit deren Hilfe brachliegende Gen-Abschnitte gelesen und genutzt werden können.«

Julie schwieg, aber Jeff sah ihr an, dass sie noch nicht nachvollziehen konnte, was Doktor Scott zu erklären versuchte. Er sagte: »Wie Sie sicher schon gehört haben, ist die DNS der Bauplan des Lebens. Er kommt in jeder Körperzelle in Form von Chromosomensträngen vor, auf denen wiederum die Gene aufgereiht sind. Gene sind nichts anderes als DNS-Abschnitte auf den Chromosomensträngen. Diese Abschnitte sagen der Zelle, welche Stoffe sie produzieren muss.«

»So weit kann ich folgen«, sagte Julie.

Jeff lächelte. »Dann weiter zur nächsten Lektion: Zwischen den einzelnen Genen liegen lange Strecken von ungenutzten DNS-Molekülen, so genannte Introns. Bislang weiß niemand so genau, ob diese toten Abschnitte lediglich zur Trennung der einzelnen Gene dienen oder ob sie einen weiteren Zweck erfüllen. Fest steht, dass sie von der Zelle nicht gelesen werden können und für sie daher nicht von Bedeutung sind.«

Jetzt übernahm Doktor Scott wieder das Wort. »Was Jeff sagt, gilt landläufig als Status quo der modernen Wissenschaft. Allerdings hat das ROSCO-Team herausgefunden, dass die *toten Abschnitte* keineswegs tot sind. Sie werden zwar nicht aktiv von der Zelle genutzt, enthalten aber dennoch Botschaften. Es sind brach liegende Gene. Gene, die zum Teil verkümmert sind, weil sie längst nicht mehr gebraucht werden. Beispielsweise benötigen wir Menschen heutzutage kein Fell und keine Reißzähne mehr. Die dafür verantwortlichen Gen-Abschnitte unserer Urahnen sind mittlerweile abgeschaltet, aber wir tragen sie noch in uns – als eine Art Erfahrungspotenzial. Der eigentliche Clou kommt aber jetzt: Unsere DNS enthält auch *zukunftsorientierte* Abschnitte. Sie sind bereits angelegt, halten sich jedoch noch zurück. Sie stehen auf Abruf bereit, um eingesetzt zu werden, sobald irgendein Auslöser sie mobilisiert. Normalerweise müssen solche Auslöser über Generationen hinweg einwirken, damit passive Gen-Abschnitte aktiv werden. Unser Präparat sensibilisiert den Körper, damit dieser Prozess schneller vonstatten geht.«

Julie bekritzelte im Eiltempo ihren Block. Um Doktor Scotts Ausführungen wirklich nachvollziehen zu können, würde sie sich in den nächsten Tagen ein wenig in die Materie der Genetik einlesen müssen. Aber immerhin hatte sie so viel verstanden: Metamorphin war ein Virus, das jede Körperzelle befiel und sie befähigte, auch auf bislang ungenutzte DNS-Sequenzen zuzugreifen – auf veraltete ebenso wie auf zukunftsorientierte.

»Lassen Sie uns jetzt auf die Geschehnisse am Riff zu sprechen kommen«, bat sie und nippte an ihrer Tasse. »Wenn ich Sie recht verstanden habe, sind die körperlichen Veränderungen der Delfine auf den beschleunigten Anpassungsprozess an die Unterwasserwelt zurückzuführen.«

»So ist es.« Er nahm ein Exemplar des *National Geographic* zur Hand, das bis dahin unbeachtet auf dem Tisch gelegen hatte, und begann, darin zu blättern. Schließlich strich er die Seite glatt, überflog den Text und sagte: »Hier – nehmen wir als Beispiel diese Fettschicht im Delfinkopf. Die Melone. Offenbar erwies sie sich in der Vergangenheit der Tümmler als nützliches Instrument zur Orientierung und zur Jagd. Daher legte die Natur in der DNS dieser Delfine den weiteren Ausbau der Melone an. Und unter dem Einfluss des Virus vollzog sich diese Entwicklung innerhalb weniger Wochen. Dasselbe gilt für die Vergrößerung von Herz und Lungen. Bei den Lungen gibt es allerdings eine Besonderheit: Sie stellen lediglich eine Übergangslösung auf dem Weg vom Säuger zum Fisch dar. Sie hätten sich zweifellos zurückgebildet, sobald die Hautfalten am Kopf sich zu funktionsfähigen Kiemen entwickelt hätten.«

Julie nickte. Irgendwie fand sie es einleuchtend, dass die Evolution aus Delfinen Fische werden lassen wollte. Als atmosphärische Luft atmende Säuger wären sie im Wasser sonst auf ewig benachteiligt.

Interessanterweise lag Vanessa Paulings ursprüngliche Theorie, es mit einer neuen, höher entwickelten Delfin-Spezies zu tun zu haben, ziemlich nah an der Wahrheit. Nur mit der Tatsache, dass diese Spezies sich rasend schnell an ihre Umgebung anpasste, hatte weder sie noch irgendjemand anderes gerechnet.

»Die Knochenwucherungen im Maul der Tümmler sind also ebenfalls keine Zufallsmutation?«, fragte Julie, obwohl sie die Antwort schon ahnte.

»Ich bin mir sicher, dass die in Ihrem Artikel geäußerte Vermutung richtig ist – nämlich, dass es sich um die Andeutung einer zweiten Zahnreihe handelt, ähnlich wie bei Haien. Im Grunde ist diese Entwicklung nicht verwunderlich. Haie existieren bereits seit Urzeiten in mehr oder weniger unveränderter Form – der Beweis dafür, dass sie optimal an das Leben im Ozean angepasst sind. Wenn die Natur den Delfin zu einem perfekten Meeresräuber machen will, ist es nur logisch, dass sie ihm einige Hai-Eigenschaften verpasst.«

Julie notierte auch das. Als sie von ihrem Block aufsah, fiel ihr eine Haarsträhne ins Gesicht, aber sie war so in das Interview vertieft, dass sie gar nicht darauf achtete. Sie fragte: »Was ist mit dem Delfin, den wir gefangen haben? Im MIQ schien er sich zusehends zu regenerieren.«

»Was Sie sahen, war keine Regeneration«, widersprach Scott. »Die Rückbildungen beruhten allein auf der Tatsache, dass für diesen Delfin keine Notwendigkeit mehr bestand, sich zu einem perfekten Unterwasserjäger weiterzuentwickeln. Die Bassins sind so klein, dass er kaum noch schwimmen konnte, außerdem wurde er vermutlich wie jedes gefangene Tier regelmäßig gefüttert. Verbesserte Jagdfähigkeiten sind da überflüssig. Nein, Miss Carlton, ich fürchte, das Präparat wirkte ganz normal weiter, auch wenn Sie darin einen Genesungsprozess zu erkennen glaubten. Der Delfin entwickelte sich, wie es für ihn angesichts der neuen Situation am günstigsten war. Wäre er nicht gestorben, hätte er vielleicht gelernt, sich wie eine Robbe an Land zu bewegen, um aus seinem Becken zu entkommen. Oder er hätte Ansätze von Beinen entwickelt. Gut möglich, dass der Bauplan dafür noch in irgendeinem passiven Teil seiner DNS gespeichert ist. Immerhin erwähnten Sie in Ihrem Artikel, dass Delfine von wolfsähnlichen Vorfahren abstammen.«

Es klang geradezu utopisch. Aber Julie erinnerte sich daran, dass Vanessa gesagt hatte, Bruce scheine ihr überall hin folgen zu wollen. Wie ein Hund. Und bei der Obduktion hatte sie eine Verlängerung und Kräftigung der Seitenflossen festgestellt. Alles ergab einen Sinn.

Bevor Julie die nächste Frage stellen konnte, winkte Doktor Scott die Kellnerin zu sich und beglich die Rechnung.

»Genug der grauen Theorie«, sagte er mit feierlicher Miene. »Lassen Sie mich Ihnen nun einige Dinge *zeigen*. Haben Sie sich für den Rest des Tages freigehalten, wie wir es besprochen hatten?«

Julie nickte.

»Sie auch, Jeff?«

»Ja.«

»Dann schlage ich vor, dass wir aufbrechen. Etwas außerhalb befindet sich ein kleines Rollfeld. Dort steht meine Cessna.«

»Wohin wollen Sie mit uns, Doktor?«, fragte Julie.

»Ins Labor natürlich. Sie haben doch keine Angst vor dem Fliegen?«

»Vor dem Fliegen nicht. Das Problem ist der Urwald.«

»Ich verspreche Ihnen, Sie werden unseren kleinen Ausflug nicht bereuen. Im Labor gibt es einiges, das Sie mit eigenen Augen sehen sollten.«

»Weshalb erzählen Sie mir nicht einfach davon?«

»Weil Sie mir nicht glauben würden. Bitte, Miss Carlton – vertrauen Sie mir!«

17

Jeff glaubte sich verhört zu haben. Er benötigte ein paar Sekunden, um sich von dem Schock zu erholen.

»Das ist Wahnsinn, Doktor!«, platzte er heraus. »*Wahnsinn!* Und Sie wissen es!«

»Hören Sie auf, Jeff. Sie machen Miss Carlton nervös.«

»Sehr gut, denn ROSCO ist ein Hexenkessel. Dort wimmelt es nur so von Raubtieren. Und wenn es stimmt, was Sie eben erzählt haben, werden die Viecher mittlerweile noch viel wilder sein als vorher.«

Julie wirkte verunsichert. »Doktor Scott – bevor ich mit Ihnen in den Dschungel fliege, möchte ich wissen, worauf ich mich einlasse. Sie sollten mir nichts verheimlichen.«

»Hören Sie nicht auf Doktor Beauford, Miss Carlton. Er übertreibt.«

»Ich übertreibe? Ich war dort, als die Basis explodierte!«, protestierte Jeff. »Ich habe mich tagelang in einem Container verstecken müssen! Ich wäre um ein Haar von diesen Kreaturen ins Jenseits befördert worden!« Er wandte sich Julie zu: »Ich bitte Sie, bleiben Sie hier! In ROSCO laufen albtraumhafte Tiere herum. Raubkatzen mit Säbelzähnen und Affen, die sich mit Keulen bewaffnet haben! Die Biester sind gefährlich!«

Jeff fiel ein Stein vom Herzen, als er in Julies Augen Angst aufflackern sah.

»Ist das wahr, Doktor Scott?«, fragte die Frau.

Scott bedachte Jeff mit einem kalten, beinahe vorwurfsvollen

Blick. »Es ist wahr. Aber unsere Versuchstiere sind mittlerweile tot, ebenso wie die Delfine am Riff.« Er seufzte. »Sehen Sie, Miss Carlton, wir haben mit allen möglichen Spezies experimentiert. Mit Schimpansen, weil deren Erbgut zu fast 99 Prozent mit dem von uns Menschen identisch ist und die Forschungsergebnisse daher am ehesten auf den menschlichen Organismus übertragbar sind. Aber wir wollten das Präparat auch für alle anderen Lebensformen nutzbar machen, damit unser ökobiologisches System als Ganzes erhalten bleiben kann. Doyle Rosenstein sorgte dafür, dass uns alle möglichen Versuchstiere zur Verfügung standen. Bei dem Unglück in ROSCO entkamen einige davon aus ihren Käfigen und Gehegen. Aber das war vor über sechs Wochen. Ich versichere Ihnen, dass jetzt keine Gefahr mehr besteht. Ein mit dem Virus infiziertes Tier stirbt nach ziemlich genau vierzig Tagen.«

»Sind Sie sicher?«

»Absolut. Es kann nur weiterleben, wenn es regelmäßig nachbehandelt wird – entweder durch weitere Verabreichung von kleinen Metamorphindosen, sozusagen als Auffrischungsimpfung, oder durch Spritzen des Gegenmittels.«

»Was für ein Gegenmittel?«

»Wir nennen es Antimorphin. Allerdings kann es den Krankheitsverlauf lediglich verzögern, nicht verhindern. Zum jetzigen Zeitpunkt ist Heilung unmöglich. Sie sehen, Miss Carlton, in ROSCO gab es noch unzählige Probleme zu bewältigten. Aber eines dieser Probleme kommt uns heute zugute, nämlich der zwangsläufig eintretende Tod bei Abbruch der Behandlung.« Er bedachte Julie mit einem aufmunternden Blick. »Glauben Sie im Ernst, ich würde ins Labor fliegen, wenn ich auch nur die geringste Gefahr sähe? Ich bin doch nicht lebensmüde!«

Jeff konnte Julie ansehen, wie ihre Bedenken allmählich

schwanden. »Was, wenn wir im Labor auf Leute von Pharma Rosenstein treffen?«, fragte er Scott. »Ich könnte mir vorstellen, sie reagieren nicht allzu freundlich darauf, wenn sie sehen, dass wir eine Reporterin im Schlepptau haben! Sie haben mir gestern selbst gesagt, dass mit denen nicht zu spaßen ist.«

»Im Labor ist niemand.«

»Woher wollen Sie das wissen?«

»Weil ich die Bergungsarbeiten organisiert habe. Sie beginnen erst in zwei Monaten, weil die Bergungsfirma zurzeit ausgebucht ist. Bis dahin ist die Station verlassen.«

Jeff war noch immer skeptisch, doch Doktor Scott schien alle Eventualitäten bedacht zu haben. »Also schön«, seufzte er. »Überredet. Ich komme mit.«

Scott nickte zufrieden. »Wie steht's mit Ihnen, Miss Carlton?«

»Ich auch«, sagte sie. »Unter einer Voraussetzung: Sobald uns irgendetwas suspekt vorkommt, kehren wir sofort um.«

»Wir werden keinerlei Risiko eingehen. Das schwöre ich.«

Sie standen auf und verließen das Billabong. Da Scott in einem Taxi hergekommen war, bot Jeff seinen Wagen für die Fahrt zum Flugplatz an. Er nahm hinter dem Lenkrad Platz und hoffte, Scott würde Julie den Beifahrersitz überlassen, aber das war natürlich nicht der Fall. Nun, wenigstens konnte er Julies Gesicht im Rückspiegel sehen.

Sie ließen Port Douglas hinter sich und fuhren ein Stück zurück in Richtung Cairns. Bereits nach wenigen Kilometern wies Doktor Scott Jeff an, nach rechts in einen unbefestigten Schotterweg einzubiegen. Kurz darauf erreichten sie den Flugplatz, der kaum mehr war als ein Rollfeld für Buschpiloten. Myriaden von Grillen zirpten ihr Lied in der drückenden Mittagshitze. Auf dem kniehohen Rasen neben der Piste grasten zwei Wallabys neben einem Termitenhügel. Abgesehen davon war der Flugplatz verwaist.

Jeff parkte den Wagen neben ein paar wild wuchernden Büschen, und Doktor Scott führte ihn und Julie zu einem schäbigen Wellblechhangar, in dessen Schatten eine Cessna stand. Das kleine Flugzeug war sowohl mit Rollen als auch mit Schwimmern ausgestattet, sodass man damit nicht nur auf festem Boden, sondern auch im Wasser starten und landen konnte.

Sie stiegen in die Maschine. Als Scott den Motor startete, begann sich der Propeller an der Schnauze der Maschine zu drehen. Die Cessna setzte sich in Bewegung, ließ den schattigen Hangar hinter sich und rollte zum Anfang der staubigen Piste. Scott drehte das Steuer, brachte die Maschine in Position und gab Gas. Das Tuckern des Motors ging über in sattes Brummen, kurz darauf spürte Jeff, wie er sanft in den Sitz gedrückt wurde.

Die Landschaft rauschte an den Seitenfenstern vorbei, das Ende des Rollfelds näherte sich immer schneller. Doch noch bevor sie es erreichten, zog Scott das Steuer zu sich. Die Nase des Flugzeugs richtete sich auf und zeigte jetzt geradewegs in den strahlend blauen Himmel. Es war ein wundervoller Tag.

Dennoch konnte Jeff sein ungutes Gefühl nicht abschütteln.

18

Auch Julie war angespannt, obwohl sie sich bemühte, es nicht offen zu zeigen. Ihre Vernunft sagte ihr, dass Doktor Scott wusste, was er tat. Dass keine Gefahr bestand. Andererseits flogen sie mitten hinein ins Niemandsland, in den grünen Schlund des Dschungels. An einen Ort, an dem sich vor anderthalb Monaten eine Katastrophe ereignet hatte. Wer konnte schon ahnen, auf welche Schwierigkeiten sie dort stoßen würden?

Doch irgendwie gelang es Julie, ihre Bedenken niederzukämpfen. In den endlosen Weiten dieses Waldes gab es Antworten auf Fragen, die sie nicht mehr losließen. Fragen, die sie beschäftigten, seit sie den Artikel für das *National Geographic Magazine* geschrieben hatte.

Sie atmete tief durch. Welch große Hoffnungen hatte sie in diesen Artikel gesetzt! Doch mittlerweile drohte sie wieder im Sumpf der Bedeutungslosigkeit zu versinken – als Reporterin der Cairns News. Heute bekam sie eine zweite Chance zu beweisen, dass in ihr eine Klasse-Reporterin steckte. Diese Chance wollte sie nutzen, auch wenn es ihr ein gehöriges Maß an Selbstüberwindung abverlangte. Das war sie sich schuldig – und irgendwie auch ihrer Freundin Vanessa, ohne die sie niemals an diese Story herangekommen wäre. Erst gestern hatte Julie mit ihr telefoniert, um sie über die neueste Entwicklung zu informieren. Vanessa war bereits mit dem nächsten MIQ-Projekt betraut worden und befand sich schon wieder auf hoher

See. Julie hatte ihr von dem anonymen Anrufer erzählt und versprochen, sie weiter auf dem Laufenden zu halten, freilich ohne zu ahnen, dass es sie heute in die Wildnis verschlagen würde. Morgen würde sie Vanessa einiges zu berichten haben.

Während die Cessna die sanft geschwungenen, grünen Berge der Great Dividing Range im Hinterland überflog, wanderten Julies Gedanken zu der gesunkenen Jacht. Sie beugte sich auf der Rückbank nach vorne und rief, um das Motorengeräusch zu übertönen: »Doktor Scott, als Sie mich gestern anriefen, wussten Sie, dass der Affe im Führerhaus des Wracks ein Weißgesicht-Schimpanse war. Handelte es sich dabei um ein Versuchstier?«

»Ja«, antwortete Scott über die Schulter. »Sein Name war Napoleon – eines der ersten Schimpansenmännchen, mit denen Doktor Rosenstein experimentierte.«

»Weshalb befand er sich an Bord der Jacht?«

»Doyle wollte sich mit Carl Sheldecker treffen, einem Milliardär mit weltweiten, wichtigen Kontakten. Er hoffte, ihn für unser Projekt gewinnen zu können. Sheldecker lud Doyle zu einer Präsentation auf seine Privatinsel ein, und Doyle nahm Napoleon zu Demonstrationszwecken mit. Allerdings geriet die Jacht in einen Sturm. Das war am 18. Dezember. Der Affe drehte völlig durch. Irgendwie gelang es ihm, sich aus seinem Käfig zu befreien. Dann lief er Amok. Wer nicht von Napoleon angegriffen wurde, fiel den Wellen zum Opfer. Und als die Jacht sank, befand der Schimpanse sich wohl im Steuerhaus.«

»Woher wissen Sie so genau, was damals vorgefallen ist?«

»Wir konnten Doyle nach dem Unglück retten. Er berichtete uns, was vorgefallen war. Leider erlag er später seinen Verletzungen.«

»Und an Bord der Jacht befanden sich auch Fässer mit Metamorphin?«

»Ja. Sheldecker wollte Proben haben, um seine eigenen Wissenschaftler damit experimentieren lassen zu können. Aber so weit kam es nicht, weil Doyles Jacht vorher sank. Dabei wurde das Metamorphin freigesetzt. Es ist flüssig, aber leichter als Wasser, daher stieg es zur Oberfläche auf. Und jedes Lebewesen, das damit in Berührung kam, infizierte sich.«

»Heißt das, dass noch irgendwo auf hoher See der Virenteppich treibt?« Der bloße Gedanke jagte Julie eine Gänsehaut über den Rücken.

Doch Doktor Scott beruhigte sie: »Keine Sorge, Miss Carlton! Das Virus entfaltet nur in anaerobem Zustand seine volle Wirkung. An der Luft stirbt es nach wenigen Stunden ab. Sie können also sicher sein, dass es keine weiteren Überraschungen geben wird, weder mit Delfinen noch mit anderen Tieren.«

Julie räusperte sich. Das laute Sprechen ging ihr auf die Stimmbänder. Eine letzte Frage wollte sie dennoch nicht aufschieben: »Doktor Scott? Sie sagten, das Schiffsunglück ereignete sich am 18. Dezember. Die Experten des MIQ untersuchten das Wrack etwa vier Wochen später, am 20. oder 21. Januar, glaube ich. Aber wenn das Virus erst nach vierzig Tagen tötet – weshalb gab es dann im Umkreis von mehreren Meilen rund um das Wrack so gut wie kein Leben?«

»Das ist der Grund für unseren Abstecher ins Labor.«

»Ich verstehe nicht, worauf Sie hinauswollen.«

Doktor Scott drehte den Kopf und hob die Augenbrauen. »Es hat etwas mit Ihrem Phantom zu tun«, rief er.

Wie in Zeitlupe zogen die Baumkronen unter ihnen hinweg, während die Cessna pfeilgerade dem westlichen Horizont entgegenflog. Im Licht der Nachmittagssonne wirkte der Urwald freundlich, beinahe einladend.

Aufgrund des Motorenlärms schlief die Unterhaltung rasch ein, was Doktor Scott Gelegenheit gab, seinen eigenen Gedanken nachzuhängen. Mit Grauen erinnerte er sich an den Artikel im *National Geographic*. Als er ihn gelesen hatte, war ihm schier das Herz stehengeblieben. Das hatte ihm gerade noch gefehlt – eine Reporterin, die durch einen unglücklichen Zufall auf das Wrack mit den Metamorphin-Fässern aufmerksam geworden war! Zu allem Überfluss schien sie auch noch ambitioniert zu sein. Sie hatte ihren Lesern versprochen, sich um die Klärung aller offenen Fragen zu bemühen. Ehrgeiz und Neugier – diese Kombination war riskant. Scott war sofort klar gewesen: Wenn es Julie Carlton gelänge, die Wahrheit – die *vollständige* Wahrheit – ans Licht zu bringen, konnte er seine großen Ziele von Ruhm und Reichtum begraben. Ein Enthüllungsbericht über das Gefahrenpotenzial von Metamorphin in seiner ganzen Bandbreite würde einen Schrei der Empörung in der Öffentlichkeit auslösen und seinen Geldgeber mit Sicherheit zu einem Rückzieher veranlassen. Und mit negativer Presse im Nacken einen neuen Investor zu finden würde viel zu viel Zeit kosten.

Also hatte er die Flucht nach vorne angetreten und Julie Carlton ein Interview angeboten. Ein Interview, dessen einziges Ziel es war, sie in den Dschungel zu locken und für immer zum Schweigen zu bringen. Als dann auch noch Jeff Beauford unerwartet in Townsville aufgetaucht war, hatte Scott kurzerhand beschlossen, mit ihm ebenso zu verfahren. Da der junge Wissenschaftler erst wenige Tage in ROSCO gearbeitet hatte, konnte er zwar nicht allzu viele Details über die Versuche kennen, dennoch stellte er ein latentes Sicherheitsrisiko dar. Scott musste ohnehin noch einmal zurück zur ROSCO-Station, um sich seine

Dateien zu besorgen. In den letzten sechs Wochen war das Risiko, von den entlaufenen Versuchstieren angefallen zu werden, unkalkulierbar gewesen. Doch mittlerweile bestand keine Gefahr mehr.

Er spürte, wie er sich allmählich zu entspannen begann. Seine innere Ruhe würde er zwar erst wieder finden, wenn alles vorbei war, dennoch konnte er bereits jetzt mit sich zufrieden sein. Jeff und Julie hatten seinen Köder geschluckt. Für sie gab es kein Zurück mehr.

Er ließ die Cessna sanft zur Seite kippen, sodass sie einen weiten Bogen vollführte. Als sie wieder waagerecht in der Luft lag, befand sich unter ihnen die dunkle, glitzernde Schneise eines Flusses. Von nun an folgte Scott beständig dem Wasserlauf. Nach einigen Minuten nahm er Gas weg, und ganz allmählich näherte sich die Cessna der Erde. Schon tauchte sie in die grüne, wogende See aus Blättern ein, sank weiter hinab, dem Fluss entgegen. Scott drosselte das Gas noch mehr. Ein Ruck ging durch die Maschine, und ein zischender Laut erfüllte das Cockpit, als die Schwimmer der Cessna auf dem Wasser aufsetzten.

Scott ließ den Propeller laufen und steuerte das Flugzeug auf den Steg am rechten Flussufer zu. Dort angekommen, sprang Jeff aus dem Cockpit, um die Halteleinen anzubringen. Erst jetzt schaltete Scott den Motor ab. Anschließend holte er aus einem Stauraum zwei Waffen. Eine davon reichte er Jeff.

»Haben Sie nicht behauptet, dass es hier sicher ist?«, fragte Julie.

»Alle Versuchstiere sind tot, Miss Carlton. Dennoch befinden wir uns mitten im Dschungel. Da weiß man nie, was einem vor die Füße läuft«, entgegnete er.

Vor dem Abflug hatte er hin und her überlegt, ob er die

Waffen überhaupt mitnehmen solle – schließlich konnten sie sich auch gegen ihn selbst richten, wenn die Dinge anders liefen als geplant. Letztlich hatte er sich jedoch dafür entschieden. Falls in der Station wider Erwarten irgendwelche Gefahren lauerten, konnte ein zweiter Schütze durchaus nützlich sein. Und sobald Scott die ROSCO-Daten kopiert hatte, würde Jeff das Betäubungsgewehr auch nicht mehr weiterhelfen.

Julie folgte den beiden Wissenschaftlern über den Holzsteg ans Ufer, wo die Station düster und unheimlich im Schatten der Bäume lag. Besser gesagt das, was von ihr noch übrig war, denn die Explosion hatte beachtlichen Schaden angerichtet. Der vordere, dem Ufer zugewandte Teil des Gebäudes war komplett zerstört, ein einziger Haufen von Glassplittern und verkohlten Holz-, Stein- und Metalltrümmern. Weiter hinten standen die Wände zwar noch im Lot, aber Ruß und Asche hatten sie eingeschwärzt.

Julies Blick traf Jeff. Das Bild der Verwüstung schien verdrängte Erinnerungen in ihm wachzurufen. Das konnte sie ihm am Gesicht ablesen.

Doktor Scott machte der Anblick offenbar weniger aus. Mit eiligen Schritten ging er voraus, ohne von dem Chaos allzu viel Notiz zu nehmen. Er bog links um die Basisstation herum. Jeff und Julie hatten Mühe, mit ihm mitzuhalten.

»Der hintere Gebäudeteil scheint noch intakt zu sein«, sagte er. »Ich würde mich gerne drinnen umsehen.«

»Da kommen Sie nicht rein«, sagte Jeff. »Durch die Detonation haben sich die Türen verklemmt.«

»Der Trupp, mit dem ich hier war, hat die Seitentür aufgeschweißt. Wir hatten nur keine Gelegenheit mehr, die Station zu betreten, weil die Tiere über uns hergefallen sind.«

Sie gingen ins Innere, wo es stickig und warm wie in einem Treibhaus war. Das Feuer der Explosion war nicht bis hierher vorgedrungen, aber die Erschütterung hatte alles, was nicht niet- und nagelfest gewesen war, über den Boden verstreut. Der Flur wirkte noch einigermaßen ordentlich, aber in der Küche sah es schrecklich aus. Die beiden an die Küche angrenzenden Labors befanden sich in noch schlimmerem Zustand. Schubladen waren aus den Schränken gerissen worden, Vitrinentüren hingen schräg in den Angeln. Glassplitter, zerbeulte Petrischalen und jede Menge Zubehör aus Chrom und Stahl – all das bildete ein wüstes Chaos, wild verteilt in den Zimmern.

»Irgendwie unheimlich«, raunte Julie. Trotz der Hitze begann sie zu frösteln.

»Vielleicht funktioniert das Licht noch«, sagte Jeff. »Dann wirkt es hier gleich ein wenig freundlicher.« Er betätigte einen Schalter, und die Neonröhren an der Decke glimmten auf. Tatsächlich nahm die Helligkeit viel von der bedrohlichen Atmosphäre.

»Ich hätte nicht gedacht, dass die Deckenbeleuchtung noch funktioniert«, sagte Julie.

»Der Strom wird von Solarzellen am Ufer erzeugt«, erläuterte Scott. »Dort kommt die Sonne besser hin. Das Kabel ist unterirdisch verlegt, deshalb hat es die Explosion wohl überstanden ... Mal sehen, ob die Computer noch funktionieren.« Er schaltete einen PC und den Monitor auf dem Seitentisch an und wartete eine Weile. Aber das Bild blieb schwarz. »Verdammt!« Seine Stimme klang scharf. »Alles tot!«

»Dann lassen Sie uns wieder an die frische Luft gehen«, schlug Jeff vor. »Ich komme mir hier drinnen wie in einer Falle vor.«

»Wie oft muss ich noch beteuern, dass uns hier keine Gefahr droht?«

»Ich weiß, aber …« In diesem Moment riss Jeff sein Gewehr hoch und zielte in Richtung Tür. »Pst!«, zischte er. »Habt ihr das gehört?«

Julie zuckte unweigerlich zusammen. »*Was* gehört?«

»Weiß ich auch nicht. Irgendwas draußen im Flur.«

Ein paar Sekunden sprach niemand ein Wort. Im Gebäude herrschte absolute Stille.

Dann hörte auch sie das Geräusch. Leise und undefinierbar, aber für Julies Ohren eindeutig bedrohlich. Sie war davon überzeugt, dass jeden Moment ein Ungetüm ins Labor stürmen würde.

Jeff fasste sich ein Herz. Er bedeutete Julie und Doktor Scott, sich nicht von der Stelle zu rühren, und schlich zur Tür. Dann sprang er mit einem entschlossenen Satz in den Gang, schoss – und begann zu lachen.

19

»Nun renken Sie sich endlich wieder ein!«, verlangte Scott. Sie hatten die Basis bereits verlassen, aber Jeff lachte immer wieder von neuem los.

»Tut mir Leid, Doktor«, sagte der junge Wissenschaftler. »Ich bin einfach erleichtert. Außerdem hätten Sie drinnen Ihr Gesicht sehen sollen ...«

»Es war ein Gecko – na und?«

»Sie ärgern sich nur, weil Sie Angst hatten – und das, obwohl Sie sich hier angeblich so sicher fühlen.«

Scott musste zugeben, dass er einen Moment lang tatsächlich geglaubt hatte, eines der Versuchstiere könne durch irgendeinen merkwürdigen Zufall überlebt haben. Aber der eigentliche Grund für seinen Unmut war ein anderer: der defekte Computer im Labor.

Wenn es nur am PC lag, war das Problem nicht gravierend. Es gab noch etliche andere, an denen er sein Glück versuchen konnte. War durch die Explosion jedoch der Server zerstört worden, sah es finster aus. Dann waren die ROSCO-Daten definitiv verloren. Und genau das befürchtete Scott, seit er gesehen hatte, dass auch der Serverraum unter den Trümmern begraben lag.

Aber noch gab es Hoffnung. Vielleicht fand sich im Aquarium ein funktionierender PC, dahin wollte er seine beiden Begleiter ohnehin führen. Das Aquarium sollte ihre letzte Ruhestätte werden.

Jeff lachte wieder los. Scott beschloss, so zu tun, als würde die gute Laune auf ihn übergreifen. Je gelöster die Atmosphäre, desto mehr Vertrauen würden Jeff und Julie zu ihm fassen – und desto leichteres Spiel würde er später haben.

»Sie sind ein Kindskopf, Jeff«, sagte er. »Hören Sie auf zu lachen, sonst erzähle ich Miss Carlton von Ihrem Ausrutscher in Weipa.«

Augenblicklich verstummte Jeff. »Sie wissen davon?«

»Selbstverständlich. Über jeden ROSCO-Mitarbeiter wurden gründliche Erkundigungen eingezogen. Und Ihre Akte war die interessanteste, die ich jemals in die Finger bekommen habe.« Scott grinste provokativ. »Dieses Zeitungsfoto ist wirklich zu peinlich!«

Julie hatte sich bis dahin eher unwohl gefühlt. Der Dschungel, die halb zerstörte Station, die morbide Stimmung – all das drückte ihr aufs Gemüt. Durch das Herumgealbere der beiden Männer fiel wenigstens ein Teil der Anspannung von ihr ab.

»Ein Foto? Was für ein Foto?«, wollte sie wissen.

»Das soll Jeff Ihnen besser selbst erzählen«, sagte Scott, nach wie vor grinsend.

»Also denn – ich höre.«

Jeff hob abwehrend die Hände, gleichzeitig liefen seine Wangen dunkelrot an. »Ich will nicht über Weipa sprechen«, sagte er energisch.

Offenbar war ihm dieses Kapitel ziemlich unangenehm. Seine Reaktion machte ihn verletzbar und so überaus menschlich, dass Julie beinahe das Bedürfnis verspürte, ihn in die Arme zu nehmen. Obwohl die Neugier sie plagte, beschloss sie, nicht weiter zu bohren.

Von der Basisstation aus führte Scott die beiden zu einem

schmalen Trampelpfad. An einer Weggabelung bog er nach links.

»Wohin führt der andere Weg, Doktor?«, fragte Julie und zeigte geradeaus.

»Zum Affengehege. Aber dort gibt es nichts Besonderes zu sehen. Kommen Sie lieber hier entlang. Ich verspreche, Sie werden es nicht bereuen.«

Obwohl Scott einen lockeren Ton anschlug, glaubte Julie, einen Hauch von Nervosität in seiner Stimme zu erkennen. Die Beiläufigkeit, mit der er sie nach links dirigieren wollte, wirkte auf sie gekünstelt. Irgendetwas an diesem Affengehege war nicht ganz so uninteressant, wie Doktor Scott sie glauben machen wollte. Zumindest sagte ihr das ihre innere Stimme. Sie beschloss, Scott auf den Zahn zu fühlen.

»Hätten Sie etwas dagegen, wenn wir uns das Affengehege dennoch ansehen?«, fragte sie.

»Nein, natürlich nicht.«

Eine Lüge! Julie hatte genau auf Scotts Reaktion geachtet. Er hatte sie angelächelt und in scheinbarer Gleichgültigkeit die Schultern angehoben, doch seine Augen hatten ihn verraten. Ein kurzes Zucken der Lider. Er wollte, dass sie dem Affengehege fern blieben. Aber weshalb?

Nun, Julie war hierher gekommen, um ein paar Antworten zu finden. Im Steuerhaus des Wracks hatte sich ein Schimpanse befunden, der lange Zeit in ROSCO gelebt hatte – wo, wenn nicht im Affengehege? Vielleicht gab es dort irgendetwas, das Doktor Scott bislang verschwieg.

Obwohl der Wald nach wie vor ein wenig unheimlich auf sie wirkte, versuchte sie, einen entschlossenen Eindruck zu machen, als sie geradeaus weiter ging. Hinter sich hörte sie die Schritte der beiden Männer. Nach etwa zweihundert Metern stießen sie auf einen hohen Zaun aus Stahlgitter, dessen oberer Rand mit Stacheldraht gesichert war.

Sie traten durch eine offene Gittertür, und Doktor Scott sagte: »Das Gehege nimmt etwa die Ausmaße eines Fußballfelds ein. Natürlich durften die Tiere sich hier nicht frei bewegen. Das wäre viel zu gefährlich gewesen – nicht nur für uns Wissenschaftler, auch für die Schimpansen selbst. Sie waren in separaten, kleineren Gehegen untergebracht, manche in Gruppen, die meisten allein. Aber da wir die Affen für viele Versuche ins Labor bringen mussten, hielten wir es für sicherer, das komplette Gelände einzuzäunen, zumal die Tiere erstaunliche Denkleistungen vollbrachten, insbesondere, wenn es darum ging, uns zu entwischen. Deshalb mussten wir auch sämtliche Bäume innerhalb dieses Geheges präparieren. Sehen Sie? Bis in etwa drei Metern Höhe haben wir die Stämme mit Plastikmanschetten umhüllt. Sie bietet keinen Halt, sodass die Schimpansen nicht an ihnen hinaufklettern konnten.«

Die Ausführlichkeit seiner Erklärungen ließ Julies Skepsis weiter wachsen. Es kam ihr vor, als versuche er, sie durch Worte abzulenken. Doch sie war erfahren genug, um sich nicht davon beirren zu lassen.

Instinktiv folgte sie dem Pfad innerhalb des Geheges. Doktor Scott wich ihr nicht von der Seite. Jeff ging ein paar Schritte hinter ihnen. Sie kamen an mehreren offenen Käfigen vorbei, allesamt leer. Schließlich erreichten sie einen niedrigen, kastenförmigen Bau mit verbeulten Fenstergittern, eingeschlagenen Glasscheiben und einer aus den Angeln gerissenen Tür. Das Affen-Labor, wie Doktor Scott auf Julies Frage erklärte.

Im Innern sah es noch wilder aus als in der Basisstation.

»Ganze Arbeit«, murmelte Jeff. »Die Tiere waren stinksauer.«

»Ob hier ebenfalls noch das Licht funktioniert?«, fragte Julie.

Jeff drückte den Schalter, aber es tat sich nichts. »Die Affen haben die Neonröhren zerschlagen«, murmelte er mit Blick zur Decke.

Julie unterdrückte ein Seufzen. Durch die kleinen Fenster fiel nur wenig Licht. Die schummrige Beleuchtung und die zerstörte Laboreinrichtung schufen eine Atmosphäre der Beklemmung. Dennoch wollte Julie diesen Ort genauer in Augenschein nehmen. Sie hatte die sichere Ahnung, dass dieses Labor ein Geheimnis barg.

Langsam streifte sie durchs Zimmer, während ihr Blick aufmerksam hin und her wanderte. Überall lagen zertrümmerte Geräte – in den Gängen zwischen den Tischreihen, auf den Arbeitsflächen und sogar in den ansonsten leeren Tierkäfigen, die an den Seitenwänden standen. Ein Teppich aus Glassplittern klirrte und knirschte bei jedem Schritt. In einer Ecke erkannte Julie mehrere Glasröhren, die wie durch ein Wunder nicht zu Bruch gegangen waren. In ihnen befanden sich in Formaldehyd eingelegte Tierpräparate: zwei Föten, ein Gehirn und etwas, das Julie an eine Leber erinnerte. Sie kam sich vor wie in einem Schreckenskabinett.

Doktor Scott bückte sich unter einen Tisch und startete einen Computer, aber auch hier war das System lahmgelegt. Er zischte etwas Unverständliches, wandte sich dann aber wieder Julie zu, die in der Mitte des Raums stand und die befremdenden Eindrücke in sich aufnahm. »Kein schöner Anblick, nicht wahr, Miss Carlton?«, sagte er. »Wenn Sie genug gesehen haben, würde ich Ihnen jetzt gerne das eigentliche Ziel unseres Ausflugs zeigen.«

Julie nickte. Sie glaubte zwar nach wie vor, dass dieses Labor ihr wichtige Antworten liefern konnte. Aber aufgrund des heillosen Durcheinanders würde das vermutlich Wochen dauern, zumal sie nicht einmal wusste, wonach sie suchte.

Sie wollte sich soeben dem Ausgang zuwenden, als ihr am anderen Ende des Raums eine Tür ins Auge fiel. »Ist das ein weiteres Labor?«, fragte sie.

»Eher ein Wohnraum«, sagte Scott. »Wenn es nachts spät wurde, hat Doyle Rosenstein oft hier geschlafen.«

Wieder glaubte Julie, eine leichte Unsicherheit in seinen Augen zu bemerken. Sie beschloss, einen Blick in den Nebenraum zu werfen.

»Miss Carlton, das ist nichts weiter als ein gewöhnliches kleines Wohnzimmer«, sagte Scott. »Ein Schrank, ein Tisch, ein Stuhl und ein Klappbett – mehr werden Sie darin nicht finden.«

Aber Julie wollte sich selbst davon überzeugen. Mit knirschenden Schritten näherte sie sich der Tür.

Ihre Enttäuschung war groß, als sie feststellte, dass Scott die Wahrheit gesagt hatte. Der Nebenraum war kaum mehr als eine Kammer, fensterlos und spartanisch eingerichtet, mit dem Charme einer Gefängniszelle. Auch hier hatte das Chaos zugeschlagen. Die Bettdecke lag zerwühlt auf dem Boden, das Kopfkissen war aufgerissen und zerfleddert, als habe eine Bulldogge sich daran ausgetobt. Der durch das Öffnen der Tür verursachte Luftzug versetzte die im Zimmer verteilten Daunenfedern in Bewegung, sodass der Eindruck entstand, ein Schneegestöber fege über den Boden. Der Schrank an der Wand stand sperrangelweit offen. Julie erkannte darin einen Kasten Mineralwasser, einige Hygieneartikel und ein paar Bücher. Ansonsten war er leer.

Als Julie sich umdrehte und den Raum wieder verließ, glaubte sie so etwas wie Erleichterung in Doktor Scotts Miene zu erkennen, aber sie konnte sich nicht erklären weshalb. Vielleicht bildete sie sich das auch nur ein. Eine Reporterkrankheit – Vorsicht und Skepsis allem und jedem gegenüber. Sie beschloss, es fürs Erste dabei bewenden zu lassen.

Sie verließen das verwaiste Affengehege wieder, gingen ein Stück zurück und nahmen dann den Weg, den Scott schon zuvor hatte einschlagen wollen. Inmitten der grünen Wildnis verlor Julie rasch die Orientierung. Der Trampelpfad schlängelte sich zwischen bemoosten Urwaldbäumen, Farnen und dornigem Gestrüpp hindurch. Julie kam es vor, als wandere sie geradewegs ins Herz des Dschungels.

Erneut erreichten sie eine Weggabelung. »Wir müssen weiter geradeaus«, sagte Doktor Scott. »Aber wie ich Sie einschätze, wollen Sie sicher auch wissen, wohin der Pfad nach rechts führt, habe ich Recht?«

Ohne Julies Antwort abzuwarten, ging er voraus. Bereits nach wenigen Schritten erreichten sie ein anderes Gehege, nicht so riesig wie das der Schimpansen, aber dennoch von beachtlicher Größe. Umzäunt wurde das Areal von dünnem Maschendrahtgeflecht. Dasselbe Material spannte sich wie ein weites Zeltdach über das Gehege. Im Innern erkannte Julie viele voneinander abgetrennte Bereiche, die liebevoll mit Ästen und Zweigen ausgestattet worden waren. Doch der Boden war bedeckt mit den Überresten zahlloser gefiederter Tierleiber.

»Die Voliere«, sagte Doktor Scott. »Sie hätten unsere Vögel sehen sollen, Miss Carlton. Eine Augenweide. Nirgends auf der Welt haben Vögel schönere Gefieder ausgebildet als hier. Und ihr Gesang! Unter dem Einfluss von Metamorphin entwickelten sie grandiose musikalische Fähigkeiten.«

Julie ließ ihren Blick durch die Voliere gleiten und fühlte sich irgendwie deprimiert. Wo sie auch hinkamen, überall gab es nur Tod und Zerstörung. »Lassen Sie uns weitergehen«, bat sie.

Scott nickte und machte kehrt.

»Allmählich wird es spannend«, sagte Jeff zu Julie, als sie Scott folgten, der wieder auf den Hauptpfad eingebogen war. »Am Ende des Weges befindet sich das Aquarium. Ich war zwar noch nie drin, aber die anderen haben ein Riesengeheimnis daraus gemacht. Als sei es eine Art *Area 51*. Top secret, verstehen Sie? Keiner wollte mir etwas darüber verraten, weil ich meine Sicherheitsfreigabe noch nicht hatte.«

»Wegen dieser Sache in Weipa?«, foppte Julie.

»Ja, ja – legen Sie Ihre salzigen Finger ruhig in meine Wunden!«

»Ich bin nur schrecklich neugierig. Erzählen Sie mir irgendwann einmal davon?«

»Vergessen Sie's!«

»Weshalb werden Sie schon wieder rot, Jeff?«

Er blieb abrupt stehen, hielt Julie am Arm fest und sah ihr derart unverwandt in die Augen, dass sie bereits befürchtete, den Bogen überspannt zu haben. Doch dann wich der Ärger plötzlich aus seiner Miene, und seine Augen strahlten nur noch jene tiefe innere Wärme aus, nach der sie sich seit ihrer Scheidung so sehr sehnte. Julie spürte ein wohliges Kribbeln in der Magengegend, ihre Haut begann zu prickeln. Sie war beinahe sicher, dass Jeff sie gerne küssen wollte, und hätte er es versucht, hätte sie es bestimmt zugelassen. Doch in diesem Moment ertönte Doktor Scotts Stimme: »Wir sollten unsere Zeit nicht mit albernen Streitereien vertrödeln! Jeff, Miss Carlton – kommen Sie! Wir sind gleich da.«

20

Vorsichtig und lautlos schob die dürre Hand die Farnzweige zur Seite. Blutunterlaufene, müde Augen verfolgten die drei Neuankömmlinge auf Schritt und Tritt, bereits seit sie in der Station angekommen waren.

Der Mann hatte sich vollständig mit Lehm beschmiert – Gesicht, Arme, auch die Kleidung. Außerdem hatte er sich am ganzen Körper Zweige und Blätter angeheftet. Im Schatten der Bäume verschmolz er mit seiner Umgebung. Er war so gut wie unsichtbar.

Sie sind gekommen, um sich zu vergewissern, dass ich tot bin, dachte er. Und sie haben Gewehre dabei, um mich umzubringen, falls der Dschungel versagt hat.

Thomas O'Sullivan ließ die Farnblätter langsam wieder in ihre Ausgangsposition zurückfedern. Eigentlich wollte er längst am Strand von Acapulco liegen und den Bikini-Nixen mit seinem Dreißig-Millionen-Dollar-Konto imponieren. Stattdessen war er seit Wochen Gefangener dieser grünen Hölle.

Hölle traf die Situation ziemlich exakt. Zwei Panther mit Säbelzähnen hatten ihn angegriffen – prähistorisch anmutende Tiere, die von nichts als Blutgier getrieben wurden. Das war schon eine Ewigkeit her, O'Sullivan hatte aufgehört, die Tage zu zählen. Eines der Mistviecher hatte ihm den linken Oberschenkel aufgerissen, vom Knie bis zur Hüfte. Weshalb es ihn nicht getötet und gefressen hatte, wusste O'Sullivan nicht. Vermutlich hatte er nur unverschämtes Glück gehabt.

An die Genesungsphase konnte er sich allenfalls rudimentär erinnern. Das Fieber hatte ihm die Kraft aus den Knochen und den Verstand aus dem Kopf gesogen. Ihn voll und ganz in Beschlag genommen. Nie war er dem Tod näher gewesen als in dieser Zeit des Deliriums, in der ihn der Schmerz fast in den Wahnsinn getrieben hatte.

Entgegen aller Wahrscheinlichkeit war der Oberschenkel verheilt. Zwar verunstaltete eine hässliche, wulstige Narbe O'Sullivans Bein, und er konnte es auch noch nicht voll belasten, aber wenigstens war er am Leben.

Trotz schwüler Hitze überkam ihn ein eiskalter Schauder. Zuerst waren die Säbelzahn-Panther über ihn hergefallen. Später hatten die Affen ihn ins Visier genommen. An Flucht war nicht zu denken gewesen. All die Tiere waren inzwischen tot. Alle – bis auf eines. Die schrecklichste Kreatur, die er jemals gesehen hatte.

Wieder einmal spürte er die schiere Angst wie lähmendes Gift durch seine Adern fließen. In was für eine verfluchte Geschichte war er da nur hineingeraten? Thomas O'Sullivan wollte nur noch eines: endlich von hier verschwinden.

21

Von der Vogel-Voliere aus erreichten Julie, Jeff und Doktor Scott innerhalb weniger Minuten ihr Ziel: einen riesigen, kreisrunden Bau mit Kuppeldach und Wellblechverkleidung.

»Wir haben das Aquarium an dieser Stelle errichtet, weil sich hier bereits eine natürliche Lichtung befand. Ideal für ein Gebäude dieser Größe«, erklärte Doktor Scott und kratzte sich am Ellenbogen. »Imposant, nicht wahr?«

Julie musste ihm Recht geben. Das Rondell war beinahe so hoch wie die umstehenden Baumriesen und hatte einen Durchmesser von mindestens sechzig oder siebzig Metern. Das Kuppeldach verlieh ihm das Aussehen eines gigantischen Observatoriums. Julie hatte nicht erwartet, mitten im Dschungel auf ein derart großes und architektonisch ausgefallenes Bauwerk zu stoßen.

»Was um alles in der Welt ist da drin?«, fragte sie.

»Etwas, das Sie nie zuvor gesehen haben«, antwortete Doktor Scott. »Etwas, das noch *kein Mensch* je aus der Nähe gesehen hat – abgesehen vom ROSCO-Team und ein paar Helfern. Das zweifellos beeindruckendste Geschöpf auf diesem Planeten. Ich kann mir nicht vorstellen, dass es für einen Reporter einen besseren Aufhänger gibt als das, was ich Ihnen zu bieten habe.«

Er widmete sich dem Display neben dem Eingang, stellte jedoch fest, dass die Anlage – wie so vieles in der ROSCO-Station – defekt war. Glücklicherweise öffnete sich die Tür auch ohne Zugangscode.

Sie traten ein. Automatisch sprang die Deckenbeleuchtung an. Rechts tat sich ein schmaler Gang auf, der in geschwungenem Bogen an der Innenwand entlang führte.

»Hier entlang«, sagte Scott.

Sie passierten eine zweite Sicherheitstür ohne Zugangscode und fanden sich in einem weitläufigen Laborbereich wieder, der von der Verwüstung verschont geblieben war. Rechter Hand, dem Verlauf der Wandkrümmung folgend, erstreckte sich ein lang gezogener Tisch quer durch den ganzen Raum. Auf ihm standen allerlei technische Geräte – Mikroskope, Zentrifugen, Waagen, Pumpen und andere größere Apparaturen. Dazwischen lehnten unzählige Reagenzgläser und Messröhrchen in Holzständern und Plastikhalterungen.

Julies Blick wanderte weiter zu einem Tisch am gegenüberliegenden Ende des Zimmers. Darauf drängten sich Glaskolben, Pipetten, Skalpelle, Bunsenbrenner und noch einiges mehr. Vieles davon hatte Julie noch nie in ihrem Leben gesehen. In einer an den Tisch angrenzenden Vitrine beschien eine Rotlichtlampe Zellkulturen, die in Dutzenden, sauber angeordneten Petrischalen angesetzt worden waren. Von Julie aus gesehen zur Linken befand sich eine lange Konsolenfront, gespickt mit modernstem Computerzubehör, an dem Doktor Scott sich soeben zu schaffen machte. Er schien ein geradezu manisches Verlangen danach zu verspüren, die ROSCO-Computer zu überprüfen. Als der Bildschirm auch diesmal schwarz blieb, stieß er einen unterdrückten Fluch aus.

»Das ist nicht nur ein Labor, das ist eine Schaltzentrale«, murmelte Jeff beinahe andächtig. »Damit könnte man einen Flughafen überwachen.«

»Einen Flughafen?«, echote Scott und riss sich von seinem Computer los. »Etwas viel Besseres! Als wir mit dem Bau dieses

Gebäudes begannen, hatten wir vor, einen kompletten Fluss-Abschnitt zu simulieren, um die Auswirkung des Präparats unter möglichst naturgetreuen Umständen zu testen. Daher die enorme Größe des Gebäudes. Der Rohbau war längst fertig, dann geschah dieses Jachtunglück. Das Präparat gelangte ins offene Meer, und das, was Sie, Miss Carlton, in Ihrem Artikel als *Phantom* bezeichneten, trat erstmals in Erscheinung. In Windeseile ließ Doyle Rosenstein das Aquarium umfunktionieren. Eine andere Inneneinrichtung, ein anderes Dach – alles nur darauf ausgerichtet, ein Ungetüm zu beherbergen und zu erforschen.«

Er betätigte einen Schalter, woraufhin sich die Lamellen-Jalousie hinter der Konsole nach oben schob und eine riesige Glaswand freigab. Vor Julies Augen breitete sich das gewaltige Innere der Kuppel-Konstruktion aus, ein runder, beinahe vollkommen in Weiß gehaltener Raum, in dessen Mitte ein Bassin von etwa sechs Metern Höhe und fünfundzwanzig oder dreißig Metern Durchmesser stand. Die Abdeckung des Beckens war im 45°-Winkel nach oben geklappt. Sie war größtenteils durchsichtig, ebenso wie das Becken. Dennoch konnte Julie nicht erkennen, was sich darin befand, denn es war nicht mit klarem Wasser gefüllt, sondern mit einer dreckigen, braunen Brühe.

»Oh nein!«, entfuhr es Doktor Scott. »Nein, um Gottes willen nein!« Auf seinem Gesicht lag der Ausdruck von Fassungslosigkeit. Mit offenem Mund starrte er durch das Breitwand-Fenster. Ein paar Sekunden lang schien er lebendig erstarrt, dann durchfuhr ihn ein Ruck, und er hastete durch eine Tür am gegenüberliegenden Ende des Labors.

Die beiden anderen eilten ihm hinterher. Als sie die Kuppel betraten, schlug Julie der widerwärtige Gestank von verdorbenem Fleisch und noch etwas anderem entgegen, das sie nicht zuordnen konnte. Ein scharfer, beißender Geruch. Wie Putzmittel.

Rechts erkannte sie ein großes, eingeschlagenes Fenster in der Außenwand. Darunter befanden sich die zerbeulte Vergitterung und ein Haufen Glassplitter. Aber es drang kaum Frischluft herein.

An einigen Stellen lagen Teile von zerfetzten Affenkadavern auf dem Boden – bereits im Verwesungsstadium, aber aufgrund der relativ kühlen Temperatur hier drinnen noch eindeutig identifizierbar. Eine vom Arm abgetrennte Affenfaust zu Julies Füßen hielt eine Axt umklammert. Die Journalistin presste eine Hand gegen den Mund, um den Würgereiz zu unterdrücken.

»Die Axt muss aus dem Geräteschuppen stammen«, murmelte Jeff. »Die Schimpansen haben ihre Holzprügel gegen echte Waffen eingetauscht!«

»Viel hat ihnen das nicht genutzt«, entgegnete Julie. »Was immer sie hier drinnen antrafen – es hat sie getötet.«

Scott umrundete das Bassin wie ein Verirrter. An einem Schaltpult hinter dem Becken blieb er stehen, um ein paar Knöpfe zu betätigen. Daraufhin beleuchteten Unterwasser-Strahler das Innere des Bassins. Es sah aus, als würde die braune Suppe plötzlich glühen.

»Leer!«, murmelte er niedergeschlagen.

Das stimmte nicht ganz. Julie bemerkte eine Vielzahl von schemenhaften, ausgefransten Objekten, die scheinbar schwerelos und wie eingefroren im trüben Wasser schwebten. Körperfragmente. Die Momentaufnahme eines skurrilen Reigens. Über den beleuchteten Beckenboden zog sich eine dünne Schicht irgendeiner undefinierbaren, rötlich braunen Masse. Wie Schlick. Julie wollte lieber nicht so genau darüber nachdenken, worum es sich dabei handelte.

»Sie sind hier eingedrungen!«, murmelte Scott mit Blick auf das Becken. Er sprach mehr zu sich selbst als zu den beiden anderen. »Die Affen – sie sind hier eingedrungen und haben es irgendwie geschafft, die Hydraulik für die Beckenabdeckung in Gang zu setzen. Dann haben sie ihn getötet und gefressen. Diese verfluchten Schimpansen!«

»*Wen* haben sie gefressen, Doktor?«, fragte Julie.

»Den größten lebenden Räuber der Erde. Die Krone der Schöpfung. Einen *Architeuthis dux!*«

Jeff schüttelte den Kopf. »Einen *was?*«

»Einen Riesenkalmar!«

Doktor Scotts Betroffenheit war echt. Er hatte nicht mit dem Tod des Kalmars gerechnet, weil die Ausstattung des Aquariums dem höchsten technischen Standard entsprach. Die meisten Systeme liefen vollautomatisch und von der Basisstation abgekoppelt. Eine Pumpe im hinteren Teil der Kuppel sorgte für die Wasserzirkulation. Sie war über eine lange Röhre direkt mit dem vierhundert Meter entfernten Fluss verbunden. Auf diesem Weg wurde auch die Nahrung für den Kalmar automatisch angesaugt, vorwiegend Fische und Krebse. Die Wasseraufbereitungsanlage, ein kastenförmiges Gebilde neben der Pumpe, regulierte computergesteuert PH-Wert, Salzgehalt, Nitritkonzentration und vieles mehr. Ein Thermostat stellte sicher, dass die Temperatur im Becken stets gleich blieb. Und die Metamorphin-Versorgung wurde durch eine – ebenfalls selbständig arbeitende – Injektions-Vorrichtung am Innenrand des Bassins gewährleistet, um zu verhindern, dass das Tier an Entzug starb. Antimorphin hatte es aus irgendeinem Grund nicht vertragen.

Scott seufzte. Beim Bau der Kuppel war so viel Wert auf Automation gelegt worden, dass er die ganze Zeit geglaubt hatte, der Kalmar würde noch leben.

Nicht, dass das Tier ihm besonders viel bedeutet hätte. Gewiss – es war einzigartig, wissenschaftlich gesehen eine Sensation. Und Scott hatte ihm durchaus Respekt entgegengebracht, vielleicht sogar Ehrfurcht. Der Hauptgrund für seine Betroffenheit war jedoch ein anderer: Er hatte vorgehabt, Jeff und Julie der Bestie zum Fraß vorzuwerfen. Die Welt hätte nie wieder etwas von ihnen gehört oder gesehen.

Jetzt musste Scott sich etwas anderes einfallen lassen, aber natürlich gab es im Dschungel viele Möglichkeiten, zwei unliebsame Begleiter loszuwerden. Sobald ihre Aufmerksamkeit nachließ und er sie gefahrlos überwältigen konnte, würde er zuschlagen.

Angesichts des bestialischen Gestanks zogen sie sich ins Labor nebenan zurück und schlossen die Tür.

»Sie denken also, mein *Phantom* war ein Riesenkalmar?«, fragte Julie.

»Da bin ich mir ganz sicher«, sagte Scott. Er überlegte einen Moment, bevor er fortfuhr. »Nachdem die Jacht gesunken war, schickte unsere Zentrale in Townsville ein Rettungsschiff los. Ich leitete die Aktion. Leider fanden wir nur einen Überlebenden – Doyle Rosenstein. Die anderen waren alle ertrunken. Nachdem wir Doyle an Bord geholt und medizinisch versorgt hatten, begannen wir, auch nach dem Wrack zu suchen. Wir wollten Gewissheit darüber, ob etwas von dem Metamorphin ins offene Wasser gelangt war. Die unversehrten Fässer wollten wir bergen. Wir benutzten einen ähnlichen Tauchroboter wie jenen, den Sie in Ihrem Artikel beschrieben haben. Wenig später empfingen wir ein seltsames Signal – zwei pulsierende schwarze Flecken, rund fünfunddreißig Meter lang. Riesenkalmare, wie sich später herausstellte. Wir filmten alles, zumindest so lange, bis die Kalmare den Roboter angriffen und ihn in seine Einzelteile zerlegten. Nachdem das Filmsignal abgebrochen war, wollten wir den Rückweg antreten, aber als wir die Schiffsdiesel anließen, begannen die Kalmare plötzlich, uns zu jagen. Kommt Ihnen das bekannt vor?«

Julie nickte. »An Bord der Cormoran war es ähnlich.«

»Die Tiere näherten sich uns so schnell, dass wir keine Fahrt mehr aufnehmen konnten«, sagte Scott. »Sie flankierten uns und griffen uns an. Ich erinnere mich noch genau – an die mächtigen roten Körper, die riesigen, schwarzen Augen und die Fangarme, die überall gleichzeitig zu sein schienen. Das Wasser um uns herum brodelte und schäumte, als würde es kochen. Wir hatten mit allem Möglichen gerechnet, aber nicht damit. Dennoch hatten wir für den Notfall vorgesorgt und genügend Betäubungsmittel an Bord, um eine ganz Pottwalherde lahmzulegen. Damit gelang es uns, einen der beiden Kalmare einzuschläfern und zu fangen. Der andere verschwand in den Fluten.«

»Und tauchte später wieder als *Phantom* auf«, ergänzte Julie.

Scott nickte. »Das Pulsieren des Echolot-Signals geht auf die Fortbewegungsweise des Dux zurück. Er pumpt Wasser durch seinen Körper, dadurch wird sein Mantel abwechselnd gedehnt und zusammengepresst.«

Julie sah nachdenklich aus. »Wie kann es sein, dass ein solcher Zwischenfall nicht ans Licht der Öffentlichkeit gelangt?«, fragte sie. »Immerhin war eine komplette Schiffsmannschaft Zeuge der Vorkommnisse. Ein Tiefseemonster, das Menschen angreift – ich verstehe nicht, weshalb niemand sich an die Presse gewandt hat.«

»Doyle versprach allen eine satte Prämie für ihr Schweigen.

Er hat sich die Loyalität der Mannschaft gekauft. Offensichtlich hat es funktioniert.«

»Wie ging es danach weiter?«

»Er ließ dieses Aquarium umbauen und den Dux hierher verfrachten, um ihn unter ständiger Beobachtung zu haben. Und natürlich, um ihn am Leben zu halten, denn es bestand kein Zweifel, dass das Tier sich durch die Fässer im Wrack infiziert hatte.«

»Weshalb?«

»Die Wassertemperatur betrug an der Oberfläche beinahe zwanzig Grad Celsius. Das Blut eines Dux kann Sauerstoff aber nur bis zu etwa zehn Grad transportieren. Anders gesagt, bei den damals vorherrschenden Bedingungen hätten die Kalmare ersticken müssen. Das taten sie aber nicht. Folglich mussten sie sich infiziert haben. Als wir uns die Fässer auf dem Meeresgrund ins Gedächtnis riefen, wussten wir auch, wie. Erinnern Sie sich an die Löcher?«

Julie nickte. »Längliche Risse.«

»Das Maul von *Architeuthis* sieht aus wie ein gewaltiger Papageienschnabel. Damit haben die Tiere die Fässer geöffnet.«

Er machte eine Pause, sah ins Innere der Kuppel und spürte einen Anflug von Ärger in sich aufsteigen. Er hatte sich für Jeff und Julie ein so hübsches Ende ausgedacht! Aber jetzt war der Dux tot, aufgefressen von diesen verdammten Schimpansen! Es war eine Schande.

Julie betrachtete das beleuchtete, von verstümmelten Affen umgebene Becken. Ein Bild wie nach einer Schlacht.

Irgendetwas an Doktor Scotts Ausführungen kam ihr merkwürdig vor. Zuerst schwebte der Gedanke nur vage im Raum, nebulös und verschwommen. Dann wusste sie es auf einmal:

Seit wann fraßen Affen Fleisch? Sie fragte Doktor Scott danach.

»Im Allgemeinen ernähren Schimpansen sich vegetarisch«, antwortete er. »Aber hin und wieder nehmen sie auch tierisches Eiweiß zu sich. Unsere Versuchsaffen entwickelten sogar eine regelrechte Vorliebe dafür. Nicht nur für Fleisch, auch für Fisch. Allerdings dürfte der erste Biss in den Riesenkalmar eine ziemliche Enttäuschung gewesen sein. Sein Fleisch ist aufgrund der hohen Ammoniakkonzentration nahezu ungenießbar.«

Daher also der scharfe Geruch nach Putzmittel, dachte Julie. »Wie konnten die Affen den Kalmar dennoch fressen?«, fragte sie.

»Ich vermute, sie waren schlau genug, die Fleischbrocken im Fluss zu waschen«, sagte Scott. »Schon in den 50er Jahren hat man beobachtet, wie Affen Kartoffeln abwaschen, bevor sie sie verspeisen. Es würde mich geradezu enttäuschen, wenn unsere Schimpansen nicht auf diese Idee gekommen wären.«

»Auf jeden Fall sind sie satt geworden«, meinte Jeff. »Ein Fünfunddreißig-Meter-Koloss dürfte für alle gereicht haben.«

Julie war hin- und hergerissen. Einerseits fand sie den Gedanken äußerst beruhigend, dass das Monster sich quasi in nichts aufgelöst hatte. Andererseits besaß die Story ohne Beweise ungefähr die Glaubwürdigkeit einer Ufo-Sichtung.

»Gibt es hier irgendwelche Videoaufzeichnungen oder Bilder des Dux?«, fragte sie. »Oder irgendeinen anderen Beleg für seine Existenz? Denn ansonsten fürchte ich, dass man diese Story als Sensationsmacherei abtun wird – falls sich überhaupt jemand bereit erklärt, sie zu drucken.«

»Einen Beleg für seine Existenz?« Scott schüttelte den Kopf. »Auf dem Stationsserver haben wir natürlich jede Menge Bildmaterial abgespeichert. Aber da kein Computer funktioniert, gehe ich davon aus, dass der Server durch die Explosion etwas abbekommen hat. Und ohne Server kann ich Ihnen keine Beweise liefern. Es tut mir Leid.«

Doch auf Julie machte er nicht gerade den Eindruck, als würde ihm das besonders viel ausmachen.

22

Der Flugzeugmotor hörte sich in Tom O'Sullivans Ohren besser an als Engelsgesang. Er saß im Cockpit der Cessna, drückte das Gas durch und hielt das Steuer fest umklammert – ihn durchflutete das Gefühl tief empfundener Freude und Dankbarkeit.

Der Fluss rauschte unter ihm hinweg wie ein schillernder Teppich, die beiden Schwimmer der Cessna durchpflügten das Wasser mit lautem Zischen. O'Sullivan drückte das Gas jetzt bis zum Anschlag durch. Nur noch ein paar Meter, dann würde er sich in die Lüfte erheben und wie ein Phönix aus der Asche ins Leben zurückkehren. Den Albtraum, den Wahnsinn – die *Hölle* – hinter sich lassen. Endlich!

Er konnte sein Glück kaum fassen. Sein Ultraleichtflugzeug war längst nur noch ein nutzloser Haufen verbogener Alustangen und löchriger Stofffetzen. Und zu Fuß hatte Flucht keinen Sinn, schon gar nicht mit seinem schmerzenden Oberschenkel. Diese Cessna war ein Geschenk des Himmels!

O'Sullivan spürte, wie das Flugzeug immer mehr Fahrt aufnahm. In einer Minute würde das schlimmste Kapitel seines Lebens Vergangenheit sein, dachte er.

Plötzlich ging ein Ruck durch die Maschine, so gewaltig, dass O'Sullivan nach vorne geschleudert wurde. Das Steuer traf ihn mit der Wucht eines Vorschlaghammers gegen den Brustkorb, sein Schädel krachte gegen die Armaturenanzeige. Einen Augenblick lang wurde alles um ihn herum schwarz. Dann kehrten die Sinne wieder, und er versuchte, seine Gedanken zu ordnen. Was um alles in der Welt war geschehen?

Er warf einen hastigen Blick durch die Fenster, sah aber nichts Außergewöhnliches. Unter ihm war der Fluss, links und rechts der Urwald und über ihm der klare Himmel. Dennoch wusste er, dass es nur eine Erklärung für das abrupte Bremsmanöver geben konnte. Sofort stieg Panik in ihm auf.

Gott im Himmel, stehe mir bei!

Zu beten war für Tom O'Sullivan eher atypisch. Er war seit der Schulzeit nicht mehr in die Kirche gegangen. Jetzt kamen ihm die Worte ganz automatisch in den Sinn.

Vater unser im Himmel, geheiligt werde Dein Name …

Sein Schädel pochte. Blut lief ihm aus einer Platzwunde an der Stirn in die Augen. Außerdem schmerzte jeder Atemzug. Vermutlich hatte er sich durch den Aufprall ein paar Rippen gebrochen.

Sekundenlang geschah nichts. Die Cessna trieb sanft in der Strömung dahin. Der Motor röhrte im Leerlauf. Aber O'Sullivan wusste, dass er das Schlimmste noch nicht überstanden hatte.

Tatsächlich begann das Flugzeug in diesem Moment wie von Geisterhand getrieben zu beschleunigen – geradewegs aufs Ufer zu. O'Sullivan presste sich in den Pilotensitz, unfähig auch nur irgendetwas dagegen zu unternehmen. Eine grüne Wand aus dichtem Gestrüpp raste auf ihn zu. Dann ein abrupter Stopp, knapp vor dem Ufer. Wieder wurde O'Sullivan nach vorne katapultiert. Die Arme, die er gerade noch schützend vors Gesicht halten konnte, milderten den Aufprall kaum. O'Sullivan keuchte und spuckte Blut. Er hatte sich auf die Zunge gebissen.

Benommen richtete er sich auf. Im Augenwinkel nahm er einen Schatten war. Er riss den Kopf herum, sah aber nur noch etwas Großes, Dunkles wie eine Keule in seine Richtung schwingen. Dann ging auch schon ein Zittern durch die Maschine. Ein Knall wie ein Donner dröhnte O'Sullivan in den Ohren, ein Regen aus Glasscherben prasselte auf ihn ein. Während er fieberhaft überlegte, wie er sich in Sicherheit bringen konnte, registrierte er, dass die Seite, auf der sich der Copilotensitz befand, komplett demoliert war. Sie sah aus, als sei ein Sattelschlepper in das Flugzeug gerast.

Raus hier!, schrie ihn seine innere Stimme an. Schnell! Das Ufer ist nicht weit. Du kannst es schaffen!

O'Sullivan zog am Griff, doch die Tür ließ sich nicht öffnen. Verklemmt! Verdammt noch mal!

Ein weiterer Keulenschlag donnerte gegen die Cessna und riss ihr das Fahrgestell ab. Der Rumpf sackte ins Wasser, die Schwimmer wirbelten in mehrere Teile zerfetzt durch die Luft. Einige Meter weiter wurden sie vom Fluss verschluckt.

O'Sullivan warf sich zur Seite und trat, halb liegend, gegen die Tür. Einmal, zweimal, dreimal. Endlich schwang sie auf.

Bis zum Ufer waren es nur zwei oder drei Meter. Ein Katzensprung – aber einer, der tödlich enden konnte. Andererseits war es noch viel gefährlicher, in der Maschine zu bleiben.

Also los!

O'Sullivan wollte soeben ins Wasser springen, als er von hinten gepackt wurde. An der Schulter. Und am Hals. Irgendetwas schnürte ihm die Kehle zu. Trotz aller Mühe gelang es ihm nicht, sich aus der tödlichen Umarmung zu befreien. Er bekam keine Luft mehr, spürte, wie ihm allmählich die Kräfte schwanden. Widerstand hatte keinen Sinn. Aus diesem Würgegriff gab es kein Entkommen.

Während seine Arme und Beine mit einer wohltuenden Schwere erfüllt wurden, beschloss er, sein Gebet zu beenden.

... Dein Reich komme. Dein Wille geschehe ...

Wieder krachte etwas gegen die Cessna. Diesmal traf es das Dach. Es sah aus, als habe ein Riese eine Coladose eingedrückt. Diese Kraft! Diese unbändige, zerstörerische Kraft! Wie eine entfesselte Naturgewalt. Und O'Sullivan steckte mittendrin.

Der Druck um seinen Hals verstärkte sich. Mit einem Ruck wurde er nach hinten gerissen. Er prallte gegen die eingedellte Copilotentür, spürte die Glassplitter des zerschlagenen Fensters in seinem Rücken.

... Wie im Himmel, so auf Erden ...

Der Schmerz der Schnittwunden rüttelte ihn noch einmal wach. Das Messer!, schoss es ihm durch den Kopf. Das Messer an meinem Gürtel!

Mit schwindender Kraft tastete er danach. Seine tauben Finger umschlossen den Griff, zogen das Messer aus der Lederscheide. Dann hob er es über den Kopf und stach blindlings zu, so fest er konnte. Er spürte, wie die Klinge in muskulöses, zähes Fleisch eindrang. Ein heftiger Ruck riss O'Sullivan das Messer aus der Hand. Schon glaubte er den Kampf endgültig verloren, doch in diesem Augenblick ließ der Würgegriff nach.

O'Sullivan hustete, schnappte nach Luft. Der Sauerstoff brannte in seinem Hals wie Feuer, aber er achtete nicht darauf.

Er kroch wieder zur Pilotentür. Diesmal nahm er instinktiv seinen Rucksack mit, der im Fußraum lag. Vielleicht konnte er ihn als Verteidigungsschild verwenden. Allein der Gedanke grenzte ans Aberwitzige. Es war ein Akt der Verzweiflung. Doch O'Sullivan blieb nur diese Hoffnung.

Der nächste Schlag krachte gegen die Cessna. Das Heck wurde wuchtig nach unten gedrückt, und die Schnauze bäumte sich auf. Ein Wasserschwall schwappte in den Führerraum. Die Erfrischung mobilisierte Tom O'Sullivans letzte Kraftreserven.

Hinter ihm krachte und knirschte es jetzt in einem fort. Das Splittern von Glas, dumpfe Schläge und das ohrenbetäubende Quietschen von sich verbiegendem Metall. Wie eine Welle von Auffahrunfällen. Mit dem Rucksack in der Hand glitt O'Sullivan aus der Tür, dem offenen Wasser entgegen.

»Haben Sie das gehört?« Doktor Scott richtete sich auf und lauschte.

»Was ist das?«, fragte Julie. Für ihre Ohren klang es wie eine Schrottpresse.

»Lassen Sie uns nach draußen gehen. Dort können wir das Geräusch besser lokalisieren.«

Alle drei eilten hinaus. Jetzt war nur noch das entfernte Brummen eines Motors zu hören.

»Es kommt vom Fluss«, bemerkte Jeff. »Zurück zur Basis! Von dort aus können wir vielleicht etwas sehen.«

»Das dauert zu lange«, entschied Scott. »Folgen Sie mir! Hinter dem Aquarium führt ein Versorgungsrohr zum Fluss. Dort gibt es auch einen Pfad. Das geht schneller!«

Ohne auf eine Antwort zu warten, rannte er los. Julie und Jeff folgten ihm.

Tom O'Sullivan reichte das Wasser bis zur Hüfte. Der schlüpfrige Untergrund bot seinen Stiefeln kaum Halt. Immer wieder spürte er Berührungen an den Beinen, die er jedoch ignorierte. Er konzentrierte sich nur auf sein Ziel: die rettende Uferböschung.

Seine Finger bekamen einen überhängenden Zweig zu fassen. Er zog daran, machte einen Schritt vorwärts, glitt aus. Um beide Hände frei zu haben, warf er seinen Rucksack an Land. Erneut packte er den Zweig, um sich daran hochzuziehen. Jetzt klappte es besser. Doch kaum hatte er das Wasser verlassen, traf ihn plötzlich ein irrsinniger Schlag in den Rücken. O'Sullivan schrie auf, rang nach Atem, flehte.

… *Und vergib uns unsere Schuld* …

Ein weiterer Schlag auf den Rücken. Dunkelheit senkte sich auf ihn herab. Es gab keine Schmerzen mehr, keine Angst. Beinahe fühlte O'Sullivan sich erleichtert. Endlich hatte er es überstanden. Das Letzte, was er wahrnahm, bevor er die Besinnung verlor, war die schemenhafte Form eines Waldgeistes, der zwischen den Baumstämmen auf ihn zuschwebte, ihn an den Händen nahm und ihn in Sicherheit brachte.

Aber tief im Innern wusste O'Sullivan, dass es keine Waldgeister gab.

23

Doktor Scott blieb abrupt stehen. »Der Motor ist verstummt!«, stelle er fest.

Tatsächlich hörte Julie nichts mehr außer dem Zwitschern der Vögel und dem Summen der Insekten.

»Das kann nichts Gutes bedeuten!«, raunte Jeff. »Beeilung! Dort vorne ist bereits der Fluss.«

Sie kamen ans Ufer und ließen ihren Blick über das träge dahinfließende Wasser schweifen. Der Fluss verlief an dieser Stelle kerzengerade, sodass man kilometerweit sehen konnte. In einiger Entfernung, noch ein gutes Stück hinter dem Steg der ROSCO-Basis, glaubte Julie eine Bewegung auf der Wasseroberfläche zu erkennen. Aber sie achtete nicht weiter darauf, denn Scott bemerkte in diesem Moment etwas anderes.

»Die Cessna«, sagte er verwirrt. »Sie ist verschwunden!«

Julie spürte, wie ihr eine unsichtbare, kalte Hand über den Rücken streifte. Im ersten Moment hatte sie es gar nicht registriert, aber das Flugzeug lag tatsächlich nicht mehr am Steg! Mit anderen Worten: Sie saßen hier fest, irgendwo in der grünen Weite des Dschungels. Julies Kehle fühlte sich plötzlich an, als habe sie eine Handvoll Sand verschluckt.

»Ist denn das zu fassen?«, platzte Jeff heraus und fuhr sich mit der Hand durchs wirre Haar. »Mitten im Urwald klaut uns jemand das Flugzeug!«

»Abgesehen von uns war niemand in der Station«, hielt Scott dagegen.

»Ach nein? Haben Sie vielleicht eine bessere Erklärung?«

Scott sog hörbar die Luft ein. »Leider nicht«, gab er zu.

Julie fühlte sich elend. Sie hatte sich alles so einfach vorgestellt – ein kurzer Trip in den Dschungel, um ein paar Rätsel zu lösen. Zum Abendessen hatte sie wieder in Cairns sein wollen. Und jetzt das!

Mit Blick auf seine Armbanduhr sagte Jeff: »In zwei Stunden geht die Sonne unter. Ich denke, es macht keinen Sinn, noch heute aufzubrechen. Wir sollten uns ein trockenes Plätzchen suchen, bis morgen unsere Kräfte schonen und uns dann auf den Weg machen.«

»Sie wollen zu Fuß marschieren?«, fragte Julie.

»*Wollen?* Es gibt wohl kaum eine Alternative! Es sei denn, Sie haben vor, hier acht Wochen lang auf den Bergungstrupp zu warten.« In sanfterem Tonfall fügte er hinzu: »Ich habe diesen Dschungel schon einmal durchwandert. Es ist machbar. Diesmal wird es sogar einfacher sein. Wir haben Zutritt zur Station, das heißt, wir können uns mit Proviant und Medikamenten eindecken. Wasser gibt es im Wald genug. Und da uns keine wilden Tiere auf den Fersen sein werden, steht uns der reinste Spaziergang bevor.«

Spaziergang?, dachte Julie. Das klang zu gut, um wahr zu sein. Am liebsten hätte sie auf der Stelle losgeheult. Aber einen Nervenzusammenbruch konnte nun wahrlich niemand gebrauchen.

»Wir müssen aus der Situation das Beste machen«, sagte Jeff. »Ich schlage vor, dass wir in der Basis übernachten. Mit etwas Glück funktioniert der Kühlschrank noch. Mein Gott, was gäbe ich für ein schönes, frisches Bier!«

Er schenkte Julie ein aufmunterndes Lächeln, aber sie war nicht fähig, es zu erwidern.

Zurück in der Basisstation wurde Jeffs aufkommende gute Laune auf eine harte Probe gestellt, denn aus dem Kühlschrank in der Küche schlug ihm gähnende Leere entgegen.

»Das ist mit Abstand der mieseste Sommer meines Lebens«, maulte er und schubste die Kühlschranktür wieder zu. Dann warf er einen Blick in den Vorratsschrank und stellte fest: »Natürlich, Kartoffelchips sind auch keine mehr da. Aus der Traum vom gemütlichen Abend!«

Trotz der Nörgelei verströmte er eine ansteckende Zuversicht. Julie bekam mehr und mehr das Gefühl, so lange Jeff in ihrer Nähe war, könne ihr nichts geschehen. Er würde sie und Doktor Scott heil aus diesem Urwald führen – ein Gedanke, der sie mit Erleichterung erfüllte, auch wenn sie wusste, dass Wunschdenken und Realität nicht unbedingt übereinstimmen mussten.

Doktor Scott war auffallend still geworden und machte einen nachdenklichen, geradezu grüblerischen Eindruck. Die Frage, wer die Cessna gestohlen hatte, schien ihn noch mehr zu beschäftigen als der Umstand, dass die Computer nicht funktionierten. Vielleicht wälzte er auch noch andere Probleme. Jedenfalls wirkte er auf Julie ziemlich geistesabwesend.

Jeff kramte aus einer Schublade ein Stück Nylonfaden und band es um den Lauf seines Gewehrs. Am losen Ende der Leine befestigte er eine Sicherheitsnadel, die er ebenfalls in der Schublade gefunden hatte. Als er die Sicherheitsnadel öffnete, sah sie aus wie ein nach oben gebogener Haken.

»Nicht perfekt, aber ich denke, es wird reichen, um ein paar Fische fürs Abendessen zu angeln«, sagte er und verschwand nach draußen.

Julie brachte in der Zwischenzeit ein bisschen Ordnung in das Chaos. Anschließend deckte sie den Tisch. Ihre Versuche,

Scott in ein Gespräch zu verwickeln, blieben erfolglos, aber wenigstens ging er ihr bei den Arbeiten zur Hand.

Während sie Teller und Besteck anrichteten, kehrte Jeff in die Küche zurück – rückwärts schleichend, sein Gewehr im Anschlag. Mit der improvisierten Angelleine am Lauf sah er so komisch aus, dass Julie beinahe laut aufgelacht hätte. »Schon wieder ein Gecko?«, fragte sie.

»Pst!«, zischte Jeff. »Wir haben Besuch.« Dabei blieb sein Blick starr in Richtung Flur gerichtet.

»Besuch? Was soll das heißen?«

»Ich habe etwas gesehen. Am Steg. Es bewegte sich im Gebüsch.«

»Sind Sie sicher?«

»Hundertprozentig.«

»Vielleicht war es nur irgendein harmloses Tier, das sich hierher verirrt hat.«

»Möglich. Aber ich würde nicht darauf wetten.«

»Sie machen mir Angst, Jeff! Was *genau* haben Sie gesehen?«

»Keine Ahnung. Ich konnte durchs Gebüsch nur ein paar Umrisse erkennen. Aber was immer es ist – ich glaube, es ist groß! Mindestens so groß wie ich.«

In diesem Moment hörte Julie, wie sich die Außentür öffnete, leise und vorsichtig. Dann ein paar Sekunden Stille, bevor ein dumpfes Poltern erklang, als würde ein Sack Kartoffeln umkippen.

Jeff versuchte, Doktor Scott mit einer Kopfbewegung ein Zeichen zu geben. Er reagierte nicht. Doch Julie begriff, was Jeff meinte. Sie schnappte sich das zweite Betäubungsgewehr, das am Küchentisch lehnte, und brachte es in Anschlag. Obwohl es schwerer war als ihr Gewehr zu Hause, fühlte es sich gut an. Vertraut. Es gab ihr ein Gefühl von Sicherheit. Sie legte den

Finger um den Abzug, kniff ein Auge zu und zielte in Richtung Flur.

Jetzt war alles wieder ruhig.

Sie warteten eine Minute, dann schlichen sie vorsichtig zur Tür. Julies Herzschlag setzte beinahe aus, als sie in den Gang blickte. Sie hatte mit allem Möglichen gerechnet, aber nicht damit: Auf dem Boden lag eine blutrote, glänzende Gestalt, reglos, mit Blättern, abgebrochenen Zweigen und Lehm bedeckt. Ein Mensch, offensichtlich schwer verletzt. Er atmete, war aber nicht bei Bewusstsein.

Jeff schleppte ihn mit Doktor Scotts Unterstützung in die Küche und legte ihn auf eine Bank.

»Wer ist das?«, fragte Julie. »Kennt einer von Ihnen diesen Mann?«

»Nein«, antwortete Jeff.

»Ich auch nicht«, sagte Scott. »Zum ROSCO-Team gehört er jedenfalls nicht.«

Jeff zupfte dem Fremden ein paar Blätter aus dem Gesicht und legte ihm eine Hand auf die Stirn. »Die Körpertemperatur scheint okay zu sein«, sagte er. »Aber es hat ihn übel erwischt. Wir müssen ihn waschen und uns um seine Wunden kümmern.«

Doktor Scott besorgte auf Jeffs Geheiß ein paar saubere Lappen und einen Eimer heißes Wasser. Jeff selbst verschwand im Labor, von wo er mit einer Kiste bunt zusammengewürfelter medizinischer Utensilien zurückkehrte.

Julie zog dem Bewusstlosen Hemd und Hose aus und begann ihn zu säubern. Behutsam strich sie um die zahllosen Wunden. Als sie damit fertig war, betrachtete sie ihr Werk. Der Mann war knapp 1,80 cm groß, Anfang bis Mitte vierzig, mit dunklem, verfilztem Haar und Bart. Er war über und über mit Wunden bedeckt und so mager, dass die Knochen unter der Haut durchdrückten. Sein rechtes Fußgelenk war angeschwollen und schimmerte blau-grün. Vermutlich hatte er es sich gebrochen. Die riesige Narbe am linken Oberschenkel war schon einige Wochen alt, aber schlecht verheilt.

»Denken Sie, dass er durchkommt?«, fragte sie Jeff.

»Wir werden tun, was in unserer Macht steht«, sagte er. Dabei stellte er sich neben Julie, kramte eine Spritze aus seiner Kiste und steckte eine frische Nadel auf. Dann stach er in ein kleines, braunes Fläschchen, zog die Spritze auf und verabreichte sie dem Fremden ins Gesäß.

»Das sollte die Infektionsgefahr dämmen und verhindern, dass er Fieber bekommt«, meinte er. »So steht es zumindest auf der Verpackung.«

Er bestrich die Wunden mit Jod und bestäubte sie mit Puder. Anschließend legte er dem Verletzten mit Julies Hilfe Verbände an. Den geschwollenen Knöchel schiente er mit zwei dünnen Zeltstangen, die er aus dem Geräteschuppen holte. Nach einer halben Stunde war der Fremde beinahe von Kopf bis Fuß einbandagiert.

»Das war's«, sagte Jeff. »Er sieht jetzt zwar aus wie eine Mumie, aber wir haben ihn so gut wie möglich versorgt. Jetzt können wir nur noch warten.«

Sie brachten den Verletzten ins Labor nebenan, weil er dort mehr Ruhe als in der Küche haben würde. Die Türen ließen sie angelehnt, damit sie hören konnten, wenn er aufwachte.

Jeff wollte noch einmal zum Fluss, weil er zuvor keinen einzigen Fisch gefangen hatte. Er nahm sein als Angelrute umfunktioniertes Gewehr und marschierte nach draußen.

Julie folgte ihm bis vor die Tür, hielt ihn jedoch am Arm zurück, als er sich in Richtung Steg aufmachen wollte. »Gehen Sie nicht, Jeff«, drängte sie. »Hier geschehen merkwürdige Dinge. Die Wunden dieses Mannes waren ganz frisch. Vielleicht irrt Doktor Scott sich, und ein paar Versuchstiere haben überlebt.«

Doch Jeff schüttelte den Kopf. »Ich glaube nicht, dass er mit uns hierher gekommen wäre, wenn er in dieser Beziehung nur den geringsten Zweifel gehabt hätte.«

»Wer hat den Verletzten dann so zugerichtet?«

»Vielleicht hatte er einen Kampf mit demjenigen, der unsere Cessna geklaut hat.«

Julie musste zugeben, dass das eine Möglichkeit war. Dennoch gefiel ihr der Gedanke nicht, Jeff angeln gehen zu lassen. »Bitte – bleiben Sie hier«, bat sie. »Wenn Sie es schon nicht für sich selbst tun, dann wenigstens mir zuliebe. Ohne Sie fühle ich mich hier unsicher. Immerhin kann man die Tür der Station nicht mehr abschließen.« Und etwas zögerlich fügte sie hinzu: »Außerdem hätte ich Angst um Sie, wenn Sie alleine dort draußen wären. Bitte – kommen Sie wieder mit mir rein, Jeff.« Sie wich seinem Blick aus und spürte, wie ihre Wangen sich röteten. Obwohl sie sich Mühe gegeben hatte, ihre Worte unverfänglich klingen zu lassen, hatte sie soeben offen gestanden, dass sie sich etwas aus ihm machte. Sie benahm sich wie ein verliebter Teenager! So frei heraus war sie normalerweise nicht. Aber was war an diesem Tag schon normal?

Sie wagte, ihren Blick wieder auf Jeff zu richten. Er lächelte sie an, seine Augen waren erfüllt mit Sanftmut und Wärme. »Darf ich Sie auf ein Picknick am Strand einladen?«, fragte er. »Ich meine – wenn wir diesen ganzen Schlamassel hinter uns haben und wieder zu Hause sind. Ich kenne da eine kleine Bucht, etwas außerhalb von Cairns, dorthin verirren sich keine Touristen. Es ist das Paradies auf Erden. Ideal, um sich besser kennen zu lernen. Denn ehrlich gesagt – genau das möchte ich: dass wir uns besser kennen lernen.«

Eine Welle der Erleichterung durchströmte Julie. Sie hatte sich nicht getäuscht. Jeff empfand dasselbe wie sie. Trotz der ansonsten widrigen Umstände fühlte sie sich glücklich.

»Abgemacht«, sagte sie. »Picknick am Strand. Aber nur, wenn Sie jetzt nicht mehr angeln gehen.«

Im Flur der Basis räumten sie ein paar Trümmer beiseite, um die Tür zum Gemeinschaftsraum freizulegen. Dort gab es laut Doktor Scott einen Schrank, in dem das Team alles aufbewahrt hatte, was man für ein gemütliches Beisammensein nach Feierabend benötigte.

Sie durchwühlten die Regale und fanden schließlich ein paar Packungen Kekse und eine Flasche Single Malt Whiskey. Doktor Scott sagte: »Diese Flasche hat Ivan Trautman kurz vor Neujahr in einer denkwürdigen Backgammon-Partie gegen mich verloren. Ich wusste gar nicht mehr, dass ich sie hier deponiert hatte. Jedenfalls denke ich, dass jetzt der richtige Zeitpunkt gekommen ist, eine Runde auszugeben. Ein kleiner Schluck zur Entspannung kann nicht schaden, oder?«

Da der Gemeinschaftsraum halb verfallen war, zogen sie es vor, den Abend in der Küche zu verbringen. Julie stellte schnell fest, dass die Kekse kaum dazu angetan waren, die Wirkung des Whiskeys zu dämpfen, zumal es nicht bei der von Doktor Scott angekündigten einen Runde blieb. Aber sie sagte nicht Nein, als der Wissenschaftler ihr ein zweites, drittes und später auch noch ein viertes Gläschen eingoss, denn mit jedem Schluck fiel die Anspannung des Tages ein wenig mehr von ihr ab.

Doktor Scott genehmigte sich nur ein Glas. Wegen seiner schwachen Leber, wie er sagte. Dafür trank Jeff umso fleißiger mit. Zwar wirkte er nicht betrunken, aber seine zunehmende Redseligkeit verriet, dass er angeheitert war. Je weiter der Abend voranschritt, desto ausgelassener wurde die Stimmung.

Irgendwann übermannte Julie die Müdigkeit, und sie machte es sich so gut wie möglich auf der Eckbank bequem. Wie aus weiter Entfernung hörte sie die beiden Männer darüber debattieren, wer die erste Nachtwache übernehmen solle, und jener Teil ihres Verstands, der nicht von Alkohol und Schläfrigkeit umhüllt war, schämte sich, dass sie sich nicht ebenfalls für eine Schicht anbot. Aber ihre Glieder waren zu träge, ihr Kopf zu schwer, als dass sie sich hätte aufraffen können, noch einmal aufzustehen oder auch nur ein Wort über die Lippen zu bringen.

Ein paar Minuten, dachte sie. Nur ein paar Minuten ausruhen, dann bin ich wieder fit. Dann werde ich den beiden anderen sagen, dass ich auch eine Wache übernehme.

Mit diesen Gedanken fiel sie in einen tiefen, traumlosen Schlaf.

24

Doktor Scott saß auf einem modrigen Baumstumpf und ließ den Blick über die ROSCO-Lichtung wandern. Sein Betäubungsgewehr hielt er in der Armbeuge. Vor einer halben Stunde hatte er die erste Wachschicht übernommen. Seitdem hatte sich nichts getan.

Trotz Dunkelheit konnte er die Umrisse der Bäume und Sträucher erkennen, denn der Mond hüllte die Nacht in silbernen Schimmer. Alles wirkte ruhig, geradezu idyllisch. Hier und da ein vereinzelter Vogelruf oder der ferne Schrei eines Affen. Das Zirpen und Summen exotischer Insekten. Zarter Blütenduft, getragen von der kühlen Nachtluft. Der Wald präsentierte sich als friedliches Paradies.

Dennoch war Scott beunruhigt. Für seinen Geschmack hatte es heute zu viele Überraschungen gegeben. Der defekte Server, der tote Kalmar, die verschwundene Cessna und dann noch dieser verletzte Kerl im Labor. Nichts lief nach Plan.

Sein Arm begann wieder zu jucken, dicht gefolgt von einer heftigen Schmerzattacke. Scott griff nach dem Ellbogen und beugte sich gequält vornüber. Das Gewehr rutschte ihm aus der Armbeuge und glitt zu Boden. Der Wissenschaftler biss keuchend die Zähne zusammen. Ein paar Sekunden lang verharrte er in dieser Stellung, dann spürte er voller Erleichterung, dass der Schmerz wieder abflaute.

Dieser verdammte Arm!, dachte Scott. In den letzten Wochen hatte er damit kaum mehr Probleme gehabt, aber seit er heute Mittag in den Dschungel zurückgekehrt war, schien es wieder schlimmer zu werden.

Vorsichtig krempelte er sein Hemd bis zum Bizeps hoch, um den Arm zu begutachten. Der Schnitt am Ellenbogen war zwar gut verheilt, aber das Metamorphin, das damals in die offene Wunde gelangt war, arbeitete unaufhaltsam in seinem Körper. Scott spürte es, auch wenn der Arm nicht juckte, schmerzte oder pulsierte. Das Präparat wirkte. Es veränderte ihn, mit jedem Tag ein bisschen mehr.

Dass das Virus sich nur langsam in seinem Körper ausbreitete, lag allein daran, dass er sich unmittelbar nach der Ansteckung das Gegenserum hatte verabreichen können. Aber *heilen* konnte Antimorphin nicht. Jedenfalls noch nicht. Bis es so weit war, hatte Scott noch eine Menge Arbeit vor sich.

Seine Gedanken wanderten zu den langwierigen Diskussionen im ROSCO-Team – darüber, ob das Projekt fortgeführt oder vorzeitig eingestellt werden solle. Für ihn hatte sich diese Frage erübrigt. Er *musste* ganz einfach weitermachen. Nicht nur, weil es um sein Lebenswerk und um Geld und Reichtum ging, sondern weil darin seine einzige Chance auf Genesung bestand.

Im Mondschein erkannte er den großen dunklen Fleck auf der Haut. Er zog sich mittlerweile vom Handgelenk bis zum Oberarm und war gleichermaßen ledrig wie haarig. Eine Art Fell, das nahtlos mit dem Rest seines Körpers verschmolz und ihn irgendwann komplett überziehen würde. Nicht nur das. Auch seine inneren Organe würden unter dem Einfluss des Präparats mutieren. Eine grauenhafte Vorstellung! Scott kam es vor, als würde ein anderes, ihm völlig unbekanntes Wesen langsam von ihm Besitz ergreifen. Niemand konnte vorhersagen, in welcher Form die Veränderungen stattfinden würden. Das machte die Angelegenheit noch unheimlicher.

Er hatte bereits den Gedanken erwogen, sich den Arm abnehmen zu lassen, bevor der Fleck die Schulter erreichte, doch allein die Vorstellung war grauenhaft. Außerdem stand keineswegs fest, dass eine Amputation ihn retten konnte. Falls sich auch nur ein paar Viren in anderen Teilen seines Körpers eingenistet hatten, würde die Krankheit erneut ausbrechen. Was wäre dann an der Reihe? Der zweite Arm? Ein Bein? Ein inneres Organ?

Langsam krempelte Scott sein Hemd wieder herunter, um die mutierte Hautpartie zu kaschieren. Er konnte den Anblick nicht länger ertragen.

Mit beiden Händen rieb er sich übers Gesicht, dann nahm er einen tiefen Atemzug. Er spürte die kühle Nachtluft in seinen Lungen und fühlte sich etwas besser. Er überlegte, wie es nun weitergehen solle. Für seine Forschungen konnte er im Moment nichts tun. Um sie würde er sich kümmern, sobald er ROSCO verlassen und den Betrieb in seinem eigenen Labor aufgenommen hatte. Jetzt musste er zuerst ein paar andere Dinge erledigen.

Im Klartext bedeutete das, dass er nicht nur Jeff und Julie für immer verschwinden lassen musste, sondern auch Tom O'Sullivan. Und zwar bevor dieser aus seiner Bewusstlosigkeit erwachte, denn die beiden kannten sich. Vielleicht war »kennen« zu viel gesagt, aber sie hatten sich schon einmal gesehen – bei Colin McArthur, wenige Tage vor der ROSCO-Explosion.

McArthur, ein ebenso reicher wie skrupelloser Geschäftsmann, hatte das Geld für Scotts neues Labor aufgebracht. Mit ihm hatte Scott auch den Plan entworfen, einen unwissenden Dritten hierher zu schicken, um den Sprengsatz zu legen und den Server zu manipulieren. Letzteres war nötig, um zu verhindern, dass Pharma Rosenstein doch noch irgendwann versuchte, die ROSCO-Daten zu verwerten. Scott und McArthur hatten sich dadurch von vornherein eine Monopolstellung sichern wollen.

Zur Ausführung des Plans hatte McArthur Tom O'Sullivan angeheuert, einen Wirtschaftskriminellen, der sich mit Computern auskannte und keine unnötigen Fragen stellte, wenn das Honorar stimmte. Allerdings war O'Sullivan kein Mörder. Daher lautete sein Auftrag lediglich, einen Sabotageakt zu begehen. Zu diesem Zweck hatte Scott ihn mit einem falschen Grundriss der Station ausgestattet.

O'Sullivan war als Marionette ausgewählt worden, mehr noch: als Bauernopfer. Denn sein Auftrag hatte eine hübsche kleine, tödliche Falle für ihn beinhaltet: das kurzfristige Abschalten des ROSCO-Servers, angeblich, um McArthurs Computervirus zu aktivieren. In Wahrheit hatte O'Sullivan dadurch lediglich das Sicherheitssystem der Station lahmgelegt und die Tierkäfige entriegelt. Das Backup-System war nicht eingesprungen, weil Doktor Scott es vor seinem Abflug ausgeschaltet hatte.

Im Grunde war der Plan simpel: O'Sullivan sollte das ROSCO-Team töten – und die entlaufenen Tiere wiederum ihn. In all dem Chaos hätte später niemand mehr nachvollziehen können, was tatsächlich vorgefallen war. Aber durch irgendeinen unglücklichen Umstand hatte O'Sullivan überlebt. Vermutlich wusste er inzwischen, dass er hereingelegt worden war. Also musste Scott ihn zum Schweigen bringen, und zwar bevor er plaudern konnte.

Mit Jeff und Julie machte das insgesamt drei. Trotz aller Entschlossenheit erschauderte Scott. Drei Morde, die er eigenhändig begehen musste! Und eine innere Stimme sagte ihm, dass es nicht dabei bleiben würde. Widerwillig ließ er den Gedanken fallen.

Sein Ellbogen kribbelte. So begannen die Schmerzattacken meistens. Scott legte den Arm auf die Knie und versuchte sich zu entspannen.

Wenn wenigstens der Server noch funktionieren würde, dachte er grimmig. Das von Tom O'Sullivan eingeschleuste Software-Virus wäre dann kein Problem mehr. McArthur besaß ein Antiviren-Programm, mit dem der angerichtete Schaden neutralisiert und der Datensalat wieder in den Ursprungszustand zurückversetzt werden konnte. Voraussetzung dafür war allerdings, dass zumindest die verseuchten Daten vorlagen. Aber es sah nicht gut aus.

Er fragte sich, wie lange es dauern würde, bis er in seinem neuen Labor alle relevanten Daten neu erhoben hatte. Ein halbes Jahr? Ein ganzes? Danach dauerte es mindestens noch mal so lange, bis sämtliche Forschungen komplett abgeschlossen waren. Wie weit wäre seine Krankheit bis dahin fortgeschritten? Er spürte, wie ihm die Zeit davonlief.

Das Kribbeln im Arm ging schlagartig über in einen Schmerzanfall, der weit schlimmer und länger anhaltend als der erste war. Wieder verkrampfte sich alles in ihm. Mit zusammengebissenen Zähnen sog er die Luft ein. Ihm war, als würde sein Arm in Flammen stehen. Kaum auszuhalten, diese Qualen!

Endlich ließ das Brennen nach. Scott wischte sich ein paar Schweißperlen aus der Stirn und atmete erleichtert auf, aber er wusste, dass er sich dringend eine Dosis Antimorphin verabreichen musste, um nicht von weiteren Schmerzattacken heimgesucht zu werden. Die Antimorphin-Ampullen, die er vor sechs Wochen aus der Station hatte mitgehen lassen, waren inzwischen alle aufgebraucht. Der Vorrat hatte genau gereicht. Aber in ROSCO gab es noch mehr davon. Viel mehr. Genug, um über die Runden zu kommen, bis er seine eigene Produktion aufnehmen konnte. Im AESCOM, dem *Alvin Everett Scott Centre Of Morphology*. Der Gedanke ließ ihn lächeln.

Er griff nach seinem Gewehr und stand auf. Die Lichtung lag im fahlen Schein des Mondes vor ihm. Am gegenüberliegenden Flussufer stob eine Schar Vögel in den Nachthimmel. Er ging hinüber zur Basis und trat ein. Im Flur brannte das gedimmte, bläulich schimmernde Licht der Notbeleuchtung, abgesehen davon war es dunkel. Leise setzte er einen Fuß vor den anderen. Vor der Küchentür blieb er stehen. In dem dämmrigen Raum erkannte er seine beiden Begleiter. Die Reporterin lag auf der Eckbank, Jeff hatte es sich notdürftig auf zwei Stühlen bequem gemacht. Ihr Atem ging ruhig und gleichmäßig. Sehr gut! Er wollte sie nicht wecken, denn das hätte ihn nur in Erklärungsnot gebracht.

Neben der Küche ging es ins Labor. Die Tür war nur angelehnt. Scott drückte vorsichtig dagegen. Sie öffnete sich, ohne zu quietschen. Ein Lichtschacht fiel ins Zimmer und hüllte Tom O'Sullivan, der noch immer reglos auf dem Labortisch lag, in mattes Blau. Er sah beinahe aus wie aufgebahrt. Aber noch war er nicht tot. Leider.

Am Fußende des Tischs erkannte Scott den Rucksack des Mannes. Sobald er sich das Antimorphin gespritzt hatte, würde er einen Blick hineinwerfen. Vielleicht fand sich darin eine Waffe oder etwas anderes Brauchbares.

Leise schlich er in den hinteren Teil des Zimmers, wo er das Betäubungsgewehr abstellte, einen Schrank öffnete und die Schublade mit der Aufschrift *Antimorphin* herauszog. Er traute seinen Augen kaum: In der Plastikhalterung befand sich nur noch ein halbes Dutzend Ampullen. Die restlichen Steckplätze – mindestens fünfzig oder sechzig – waren leer.

Scott schluckte den Kloß im Hals hinunter. Keine Panik,

dachte er. Im Labor nebenan gibt es einen weiteren Schrank mit Gegenmittel. Du darfst jetzt nicht die Nerven verlieren!

Er fischte eine Ampulle aus dem Schrank, kappte die Spitze und zog eine Spritze auf. Dann stach er die Nadel in seinen linken Oberarm und injizierte sich die durchsichtige Flüssigkeit mit gleichmäßigem Druck ins Muskelgewebe. Beinahe augenblicklich setzte die Linderung ein. Das Pochen im Arm verschwand, und aus Erfahrung wusste Scott, dass auch der Juckreiz und die Schmerzattacken jetzt für ein paar Tage ausbleiben würden.

Er zuckte zusammen, als jemand ihn von hinten ansprach.

»Doktor Scott?«

Er fuhr herum und stand Jeff gegenüber.

»Ich habe etwas gehört und dachte, der Verletzte wäre aufgewacht«, sagte der junge Mann. »Ich dachte, vielleicht braucht er Hilfe.« Er hielt plötzlich inne und starrte auf Scotts Arm. »Was machen Sie denn da?«

Erst jetzt bemerkte Scott, dass er die Spritze noch nicht abgezogen hatte. Er holte es nach, warf sie in einen Abfalleimer und streifte sich den Hemdsärmel wieder nach unten. *Was machen Sie denn da?* Tja, wie sollte er Jeff das erklären?

»Sie wissen doch – mein Arm«, sagte er. »Immer noch das alte Leiden. Ich habe mir ein Schmerzmittel verabreicht.« Das kam der Wahrheit sogar ziemlich nahe.

»Verstehe«, murmelte Jeff. Aber als sein Blick an Scott vorbei zu dem offenen Schrank wanderte, zeigte sich Skepsis in seiner Miene.

»Verstehe«, murmelte Jeff noch einmal. »Tut mir Leid, wenn ich Sie erschreckt habe.«

Obwohl er sich bemühte, unverfänglich zu klingen, wusste Scott, dass Jeff etwas ahnte. Er musste handeln, bevor ihm die Situation entglitt.

»Dann werde ich mal weiter Wache schieben«, sagte Scott. »Legen Sie sich noch eine Runde aufs Ohr, damit Sie fit sind, wenn Sie mich ablösen.«

»Werd ich machen.«

Scott nahm sein Betäubungsgewehr, klopfte Jeff wie ein Vater auf die Schulter und wandte sich in Richtung Tür. »Ich wecke Sie in drei Stunden«, sagte er. Dann drehte er sich blitzschnell wieder um und rammte Jeff den Gewehrkolben gegen die Schläfe.

25

Die Dunkelheit lichtete sich – dennoch blieb es finster. Es dauerte eine Weile, bis Jeff den scheinbaren Widerspruch verstand. Er war aus seiner Bewusstlosigkeit erwacht und befand sich in einem Raum ohne Licht. Er lag flach auf dem Rücken. In seinem Schädel hämmerte es. Aber er glaubte nicht, ernsthaft verletzt zu sein.

Vorsichtig tastete er um sich. Seine Finger glitten in Halbkreisen über den Linoleumboden, streiften über Staub und unzählige kleine Gegenstände, die bei der Explosion heruntergefallen waren. Schließlich stieß er gegen etwas Massives, das sich kühl und glatt anfühlte. Er betastete das Objekt genauer und war ziemlich sicher, dass es sich um einen Chrom-Rollschrank handelte. Das bedeutete wohl, dass er noch immer im Labor war.

Er kam auf die Beine, fühlte sich aber unsicher und schwach. Das Hämmern in seinem Kopf wurde stärker. Außerdem überkam ihn ein Anflug von Übelkeit und Schwindel. Er streckte die Arme aus, ging einen Schritt, stieß gegen die Wand. Noch hatte er keine Vorstellung davon, wo genau er sich im Raum befand.

Während er weiter seine Umgebung abtastete, hörte er vom Flur her ein Geräusch. Einen gequälten Aufschrei. Kurz darauf flog die Tür auf, und Scott stieß Julie ins Zimmer. Als sie auf den Boden aufschlug, war es schon wieder dunkel.

»Julie? Ist mit Ihnen alles klar?«

Sie stöhnte auf. »Wenn man davon absieht, dass Doktor Scott gerade völlig ausgerastet ist – ja.«

Jeffs Finger ertasteten einen Schalter an der Wand, und das Licht ging an. Im ersten Moment stach ihm die Helligkeit in die Augen. Dann stellte er erleichtert fest, dass Julie unverletzt war. Sie wirkte zwar ein wenig benommen, aber das war wohl eher auf den Alkohol zurückzuführen, nicht auf die Art und Weise, wie Doktor Scott mit ihr umgesprungen war.

»Wie geht es Ihnen?«, fragte Julie und kam auf ihn zu. »Sie haben da einen ziemlich üblen blauen Fleck an der Schläfe.«

»Mein Schädel hat Bekanntschaft mit einem Gewehrkolben gemacht«, sagte er. Dann erzählte er, wie er Scott mit der Spritze im Arm überrascht hatte.

»Sie glauben, er ist infiziert?«

»Weshalb bräuchte er sonst Antimorphin?«

»Sind Sie sicher, dass es kein Schmerzmittel war?«

»Allerdings!« Jeff ging zum Schrank und zog eine Schublade auf. »In diesen Ampullen …« Er hielt mitten im Satz inne. Die Schublade war leer. »Scott muss den Vorrat an sich genommen haben«, sagte er. »Ich weiß ganz genau, dass da vorhin noch ein paar Ampullen waren.«

»Was hat er jetzt vor?«, fragte Julie.

»Keine Ahnung. Aber ich fürchte, es wird uns nicht gefallen.«

»Können wir irgendwie aus diesem Raum flüchten?«

Jeff zuckte mit den Schultern. »Die Tür hat Scott wieder abgeschlossen. Und die Fenster sind vergittert.«

Julie überlegte einen Augenblick. »Vielleicht können wir die Gitter irgendwie herausstemmen«, schlug sie vor.

»Wir sollten es zumindest versuchen.«

Aber schon nach ein paar Minuten mussten sie einsehen,

dass ein Ausbruchsversuch keinen Zweck hatte. Die Gitter waren fest in den Wänden verankert, und verbiegen konnte man die Stäbe auch nicht.

»Wir brauchen einen Hebel«, murmelte Jeff. Doch als er die Stehlampe – das einzig infrage kommende Instrument – ansetzte, verbog sie sich. Am Gitter tat sich nichts.

Nach einigen Versuchen gab Jeff schließlich auf. »Keine Chance«, sagte er. »Wir kommen hier nicht raus.«

Die Angst in Julies Gesicht war unverkennbar. Jeff musste zugeben, dass es ihm nicht viel anders ging. Scott hatte sich infiziert. Niemand außer ihm selbst hatte eine Vorstellung davon, welche Veränderungen in ihm vorgingen – nicht nur körperlich, auch mental. Jeff erinnerte sich an die Froschversuche, die er im Labor nebenan durchgeführt hatte. Mit Metamorphin behandelte Tiere lösten sich von ihren Verhaltensmustern. Gewiss war das beim Menschen nicht anders.

Hinter ihnen stöhnte der Verletzte. Jeff ging zu ihm und befühlte seine Stirn. Die Körpertemperatur schien noch immer normal zu sein. Dennoch machte der Mann nach wie vor einen Mitleid erregenden Eindruck. Das geschiente Bein war geschwollen. Überall am Körper trug er Verbände, die teilweise schon durchgeblutet waren. Schweiß stand ihm in dicken Tropfen auf der Stirn, und sein Nasenrücken schillerte blau-violett wie eine Pflaume. Aber zumindest schien er das Bewusstsein wiederzuerlangen, denn seine Augenlider flackerten, und er bewegte die Lippen.

»Er will etwas sagen«, raunte Julie. Sie griff nach der bandagierten Hand des Verletzten und drückte sie sanft. »Können Sie mich hören?«, fragte sie.

Wieder bewegte der Mann stumm die Lippen. Es dauerte ein paar Minuten, bis das Flackern seiner Lider nachließ, er die

Augen öffnete und sein Blick aufklarte. Jetzt fand er auch seine Stimme wieder.

»Bin ich … im Krankenhaus?« Es klang noch brüchig.

»Nein«, sagte Julie. »Ich fürchte, Sie sind noch im Urwald. In der ROSCO-Station.«

Der Gesichtsausdruck des Mannes änderte sich. »ROSCO?«, wiederholte er leichenblass. »Wir sind noch im Wald?«

»Beruhigen Sie sich«, sagte Jeff, bewirkte jedoch nur das Gegenteil: Der Fremde keuchte schwer und versuchte sich aufzurichten.

»Bitte bleiben Sie liegen!«

Heftiges Kopfschütteln.

Jeff beugte sich über den Labortisch, legte dem Mann die Hände auf die Schultern und drückte ihn mit sanfter Gewalt nieder. »Sie müssen sich ausruhen und wieder zu Kräften kommen«, sagte er. »Verstehen Sie mich? Sie sind verletzt. Schonen Sie sich, und versuchen Sie, noch ein bisschen zu schlafen. Es ist mitten in der Nacht.«

Der Fremde sah ihn mit großen Augen an, als habe er ein Gespenst vor sich. »Wir müssen fort von hier«, keuchte er heiser. »Auf der Stelle! Nachts ist es am gefährlichsten!« Keine Spur mehr von Mattheit oder Schwäche.

»Hören Sie, Mister, ich weiß, Sie haben viel durchgemacht. Aber Sie müssen sich beruhigen.«

Der Verletzte schien ihn gar nicht zu hören. »Machen Sie das Licht aus!«, drängte er. »Bitte! Hier sind Fenster. Sie müssen das Licht ausmachen!« Er begann unkontrolliert zu zittern.

Jeff nickte Julie zu. Die löschte das Deckenlicht, während Jeff die verbogene Stehlampe anknipste und an einem Drehregler die Helligkeit herunterdimmte.

»Besser so?«, fragte er.

Der Verletzte antwortete nicht, entspannte sich aber sichtlich.

»Wie ist Ihr Name?«, fragte Julie.

»O'Sullivan … Tom O'Sullivan.«

»Mister O'Sullivan, wie kommen Sie hierher?«

Der Mann drehte den Kopf weg, sein Blick wirkte leer.

Julie drückte wieder seine Hand. »Können Sie uns wenigstens verraten, weshalb es hier nachts so gefährlich ist?«

Er schluckte. »Weil es bei Dunkelheit am liebsten jagt.«

»Es?« Jeff spürte ein unangenehmes Kribbeln in der Magengegend. *Es* – das klang nicht gut. »Wovon sprechen Sie?«

O'Sullivan wandte wieder den Blick ab und starrte mit zitternden Lippen an die Decke. »Von dem Monster«, wisperte er.

26

Doktor Scott saß an der Küchenwand auf einem Stuhl und bewegte sich nicht. Um ihn herum war es dunkel, nur der durchs Fenster dringende Mondschein hellte das Zimmer ein wenig auf.

Das Betäubungsgewehr ruhte entsichert auf seinen Oberschenkeln, beide Hände lagen reglos auf der Waffe. Von seinem Platz aus hatte er nicht nur den kompletten Raum im Blick, sondern auch das Fenster nach draußen und die offen stehende Tür zum Flur. Seine Augen hatten sich längst an das Schummerlicht gewöhnt. Gleichzeitig konnte er selbst nicht gesehen werden, denn er saß in einer Schattennische. Die perfekte Lauerposition.

Durch die Wand hörte er die gedämpften Stimmen seiner drei Gefangenen. Er konnte sie nicht verstehen, aber das spielte keine Rolle. Worüber sie sich auch unterhielten, es würde ihnen nicht helfen. Keiner von ihnen würde den morgigen Tag erleben.

Auch wenn dieser Gedanke Scott ein wenig schockierte, überwog das Gefühl der Erleichterung. Die Dinge entwickelten sich für ihn allmählich wieder positiv. Nicht nur, dass es ihm gelungen war, die drei anderen einzusperren, nein, er hatte im zweiten Labor der Station auch noch eine volle Schublade mit Antimorphin-Ampullen entdeckt. Sofern sich sein Zustand nicht verschlimmerte, würde der Vorrat für wenigstens zehn bis zwölf Monate reichen.

Scott setzte sich in seinem Stuhl auf und ließ den Kopf kreisen, denn durch das lange Sitzen begann sein Nacken sich zu verspannen. Aber er war sicher, dass er nicht umsonst wartete. Jeff Beauford, Julie Carlton und Tom O'Sullivan hatte er überwältigt. Doch einer fehlte ihm noch, darauf hätte er ein Vermögen gewettet.

Sein Blick fiel auf O'Sullivans Rucksack, der im Halbschatten neben dem Küchentisch auf dem Boden lag. Scott hatte ihn bereits durchsucht. Darin befanden sich eine Pistole mit leerem Magazin, ein defektes Nachtsichtgerät und ein in Schutzfolie verpackter Laptop, mit dem O'Sullivan wohl das Software-Virus auf den ROSCO-Server aufgespielt hatte.

Nichts, was ich gebrauchen könnte, dachte Scott.

Ein Schatten, lang und unheimlich, schob sich über den Rucksack, dann weiter über den Linoleumboden. Sofort richtete Scott seine Aufmerksamkeit aufs Fenster, wo sich eine dunkle, undefinierbare Silhouette vor dem Mondlicht abzeichnete. Es ist so weit, dachte er. Sein Puls beschleunigte sich.

Eine Minute lang geschah nichts. Dann hörte er ein leises, gedehntes Quietschen, und er wusste, dass in diesem Moment die Tür zur Basisstation geöffnet wurde.

Er war jetzt hochkonzentriert, um keine falsche Bewegung zu machen. Sich nicht zu verraten. Langsam hob er sein Gewehr an. Er zielte durch die Küchentür in den Flur und wartete.

Lautlos erschien der schwarze Schemen im Türausschnitt. Er bewegte sich vorsichtig, mit Bedacht. Ein Umriss von der Größe eines Menschen, aber ganz anders, als Scott es erwartet hatte: Die Gestalt bewegte sich stark gebeugt vorwärts, mit krummem Rücken und herabhängenden Armen. Besser gesagt drückte sie sich mit den Armen am Boden ab. Wie ein Affe.

Scott zögerte nicht länger, sondern schoss. In diesem Moment stürzte die schwarze Gestalt mit wildem Gebrüll auf ihn zu.

»Was ist da draußen los?«, fragte Julie.

»Keine Ahnung, aber bleiben Sie lieber von der Tür weg!« Jeff nahm sie bei den Schultern und dirigierte sie sanft in die Zimmermitte.

»Hört sich an wie ein Kampf«, sagte sie. »Aber dieses Brüllen – das ist nicht menschlich.« Ihr sträubten sich die Nackenhaare.

»Jetzt hat es aufgehört«, stellte O'Sullivan fest. Er war noch immer zu schwach zum Aufstehen, obwohl er behauptete, sich bereits besser zu fühlen.

Julie lauschte angestrengt. Tatsächlich herrschte jetzt wieder Ruhe in der Station. Aber schon nach kurzer Zeit hörte sie wieder etwas. Diesmal Schritte, die näher kamen.

»Weg von der Tür!«, befahl plötzlich eine Stimme. Es war Doktor Scott. »Wer versucht, mich anzugreifen, wird sein blaues Wunder erleben. Das meine ich ernst!«

Das Schloss klickte, die Tür schwang auf, und Scott stieß ein haariges Etwas ins Zimmer, das vor Jeffs und Julies Füßen landete. Automatisch wichen sie einen Schritt zurück. Ein beißender, modriger Geruch stieg ihnen in die Nase.

»Viel Vergnügen!«, spottete Scott. »Ich schätze, das Kaffeekränzchen dürfte jetzt komplett sein.« Mit diesen Worten schlug er die Tür wieder zu und ließ sie allein.

Julie stand wie angewurzelt da und starrte auf das reglose Objekt am Boden. Es lag bäuchlings vor ihr und erinnerte sie an einen Affen, wenngleich sie diese Affenart noch nie gesehen hatte. Zunächst hielt Julie es für tot. Doch dann erkannte sie, dass der Rumpf sich rhythmisch hob und senkte.

»Es atmet«, murmelte sie. »Ob es gefährlich ist?«

»Scott wird es betäubt haben«, sagte Jeff. »Aber wenn es erwacht, könnte es uns angreifen. Wir sollten es fesseln.«

In einer Schublade fand er eine Rolle Schnur, mit der er die Arme und Beine des Tiers zusammenband. Erst jetzt drehten sie es auf den Rücken.

»Großer Gott, das ist kein Affe!«, platzte Julie heraus. »Das ist ein Mensch!«

Im ersten Moment traute sie ihren Augen nicht. War das, was da vor ihr lag, tatsächlich ein Mensch? Ein Mann? Der Körper war mit dichtem, verfilztem Haar bedeckt und schien auf eigenartige Weise deformiert. Der Brustkorb wirkte voluminöser als gewöhnlich, die Arme verlängert. Die Finger – ebenfalls in die Länge gezogen – endeten in verdickten, spitz zulaufenden Fingernägeln, die wie Krallen aussahen. Ein ähnliches Bild zeigte sich an den Füßen. Nur das Gesicht war menschlich. Zwar ebenfalls von dichtem Haar umsäumt und von gewissen äffischen Zügen durchsetzt, aber dennoch eindeutig menschlich.

»Wer um alles in der Welt ist das?«, murmelte Julie.

Hinter sich hörte sie, wie Tom O'Sullivan sich auf dem Labortisch bewegte. »Er heißt Rosenstein«, sagte er. »Doyle Rosenstein. Einer der Wissenschaftler, die hier arbeiteten.«

Doktor Scott musste zugeben, dass der Anblick seines alten Weggefährten ihn schockiert hatte. Nicht etwa, weil er Mitleid verspürte, sondern weil er wusste, dass ihm eines Tages ein ähnliches Schicksal blühte, sofern es ihm nicht gelang, das Antimorphin zu vervollkommnen und sich damit zu heilen.

Noch am Nachmittag hatte Scott nicht damit gerechnet, Doyle Rosenstein jemals wieder zu sehen. Er war davon ausgegangen, dass die Tiere ihn längst getötet hatten – so, wie der Plan es vorgesehen hatte. Doch nach Tom O'Sullivans unvermutetem Auftauchen hatte der Verdacht nahe gelegen, auch Doyle könne die Katastrophe überlebt haben. Als Scott dann auch noch bemerkt hatte, wie viele Antimorphin-Ampullen im Labor fehlten, war die Vermutung zur Gewissheit geworden, denn Doyle benötigte das Gegenmittel noch viel dringender als er selbst. Eine Dosis pro Tag. Daher hatte Scott auch gewusst, dass Doyle früher oder später hier aufkreuzen musste, und sich auf die Lauer gelegt.

Doyle hatte sich bei dem Jachtunglück angesteckt. Kurz nach seiner Rückkehr in die ROSCO-Station waren bei ihm die ersten Symptome aufgetreten: heftiger Juckreiz, Hautveränderungen, plötzlich auftretende Schmerzen. Untrügliche Zeichen. Die Krankheit hatte sich in seinem ganzen Körper ausgebreitet, noch bevor er sich die erste Antimorphin-Ampulle spritzen konnte.

Aus Angst, eine Gefahr für seine Kollegen darzustellen, hatte Doyle von da an die meiste Zeit im Affenlabor verbracht. Leider hatte er dort auch viel Zeit zum Nachdenken gehabt. Je weiter die Krankheit bei ihm voranschritt, desto risikobehafteter war ihm das ROSCO-Projekt erschienen. In mehreren Teamsitzungen hatte er sich für die vorzeitige Einstellung der Forschungsarbeiten ausgesprochen, wohl wissend, dass er damit seinen eigenen Tod in Kauf nahm. Und es war ihm gelungen, einen nach dem anderen von seiner Meinung zu überzeugen.

Es war selbstmörderisch von ihm gewesen, andererseits aber auch kaum verwunderlich, wenn man bedachte, wie stark er von der Krankheit befallen war. Für ihn gab es keine Rettung.

Aber für mich kann es Rettung geben, dachte Scott. Vorausgesetzt, ich komme irgendwie aus diesem Dschungel heraus.

Er fragte sich, ob Doyle Rosenstein für das Verschwinden

der Cessna verantwortlich war. Zumindest traute er ihm zu, das Flugzeug irgendwo im Uferdickicht versteckt zu haben, um Scott hier festzuhalten und sich auf diese Weise an ihm zu rächen. Er beschloss zu warten, bis Doyle aus seiner Bewusstlosigkeit erwachte und ihn dann danach zu fragen. Notfalls würde er die Antwort aus ihm herauspressen. Denn das Flugzeug würde Scotts Rückkehr in die zivilisierte Welt erheblich erleichtern. Er hoffte nur, dass Doyle überhaupt noch sprechen konnte.

In der Zwischenzeit wollte er versuchen, doch noch an die ROSCO-Daten heranzukommen. Seine letzte Hoffnung war der Serverraum.

»Woher wissen Sie, dass dieser Mann Doktor Rosenstein ist?« Die Frage kam von Julie und war an Tom O'Sullivan gerichtet.

»Er ist einmal wie aus dem Nichts aufgetaucht und hat mich vor dem Angriff zweier Schimpansen gerettet. Danach haben wir uns eine Weile gemeinsam durchgeschlagen.« O'Sullivan drehte den Kopf und betrachtete den Bewusstlosen auf dem Boden. »Damals sah er noch nicht so schlimm aus, obwohl er sich täglich ein bisschen mehr veränderte. Vor drei Wochen ist er dann verschwunden. Eines Morgens war er einfach nicht mehr da. Nun, eigentlich hat mich das nicht gewundert. In den Tagen davor hat er dauernd davon gesprochen, dass er den Ruf des Waldes höre und dass der Dschungel sein neues Zuhause sei. Lauter so merkwürdiges Zeug. Nachdem er verschwunden war, dachte ich zunächst, er würde irgendwann wiederkommen. Als das nicht der Fall war, glaubte ich, er wäre tot.«

Julie spürte eine Berührung am Fuß und bemerkte, dass Doktor Rosenstein sich bewegte.

»Er kommt zu sich«, sagte sie und kniete sich auf den Boden.

Vorsichtig, um ihn nicht zu erschrecken, legte sie ihm eine Hand auf die Schulter. »Jeff – nehmen Sie ihm bitte die Fesseln ab. Doktor Rosenstein, können Sie mich hören?«

In diesem Moment schlug er die Augen auf, und sofort fuhr Julie zusammen. Tiefschwarze, katzenartige Pupillen funkelten sie an. Das Weiße drum herum war von so vielen Äderchen durchzogen, dass es beinahe blutrot wirkte. Der Blick eines Irren, nein, eines Tiers!

Julies Hand zuckte von der behaarten Schulter zurück. Gerade noch rechtzeitig, wie sich herausstellte, denn das Wesen riss soeben den Kopf zur Seite und schnappte nach ihr. Der Angriff kam so überraschend, dass sie aufschrie, das Gleichgewicht verlor und nach hinten kippte. Strampelnd wich sie zurück.

Jeff, der bereits die Fußfesseln gelöst hatte, brachte sich ebenfalls in Sicherheit. Unterdessen schnappte der Affenmensch nach allen Richtungen um sich. Unaufhörlich klappte sein Gebiss auf und zu. Dazu stieß er Furcht erregende Knurrgeräusche aus, während er sich in wilden Zuckungen auf dem Boden wälzte.

Wenn er die Fesseln sprengt, wird er uns zerfleischen!, dachte Julie.

»Dort in der Schublade!«, rief O'Sullivan.

»Welche Schublade?«, rief Jeff zurück, ohne den Blick von dem knurrenden und geifernden Doktor Rosenstein abzuwenden.

»Die dort drüben!« O'Sullivan keuchte vor Anstrengung, als er den bandagierten Arm hob, um die Richtung anzudeuten. »Da müssen kleine braune Ampullen drin sein. Das ist das Gegenmittel.«

»Scott hat das Zeug an sich genommen.«

»Dann schauen Sie im Kühlschrank nach! Rosenstein hatte dort stets ein paar Ampullen deponiert. Ziehen Sie eine Spritze auf! Beeilen Sie sich!«

»Können Sie mir auch verraten, wie ich ihm die Spritze geben soll?«, fragte Jeff, während er zum anderen Ende des Raums eilte und sich am Kühlschrank zu schaffen machte. »So, wie der sich wehrt, bricht höchstens die Nadel ab!«

»Sie müssen es irgendwie schaffen!«

»Ich halte die Beine!«, rief Julie Jeff zu. »Seine Hände sind noch auf den Rücken gefesselt. Sie müssen also nur darauf achten, dass er Sie nicht beißt.«

»Nur?« Jeff lachte freudlos auf. »Aber eine andere Möglichkeit gibt es wohl nicht. Dann mal los!«

Mit der Spritze bewaffnet, warf Jeff sich auf Doktor Rosensteins Brustkorb, während Julie sich gleichzeitig auf seine Füße stürzte. Unter ihr arbeiteten die von dichtem Haar überzogenen Muskeln und Knochen und versuchten, sich gegen das Gewicht der beiden Angreifer aufzulehnen. Doch dann, von einer Sekunde auf die andere, ließ die Gegenwehr nach. Der Körper entspannte sich, das Knurren und Schnappen hörte auf.

»Sieht so aus, als ob wir es geschafft hätten«, meinte Jeff und rollte sich von dem nunmehr friedlich am Boden liegenden Doktor Rosenstein.

Julie setzte sich neben ihn. Erst jetzt spürte sie, wie viel Energie sie die kurze Kampfeinlage gekostet hatte. Der Wissenschaftler mit dem Aussehen eines Neandertalers war stark wie ein Bär. Die Infektion hatte ihn nicht nur optisch den Erfordernissen der Wildnis angepasst, sondern ihm auch die nötige Kraft und Ausdauer verliehen. Und ganz offensichtlich hatte sie auch sein Denken verändert. Metamorphin hatte aus diesem einstmals vernunftbegabten Wesen eine Kreatur geschaffen, die nur noch ihren niederen Instinkten gehorchte. Verteidigung und Angriff, Knurren und Beißen. Zum Glück schien sich dieser Zustand jetzt zu bessern.

Doktor Rosenstein begann zu stöhnen. Sein Blick fiel auf Julie und Jeff. Noch immer waren seine Augen gerötet, aber jetzt wirkten sie nicht mehr gefährlich, sondern nur noch erschöpft und krank.

»Ich danke Ihnen«, raunte er. Julie fiel auf, dass auch er außer Atem war. »Ich danke Ihnen vielmals. Und es tut mir Leid, dass ich Sie angegriffen habe. Wer … wer sind Sie?«

Sie erzählten es ihm in aller Kürze, während sie ihm die Hände losbanden. »Und Mister O'Sullivan kennen Sie ja bereits«, sagte Jeff mit einer Kopfbewegung in Richtung Labortisch.

Rosenstein richtete unbeholfen seinen Oberkörper auf und nickte O'Sullivan zu. »Freut mich, dass es Ihnen besser geht«, sagte er. »Ich hatte ehrlich gesagt meine Zweifel, ob Sie durchkommen würden, als ich Sie heute Nachmittag aus dem Fluss zog.«

»Sie waren das?«

»Was dachten Sie denn? Ich habe Sie auch hierher gebracht, in der Hoffnung, dass man sich um Ihre Wunden kümmert.«

O'Sullivans Blick wirkte einen Moment lang verklärt. »Danke«, sagte er. »Sie haben mir jetzt schon zwei Mal das Leben gerettet. Ich weiß nicht, wie ich Ihnen das jemals zurückzahlen kann.«

»Das haben Sie längst getan«, sagte Rosenstein. »Indem Sie die Station in die Luft gesprengt haben.«

Jeffs Gesichtsausdruck schien augenblicklich zu versteinern. »Die Explosion geht also auf Ihr Konto, Mister O'Sullivan?« Er sprach leise, wirkte aber wütend. »Und Sie, Doktor Rosenstein, tun so, als hätte er Ihnen einen Freundschaftsdienst erwiesen! Wissen Sie nicht, dass beinahe das ganze Team bei der Explosion starb?«

»Ja, das ist schrecklich«, seufzte Rosenstein. Er hob seinen haarigen Arm und fuhr sich mit der Hand übers Gesicht. »Eine Tragödie. Aber Mister O'Sullivan wusste nicht, dass er Menschen töten würde.«

O'Sullivan nickte betreten. »Ich wurde beauftragt, einen Sabotageakt zu begehen. Dennoch hätte ich nicht so leichtgläubig sein dürfen. Bitte glauben Sie mir – ich wünschte, ich könnte diese fürchterliche Angelegenheit rückgängig machen.«

Julie wusste nicht, was sie davon halten sollte. Aber O'Sullivan machte auf sie nicht den Eindruck, ihnen etwas vorzuspielen.

Jeff ließ sich nicht so leicht überzeugen. »Die Explosion fand im vorderen Teil des Gebäudes statt«, zischte er. »Noch vor Sonnenaufgang und ausgerechnet dort, wo sich sämtliche Schlafräume befinden! Sie können behaupten, was Sie wollen, aber das war nie und nimmer ein unglücklicher Zufall!«

O'Sullivan sah Jeff unverwandt an. Seine Stimme klang klar, als er sagte: »Sie haben Recht. Es war kein Zufall. Man hat mir exakte Anweisungen erteilt. Der Sprengsatz sollte genau an der Stelle detonieren, wo ich ihn angebracht habe – bei den Treibstofftanks im Abstellraum. Aber auf dem Plan, den ich erhielt, bevor ich hierher kam, war neben dem Abstellraum ein Labor eingezeichnet – keine Schlafräume. Sie sollten Ihre Wut also besser auf denjenigen richten, der mich in die Irre geführt hat: Doktor Scott.«

Jeff schaute verdutzt drein. Sein Zorn auf O'Sullivan schien ins Wanken zu geraten, umso mehr, als Rosenstein nun berichtete, was sich in den Wochen vor Jeffs Ankunft in ROSCO abgespielt hatte: die Entzweiung des Teams und Scotts vergeblichen Kampf, das Projekt weiterzuführen.

»Je mehr er seine Hoffnung auf Reichtum und Anerkennung schwinden sah, desto hysterischer wurde er. Eines Tages ist er völlig durchgedreht. Er hat mich im Affenlabor aufgesucht, und es kam zu einem fürchterlichen Streit. Alvin wurde sogar handgreiflich. Nie zuvor habe ich ihn so aufgebracht erlebt. Ich verteidigte mich natürlich und stieß ihn weg – leider so unglücklich, dass er in einen Glasbehälter stürzte, der mit Metamorphin befüllt war. Das Glas brach, Alvin verletzte sich am Ellenbogen. Als er verstand, was passiert war, verabreichte er sich sofort das Gegenmittel, deshalb breitet sich die Krankheit bei ihm viel langsamer aus als bei mir. Dennoch schätze ich, war das der Zeitpunkt, an dem er sich schwor, uns alle umzubringen, um das tun zu können, was er ohnehin wollte, nämlich ungestört weiterzuforschen.«

»Er hatte sich schon vor Längerem einen Geldgeber gesucht, um ein eigenes Labor zu gründen«, sagte O'Sullivan. »Und mittlerweile sieht es so aus, als wolle er jeden beseitigen, der ihm in die Quere zu kommen droht.«

»Alvin *darf nicht* weitermachen!«, übernahm Rosenstein wieder das Wort. »Das ist viel zu gefährlich. Sie sehen ja, was passieren kann. Durch das Jachtunglück haben wir Tiefseemonster dazu befähigt, an die Meeresoberfläche zu gelangen. Und aus mir selbst wird ebenfalls ein Monster. Ich kann nachts besser sehen als früher. Manchmal verspüre ich den Drang, auf Bäume zu klettern. Und wenn der Hunger überhand nimmt, bekomme ich Lust auf rohes Fleisch. Dann bin ich nicht mehr Herr über mich selbst. Nur das Gegenmittel kann mich diesem Zustand entreißen. Dann wird aus Mister Hyde wenigstens vorübergehend wieder Doktor Jekyll. Aber die Anfälle werden immer schlimmer.« Seine Augen glänzten feucht. »Ich habe mir schon hundertmal gesagt, dass es das Beste wäre, mir kein Antimorphin mehr zu spritzen. Dann wäre die Sache bald ausgestanden. Aber ich schaffe es nicht. Das Tier in mir hat überhand gewonnen. Tiere können keinen Selbstmord begehen. Ihr Überlebensdrang ist zu groß.« Eine einsame Träne rollte über sein haariges Gesicht. Tonlos wisperte er: »Ich flehe Sie an – töten Sie mich! Bereiten Sie diesem Wahnsinn ein Ende!« Er drehte sich zur Seite, krümmte sich wie ein Embryo und begann zu weinen.

Julie war ratlos. Ein Mord kam für sie nicht infrage, auch nicht aus Mitleid. Gleichzeitig wusste sie, dass man Doktor Rosenstein in keinem Krankenhaus der Welt helfen konnte. Er war Opfer seiner eigenen Wissenschaft geworden.

Dicke Schweißperlen standen Doktor Scott auf der Stirn. Die Freilegung des Serverraums war anstrengend gewesen. Dennoch hatte er seine Hemdsärmel nicht hochgekrempelt, um den hässlichen dunklen Fleck am Arm nicht sehen zu müssen.

Eine halbe Stunde lang hatte er wie besessen Trümmer beiseite gewuchtet und sich auf diese Weise den Weg in den Serverraum geebnet. Er hatte gehofft, dass die ROSCO-Computer nur deshalb nicht funktionierten, weil durch die Explosion die Verbindung zum Server unterbrochen worden war. Jetzt musste er einsehen, dass nicht das Hauptkabel das Problem war, sondern der Server selbst. Das Gerät – das Gehirn der Station – stand neben einer eingefallenen Wand, das Gehäuse war zersplittert und durchlöchert. Kein Wunder, dass das Terminal schwarz blieb. Die ganze Anstrengung umsonst!

Resigniert ging er in die Küche zurück, wo er sich aus der angebrochenen Flasche einen Schluck Whiskey eingoss. Er trank ihn in einem Zug aus und spürte das angenehme Brennen in der Kehle. Kurz darauf setzte die Wirkung des Alkohols ein, und er schenkte sich nach. Am Abend hatte er es vorgezogen, einen klaren Kopf zu behalten, aber jetzt, da die anderen hinter Schloss und Riegel waren, konnte er sich ruhig ein wenig Entspannung gönnen.

Sein Blick wanderte zu O'Sullivans Rucksack auf dem Boden. Während er ihn betrachtete, kam ihm eine merkwürdige Frage in den Sinn: Weshalb schleppte ein Schwerverletzter seinen Rucksack mit sich herum? Einer spontanen Eingebung folgend, nahm Scott den Inhalt noch einmal in Augenschein. An der Pistole und am defekten Nachtsichtgerät konnte er nichts Ungewöhnliches feststellen, aber die Sorgfältigkeit, mit der O'Sullivan den Laptop mit Wasserschutzfolie umwickelt hatte, machte ihn plötzlich stutzig. Was war an diesem Gerät so besonders? Ging es O'Sullivan lediglich um seine Programme, oder steckte womöglich mehr dahinter? Natürlich war es nur eine winzige Chance – aber war O'Sullivan vielleicht auf den Gedanken gekommen, sich die ROSCO-Daten selbst anzueignen, um sie später auf dem Schwarzmarkt zu verkaufen?

Scott verspürte ein Kribbeln in der Magengegend, als er den Laptop auspackte und ihn auf dem Küchentisch in Betrieb nahm. Bereits wenige Minuten später fand er, wonach er gesucht hatte. Er konnte sein Glück kaum fassen. Er verschränkte die Hände hinter dem Kopf und starrte wie hypnotisiert auf den Monitor. Dann begann er leise in sich hinein zu lachen. Jetzt konnte ihn nichts mehr aufhalten.

»*Sie* mögen sich den Tod wünschen, Doktor Rosenstein – *wir nicht!*« Jeffs Stimme klang eindringlich und fordernd. Er kniete sich neben den Behaarten und packte ihn an den Schultern. »Ich bitte Sie, helfen Sie uns! Wir müssen hier raus!«

Rosenstein sah ihn mit mattem Blick an. »Was erwarten Sie? Dass ich Ihnen einen Geheimgang ins Freie zeige?«

»Nein – dass Sie die Fenstergitter verbiegen! Wenn das jemand schafft, dann Sie!«

Ein Hoffnungsschimmer keimte in Julie auf. Jeff hatte Recht. Unter dem Einfluss der Krankheit war Doktor Rosenstein zu einem Geschöpf des Waldes geworden, dessen Knochen- und Muskelkorsett das jedes Menschen bei weitem übertraf.

»Wenn Sie Doktor Scott aufhalten wollen, dann müssen Sie es wenigstens probieren!«, flehte sie und drückte Rosensteins Arm.

Ihre Worte schienen ins Schwarze zu treffen, denn Doyle Rosenstein nickte und wälzte sich zur Seite, um sich aufzurichten. Als Julie seinen schleppenden Gang sah, befürchtete sie schon, er könne einen Schwächeanfall erleiden. Doch kaum hatte er das Fenster geöffnet und die Fäuste um zwei der Gitterstäbe geballt, schwanden ihre Zweifel. Unter dem dichten Haar spannten sich die Rücken- und Armmuskeln, der komplette Oberkörper schien sich auszudehnen. Dann zog Rosenstein mit einem kräftigen Ruck an. Die Anstrengung ließ ihn zittern. Mit seinen weit aufgerissenen Lippen sah er aus, als würde er die Zähne fletschen.

Tatsächlich verbogen sich die Gitterstäbe. Nur ein paar Zentimeter, aber immerhin war es ein erster Erfolg. Jeff und Julie, die bis dahin nur zugesehen hatten, postierten sich links und rechts neben Rosenstein und begannen nun ebenfalls, an den Stäben zu zerren. Unter Ächzen und Stöhnen vergrößerte sich die Lücke um ein paar weitere Zentimeter.

»Nicht aufhören!«, presste Jeff hervor. »Noch ein Stück!«

Julie riss an dem Gitter. Sie war bereits außer Puste, gab aber nicht auf. Doktor Rosenstein ebenfalls nicht.

»Gut so! Noch ein bisschen!«

Ein letzter Kraftakt. Dann ließen sie erschöpft vom Gitter ab.

Rosenstein, dem die Prozedur am meisten zu schaffen gemacht hatte, sank an der Wand herab und blieb auf dem Boden hocken. Jeff und Julie standen japsend neben ihm.

Einige Sekunden lang brachte keiner ein Wort heraus. Dann meinte Jeff, noch immer schnell atmend: »Ein bisschen eng vielleicht – aber es sieht doch gar nicht so schlecht aus, unser Schlupfloch aus Alcatraz.«

Er half Doktor Rosenstein, sich auf einen Stuhl zu setzen, und schob eine Rollkonsole unter das Fenster.

»Wollen Sie als Erste Ihr Glück versuchen?«, fragte er Julie.

»Gerne.«

Er hielt die wackelige Konsole, während Julie auf sie stieg und vorsichtig zuerst die Arme und dann den Kopf ins Freie steckte. Die Position war unbequem, weil sie sich seitwärts durch die Lücke zwängen musste. Unwillkürlich rutschte sie in die sich nach unten verengenden Gitterstäbe, sodass sie sich vorkam, als würde jemand ihren Körper in einen Schraubstock zwängen. Ähnlich musste sich eine Katze fühlen, die in einem gekippten Fenster stecken blieb.

Sie versuchte, nicht auf die Schmerzen in ihrer Seite zu achten, und tastete von außen den oberen Rand des Fensterrahmens ab, bis ihre Finger festen Halt fanden. Dann zog sie sich nach oben, während sie gleichzeitig mit den Beinen nachhalf. Außerdem atmete sie tief aus, um sich so schmal wie möglich zu machen. Tatsächlich gab der Widerstand der Gitterstäbe nach, und es gelang ihr, sich bis zu den Hüften vorzuarbeiten.

»Prima!«, spornte Jeff sie an. »Sie haben es gleich geschafft!«

»Noch komme ich mir vor wie eine Maus in der Falle.«

»Soll ich Ihnen helfen?«

»Ja. Nehmen Sie meine Beine, und schieben Sie, wenn ich es sage.«

»In Ordnung.«

»Auf drei! Eins … zwei … drei!«

Julie zog sich am Fensterrahmen hoch und spürte gleichzeitig, wie ihr Unterleib von Jeff durchs Gitter gedrückt wurde. Dann verlor sie den Halt und stürzte zu Boden.

Durch die Geräusche im Labor hellhörig geworden, beschloss Doktor Scott, nach dem Rechten zu sehen. Er eilte in den Flur, öffnete die Labortür – und traute seinen Augen kaum.

»Was zum Teufel ist hier los?«, dröhnte er.

Tom O'Sullivan lag noch immer verbunden auf dem Tisch. Das Affenwesen, das einmal Doyle gewesen war, hockte auf einem Stuhl, und Jeff Beauford stand an der hinteren Wand neben dem offenen Fenster. Dem Fenster mit den verbogenen Gitterstäben!

Erst jetzt fiel Scott auf, dass Julie Carlton fehlte. Sofort begriff er, was vorgefallen war. Er warf die Tür wieder ins Schloss, drehte den Schlüssel herum und rannte durch den Flur hinaus ins Freie. Es dauerte ein paar Sekunden, bis seine Augen sich an die nächtliche Dunkelheit gewöhnt hatten, doch Scott kannte sich gut genug in ROSCO aus, um sich auch blind zurechtzufinden. Ohne den Lauf zu unterbrechen, rannte er ums Gebäude herum. Dort traf er auf die Reporterin, die soeben ins Unterholz flüchten wollte. Scott warf sich auf sie und bekam ihre Beine zu fassen. Beide stürzten. Scott umklammerte ihre strampelnden Füße und robbte sich auf sie, um sie unter seinem Körpergewicht zu begraben. Julie schrie.

Irgendwo hinter sich hörte Scott einen weiteren Schrei. Als er irritiert den Kopf drehte, bemerkte er Jeff, dessen Oberkörper aus dem Laborfenster ragte.

»Lassen Sie die Finger von ihr!«, brüllte er. »Hören Sie, Scott? Sie sollen Julie in Ruhe lassen!« Aber so sehr er sich auch bemühte, er schaffte es nicht, sich durch die Gitterstäbe zu zwängen.

Scott gestattete sich ein höhnisches Grinsen. »Vielleicht werde ich mich ein bisschen mit Ihrer Freundin vergnügen!«, warf er Jeff zu. »Vielleicht …«

Weiter kam er nicht, denn in diesem Moment traf Julies Knie ihn genau dorthin, wo es besonders wehtat. Er stieß einen jaulenden Laut aus, brach über ihr zusammen und rollte sich zur Seite. Ein Teil von ihm wusste, dass er die Reporterin nicht entwischen lassen durfte. Der andere Teil war jedoch voll und ganz mit dem glühenden Schmerz in seinem Unterleib beschäftigt.

Er sah, wie Julie sich aufrappelte und zwischen den Büschen in der Dunkelheit verschwand. Die Zähne zusammenbeißend nahm Scott die Verfolgung auf.

Ich werde dich kriegen, Miststück!, dachte er gleichermaßen verbittert wie zuversichtlich. Ich kenne mich hier aus wie in meiner Westentasche. Du wirst mir nicht entkommen!

Er lauschte in den Wald hinein, hörte Schritte und das Rascheln von Laub.

Sie bleibt in der Nähe der Station, dachte Scott. Sie hat Angst vor dem Dschungel. Sehr gut!

Die Schritte wanderten um das Gebäude herum in Richtung Ufer. Vorsichtig, um nicht selbst verräterische Geräusche zu verursachen, nahm Scott die Verfolgung auf.

»Fester!«, zischte Jeff. »Ziehen Sie fester! Beeilen Sie sich!«

Doktor Rosenstein hatte wieder die Gitterstäbe umklammert, aber es schien, als wollten sie sich keinen Millimeter weiter auseinander biegen lassen. Es war zum Verzweifeln.

»Lassen Sie mich noch mal ran!«, sagte Jeff und sprang auf die Rollkonsole. Er steckte den Kopf durch die Lücke, wusste aber sofort, dass sie noch immer zu klein für ihn war. Er versuchte es ein letztes Mal mit aller Gewalt, dann gab er resigniert auf. Was jetzt?

Vielleicht werde ich mich ein bisschen mit Ihrer Freundin vergnügen! Scotts Worte hallten wie ein Echo in seinem Kopf nach. Dieser Dreckskerl! Wenn er ihr auch nur ein Haar krümmte …!

Er spürte, wie ihn eine Panikattacke übermannte. Auf der Suche nach einem Ausweg irrte sein Blick rastlos durch den Raum.

Im Augenwinkel nahm er wahr, wie Doktor Rosenstein auf die Rollkonsole stieg.

Was machen Sie da?, wollte er fragen. Denn wenn *er* sich schon nicht durch das enge Loch zwängen konnte, wie sollte das dann ein Mann mit der Konstitution eines Gorillas schaffen?

Doch er hatte nicht mit Doktor Rosensteins Fatalismus gerechnet. Mit geballter Kraft drückte sich der affengleiche Körper durch die Lücke. Haare schabten sich am Gitter ab, die gedehnte Haut schürfte auf und riss. Dann hörte Jeff auch noch Rippen brechen. Rosenstein stöhnte auf, fuhr aber mit unverminderter Kraft fort. Es war ein Akt der Befreiung, aber auch der Selbstzerstörung.

Endlich hatte er es geschafft. Dumpf landete er auf der Erde. Jeff eilte zum Gitter, spähte hinaus und wollte etwas sagen. Den anderen fragen, ob mit ihm alles in Ordnung sei. Oder ihm danken. Aber noch bevor er ein Wort herausbrachte, war Rosenstein in der Nacht verschwunden.

Doktor Scott erkannte Julie im Gebüsch am Rand der Lichtung, etwa in der Mitte zwischen der Station und dem Fluss. Ihre Silhouette verschmolz beinahe mit ihrer Umgebung, doch da das luftige Blätterwerk an zahlreichen Stellen vom Mondlicht durchdrungen wurde, hob die Frau sich bei genauem Hinsehen als undurchlässiger schwarzer Schattenriss ab.

Langsam pirschte Scott sich näher an sie heran. Sein Betäubungsgewehr hatte er vor lauter Aufregung in der Station vergessen. Zu dumm! Aber mit dem Überraschungsmoment auf seiner Seite würde er sie schon überwältigen – *bevor* sie ihn mit einem neuen Kniestoß außer Gefecht setzen konnte.

Die Frau war fünf oder sechs Meter von ihm entfernt. Nur noch ein paar Schritte näher, dann konnte er sich auf sie stürzen. Scott verlagerte langsam sein Gewicht, setzte einen Fuß nach vorne und erstarrte. Trotz aller Vorsicht war er auf einen Ast getreten. Der Patzer hatte nur ein leises Knacken verursacht – eines von unzähligen anderen Geräuschen im nächtlichen Dschungel. Dennoch war Scott sicher, dass Julie es ebenfalls bemerkt hatte.

Ein paar Minuten lang blieb er reglos auf der Stelle stehen und beobachtete die Reporterin. Gleichzeitig wusste er, dass sie ihn nicht sehen konnte. Hinter ihm gab es kein verräterisches Licht, sondern nur bodenlose Finsternis. Er war eins mit der Nacht.

Dann knackte plötzlich erneut ein Ast. Scott war sicher, dass weder er noch Julie das Geräusch verursacht haben konnten. Es kam von weiter rechts. Sein Blick streifte durch die Dunkelheit. Nichts.

In diesem Moment gingen Julie die Nerven durch. Sie sprang auf, durchstieß das Gebüsch und stürmte auf die Lichtung. *Sie darf mir nicht entkommen!* Das war das Einzige, was Scott denken konnte. Ohne zu zögern, sprintete er hinter ihr her.

Zuerst beschrieb sie einen Bogen, offenbar in der Absicht, die Station zu umrunden, ins Gebäude einzudringen und die anderen zu befreien. Doch als sie merkte, dass Scott aufholte und ihr den Weg abschnitt, schlug sie einen Haken. Jetzt lief sie vom Gebäude weg, quer über die Lichtung zum gegenüberliegenden Waldrand.

Scott rannte so schnell er konnte, mit jedem Schritt holte er auf. Noch bevor Julie das Ende der Lichtung erreicht hatte, gelang es ihm, sie an der Schulter zu packen, zu Boden zu werfen und sich auf sie zu stürzen. Da sie diesmal bäuchlings unter ihm lag, konnte sie sich kaum wehren. Scott hatte keine Mühe, die Kontrolle über sie zu gewinnen.

Plötzlich hörte er Schritte hinter sich. Schwere, rasch näher kommende Schritte. Scott, der rittlings auf Julies Rücken saß, warf den Kopf herum und erkannte im Mondschein die große, haarige Gestalt. Dann wurde er auch schon von zwei klauenartigen Fäusten gepackt und mit einem heftigen Ruck emporgeschleudert. Unsanft landete er zwei Meter weiter in der feuchten Erde. Er versuchte aufzustehen, doch schon wirbelte er erneut durch die Luft. Diesmal schlug er mit dem Rücken auf, so hart, dass ihm der Atem stockte. Er hustete, wälzte sich herum, kam auf die Beine. Vor ihm stand Doyle Rosenstein. Obwohl er keuchte, blutete und sich die Rippen hielt, wirkte er bedrohlich. Er stütze sich nicht mehr mit den Armen auf dem Boden auf, sondern hatte sich wie ein Bär zu voller Körpergröße aufgerichtet. Unwillkürlich wich Scott vor ihm zurück.

»Bleib von mir fern, du Monster«, keuchte er.

»Wer von uns beiden ist wohl das größere Monster?«, entgegnete Rosenstein mit Grabesstimme. »Es ist wahr – ich tue schreckliche Dinge, weil die Krankheit mich dazu zwingt. Aber du, Alvin, handelst *vorsätzlich!*«

Irgendwo hinter sich hörte Scott das Blubbern von Wasser.

An Land habe ich gegen Doyle keine Chance, dachte er. Aber wenn ich es bis zum Fluss schaffe, kann ich ihm vielleicht entwischen.

Vorsichtig setzte er einen weiteren Schritt zurück in Richtung Ufer.

Julie rollte sich benommen auf den Rücken. Beim Sturz hatte sie sich den Kopf an einem Stein gestoßen. Jetzt betastete sie die schmerzende Stelle, aber glücklicherweise blutete sie nicht.

Sie hörte Stimmen. Ihr Blick fiel auf Scott, der schrittweise rückwärts ging und dabei eindringlich, fast beschwörend auf Doktor Rosenstein einredete. Sie hatte das Gefühl, Scott versuche, Rosenstein hinzuhalten. Aber sie glaubte nicht, dass es ihm viel nutzen würde. Sie musste sich eingestehen, dass sie jetzt nicht in Scotts Haut stecken wollte.

Die beiden Männer wanderten immer weiter zum Ufer. Sie sprachen miteinander, als würden sie sich gegenseitig mit Flüchen belegen, aber sie griffen sich nicht an.

Vielleicht gibt es eine friedliche Lösung, dachte Julie. Ist es nicht irgendwie möglich, Scott zur Vernunft zu bringen? Er muss doch einsehen, dass er mit seinem Plan niemals durchkommt!

Aber noch während Julie darüber nachdachte, geriet der Fluss plötzlich in Bewegung. Die Lichtspiegelungen des Monds und der Sterne verschwammen, das Wasser begann zu brodeln. Auch die beiden Männer, mittlerweile am Steg angekommen, bemerkten es. Fassungslos starrten sie auf das tanzende Wasser.

Noch immer am Boden liegend, sah Julie, wie der Fluss zum Leben erwachte. Zumindest schien es so – als würde ein Wellenberg sich auftürmen. Dann schwappte das Wasser zur Seite und gab einen großen, undefinierbaren Schatten preis – eine schwarze Insel inmitten der aufgepeitschten, nächtlichen Flut. Weitere Schatten lösten sich aus dem Wasser, diesmal lang gezogene, schlangenähnliche Gebilde, die sich in den Himmel reckten. Dort zappelten und züngelten sie einen Moment lang, als wollten sie den Mond anbeten, bevor sie in weitem Bogen zur Erde niederschossen und nach den beiden Männern griffen. Entsetzt verfolgte Julie mit, wie Scott und Rosenstein von den Füßen gerissen und in die Luft geschleudert wurden. Die gellenden Schreie gingen ihr durch Mark und Bein. Aber schon wenige Sekunden später verstummten die Schreie abrupt, als die Männer auf den Fluss aufschlugen und unter Wasser gezerrt wurden. Die schlangenhaften Schatten versanken, die schwarze Insel in ihrer Mitte ebenfalls. Zurück blieben nur ein paar gurgelnde Wasserstrudel, aber auch sie fügten sich rasch wieder in den Lauf der Strömung ein.

Julies Atem ging flach. Sie konnte kaum glauben, was sie soeben gesehen hatte. Sie suchte nach einer Erklärung, konnte aber keinen klaren Gedanken fassen. Als sie aufstand und zur Station zurückkehrte, zitterte sie am ganzen Leib.

27

Glücklicherweise hatte Doktor Scott den Schlüssel zum Labor von außen stecken lassen. Julie drehte ihn herum und öffnete die Tür. Drinnen erzählte sie den beiden anderen, was sie beobachtet hatte. Immer wieder versagte ihr die Stimme, denn erst jetzt, mit etwas Abstand, erkannte sie das gesamte Ausmaß des Grauens, dessen Zeuge sie geworden war.

Jeff trat auf sie zu und schloss sie in die Arme. Es war gut, seinen Körper zu spüren, sich an ihn anzulehnen und einen Moment lang das Gefühl der Geborgenheit zu genießen. »Wenn ich nur wüsste, was da passiert ist«, murmelte sie.

Auf dem Labortisch wälzte sich Tom O'Sullivan zur Seite, sodass er sie sehen konnte. »Es war das Monster«, sagte er.

»Das Monster?«, wiederholte Jeff. »Ich dachte, dieses Kapitel hätten wir abgehakt.«

O'Sullivans Gesichtsausdruck verriet, dass er nicht verstand.

Jeff ließ von Julie ab und wandte sich dem Verletzten zu. »Als Sie vorhin das Monster erwähnt haben, sprachen Sie da nicht von Doktor Rosenstein?«

Tom O'Sullivans Miene änderte sich. Er lächelte, wirkte dabei aber beinahe resigniert. »Ich wünschte, Sie hätten Recht«, seufzte er. »Aber ich meinte ein anderes Monster. Ein *echtes* Monster! Den Kalmar.«

Jeff und Julie sahen sich an, ohne einen Ton über die Lippen zu bringen.

»Der Kalmar war es auch, der die Cessna versenkt hat, als ich versuchte, damit zu fliehen«, sagte O'Sullivan. »Ich glaube, der Motor hat ihn angelockt.«

Jeff schüttelte fassungslos den Kopf. »Das ist Unsinn! Der Kalmar ist tot!«

Doch O'Sullivan klang sehr überzeugt, als er dagegen hielt: »Die Affen sind tot. Die Panther und Leoparden ebenfalls. Aber eines weiß ich genau: Der Kalmar *lebt!«*

Es klang absurd, dennoch zweifelte Julie nicht am Wahrheitsgehalt seiner Worte. Was sie vor kaum einer halben Stunde am Fluss beobachtet hatte, passte zu dem Wenigen, was sie über den Kalmar wusste. Die schlangenähnlichen Schatten, die sich aus dem Wasser erhoben hatten, waren die Tentakel und Fangarme gewesen, mit denen das Biest die beiden Wissenschaftler gepackt und in den nassen Tod gezerrt hatte. Wieder stieg eine tiefe, innere Kälte in Julie auf.

Andererseits – irgendetwas störte sie an Tom O'Sullivans Geschichte. Etwas, das sich nicht mit ihrer Vorstellung von einem Kalmar vereinbaren ließ. Im Moment kam sie nur nicht darauf, was es war.

»Warum in aller Welt haben Sie versucht, sich allein mit unserem Flugzeug aus dem Staub zu machen?«, fragte Jeff, als sei das im Augenblick das Wichtigste. Seine Stimme klang unverhohlen vorwurfsvoll. »Weshalb wollten Sie uns hier zurücklassen? Sie hätten sich doch nur bemerkbar machen müssen, dann hätten wir Sie mitgenommen.«

»Als Sie in die Station kamen, erkannte ich Doktor Scott«, entgegnete O'Sullivan. »Ich sah, dass Sie bewaffnet waren, und glaubte, Sie drei gehörten zusammen. Ich dachte, Sie würden mich umbringen, wenn ich mich zeige.«

Jeff schnaubte. Er wirkte wütend, aber nicht so sehr auf Tom

O'Sullivan als vielmehr auf Doktor Scott, der ihnen den ganzen Schlamassel eingebrockt hatte.

Julie konnte es ihm nicht verdenken. Allerdings empfand sie selbst keine Wut mehr auf Scott, seit sie gesehen hatte, wie er zu Tode gekommen war. Die nachtschwarzen Fangarme des Riesenkalmars, die wie aus dem Nichts dem Fluss entwachsen waren …

Mit diesem Bild vor Augen fiel ihr plötzlich ein, was ihr zuvor seltsam erschienen war. »Mister O'Sullivan – wenn überhaupt, dann sollte der Kalmar in seinem Becken im Aquarium schwimmen. Wie zum Teufel kommt er in den Fluss? Bitte behaupten Sie nicht, dass er …«

»Leider doch, Miss Carlton«, fiel O'Sullivan ihr mit ernstem Bedauern ins Wort. »Der Kalmar kann über Land kriechen.«

Die Neuigkeit traf Julie wie ein Vorschlaghammer. Alles in ihr sträubte sich dagegen, zu akzeptieren, was sie soeben gehört hatte – aber tief in ihrem Inneren wusste sie, dass es stimmte. Sie erinnerte sich daran, was ihre Freundin Vanessa bei ihrem ersten Besuch im MIQ erzählt hatte. In den Außenbecken des Instituts wurde nicht nur mit Delfinen und Haien experimentiert, sondern auch mit Kraken und Kalmaren. Aber über Nacht wurden Sie in die Innenaquarien gesperrt, weil sie sonst ausbüchsten.

Ausbüchsten!

Vanessa hatte gesagt, mithilfe ihrer Fangarme seien sie in der Lage, sich von einem Becken ins nächste zu bewegen – dabei hatte sie lediglich von ganz gewöhnlichen Tieren gesprochen. Wozu musste dann erst ein fünfunddreißig Meter langer, metamorphinverseuchter Riesenkalmar fähig sein?

Julies Zunge klebte trocken am Gaumen, als sie sich die Gefahr ausmalte, in der sie alle schwebten. Welcher Teufel hatte sie nur geritten, sich von Doktor Scott zu diesem aberwitzigen Ausflug überreden zu lassen?

Ich und mein verdammter Ehrgeiz, dachte sie.

Jahrelang hatte sie einer sensationellen Story entgegengefiebert, um den großen Durchbruch zu schaffen. Dann endlich hatte sich diese Geschichte am Riff ergeben – der Schwarm, mit dem alles angefangen hatte. Julie war so dankbar für diesen Zwischenfall gewesen, dass sie sich blindlings ins Abenteuer gestürzt hatte.

Nur leider habe ich nicht rechtzeitig den Absprung geschafft, dachte sie, wütend auf sich selbst. Und jetzt sitze ich in der Tinte.

Sie hatte das Gefühl, eine unsichtbare Hand drücke ihr die Eingeweide zusammen. Ein riesiges Monster geisterte durch diesen Wald. Ein Monster, das nicht mehr auf seine natürliche Umgebung angewiesen war, sondern in einem warmen Süßwasserfluss ebenso überleben konnte wie in den eisigen Tiefen des Ozeans. Mittlerweile war es sogar in der Lage, sich amphibisch fortzubewegen. Gott allein wusste, wie lange es ohne Wasser auskommen konnte, ob es noch Kiemen besaß oder bereits Lungen ausgebildet hatte. Diese Kreatur hatte Affen und Raubkatzen auf seinem Speiseplan stehen – und auch Menschen. Julie hatte es mit eigenen Augen gesehen.

»Ich bin dafür, dass wir noch bis zum Morgen hier ausharren und dann von hier verschwinden«, sagte Jeff. »Mister O'Sullivan nehme ich Huckepack, das wird schon irgendwie gehen. Wenn wir weit genug von der Station entfernt sind und es nicht mehr so eilig haben, können wir ihm eine Trage bauen.«

Julie nickte. Es schien ihr das Vernünftigste zu sein, was sie tun konnten. Wenn sie erst wieder unter Menschen waren, konnten sie die Polizei oder die Armee einschalten. Irgendjemand würde schon ein paar Hubschrauber und die nötige Anzahl bewaffneter Männer auftreiben, um dieses Biest zu erledigen.

Doch O'Sullivan zerstörte ihre Hoffnungen im Keim. »Der Kalmar wird uns nicht gehen lassen«, sagte er. »Ich habe es schon mehrmals versucht, aber er war stets zur Stelle. Er verfügt über außergewöhnliche Fähigkeiten.« Er versuchte, sich auf seinem Tisch aufzurichten, zuckte aber unter seinen Schmerzen zusammen und ließ sich wieder zurücksinken. »Der Kalmar jagt auf Sicht«, fuhr er fort. »Seine Augen sind groß wie Autoreifen. Mit ihnen sieht er bei Nacht ebenso gut wie bei Tag. Und er ist stark. Mehr noch, er wird täglich stärker. Zweimal hat er mich beinahe erwischt. Beim ersten Mal waren seine Arme noch weich, beinahe wie Gelee. Beim zweiten Mal waren sie viel dicker und widerstandsfähiger. Mit ihnen greift er nach Baumstämmen, um sich über Land zu ziehen.« O'Sullivan deutete mit seinen bandagierten Armen Ruderbewegungen an, was eher lustig als bedrohlich wirkte. Aber niemand lachte. »Jede Faser dieses Tiers ist Furcht einflößend. Nur sein Gehör und sein Geruchssinn sind nicht so gut. Im Wasser zwar schon, aber nicht an Land. Vergleichbar mit dem von uns Menschen. Allerdings – und das ist der Knackpunkt – kann er Bodenerschütterungen sehr feinsinnig wahrnehmen. Zum Beispiel von Schritten. Wenn er das Gefühl hat, dass potenzielle Beute aus seinem Revier fliehen will, nimmt er die Verfolgung auf. Er lässt sich nicht gern eine gute Mahlzeit durch die Lappen gehen, zumal Beute für ihn mittlerweile rar geworden ist, verstehen Sie?«

Es war deprimierend. »Woher wissen Sie das alles?«, fragte Julie.

»Es steht in den ROSCO-Dateien.«

»Ich dachte, die Computer funktionieren nicht mehr.«

O'Sullivan nickte. »Das stimmt schon. Aber alles, was es über den Kalmar zu wissen gibt, befindet sich auf meinem Laptop.«

Julie wünschte sich beinahe, Tom O'Sullivan würde nicht so viel über das Riesenbiest wissen. Dadurch hätte sie sich wenigstens einen winzigen Rest Hoffnung bewahren können, Hoffnung, aus diesem Hexenkessel entfliehen zu können. Aber allem Anschein nach hielt der Kalmar sie als lebenden Futtervorrat gefangen, den er strengstens bewachte.

Wir sind hier gefangen wie Fliegen in einem Spinnennetz – noch am Leben und dennoch so gut wie tot, dachte Julie. Sie hatte das Gefühl, von einer eiskalten, schwarzen Flutwelle überrollt zu werden. Wie um alles in der Welt konnten sie diesem hungrigen Ungeheuer entwischen? Ohne die Cessna war das ausgeschlossen. Selbst mit ihr wäre es schwierig gewesen. Ihr kam in den Sinn, was O'Sullivan gesagt hatte: Der Kalmar hatte die Cessna versenkt, weil der Motor ihn angelockt hatte.

Motor ...

Das Wort hallte in Julies Kopf nach. Der Kalmar war vom Flugzeugmotor angelockt worden. Ein anderer Kalmar hatte auf die Schiffsdiesel der Cormoran reagiert. Motorenlärm zog diese Biester also an!

»Gibt es in dieser Station ein Notstromaggregat?«, fragte sie.

Jeff lächelte matt. »Wir hatten eins, aber es lagerte im Abstellraum.«

»Der jetzt in Schutt und Asche liegt. Richtig?«

»Richtig.«

»Können wir auf irgendeine andere Weise ein Motorengeräusch erzeugen und den Kalmar damit von uns ablenken, wenn wir die Flucht wagen?«

»Nicht, dass ich wüsste.«

Julie ließ enttäuscht die Schultern hängen.

»Machen Sie sich nichts daraus«, sagte O'Sullivan. »Ein Motor würde die Aufmerksamkeit des Kalmars ohnehin nicht sehr lange auf sich ziehen. Sobald er ihn zerstört hat, würde er uns bemerken und verfolgen.«

»Dann müssen wir die Flucht ohne Ablenkungsmanöver riskieren«, sagte Jeff. »Hier bleiben können wir jedenfalls nicht.«

In Julies Kopf arbeitete es fieberhaft. Ein Fluchtversuch war aussichtslos. Aber sich in ROSCO zu verschanzen grenzte ebenfalls an Selbstmord. Scott hatte erzählt, der Bergungstrupp komme erst in acht Wochen. Bis dahin waren sie längst tot. Es sei denn, der Kalmar starb vor ihnen – aber darauf wollte sie lieber nicht wetten. Aus irgendeinem Grund hatte das Tier bisher überlebt, weshalb sollte sich das plötzlich ändern?

»Vielleicht können wir den Kalmar außer Gefecht setzen«, murmelte sie, bevor sie so richtig begriff, was sie da sagte. »Was ist mit den Gewehren?«

Jeff schüttelte den Kopf. »Wir bräuchten keine Gewehre, sondern Kanonen. Und Betäubungspfeile so groß wie Regentonnen.«

»Gibt es hier keine anderen Waffen?«

»Jedenfalls keine, mit denen wir es gegen ein Ungeheuer aufnehmen könnten.«

Julie spürte den lähmenden Hauch der Resignation. Sie suchte krampfhaft nach weiteren Alternativen, aber ihr wollten partout keine einfallen. Schließlich wandte sie sich an den Verletzten.

»Mister O'Sullivan, von uns dreien sind Sie derjenige, der dieses Tier am besten kennt. Sie haben die ROSCO-Dateien studiert. Sehen Sie irgendeine Möglichkeit, wie wir dem Kalmar zu Leibe rücken könnten?«

»Ich wünschte, es wäre so«, antwortete O'Sullivan. »Aber leider bin ich ebenso ratlos wie Sie.«

28

Sie beschlossen, die Computerdateien zu sichten. Immerhin war es möglich, dass O'Sullivan irgendeinen wichtigen Aspekt übersehen hatte. Das hoffte Julie zumindest, denn wenn sie nicht herausfanden, wo dieses dinosauriergroße Ungetüm seine Schwachstelle hatte, sah es verdammt düster aus.

Sie entdeckten den Laptop auf dem Küchentisch – aufgeklappt im Standby-Modus. Offenbar hatte Doktor Scott ihn bereits in Betrieb genommen.

Da O'Sullivan sich in seinem Verband kaum rühren konnte und er die Daten ohnehin schon mehrfach durchstöbert hatte, überließ er das Gerät den beiden anderen. Er wies sie lediglich in die Systematik der Verzeichnisse ein. Außerdem bestand er darauf, das Licht zu dimmen, um die Aufmerksamkeit des Kalmars nicht unnötig zu erregen. Danach ließ er sich erneut eine Spritze gegen die Schmerzen geben und legte sich auf die Küchenbank. Innerhalb kürzester Zeit war er eingeschlafen.

Im Lauf der nächsten zwei Stunden wandten Jeff und Julie ihre Blicke kaum vom Laptop-Bildschirm ab. Da O'Sullivans Decodier-Programm die ROSCO-Passwörter bereits entschlüsselt hatte, konnten sie problemlos sämtliche Dateien einsehen. Alles um sie herum war ruhig, abgesehen vom leisen Summen des Computer-Gebläses und dem gelegentlichen Klicken der Tastatur, wenn sie in den Dokumenten blätterten. Ihre Unterhaltungen führten sie automatisch im Flüsterton.

Das Datenmaterial erwies sich als überaus ergiebig, sodass

sich vor Julies geistigem Auge bald ein konkretes Bild des Untiers formte. Allerdings trug diese Konkretisierung nicht unbedingt zu ihrem Wohlbefinden bei, denn was sie da las, bestätigte nur Doktor Scotts Aussage, nämlich, dass der Architeuthis dux das größte lebende Raubtier der Erde war.

Jeff öffnete ein Dokument mit der Überschrift *»Klassifizierung, Körperbau und Verhalten von Architeuthis«*. Die Abhandlung stammte von einem gewissen Doktor Adams.

»Trish Adams«, erklärte er. »Sie arbeitete hier als Ichthyologin.«

Julie las: *Je nachdem, welcher Expertenmeinung man vertraut, unterscheidet man heute bis zu neunzehn verschiedene Arten von Architeuthis – allerdings gelten nur drei davon als gesichert. Noch kein Biologe hat je ein lebendes Exemplar zu Gesicht bekommen. Erst ein einziges Mal – im September 2005 – konnte ein Riesenkalmar gefilmt werden, weil er in einer Wassertiefe von 900 Metern in eine Futterfalle geraten war. Abgesehen davon beruhen sämtliche in den letzten hundertfünfzig Jahren gesammelten Informationen über Riesenkalmare auf der Untersuchung verendeter Tiere und auf den Schlussfolgerungen, die man durch Beobachtung anderer – kleinerer – Kalmararten zog.*

Im Gegensatz zu Kraken, die ausschließlich benthisch – also in Nähe des Meeresbodens – leben, bevorzugen Kalmare den offenen Ozean. Aus diesem Grund sind Experten sich darin einig, dass die in der Geschichte der Seefahrt angeführten Angriffe von Meeresungeheuern niemals von Kraken, sondern stets von Riesenkalmaren ausgeführt wurden. (Das erste nachweislich von einem Architeuthis dux versenkte Schiff war ein Schoner namens Pearl. Das Unglück ereignete sich im Jahr 1874.)

In der Regel lebt Architeuthis in Wassertiefen von 300 bis 2000 Metern. Vor allem, wenn er Nachwuchs bekommt, steigt er in seichteres Gewässer auf. Man weiß das, weil in den Mägen diverser Seevögel zahlreiche Schnäbel von Riesenkalmar-Jungtieren gefunden wurden.

Wie alle Cephalopoden (Kopffüßer) ist Architeuthis wirbellos. Um dem riesigen Körper die nötige Stabilität zu verleihen, ist in die Haut am Rücken des Mantels ein durchsichtiger Schulp eingebettet, wegen seines schwertförmigen Aussehens auch »Gladius« genannt. Der Gladius ist ein Relikt der Schale, die die Vorfahren der Cephalopoden als schützende Hülle umgab.

Durch die Fähigkeit, Ammoniumchlorid im Muskelgewebe einzulagern, erhalten die Tiere so viel Auftrieb, dass sie in Ruhephasen schwerelos im Wasser treiben können, ohne schwimmen zu müssen. Der Energieverbrauch wird dadurch auf ein Minimum reduziert.

Die Fortbewegung erfolgt mithilfe eines Körperkanals, der in dem so genannten Trichter endet und durch den enorme Mengen von Wasser gepresst werden können. Dieses Rückstoß-Prinzip funktioniert vorwärts wie rückwärts, noch dazu beinahe geräuschlos. Außerdem ermöglicht es Architeuthis eine geradezu unglaubliche Beschleunigung aus der Ruheposition heraus.

Links und rechts des Körpers befinden sich langgezogene Flossen. Mit ihnen kann der Kalmar wellenartige Bewegungen ausführen und dadurch seine Schwimmrichtung steuern. Der torpedoförmige Körper endet in einem pfeilähnlichen Schwanz.

Ebenso wie viele seiner kleineren Verwandten (z. B. Humbold-Kalmare) ist Architeuthis dux durch in die Haut eingelagerte Chromatophoren in der Lage, seine Farbe zu wechseln. Im Ruhezustand ist sein Körper rotbraun bis violett, bei Erregung wandelt sich die Farbe in ein helleres, intensives Rot. Über den Sinn dieses Farbspiels sind sich die Experten bislang im Unklaren.

Am wohlsten fühlt Architeuthis sich bei Wassertemperaturen von 7 bis 10 ° Celsius. Bei höheren Temperaturen sinkt der Sauerstoffgehalt des Bluts, was im Extremfall zum Erstickungstod führen kann. Aufgrund des hohen Hämocyanin-Anteils ist das Blut von Architeuthis dux nicht rot, sondern blau-grün.

Danach folgte ein langer Bericht über die chemischen Eigenschaften von Kalmar-Blut. Jeff und Julie überflogen diese Passage lediglich, denn sie war von eher akademischem Interesse, nicht jedoch von praktischem Nutzen.

Eine halbe Stunde später fanden sie ein Dokument, in dem es nicht mehr allgemein um Riesenkalmare ging, sondern speziell um jenen, der im Aquarium gehalten worden war.

Es handelte sich um ein Weibchen mit einem Gewicht von knapp vier Tonnen und einer Länge von fünfunddreißig Metern. Der Körper allein maß rund zwölf, die acht Arme zehn Meter. Aber die beiden keulenartig verdickten Fang-Tentakel ragten mit weiteren dreizehn Metern Länge weit darüber hinaus. Arme und Tentakel waren mit Saugnäpfen ausgestattet, die einen Durchmesser von zehn bis dreißig Zentimetern aufwiesen. Jeder Saugnapf war zudem mit bis zu fünfundzwanzig messerscharfen Haken umrandet. Als Julie die in das Dokument eingebetteten Fotos betrachtete, lief es ihr eiskalt den Rücken hinunter. Die Haken muteten wie Zähne an und verliehen den kreisrunden, fleischigen Saugnäpfen das Aussehen von weit aufgerissenen, gierigen Mäulern.

Das eigentliche Maul bildete jedoch der Hornschnabel, ein Beißwerkzeug von der Größe eines Fensters. Der Schnabel diente dazu, die Beute in grobe Stücke zu zerteilen. Der abschließende Zerkleinerungsvorgang erfolgte in der hinter dem Schnabel liegenden Radula – einem mit Reibezähnen ausgestatteten, schlundartigen Kaumuskel.

Im Gewebe der ventralen – auf der Bauchseite befindlichen – Fangarme hatte Doktor Adams unter der Haut liegende Spermatophoren entdeckt. Die Samenzellen-Behälter mussten dem Weibchen von einem Männchen gewissermaßen implantiert worden sein. Dieses Phänomen ähnelte der Fortpflanzung von

Schnecken und war bereits bei anderen, tot angeschwemmten Riesenkalmaren festgestellt worden.

Die Fortpflanzung durch Spermatophoren deutet auf eine einzelgängerische Lebensweise von Architeuthis hin und soll das Überleben der Spezies auch bei seltenem Kontakt mit Artgenossen sicherstellen.

Augenblicklich wurde Julie noch kälter. Spermatophoren … Überleben der Spezies … Was, wenn dieses Dux-Weibchen bereits Nachwuchs gezeugt hatte? Vielleicht hatte es irgendwo im Fluss ein Gelege platziert, das durch die Einwirkung von Metamorphin im Süßwasser gedeihen konnte. Vielleicht benötigte das Gelege nicht einmal mehr Wasser. Vielleicht streunten bereits Hunderte von hungrigen Kalmar-Babys durch den Wald. Vielleicht …

Mach dich nicht verrückt!, mahnte sich Julie, die merkte, wie die Fantasie mit ihr durchging. Es gibt keinerlei Hinweis auf Monster-Nachwuchs – wenn, dann hätte O'Sullivan etwas davon mitbekommen müssen.

Sie diskutierte leise mit Jeff darüber. Er teilte ihre Meinung. Je mehr sie darüber sprachen, desto ruhiger fühlte Julie sich wieder. Dennoch war ihr klar, dass das Vorhandensein von Spermathophoren die Möglichkeit der Fortpflanzung implizierte. Und das bedeutete wiederum, dass mit jedem weiteren Tag die Wahrscheinlichkeit stieg, es mit einer ganzen Horde von hungrigen Bestien zu tun zu bekommen.

Julie riss sich von diesem Horrorszenario los und widmete sich wieder dem Computertext.

Doktor Scott und Doktor Adams schrieben, dass sie begonnen hatten, den Dux einigen Experimenten zu unterziehen, um sein Lernverhalten zu erforschen. Wie bei den meisten anderen Versuchstieren hatten sie mit einer Art Pawlow-Test begonnen: Bei jeder Mahlzeit ertönte eine Glocke. Bereits nach kürzester Zeit hatte der Dux den Zusammenhang begriffen. Selbst wenn das Futter nach dem Ertönen des akustischen Signals ausblieb, zeigte er deutliche Anzeichen von Erregung – seine Fangarme begannen unruhig zu arbeiten, und die Chromatophoren ließen seinen Körper in intensivem, zuckendem Rot aufleuchten.

In einem weiteren Experiment wurden dem Dux Walgesänge vorgespielt. Wie zu erwarten, legte er dabei eine ähnliche Verhaltensweise an den Tag wie beim Ertönen des Glockensignals, denn die meisten Walarten gehörten zum Nahrungsspektrum des Dux. Walgesang regte seinen Appetit an, weckte seinen Jagdinstinkt und versetzte ihn folglich in Erregung.

Allerdings gab es eine Ausnahme. Doktor Adams schrieb dazu: *Beim Abspielen von Pottwal-Gesängen zeigt der Dux sich zögerlich, was darauf zurückzuführen ist, dass der Pottwal in freier Natur der einzige Fressfeind des Riesenkalmars ist. Dies ist bekannt, weil fast jeder harpunierte Pottwal im Todeskampf riesige, mit Saugnäpfen bewehrte Tentakel erbricht. Auch finden sich in Pottwal-Mägen immer wieder Schnäbel von Riesenkalmaren.*

Gleichwohl stehen Pottwal-Kälber auf dem Speiseplan der Riesenkalmare, schrieb Doktor Adams weiter. *Der Dux ist daher durchaus in der Lage, Jungtier-Gesänge von jenen ausgewachsener Exemplare zu unterscheiden. Im ersten Fall erwacht in ihm der Jagdtrieb, im zweiten harrt er mehr oder weniger reglos aus, als würde er in eine Art Schreckensstarre fallen. Auch der Farbwechsel bleibt dann aus.*

Julie rieb ihre trockenen Augen und kämpfte gegen die aufkommende Müdigkeit an. Auch Jeff machte nicht gerade den frischesten Eindruck.

»Nichts!«, stöhnte er enttäuscht. »Nichts, was uns irgendwie weiterbringen würde.«

Natürlich hatte er Recht, aber irgendetwas in Julie weigerte sich, die Realität zu akzeptieren. »Immerhin wissen wir jetzt, dass auch ein Dux nicht unbesiegbar ist«, sagte sie. »Er ist verwundbar und hat sogar Fressfeinde.«

»Ja«, murmelte Jeff. »Nur leider ist nie ein Pottwal zur Stelle, wenn man einen braucht!«

29

Julie zuckte zusammen und schreckte schweißgebadet aus dem Schlaf hoch. Sie hatte von dem Kalmar geträumt. Ihr Puls raste, das Blut rauschte in ihren Ohren. Sie spürte, dass sie zitterte, und zwang sich, ein paar Mal tief durchzuatmen, aber es dauerte eine Weile, bis ihr Herzschlag sich wieder beruhigte.

Sie richtete sich in ihrem Sitz auf und hörte das Summen des Laptops, der offenbar immer noch lief, obwohl der Bildschirm schwarz war. Julie tippte die Maus an. Auf dem Monitor erschien ein Dokument, an das sie sich beim besten Willen nicht mehr erinnern konnte. Sie musste mitten im Lesen eingeschlafen sein.

Aber der Schlaf war nicht erholsam gewesen. Die Müdigkeit hatte sie wie ein Strudel in einen albtraumhaften Abgrund gezogen, sie mit apokalyptischen Bildern bombardiert und ihr keine Ruhe gegönnt. Ihr Kopf fühlte sich an wie ein ausgehöhlter Kürbis, den jemand mit spitzen Nägeln und Glassplittern gefüllt und anschließend kräftig durchgeschüttelt hatte.

Auf der Eckbank lag der in Mull gewickelte Tom O'Sullivan. Sein Atem ging gleichmäßig, und er lächelte wie ein Säugling. Offenbar war sein Schlaf erholsamer.

Beneidenswert, dachte Julie. Ich hätte mir auch eine Spritze verabreichen lassen sollen.

Sie stand auf und rieb sich den Nacken. Die Kopfschmerzen wurden noch schlimmer. Ich brauche eine Tablette, sonst werde ich verrückt, dachte sie.

Noch während sie die Schubladen durchsuchte, fiel ihr auf, dass Jeff nicht mehr im Zimmer war. Sofort beschlich sie eine düstere Vorahnung. Sie verdrängte den Kopfschmerz und ging hinaus in den Flur, um nach Jeff zu suchen. Aber er war nicht mehr in der Station.

Großer Gott, bitte lass ihn noch am Leben sein!, flehte sie in Gedanken.

Endlich fand sie ihn – draußen vor der Tür.

»Sie haben mir einen ganz schönen Schrecken eingejagt«, murmelte sie.

»Das wollte ich nicht. Sie waren nur eingeschlafen, und ich brauchte ein wenig frische Luft.« Jeff nahm einen tiefen Atemzug. »Wussten Sie, dass dieser Urwald der älteste der Welt ist? Er existiert seit hundert Millionen Jahren. Wenn man ihn so betrachtet, kann man sich beinahe in diese Zeit zurückversetzen, finden Sie nicht?«

Julie musste ihm beipflichten. Insbesondere zu dieser frühen Stunde entfaltete der Dschungel eine geradezu greifbare Urtümlichkeit. Dichter Frühnebel quoll aus dem Boden, waberte durch den Wald, hüllte Bäume und Gebüsch in seinen matten Schimmer. Der Fluss, der im nächtlichen Mondlicht noch geglitzert hatte wie ein Schwarm Glühwürmchen, war jetzt hinter einem milchig-weißen Schleier verborgen und kaum noch auszumachen. Ein Bild wie aus einer längst vergangenen Ära. Prähistorisch, kraftvoll, roh, aber auch faszinierend, ja sogar schön. Im wahrsten Sinne des Wortes ein Ur-Wald. In gewisser Weise passte ein dinosauriergroßes Ungetüm sogar hierher. Das Problem war nur, dass diese Welt nicht für Menschen geschaffen war.

»Hatten Sie inzwischen einen Geistesblitz?«, fragte Julie.

»Sie meinen, wie wir Godzilla besiegen können?«

Sie nickte.

»Ehrlich gesagt – nein. Ich zermartere mir den Kopf, aber es kommt einfach nichts dabei heraus. Wir können den Dux nicht erschießen, wir können ihn nicht betäuben. Ein Feuer brächte uns auch nichts – er müsste einfach im Fluss warten, bis alles vorüber ist. Was bleibt noch?«

Julie überlegte. »Wie wäre es mit einer Falle?«

»Darüber habe ich auch schon nachgedacht. Die Frage ist nur: Wie fängt man einen mutierten Riesenkalmar? Umstürzende Bäume? Eine Pfahlgrube?« Er schüttelte langsam den Kopf. »Für den Bau einer Falle, wie wir sie benötigen, würden wir Wochen brauchen. Dann können wir ebenso gut warten, bis der Bergungstrupp eintrifft.«

Im Küchenschrank fand Julie einen Restposten Kaffeepulver und ein paar Filter. Während der Kaffee durchlief, ließ sie der Gedanke an eine Falle nicht mehr los. Natürlich war es aussichtslos, eine Grube auszuheben, aber vielleicht konnte man dieses Problem umgehen. Sie spürte, dass die Lösung in der Luft lag, kam aber nicht darauf. Der Schlafmangel machte es ihr unmöglich, ihre Gedanken zu Ende zu führen. Außerdem tat ihr Kopf noch immer weh. Tabletten gab es keine mehr.

Konzentrier dich, Mädchen!, befahl sie sich. Hier geht es ums blanke Überleben!

Aber jedes Mal, wenn sich vor ihrem geistigen Auge ein konkretes Bild abzuzeichnen begann, verflüchtigte es sich wieder, noch bevor Julie es erkennen konnte.

Während des Frühstücks wurde nicht viel gesprochen. O'Sullivan, mittlerweile ebenfalls wach, hatte sich aufgesetzt und mühte sich, bandagiert wie er war, mit einem Keks ab. Julies Angebot, ihn zu füttern, lehnte er dankend ab.

Auch seinen Kaffee wollte er ohne fremde Hilfe trinken. Ungelenk führte er die Tasse zum Mund. Er nippte daran, verzog das Gesicht und stellte die Tasse überhastet wieder ab.

»Eine Spinne«, erklärte er und deutete auf seinen Kaffee.

Tatsächlich erkannte Julie einen zappelnden, etwa daumengroßen Körper in der noch halb vollen Tasse. Die acht Beine reckten sich dem Rand entgegen und zogen sich an ihm hoch. Julies Nackenhaare richteten sich auf.

In diesem Moment ließ Jeff scheppernd einen Untersetzer auf Tom O'Sullivans Tasse fallen. »Spinnen verderben mir den Appetit«, sagte er. »Ich werde unseren ungebetenen Gast besser vor die Tür setzen.«

Er nahm die Tasse und marschierte damit hinaus. Als er kurz darauf zurückkehrte, hatte Julie eine Eingebung. »Tasse und Untersetzer – das ist die Lösung!«, platzte sie heraus.

»Die Lösung? Wofür?«

»Was wohl? Für unser Kalmar-Problem natürlich!«

Jeff legte die Stirn in Falten und massierte sich mit einer Hand das Kinn, was ihm das Aussehen eines griechischen Gelehrten verlieh. Übertrieben nachdenklich murmelte er: »Äußerst einleuchtend. Ich bin sicher, dieser Ansatz wird als die Carlton'sche Kalmar-Tassen-Theorie in die Geschichte eingehen. Allerdings fürchte ich, dass Sie dabei die Größenrelationen nicht ausreichend berücksichtigt haben.« Er stockte, sein Gesichtsausdruck wurde plötzlich ernst. »Herrje – Sie sprechen gar nicht von einer Tasse und einem Untersetzer!«

Julie grinste ihn an. »Nein – ehrlich gesagt, hatte ich an etwas anderes gedacht.«

Ihre Idee war einfach: Wenn es ihnen gelänge, den Dux ins Aquarium-Becken zurückzulocken und dieses dann mit der Abdeck-Platte zu verschließen, saß er fest wie die Spinne in der Kaffeetasse. Vorausgesetzt natürlich, dass er mittlerweile nicht stark genug war, sich aus dem Becken zu befreien.

In den Laptop-Dateien fanden sie einige technische Informationen über Aufbau und Konstruktion des Bassins. Die durchsichtigen Bereiche bestanden aus Lexan, einer Art Plexiglas mit überaus hoher Widerstandsfähigkeit. Alle mechanischen Teile waren aus massivem Stahl und Titan gefertigt. Allein die Beckenabdeckung wog über dreißig Tonnen, um zu verhindern, dass der Kalmar sie im Falle eines Hydraulik-Defekts hochstemmen konnte.

Diese und viele andere technische Details stimmten sie zuversichtlich, dass das Aquarium-Bassin auch für den mutierten Kalmar als Falle geeignet sei. Ein gewisses Restrisiko mussten sie einfach eingehen. Während sie diskutierten, nahm der Plan rasch genauere Gestalt an.

»Den Dux ins Becken zu locken dürfte nicht allzu schwer sein«, sagte Julie. »Ein Riese wie er hat bestimmt bald wieder Hunger. Wenn ich mich recht entsinne, habe ich heute Nacht gelesen, dass man über das Versorgungsrohr hinter dem Aquarium Futterfische direkt vom Fluss ins Becken pumpen kann.«

»Sofern sich in der Reuse Fische befinden«, warf Jeff ein. »Wir dürfen nicht vergessen, dass der Kalmar bereits seit einiger Zeit hier sein Unwesen treibt. In diesem Flussabschnitt hat er bestimmt schon alles gefressen, was es zu fressen gibt.«

Julie kämpfte gegen ihre aufkommende Enttäuschung an. Womöglich hatte Jeff Recht. Sie erinnerte sich an das Wrack auf dem Grund des Ozeans. Im Umkreis von mehreren Kilometern rings um die Unglücksstelle hatte es kaum noch Leben gegeben, vermutlich, weil das Phantom die ganze Region leergefischt hatte. Dann würde es im Fluss nicht viel anders aussehen.

Doch plötzlich hellte sich Jeffs Miene auf. »Warum so kompliziert? Um den Dux anzulocken, brauchen wir gar kein Futter. Die Pawlow-Glocke wird dazu genügen.« Er lachte auf. Als er merkte, dass die beiden anderen ihm nicht folgen konnten, erklärte er es genauer. »Mister O'Sullivan – sagten Sie nicht, dass der Kalmar im Wasser gut hören kann?«

»Ja.«

»Na bitte! Wenn wir die Pawlow-Glocke läuten, werden die Schwingungen vom Aquarium über die Pumpe und das Versorgungsrohr in den Fluss geleitet. Wasser ist ein ausgezeichneter Träger für akustische Signale. Mit anderen Worten: Wenn unser Kalmar sich im Fluss befindet, wird er die Glocke hören. Und mit ein bisschen Glück wird er sich daran erinnern, was das zu bedeuten hat – nämlich Futter. Also wird er sein Becken aufsuchen, davon bin ich felsenfest überzeugt.«

»Somit stellt sich nur noch die Frage, wie wir die Falle zuschnappen lassen können«, bemerkte Tom O'Sullivan.

»Mit der Hydraulik kommen wir nicht weiter«, sagte Jeff. »Die arbeitet zu langsam. Das merkt das Biest garantiert. Dann haut es ab, und wir sind keinen Schritt weiter.«

»Können wir die Abdeckung nicht einfach zuklappen lassen?«, fragte Julie.

Jeff dachte laut darüber nach. »Dazu müssten wir die Abdeckung aufrichten, bis sie nahezu senkrecht steht, und sie irgendwie in dieser Position fixieren. Anschließend müssten wir die Hydraulikflüssigkeit ablassen, damit wir den Deckel im entscheidenden Moment zufallen lassen können.« Er seufzte. »Das alles ist schon verrückt genug, aber gehen wir für den Moment davon aus, dass es tatsächlich klappen könnte. Bleibt die Frage, wie wir ins Aquarium gelangen, ohne vom Dux bemerkt zu werden. Und wenn wir drin sind – wie vermeiden wir, dass er auftaucht, bevor die Falle präpariert ist?«

Es trat eine lange Pause ein. Während Julie schweigend an ihrem Keks knabberte, versuchte sie sich noch einmal alles ins Gedächtnis zu rufen, was sie in der Nacht über den Kalmar und dessen Verhalten gelesen hatte.

»Wenn es nur eine Möglichkeit gäbe, im Fluss einen Lautsprecher zu installieren …«, murmelte sie vor sich hin.

»Wofür sollte das gut sein?«, wollte Jeff wissen.

»Nun – wir könnten dem Dux Walgesänge vorspielen. Die Dateien dafür sind auf dem Laptop, das habe ich heute Nacht gesehen. Ich kann mir bildlich vorstellen, wie dem Dux vor lauter Appetit das Wasser im Maul zusammenläuft.«

»Eben deswegen würde es keine zwei Minuten dauern, bis er den Lautsprecher in seine Einzelteile zerlegt hätte«, sagte Jeff.

»Nicht, wenn wir ihn zwischendurch immer wieder verwirren – indem wir die Gesänge großer Pottwale einspielen. Davor wird er sich fürchten. Folglich wird er hin- und hergerissen sein zwischen Hunger und Angst. Wahrscheinlich würde er eine ganze Weile zögernd abwarten, was uns genügend Zeit verschaffen sollte, das Bassin in eine Falle zu verwandeln.«

Jeff sah sie verblüfft an. »Das ist mit Abstand der irrsinnigste Plan, von dem ich je gehört habe«, sagte er. »So aberwitzig, dass er beinahe schon wieder funktionieren könnte. Das Handicap ist nur, dass wir keinen Unterwasser-Lautsprecher zur Verfügung haben.«

O'Sullivan räusperte sich auf seiner Bank. »Das kann man so nicht sagen«, raunte er. »Ich glaube, man könnte das improvisieren.«

Tom O'Sullivan ließ sich einen leeren Wasserkanister bringen, außerdem ein PC-Kabel, das Jeff und Julie in einem der beiden Labors abmontierten. Danach öffnete er seinen Laptop, um den Lautsprecher auszubauen. Trotz Verband wirkten seine Bewegungen jetzt geschmeidig und flink. Er schien genau zu wissen, was er tat, auch als er sich von Julie das PC-Kabel geben ließ, mit den Zähnen die Isolierung entfernte und die losen Enden mit dem Lautsprecher verzwirbelte. Seine Konzentration wirkte ansteckend und weckte in Julie Zuversicht.

Wir können das Monster besiegen, dachte sie. Wir werden diesen Wald lebend verlassen!

Sie beobachtete, wie O'Sullivan vorsichtig den Wasserkanister aufschnitt und darin den Lautsprecher mit ein paar Streifen Klebeband befestigte. Anschließend bohrte er mit seinem Messer ein Loch in den aufgeschnittenen Kanisterdeckel, fädelte das andere Ende des Kabels hindurch und setzte den Deckel wieder auf den Behälter, sodass der verkabelte Lautsprecher sich nun in dem Hohlraum befand. Julie begriff, dass der Kanister gleichermaßen als Wasserschutz und als Resonanzkörper dienen würde. Die fertige Konstruktion dichtete O'Sullivan mit Plastiktüten und Klebeband ab.

»Sieht aus wie ein Müllsack mit Kabelanschluss«, kommentierte Jeff.

»Es ist nicht schön – aber es wird seinen Zweck erfüllen«, entgegnete O'Sullivan. »Darauf gebe ich Ihnen mein Wort.«

Um die etwa dreißig Meter lange Strecke zwischen Fluss und Basis zu überbrücken, benötigten sie ein Verlängerungskabel. Für diesen Zweck schien ihnen eine der Leitungen zwischen dem Stationsserver und den Forschungscontainern ideal.

Während O'Sullivan die Dateien mit den Walgesängen vorbereitete, übernahmen Julie und Jeff die Außenarbeiten. Obwohl sich der Frühnebel mittlerweile gelichtet hatte, war ihnen dabei ganz und gar nicht wohl in ihrer Haut. Die Angst vor einer unliebsamen Begegnung mit dem Architeuthis-Weibchen saß ihnen bei jedem Schritt im Genick.

Sie gaben sich die größte Mühe, keine unnötigen Bodenerschütterungen zu verursachen, doch das entpuppte sich als schwierig. Die Server-Kabel waren bereits vor Jahren unter der Erde verlegt worden, sodass sie nun von zähem Wurzelgeflecht umschlossen wurden. Das Herausreißen wurde dadurch nicht nur zum Kraftakt, sondern auch zur Nervenprobe, denn jeder Ruck konnte den Kalmar anlocken. Jeff und Julie hielten alle paar Sekunden inne, um in den Wald zu lauschen und nach drohender Gefahr Ausschau zu halten. Doch wie durch ein Wunder blieben sie unbehelligt.

Als sie mit dem aufgerollten Kabel in die Küche zurückkehrten, konnte Julie kaum fassen, dass sie für ihre Arbeit nur dreißig Minuten benötigt hatten. So kaputt, wie sie sich fühlte, hätten ebenso gut drei Stunden vergangen sein können.

Tom O'Sullivan montierte das Verlängerungskabel als Zwischenstück zwischen Laptop und Lautsprecher. Dann tippte er etwas in seine Tastatur, und aus der Plastiktüte auf dem Tisch drangen leise, seltsam gedehnte Tonfolgen.

»Das Lied eines Buckelwals«, sagte er. Erneut ließ er seine Finger über die Tastatur wandern. Die erste Melodie brach ab, eine zweite erklang – noch gedehnter, noch klagender und eine ganze Tonlage höher. »Ein Blauwal-Kalb«, kommentierte er. »Der Soundcheck ist damit abgeschlossen. Jetzt können Sie den Lautsprecher am Steg befestigen.«

Die improvisierte Lautsprecher-Plastik-Box unter den Arm geklemmt, begab Jeff sich auf den Weg. An der Vorderseite der Station machte er einen kurzen Abstecher zum Geräteschuppen, aus dem er mit einer knapp mannshohen Stange zurückkehrte. Eine ihrer beiden Seiten war wie eine Astgabel geformt. Zwischen den beiden auseinander klaffenden Enden hing eine lose Schlinge.

Julie, die Jeff mit Klebeband, Schnur und Schere bewaffnet folgte und darauf achtete, dass das Kabel, welches er hinter sich herzog, nirgends hängen blieb, sah ihn fragend an.

»Damit fängt man normalerweise Schlangen«, erklärte er. »Am Griff ist ein Hebel, sehen Sie? Wenn man ihn drückt, zieht sich die Schlaufe vorne zusammen.« Er demonstrierte, wie das Gerät funktionierte, indem er die Lautsprecherbox in der Schlinge fixierte. »Damit sollte es kein Problem sein, den Hohlkörper unter Wasser zu drücken, bis er befestigt ist.«

Sie setzten ihren Weg in Richtung Steg fort. Mittlerweile hatten sich auch noch die letzten hartnäckigen Nebelfetzen verzogen, und der Fluss erstrahlte im Glanz der Morgensonne. Julie musste die Augen zusammenkneifen, um den grellen Lichtreflexionen zu trotzen.

Erstaunlich, wie schnell das Gesicht dieses Waldes sich verändert, dachte sie.

Vorsichtig betraten sie den Steg. Das Knarren der Holzplanken kam Julie angesichts der Morgenstille unnatürlich laut vor. Sie stockte, harrte einen Moment reglos aus und folgte Jeff dann bis ans Ende des Stegs.

»Ich schlage vor, Sie drücken mit der Stange den Lautsprecher ins Wasser, damit ich ihn an einem der Pflöcke anbringen kann«, sagte der Mann. »Tun Sie mir den Gefallen, und halten Sie dabei ein wenig die Augen offen. Wenn Sie irgendwas Verdächtiges entdecken, dann schlagen Sie Alarm, okay?«

»Ich kann im Wasser nicht allzu viel erkennen«, entgegnete sie. »Die Spiegelungen blenden …«

»Ich weiß«, unterbrach Jeff. »Versuchen Sie's trotzdem. Es würde mich beruhigen.«

Sie tauschten ihre Utensilien und begannen mit der Arbeit. Während Julie die Plastikbox in den Fluss tauchte, beugte Jeff sich über den Rand des Stegs und begann zu hantieren. Er fixierte das Kabel mithilfe des Klebebands an einem der Wasserpfähle. Dann umwickelte er Holzpfahl und Lautsprecherbox mehrmals mit Schnur, und zwar so, dass er anschließend die Schlinge des Schlangenstocks lösen konnte. Zuletzt zurrte er die Schnur mit einem Mehrfachknoten fest.

Julie drehte sich zur Station um und gab O'Sullivan, der am Seiteneingang lehnte, ein Daumen-nach-oben-Zeichen. Er erwiderte es und humpelte lächelnd nach drinnen. Als Julie sich wieder Jeff zuwandte, bemerkte sie, dass er noch immer auf dem Steg lag.

»Was ist …?«

»Pst!«

Julie stockte der Atem. Ihr Blick schweifte hektisch über die Wasseroberfläche, aber sie bemerkte nichts Verdächtiges. Andererseits hätte sich unter dem funkelnden Lichtermeer ein ganzes U-Boot verstecken können.

»Hier!«, flüsterte Jeff. »Direkt unter dem Steg – da ist etwas!«

Mit weichen Knien beugte Julie sich nach vorne, um besser sehen zu können. Tatsächlich erkannte sie jetzt einen hellen, lang gezogenen Schimmer, der sich deutlich vom dunkleren Grund des Flusses abzeichnete.

Ein Fangarm!, schoss es ihr durch den Kopf. Das Biest musste schon die ganze Zeit über reglos im Fluss gelegen haben – in Lauerstellung. Sie fühlte sich wie gelähmt.

»Wenn ich das Zeichen gebe, dann rennen Sie, was das Zeug hält«, raunte Jeff.

»Ich kann nicht …«

»Sie müssen!«

»Und was ist mit Ihnen?«

»Ich werde auch rennen, verlassen Sie sich darauf! Fertig?«

»Mhm.«

»Dann auf drei. Eins … zwei … Moment mal!«

Was ist los?, wollte Julie fragen, aber sie brachte vor Aufregung keinen Ton über die Lippen.

Jeff, den Brustkorb noch immer über den Steg gebeugt, machte eine vorsichtige Armbewegung. Dann eine zweite, diesmal schneller, sodass der Schatten seiner Hand über das Wasser huschte.

»Rührt sich nicht«, murmelte er, den Blick starr auf den Boden des Flusses gerichtet. »Das ist kein Tentakel.«

Er ließ sich von Julie den Schlangenstock geben und begann, damit im Wasser herumzustochern. Nach einigen Versuchen konnte er seinen Fang endlich bergen.

»Ich hab's!« Er sprach mehr zu sich selbst. »Jetzt keine falsche Bewegung, damit mir das Ding nicht aus der Schlaufe rutscht.«

Mit hellem Entsetzen erkannte Julie, was Jeff ans Tageslicht beförderte: ein Stück von einem Hemdsärmel. Und in der Manschette steckte noch eine menschliche Hand.

Ohne etwas dagegen tun zu können, spürte sie, wie ihr Magen rebellierte. Sie schaffte es gerade noch bis zum nächsten Gebüsch, dann sank sie auf die Knie und übergab sich.

30

Es gab nicht den geringsten Zweifel – die Hand stammte von Doktor Scott. Obwohl der Schock über den schrecklichen Fund tief saß, wussten sie, dass sie jetzt nicht resignieren durften.

»Wenn wir nicht selbst sterben wollen, müssen wir unseren Plan zu Ende führen und das Biest in die Falle locken«, sagte Jeff. »Wir haben keine andere Wahl.«

Er seufzte. Sein Leben war ihm nie sonderlich wichtig erschienen. Dennoch kam es ihm angesichts der jüngsten Ereignisse plötzlich unendlich wertvoll vor. Die Worte seiner Mutter drängten sich ihm ins Gedächtnis: *Manche Dinge weiß man erst zu schätzen, wenn man sie zu verlieren droht.* Wie Recht sie hatte! Und während er weiter darüber nachdachte, wurde ihm klar, dass er noch viel mehr zu verlieren hatte als sein Leben: Julie!

Er konnte kaum glauben, dass ihre erste Begegnung im Billabong noch nicht einmal vierundzwanzig Stunden zurücklag. Mittlerweile war so viel geschehen, dass er das Gefühl hatte, sie bereits eine Ewigkeit zu kennen.

Er warf ihr einen unauffälligen Blick quer durch die Küche zu. Sie lockerte gerade Tom O'Sullivans Handverbände, damit er seine Finger besser bewegen konnte. Dabei wirkte sie angespannt, dennoch strahlte sie auch Stärke und Entschlossenheit aus. Und ein überwältigendes Maß an natürlicher Anmut.

Ich glaube, ich liebe diese Frau, dachte Jeff fasziniert. Die Vorstellung, mit Julie zusammen zu sein, erschien ihm wie ein lockender Traum, dem er sich einen Moment lang voll und ganz hingab.

»Was ist los mit Ihnen?«, fragte Julie gerade.

Jeff fühlte sich ertappt. »Mit mir? … Nichts«, stammelte er.

»Haben Sie alles eingepackt?«

Er nickte und hielt einen Rucksack in die Höhe. Darin befand sich sämtliches Werkzeug, das er hatte finden können. Wenn sie erst im Aquarium waren, um die Falle für den Dux vorzubereiten, mussten sie alles zur Hand haben. Zeit war dann kostbar, denn niemand konnte sagen, wie lange der Kalmar durch den Lautsprecher am Steg abgelenkt sein würde.

Julie verknotete Tom O'Sullivans Armverband. »Gut so?«, fragte sie.

O'Sullivan bewegte seine Finger. »Perfekt.«

Ein letztes Mal besprachen sie das weitere Vorgehen. O'Sullivan sollte sich um das Ablenkungsmanöver kümmern, da er dazu lediglich den Laptop bedienen musste – das konnte er auch mit Verband. Jeff und Julie übernahmen das Präparieren des Aquariums, weil sie gut zu Fuß waren und weil für das Errichten der Falle möglicherweise vier Hände gebraucht wurden.

O'Sullivan setzte sich auf einen Stuhl, den Jeff im Seiteneingang der Basis platziert hatte. Vom Fluss aus war er nicht zu sehen, weil er sich hinter der nach außen hin geöffneten Tür verbarg. Allerdings konnte er den Fluss im Auge behalten – durch den Spalt zwischen Rahmen und Tür.

O'Sullivan hatte nicht nur den Laptop bei sich, sondern auch die Pistole aus seinem Rucksack. Er kramte in seiner Hosentasche, förderte eine Patrone zu Tage und betrachtete sie in der hohlen Hand.

»Das ist meine letzte«, sagte er. »Ich habe sie aus dem Magazin genommen, damit ich sie mir nicht in einer schwachen Sekunde durch den Kopf jage.« Er lud die Waffe und hielt sie Jeff hin. »Nehmen Sie sie.«

»Gegen den Kalmar können wir damit nichts ausrichten.«

»Ich weiß. Ich dachte nur, vielleicht fühlen Sie sich damit besser.«

Jeff schüttelte den Kopf. »Behalten Sie die Pistole. Wenn alles nach Plan läuft, wird der Kalmar Ihnen viel näher sein als Julie und mir. Falls er Sie angreift, zielen Sie auf eins seiner Augen.«

»In Ordnung.«

O'Sullivan steckte die Waffe weg, klappte den Laptop auf seinem Schoß auf und wünschte den beiden anderen viel Glück.

Jeff legte ihm eine Hand auf die Schulter. »Warten Sie, bis Julie und ich uns dort hinten im Gebüsch versteckt haben. Dann legen Sie los. Sobald der Kalmar im Fluss auftaucht, machen wir uns auf den Weg ins Aquarium. Versuchen Sie, den Dux so lange wie möglich hinzuhalten. Spielen Sie ihm auf Ihrem Klavier ein paar hübsche Lieder vor!«

O'Sullivan verzog den Mund zu einem angespannten Lächeln und sagte: »Let's rock 'n' roll!«

31

Doktor Scott lag am Ufer des Flusses und wagte nicht, sich zu bewegen. Hunderte von Knochen umgaben ihn wie einen Totenteppich. Einzelne Rippen und Gebeine ragten daraus hervor wie dürre weiße Finger, die nach ihm greifen wollten, um ihn in die Unterwelt hinabzuziehen. Von überall her starrten ihn Affen-, Panther- und Leopardenschädel aus leeren Augenhöhlen an. Hier lagerten die sterblichen Überreste all jener Tiere, die der Kalmar gefressen hatte. Das Wenige, das sein Verdauungsapparat nicht hatte verwerten können.

Warum der Dux ihn nicht wie Doyle Rosenstein getötet hatte, konnte Scott nur vermuten. Er glaubte – und war sogar ziemlich sicher –, dass der Kalmar ihn wiedererkannt hatte. Kalmare verfügten, wie er wusste, über ein ausgeprägtes optisches Gedächtnis. Immerhin hatte Scott vor der ROSCO-Explosion eine ganze Weile mit ihm im Aquarium zusammengearbeitet – im Gegensatz zu Doyle, der sich fast nur noch im Affenlabor aufgehalten hatte.

Ja, Scott war davon überzeugt, dass der Kalmar sich an ihn erinnerte und ihn nur deshalb verschonte. Dennoch hatte ihm das Vieh in der Nacht die Hand abgebissen. Die Wunde schmerzte, blutete aber wenig. Scott hatte sie nicht einmal abbinden müssen. Mittlerweile hatte sich über dem Stummel am Handgelenk sogar schon eine dünne Kruste gebildet. Für ihn gab es dafür nur eine Erklärung: Das Virus in seinem Körper beschleunigte den Heilungsprozess.

Noch ein Argument, das Metamorphin zu einem Verkaufsschlager und mich dadurch reich machen wird, dachte er, während vor seinem geistigen Auge AESCOM auftauchte, sein eigenes Versuchslabor. Schon bald konnte dort die Arbeit aufgenommen werden.

Allerdings sah es momentan nicht danach aus, dass der Dux ihn von hier gehen lassen wollte. Scott hatte es bereits versucht, aber kaum war er aufgestanden und ein paar Schritte durch die Knochen gewatet, waren wie aus dem Nichts die langen Tentakel aufgetaucht und hatten ihn eingekreist. Dazu hatte der Dux einen geradezu wimmernden Laut ausgestoßen – so lange, bis Scott wieder an seinen Platz zurückgekehrt war. Fast hatte es den Anschein, der Kalmar hänge an ihm – wie ein Pitbull an seinem Herrchen.

Auch jetzt wachte der Dux über jede von Doktor Scotts Bewegungen. Der riesige Körper schwebte reglos im Fluss. Unter der Wasseroberfläche konnte Scott nur schemenhafte Umrisse erkennen, aber die beiden Tentakel und die Fangarme ragten zu ihm aufs Ufer hinaus. Sie lagen schwer auf der Erde, umringten ihn wie riesige, schlafende Schlangen.

Plötzlich begann es in dem Nest aus Knochen leise und unheimlich zu klappern. Scott schaute sich um und bemerkte, dass die Fangarme zum Leben erwacht waren.

Vielleicht habe ich mich geirrt, dachte er entsetzt. Vielleicht hat der Dux mich heute Nacht nur verschont, um mich später zu fressen. *Jetzt!*

Doch die Tentakel ließen ihn unbehelligt. Begleitet vom Klappern der Knochen zogen sie sich zum Ufer zurück, wo sie leise ins Wasser schlüpften. Erleichtert sah Scott den schemenhaften Körper unter der Oberfläche verschwinden. Als das riesige Tier davonschwamm, bildete sich wie von Geisterhand eine Welle auf dem Wasser. Doch schon nach einigen Metern verebbte sie, und nichts deutete mehr auf das Grauen hin, das dieser Fluss beherbergte.

Scott verstand nicht, was geschehen war. Aber er war froh, dass er endlich Gelegenheit hatte, diesen schauerlichen Tierfriedhof zu verlassen. Als Erstes wollte er zur Basisstation, um sich zu verarzten, das Antimorphin zu holen und sich Tom O'Sullivans Laptop mit den ROSCO-Daten unter den Nagel zu reißen. Danach wollte er sich ein für alle Mal aus dem Staub machen, zu Fuß, quer durch den Dschungel. Er war davon überzeugt, es zu schaffen. Die Aussicht auf eine glänzende Zukunft gab ihm Kraft.

32

Jeff kauerte neben Julie hinter den ausladenden Wurzeln eines Urwaldriesen und warf einen ungeduldigen Blick auf seine Armbanduhr. Sie warteten nun schon seit einer halben Stunde vergeblich auf ein Zeichen des Kalmars. Jeffs Nerven lagen blank. Er wollte endlich etwas tun. Dem Biest den Garaus machen! Aber solange Tom O'Sullivans Ablenkungsmanöver noch nicht wirkte, war der Weg zum Aquarium viel zu unsicher.

Ihm wurde ganz schlecht, wenn er nur daran dachte, wie sorglos sie sich gestern in der Station bewegt hatten. Ohne es auch nur zu ahnen, hatten sie sich der Willkür eines Monsters ausgeliefert. Doch mit dem Wissen von heute wollten weder er noch Julie ihr Leben leichtfertig aufs Spiel setzen.

»Vielleicht streift der Dux durch den Wald und kann den Walgesang gar nicht hören«, maulte er. »Wenn wir noch lange hier ausharren müssen, werde ich verrückt.«

»Bitte, Jeff!«, versetzte Julie. »Ich bin auch so schon nervös genug.«

»Entschuldigung.«

Er betrachtete Julie eine Weile von der Seite. Sie bemerkte es nicht, weil sie ihre Aufmerksamkeit voll und ganz auf den Fluss gerichtet hatte, der als spiegelglatte Fläche das andere Ende der Lichtung begrenzte.

»Wissen Sie, dass Sie umwerfend aussehen?«, murmelte er.

Julie drehte sich zu ihm und öffnete den Mund, sagte aber nichts.

»Ich weiß, das ist nicht gerade der beste Moment für eine Liebeserklärung«, fuhr Jeff fort. »Aber ich muss es Ihnen einfach sagen, falls … falls ich später keine Gelegenheit mehr dazu habe. Bis gestern habe ich nicht an Liebe auf den ersten Blick geglaubt. Aber dann sah ich Sie.« Er geriet ins Stocken, suchte nach Worten. »Ich habe mich Hals über Kopf in Sie verliebt, Julie. Ich bin dagegen machtlos. In Ihrer Gegenwart fühle ich mich wie der größte Trottel … jetzt zum Beispiel. Gleichzeitig will ich nichts auf der Welt mehr, als mit Ihnen zusammen zu sein – nun ja, einmal abgesehen davon, dass ich Sie gerne duzen würde.« Er lächelte unsicher und schluckte. Seine Zunge klebte trocken am Gaumen. »Ist das nicht eigenartig? Ich habe mehr Angst vor Ihrer Reaktion als vor dem Dux!«

Julie entgegnete nichts. Aber das sanfte Lächeln um ihre Mundwinkel und der warmherzige Blick verrieten Jeff, dass sie ähnlich empfand. Kurz entschlossen beugte er sich zu ihr und küsste sie.

Die Welt um sie herum schien zu versinken. Jeff kam sich vor, als würde die Zeit still stehen. Einen Moment lang gab es nur noch ihn und Julie, die seinen Kuss zuerst zaghaft, dann leidenschaftlicher erwiderte. Er griff in ihr Haar, nahm ihren Kopf zwischen die Hände, presste seine Lippen noch fester auf die ihren. Er wusste: Wenn er heute sterben würde, dann wenigstens als glücklicher Mann.

Als sie voneinander abließen, bemerkte Jeff Julies gerötete Wangen. Wieder lächelte sie ihn an. »Bist du immer so draufgängerisch?«, fragte sie.

»Nur in lebensgefährlichen Situationen«, entgegnete er.

»Vielleicht sollten wir dann gar nicht weg von hier.«

Sie tauschten einen langen, intensiven Blick aus.

Plötzlich sah Julie ihn verschmitzt an. »Wie steht's?«, fragte sie. »Erzählst du mir jetzt endlich, was es mit dieser Geschichte in Weipa auf sich hat?«

»Du lässt wohl nie locker, oder?«

»Ich bin Reporterin.«

»Also schön – meinetwegen. Aber du darfst nicht lachen!«

Julie machte ein vieldeutiges Gesicht. »Ich werde mir Mühe geben.«

Jeff zupfte sich verlegen an der Nase und begann zu erzählen. »Während des Studiums hatte ich einen Zimmergenossen – Pete. In einer Bierlaune bot er mir eine Wette an. Er setzte zweihundert Dollar darauf, dass ich mich nicht trauen würde, am Bullenrennen in Weipa teilzunehmen. Kennst du den Stierlauf in Pamplona?«

»Aus dem Fernsehen.«

»So ähnlich geht es in Weipa zu. Das hat Pete zumindest behauptet. Das Rennen findet jedes Jahr am ersten Samstag nach dem ersten großen Sturm der Regenzeit statt. Ein paar Verrückte lassen sich von einer Horde Bullen durch die Straßen des Städtchens jagen.«

»Und du hast die Wette angenommen?«

»Es schien mir leicht verdientes Geld. Allerdings kannte ich damals noch nicht die Besonderheit des Bullenrennens von Weipa. Denn jeder Teilnehmer muss sich vor dem Start sämtlicher Kleider entledigen.«

Julie verzog den Mund zu einem breiten Grinsen und hatte sichtlich Mühe, nicht loszuprusten.

»Ich dachte, mich trifft der Schlag, als ich auf dem Banner über der Startlinie *Willkommen zum Nackt-Bullen-Rennen von Weipa* las. Pete hatte mich geleimt. Aber natürlich verbot mir mein Stolz, einen Rückzieher zu machen. Und mein leerer

Geldbeutel auch. Also rannte ich mit. Mehr noch – ich gewann sogar. Genau das war das Problem. Denn in der Zeitung erschien am nächsten Tag ein Bild von mir, wie ich auf dem Siegertreppchen stehe. Die nehmen es dort oben nicht so genau mit der Moral. Ein Gewinner kommt in die Zeitung. Auf Seite eins. Mit Name und Foto – gleichgültig, ob er splitterfasernackt ist oder nicht.« Er räusperte sich. »Ich denke, ich könnte jetzt noch mal einen Kuss gebrauchen«, sagte er. »Den habe ich mir doch wohl verdient, oder?«

Julie lachte. »Auf jeden Fall!«

In diesem Moment drang vom Fluss her ein Geräusch zu ihnen. Augenblicklich war Weipa vergessen. Die Romantik auch.

Vorsichtig lugten sie über die Brettwurzeln des Urwaldriesen. Sie sahen O'Sullivan, der mit dem Rücken zu ihnen auf seinem Stuhl saß und gebannt durch den Türspalt in Richtung Ufer spähte. Vom Laptop auf seinem Schoß ausgehend, führte das Lautsprecherkabel geradewegs bis hinunter zum Steg. Und dahinter, an der gegenüberliegenden Seite des Flusses, war der Dux.

Er hatte die Wasseroberfläche durchbrochen, jetzt lag er reglos in der sanften Strömung. Sein mächtiger, torpedoförmiger Körper wölbte sich glitzernd aus dem Gewässer. Die kreisrunden Augen waren starr auf den Steg gerichtet, ebenso wie die Fangarme und Tentakel, die in Lauerstellung dicht unter der Wasseroberfläche schwebten.

Jeff lief es eiskalt den Rücken herunter. Auch wenn der Riesenkalmar sich momentan nicht rührte – die in ihm schlummernde Kraft war deutlich zu spüren.

»Scheiße, ist das Vieh groß!«, zischte Jeff. »Ich kann seinen Magen bis hierher knurren hören! Wir sollten uns besser sputen, damit wir im Aquarium kein unliebsames Tête-à-tête haben.«

Julie nickte. »Gehen wir!«, raunte sie.

Tom O'Sullivan saß reglos auf seinem Stuhl und wagte kaum zu atmen. Das lange Warten, die schwüle Hitze und die Anspannung hatten ihm dicke Schweißperlen auf die Stirn getrieben. Ein Tropfen lief ihm ins Auge. O'Sullivan blinzelte den Schmerz des Salzes weg, unterdrückte aber jede weitere Bewegung. Zwar konnte der Kalmar ihn vom Fluss aus unmöglich sehen, doch wer wusste schon, wie die Sinnesleistungen dieses Monstrums sich entwickelt hatten? Vielleicht konnte es mittlerweile Luftschwingungen registrieren, ähnlich Haien, die Bewegungen zappelnder Beutefische über Kilometer hinweg wahrnahmen. O'Sullivan wollte lieber kein unnötiges Risiko eingehen.

Sein Blick war starr auf den Fluss gerichtet. Der Kalmar trieb nach wie vor im Wasser, abwartend, offenbar unschlüssig. Aber allmählich kam Bewegung in die Fangarme und Tentakel. Das Wasser begann sich zu kräuseln, die bis dahin spiegelglatte Oberfläche wurde plötzlich von vielen kleinen Strudeln und sich konzentrisch ausbreitenden Wellenringen durchzogen.

Nicht mehr lange, und er wird angreifen, dachte O'Sullivan.

Er riss sich von dem schaurig-schönen Bild los und wandte sich dem Laptop auf seinem Schoß zu. Der Monitor zeigte sechs geöffnete Fenster, drei in der oberen Reihe, drei in der unteren. In jedem Fenster wanderte ein pfeilähnlicher Cursor auf einer Laufleiste von links nach rechts und sprang, am Ende angekommen, wieder zum Anfang. Dann begann das gleiche Spiel von vorne. O'Sullivan hatte die Walgesänge so eingestellt, dass sie sich automatisch wiederholten. Immer und immer wieder. Die elegischen Lieder der Meere. Auf diese Weise musste O'Sullivan die Aufnahmen nicht ständig manuell neu starten. Alles, was er zu tun hatte, war, den *richtigen* Gesang zu wählen.

Das derzeit aktive Fenster befand sich auf dem Monitor links oben und hob sich durch seine intensiveren Farben deutlich von den fünf anderen ab. Darin war zu lesen: *Physeter macrocephalus – Pottwal; Jungtier, männlich; Neufundland-Becken.* Danach folgten einige Daten und Zahlen, mit denen O'Sullivan nichts anfangen konnte. Das war auch nicht nötig. Er wusste genug, um das Verhalten des Kalmars zu interpretieren – mehr noch: um es vorauszuahnen.

Das Wasser im Fluss begann jetzt zu schäumen. Luftblasen tanzten in der künstlich erzeugten Strömung und versanken in den Strudeln. O'Sullivan hörte das Gurgeln und Plätschern laut und deutlich.

Aber noch immer zögerte das Tier.

O'Sullivan hatte dafür nur eine Erklärung: Während der Gesang des Pottwal-Kalbs den Appetit des Kalmars anregte, mahnte ihn sein Instinkt zur Vorsicht. Wo sich ein Jungtier aufhielt, konnte der Rest der Herde nicht weit sein.

Je bewegter das Wasser wurde, desto mehr gewann jedoch die Fresslust Oberhand. O'Sullivan konnte förmlich spüren, wie die Vorsicht des Tiers nachließ. Nur noch ein paar Sekunden, dann würde es den Lautsprecher attackieren.

O'Sullivan klickte mit dem Mauszeiger auf das Fenster *Physeter macrocephalus – Pottwal; ausgewachsenes Tier (Gewicht ca. 25 Tonnen), männlich; Aleutengraben.* Augenblicklich erstarrte der Kalmar.

O'Sullivan grinste. *Moby Dick lässt grüßen!*

Von der Basis bis zum Aquarium waren es rund siebenhundert Meter. Da Jeff und Julie den Kalmar nicht durch unnötiges Getrampel auf sich aufmerksam machen wollten, rannten sie nicht blindlings drauflos, sondern wählten eine langsamere Gangart. Eine Mischung aus Hasten und Schleichen, die an einen Eierlauf erinnerte. Am Aquarium verschnauften sie einen Moment und lauschten.

»Wenn wir wenigstens Funkkontakt hätten«, sagte Jeff. »Ich gäbe etwas darum zu wissen, ob O'Sullivan den Dux noch in Schach hält.«

»Wir müssen es darauf ankommen lassen«, sagte Julie. »Lass uns jetzt reingehen. Ich will die Sache endlich zu Ende bringen, damit wir am Strand picknicken können.«

Jeff lächelte sie an. »Na, wenn das keine Motivationsspritze ist!«, sagte er.

Sie betraten den Laborbereich. Durch die Panorama-Trennscheibe hatten sie die Kuppel gut im Blick.

»Mit etwas Glück können wir unsere Falle von hier aus präparieren und zuschnappen lassen«, meinte Jeff. Mit eiligen Schritten hielt er auf die Schaltkonsole zu. »Sieht gut aus«, stellte er fest. »Von hier aus kann man die Hydraulik bedienen.«

Doch das erwies sich als Irrtum. Obwohl Jeff sämtliche Knöpfe ausprobierte, rührte sich in der Kuppel nichts.

»Wäre auch zu einfach gewesen«, brummte er ärgerlich. Er überlegte einen Moment, dann sagte er: »Vermutlich gibt es irgendwo eine zweite Hydraulik-Bedienung. Ein Ersatz-System, falls dieses hier ausfällt. Die Frage ist nur: wo?«

Sie suchten das ganze Labor ab. Da sie nichts fanden, beschlossen sie, in der Kuppel weiterzusuchen.

In der riesigen, runden Halle roch es noch immer scharf und modrig. Der Übelkeit erregende Mix aus Verwesungsgestank und Ammoniakdampf machte Julie arg zu schaffen. Hinzu kam der schaurige Anblick der zerfetzten Affenkadaver, der heute kaum erträglicher war als am Vortag. Es gelang Julie nur mit Mühe, den Würgereiz niederzukämpfen und sich auf den Plan zu konzentrieren.

Nicht hinsehen, dachte sie. Ignoriere den Gestank. Ignoriere den Anblick. Ignoriere die Gefahr. Du musst da durch! In ein paar Tagen bist du wieder zu Hause.

Am hinteren Rand des Beckens befand sich die Verankerung für das hydraulische Scharnier der Abdeckung. Dort stand auch das Schaltpult, an dem Doktor Scott gestern die Bodenbeleuchtung im Becken angeknipst hatte. Jetzt bemerkte Julie eine ganze Reihe weiterer Knöpfe und Drehregler.

An einem Kippschalter stand *Metamorphin-Zufuhr: An – Aus*. Daneben leuchtete ein Lämpchen. Julie erinnerte sich dunkel daran, dass sie in der Nacht etwas darüber gelesen hatte, wie der Kalmar mit dem Präparat versorgt wurde: über eine Injektionsvorrichtung im Becken, die wie vieles andere im Aquarium automatisch funktionierte. Das musste auch der Grund sein, weshalb der Kalmar noch am Leben war: Er kehrte instinktiv immer wieder hierher zurück und wurde daher laufend mit Metamorphin versorgt. Kurz entschlossen drückte Julie den Kippschalter. Das Lämpchen erlosch.

Was immer geschehen mag – in vierzig Tagen wird der Kalmar sterben und für niemanden mehr eine Bedrohung darstellen, dachte sie.

»Bingo!«, sagte Jeff, der unterdessen eine Bedienungstafel überflogen hatte. »Scheint nicht übermäßig kompliziert zu sein. Ich hoffe nur, dass die Hydraulik noch funktioniert, sonst haben wir ein Problem. Also drück uns die Daumen.«

Er betätigte einen Knopf, und die Lexanplatte setzte sich in

Bewegung. Mit leisem Surren klappte sie nach oben. Als sie beinahe senkrecht stand, ließ Jeff den Knopf los. Die Platte verharrte in ihrer Position wie der Deckel einer aufgeklappten Auster.

»War doch ein Kinderspiel«, kommentierte er. »Wenn alles so leicht geht, weiß ich gar nicht, weswegen ich mir Sorgen gemacht habe.«

Wieder ließ er seinen Blick über die Schrifttafel wandern. Dann betätigte er einen Drehregler, woraufhin sich ein in die Wand eingelassenes, kranartiges Gebilde in Bewegung setzte und über eine Bodenschiene in Richtung Bassin rollte. Am oberen Ende der Stahlgitter-Konstruktion erkannte Julie einen Vorsprung, von dem ein massiv aussehender Sicherheitshaken herabbaumelte. Langsam, aber konstant näherte sich der Haken der in die Lexanplatte eingearbeiteten Stahlöse.

Jeff sah Julie triumphierend an. »Meine Kinder-Eisenbahn war schwerer zu bedienen. Allerdings kommt jetzt erst der knifflige Teil.«

»Wieso das?«

»Würde die Fernbedienung im Labor noch funktionieren, wäre alles viel einfacher. Dann könnten wir unseren ursprünglichen Plan durchziehen – Deckel einrasten lassen, Hydraulik außer Betrieb setzen, Pawlow-Glocke aktivieren, warten, bis der Dux auftaucht, und den Knopf für die Deckel-Entriegelung drücken, sobald er sich im Becken befindet. *Jetzt* müssten wir allerdings *diesen* Knopf hier drücken!« Er deutete auf das Schaltpult. »Das heißt, um die Falle zuschnappen zu lassen, müsste einer von uns beiden hier stehen bleiben, bis der Dux im Becken ist. Und da das glatter Selbstmord wäre, versuche ich gerade ein Kunststück. Ich will den Sicherheitshaken nicht ganz einrasten lassen, sondern nur die Spitze unter die Öse schieben.«

Julie verstand. Jeff wollte den Deckel in einer möglichst labilen Position fixieren, sodass er auch ohne Knopfdruck zuklappen konnte. »Du spekulierst darauf, dass der Kalmar den Deckel aus Versehen selbst zuklappt, oder?«, fragte sie.

»Ehrlich gesagt – ja.«

»Das ist zu unsicher. Was, wenn er den Deckel gar nicht berührt?«

In diesem Moment fuhr Julie ein stechender Ton durch die Glieder – ein schrilles Quietschen, wie Kreide auf einer Schiefertafel. Nur, dass dieses Quietschen durch die Akustik der Kuppel verstärkt wurde und ohrenbetäubend laut war.

Tom O'Sullivan traute seinen Augen kaum.

Die ganze Zeit über hatte er abwechselnd die beiden Pottwal-Melodien gespielt. Jungtier – Alttier – Jungtier – Alttier. Der Kalmar hatte erwartungsgemäß reagiert: Wachsende Angriffslust beim Lied des Pottwal-Kalbs, Schreckensstarre und langsamer Rückzug bei den Tönen von Moby Dick. Bislang hatte dieses Spiel wunderbar funktioniert.

Das Pottwal-Kalb röhrte auch jetzt durch den Lautsprecher. O'Sullivan selbst konnte es zwar nicht hören, aber auf seinem Monitor hob sich das linke obere Fenster ab: *Physeter macrocephalus – Pottwal; Jungtier, männlich; Neufundland-Becken.* Dennoch entfernte der Kalmar sich vom Steg! Gerade so, als hätten seine Sinne andere Beute registriert. *Leichtere* Beute! Und dafür kamen in dieser Region nicht allzu viele Möglichkeiten in Betracht.

In Tom O'Sullivans Kopf arbeitete es fieberhaft. Wenn er den Kalmar nicht so lange ablenken konnte, bis die beiden anderen die Falle im Aquarium aufgebaut hatten, würde keiner von ihnen diese Station lebend verlassen. Er musste eine Möglichkeit finden, die Aufmerksamkeit des Kalmars wieder auf sich zu ziehen, sonst war alles verloren.

Sein Blick huschte über den Laptop-Monitor. *Balaenoptera physalus – Finnwal, weiblich, 18 Tonnen.* Verdammt, dieser Brocken war zu groß für einen Kalmar, der selbst nur vier Tonnen wog!

Weshalb habe ich das nicht schon früher festgestellt, schalt er sich.

Er las weiter: *Globicephala melas – gewöhnlicher Grindwal; weiblich, ca. 6 Monate alt.* Hervorragend! Das klang nach einem leichten Fang. Er klickte das Fenster an, doch der dunkle Schatten unter der Wasseroberfläche entfernte sich immer schneller flussaufwärts.

Noch bevor O'Sullivan so richtig wusste, was er tat, sprang er von seinem Stuhl auf und humpelte ein paar Schritte in Richtung Ufer. Dabei brüllte er so laut er konnte, aber auch das half nichts. Der Kalmar war bereits verschwunden.

Dafür hörte O'Sullivan plötzlich ein Geräusch. Verdutzt fragte er sich, ob Jeff und Julie schon zurück waren. Doch als er sich umdrehte, stand Doktor Scott bei ihm – mit einem dicken Ast in der hoch erhobenen Faust.

»Überraschung!«, zischte er mit höhnischer Miene und schlug zu.

Scott spritzte sich ein Schmerzmittel und beeilte sich, seinen Armstumpf zu verbinden. Einhändig war das ziemlich schwierig, aber nach mehreren Anläufen gelang es ihm schließlich, den Verband so anzulegen, dass er nicht abrutschte. Mit seiner rechten Hand und den Zähnen zurrte er einen Knoten fest. Als das erledigt war, ging er wieder nach draußen.

O'Sullivan lag noch immer reglos in der offenen Eingangstür, und das würde noch eine ganze Zeit lang so bleiben. Denn Scott hatte kräftig zugeschlagen – vorsichtshalber sogar zweimal. Er kniete sich neben den Bewusstlosen, griff nach dem Laptop und schaltete ihn aus. Dann riss er das Lautsprecherkabel heraus und ging wieder in die Station, um das Gerät mit ein paar Plastiktüten gegen die Luftfeuchtigkeit zu schützen. Er hatte einen langen Marsch vor sich und wollte sichergehen, dass die Mühe sich lohnte.

In der Küche fand er Tom O'Sullivans Rucksack. Das defekte Nachtsichtgerät, das sich darin befand, schleuderte er in eine Ecke. Er wollte keinen unnötigen Ballast mit sich führen.

Nachdem er den in Müllsäcke verpackten Laptop sowie einige Medikamente im Rucksack verstaut hatte, betrat er das Labor 2, in dessen Mitte die fest installierte Anordnung für Kleintierversuche stand. Die Glasvitrine war unversehrt, aber das einstmals perfekte kleine Biotop im Innern sah jetzt aus wie Brachland. Sämtliche Gräser, Moose und Farne waren verdorrt, der Tümpel glich nur mehr einer schmutzigen Pfütze.

Scott ging zum Schrank und schichtete die Antimorphin-Ampullen in den Rucksack – vorsichtig, um sie nicht zu zerbrechen. Immerhin hing von diesen Ampullen sein Leben ab, so lange die Produktion in seinem eigenen Labor noch nicht lief. Als er damit fertig war, schulterte er den Rucksack und sah sich ein letztes Mal um. Er würde die ROSCO-Station, den Ort, an dem er die letzten zehn Jahre seines Lebens verbracht hatte, nie wieder zu Gesicht bekommen. Ein eigenartiges Gefühl. Obwohl die Kluft zwischen ihm und seinen Kollegen zum Ende hin unüberbrückbar geworden war, überkam ihn nun ein Anflug von Sentimentalität.

Denk nicht mehr daran, sagte er sich. Lass die Vergangenheit ruhen. Wichtig ist nur, was vor dir liegt.

Er verließ das Labor, bog in den Flur ein – und zuckte zurück. Er blickte geradewegs in den Lauf einer Pistole.

»Keine Bewegung!«, raunte Tom O'Sullivan. Die Waffe in seiner Hand zitterte. Blutschlieren bedeckten sein Gesicht. Er lehnte an der Wand, als könne er sich kaum auf den Beinen halten.

Sofort kehrte Scotts Selbstsicherheit zurück. »Glauben Sie, ich falle darauf herein?«, fragte er. »Ich weiß, dass die Pistole nicht geladen ist.« In der Nacht hatte er das überprüft.

»Irrtum! *Eine* Patrone befindet sich im Magazin. Ehrenwort!«

Es war unmöglich zu erkennen, ob O'Sullivan die Wahrheit sagte oder nur bluffte. Scott beschloss, sich fürs Erste der Waffengewalt zu beugen, um O'Sullivan in einem geeigneten Augenblick zu überwältigen. Geschwächt, wie der Mann war, konnte das selbst mit einer Hand nicht allzu schwer werden.

»Zurück jetzt!«, befahl O'Sullivan. »Wieder ins Labor! Ich werde Sie einsperren, bis ich mir darüber im Klaren bin, wie es mit Ihnen weitergehen soll.«

Scott gehorchte, scheinbar schicksalsergeben. In Wahrheit hoffte er darauf, dass der andere durch die Schläge auf den Kopf noch benommen und dadurch unvorsichtig war.

Tatsächlich beging O'Sullivan einen Fehler: Ihm entging, dass Scott sich nicht weiter in den Raum zurückzog, sondern nahe dem Eingang stehen blieb. Als er die Hand zur Klinke ausstreckte, warf Scott die Tür mit aller Gewalt zu. O'Sullivan jaulte auf.

Das ist meine Chance, dachte Scott. Er riss die Tür wieder auf, rammte O'Sullivan das Knie in den Magen und schlug ihm die Pistole aus der Hand. Doch O'Sullivan war nicht in dem Maße geschwächt, wie Scott es erwartet hatte. Er blutete zwar und keuchte wie eine alte Dampflok – aber zu Boden ging er diesmal nicht. Stattdessen stürzte er sich auf Scott und begann nun seinerseits, auf ihn einzuprügeln.

Ein Faustschlag traf Scotts Armstumpf. In diesem Moment schien irgendetwas in ihm zu explodieren. Ein Schmerz durchzuckte ihn, schlimmer als alles, was er jemals erlebt hatte. Um ihn herum wurde es schwarz, gleichzeitig begannen gleißende Lichtspiele vor seinen Augen zu tanzen. Er stöhnte auf, taumelte zurück und spürte, dass er nach hinten kippte. Verzweifelt suchte er Halt, um den Sturz abzufangen, aber es war bereits zu spät. Hart schlug er mit dem Rucksack auf dem Boden auf. Glas splitterte, und während die Schwärze um ihn herum sich lichtete, wurde ihm bewusst, dass die Antimorphin-Ampullen bei dem Sturz entzwei gegangen waren.

Der Schock saß tiefer als der Schmerz. Sekundenlang konnte Scott sich nicht rühren. Dann wälzte er sich wie in Zeitlupe zur Seite, streifte den Rucksack ab und öffnete ihn. Da er so nicht erkennen konnte, wie groß der Schaden war, leerte er den Rucksack vorsichtig aus. Seine schlimmsten Befürchtungen bestätigten sich. Splitter, nichts als Splitter. Höchstens eine Handvoll Ampullen war noch intakt – viel zu wenig, um über die Runden zu kommen. Dieser Scherbenhaufen bedeutete nichts Geringeres als seinen Tod!

Scott begann zu zittern. AESCOM, seine Zukunft, der Traum von Geld und Ruhm – alles war verloren. Unwiderruflich!

Neben ihm stöhnte O'Sullivan auf, der auf dem Boden lag und sich den Kopf hielt. Scott musste ihn zuvor in einem Reflex niedergeschlagen haben, ohne es selbst zu bemerken.

Sein Blick fiel auf die Pistole, die unter einen Arbeitstisch gerutscht war. Scott nahm sie an sich und kroch zu Tom O'Sullivan.

»Du verdammter Narr!«, raunte Scott. »Du hast nicht nur

mein Leben zerstört, sondern auch das unzähliger Menschen, denen ich hätte helfen können!« Dann hielt er sich die Pistole an die Schläfe und drückte ab.

»Halt den Kran an!« Julie musste schreien, um das Quietschen in der Kuppel zu übertönen. Sie hielt sich die Ohren zu. Der schrille Laut hallte von sämtlichen Wänden wider.

Jeff betätigte den Drehregler. Der Stahlkran stoppte, das Quietschen verebbte. Die plötzliche Stille wirkte geradezu unnatürlich.

»In der Schiene hat sich etwas verkantet«, stellte Julie fest.

Jeff drehte den Regler in die entgegengesetzte Richtung. Der Kran fuhr eine Handbreit zurück.

Julie beugte sich zum Boden und hob ein Stück Knochen auf, das sich in der Führungsschiene verklemmt hatte. Es sah aus wie eine gebrochene Rippe, aber sie wollte lieber nicht so genau darüber nachdenken.

»Jetzt müsste es gehen«, sagte sie, woraufhin Jeff den Kran wieder vorwärts rollen ließ. Während er mit nach oben gerichtetem Blick den Sicherheitshaken an die Stahlöse des Becken-Deckels heranfuhr, fragte Julie: »Denkst du, der Dux hat das gehört?«

»Keine Ahnung. Laut genug war es wohl. Aber ich bin gleich so weit. Nur noch einen Augenblick …«

Julie sah, wie der Sicherheitshaken sich unter die Öse schob. Sie hielt unweigerlich die Luft an. Der Kran surrte noch ein Stück nach vorne, dann klickte es, und der Haken rastete ein.

»Verdammt!«, zischte Jeff. »Zu weit.«

Er drückte einen großen roten Knopf auf dem Schaltpult und bediente gleichzeitig den Drehregler. Der Haken löste sich aus der Öse, der Kran setzte zurück.

Julie rieb sich nervös die Hände. Der erste Versuch war fehlgeschlagen. Wie viel Zeit blieb ihnen für einen zweiten?

Erneut ließ Jeff den Kran heranfahren, diesmal noch langsamer als zuvor. Julie spürte ihr Herz in den Schläfen pochen. Wie in Zeitlupe griff der Haken unter die Öse. Nur noch ein winziges Stück, und er würde wieder einrasten! Dann verstummte das Summen des Krans jedoch. Der Haken blieb diesmal in der gewünschten Position.

»Fertig!«, triumphierte Jeff. »Jetzt müssen wir nur noch sicherstellen, dass der Haken nicht abrutscht.«

Seine Finger flogen über das Schaltpult, die Lexanplatte neigte sich ein winziges Stück, und ein Ächzen ging durch den Kran. Aber der Haken hielt.

Gott sei Dank!

»Perfekt!«, strahlte Jeff. »Ich lasse jetzt die Hydraulik-Flüssigkeit ab. Der Deckel wird dann durch sein Eigengewicht am Haken gehalten – und klappt zu, sobald der Dux dranstößt. In zwei Minuten ist unsere Falle einsatzbereit.«

In diesem Moment verdunkelte sich das Fenster, durch das die Affen ins Aquarium eingedrungen waren, und ein Fangarm glitt durch die Öffnung. Julie wusste: Die nächsten zwei Minuten würden die längsten ihres Lebens.

»Raus hier!«, schrie sie. »Beeil dich, Jeff! Wir müssen ins Labor!«

Aber schon krochen weitere Fangarme durch das eingeschlagene Fenster, tastend und schlängelnd, als besäßen sie ein Eigenleben. Auf wundersame Weise schafften sie es, sich unbeschadet an den scharfen Glaskanten vorbei zu winden. Sie schienen gar nicht mehr aufzuhören, so lang waren sie. Wie schnell wachsende Wurzeln breiteten sie sich in alle Richtungen aus. Dabei schnitten sie Jeff und Julie auch den Weg zur Labortür ab.

Die Arme in der Fensteröffnung verdickten sich. Nun sah es aus, als würde sich ein Strang gigantischer, in sich verdrehter Kabel durch eine viel zu enge Luke pressen.

Ein Hoffnungsschimmer keimte in Julie auf. Der Dux kann seinen Körper nicht durch dieses Loch zwängen, dachte sie. Aber sofort wurde sie eines Besseren belehrt, denn schon drückte sich der riesige Leib wie ein Gummiballon ins Kuppelinnere. Die Geburt eines Ungeheuers! Dann ein schmatzendes Geräusch, als der Dux an der Wand entlang auf den Boden rutschte. Der dehnbare Körper kehrte in seine ursprüngliche Form zurück und sah jetzt wieder aus wie ein zwölf Meter langes Torpedo. Die Seitenflossen, die sich wie lange, schmale Bänder an den Flanken des Biests entlangzogen, vollführten wellenartige Bewegungen. Julie erinnerte sich, dass der Kalmar auf diese Weise im Wasser navigierte. An Land war dieses Verhalten sinnlos. Aber Furcht einflößend. Es ließ das Tier noch gewaltiger erscheinen, als es ohnehin schon war.

Und dann das Farbspiel! Zunächst rostbraun bis violett, hellte die Haut plötzlich auf und begann, in den verschiedensten Rottönen zu pulsieren.

Chromatophoren, schoss es Julie durch den Kopf. Das Biest befindet sich im Zustand höchster Erregung, weil es Beute erspäht hat! *Uns!*

Schlurfend setzte der Dux sich in Bewegung. Vier seiner Fangarme drückten ihn von der hinter ihm liegenden Kuppelwand ab, die anderen vier reckten sich nach vorne, saugten sich am Boden fest und zogen den mächtigen Leib vorwärts.

Starr vor Angst sah Julie das Tier auf sich zukriechen. Auf dem schleimigen, glatten, noch immer pulsierenden Körper erkannte sie jetzt allerlei kleine Äste, Laub und Dreck. Kein

Wunder – um zum Aquarium zu gelangen, hatte der Dux mehrere Hundert Meter Wald durchqueren müssen.

Julie sah Jeff rückwärts auf sich zukommen. Als er sie erreicht hatte, löste sich endlich auch ihre Lähmung, und es gelang ihr, einen Fuß nach hinten zu setzen. Schritt für Schritt wichen die beiden vor dem Ungetüm zurück. Gleichzeitig wussten sie, dass sie in der Falle saßen, sobald sie die Wand erreicht hatten. Aber ins Labor entwischen konnten sie nicht. Das Biest schnitt ihnen – bewusst oder unbewusst – den Weg zur Tür ab.

Julie kam eine Idee. »Wir müssen uns trennen! Vielleicht können wir das Biest verwirren!«

»Und wohin sollen wir?«

»Keine Ahnung.«

Noch bevor sie den Gedanken weiter verfolgen konnte, griff das Tier an. Mit erstaunlicher Behändigkeit zog es sich über den Boden. Es machte einen regelrechten Satz nach vorne, am Bassin vorbei, geradewegs auf Jeff und Julie zu. Dann hielt es abrupt inne, um langsam und drohend seine gefährlichsten Waffen auszufahren: die beiden Tentakel. Jeder von ihnen war um dreizehn Meter länger als die normalen Fangarme – insgesamt dreiundzwanzig Meter! Die keulenartig verdickten Enden verliehen ihnen das Aussehen zweier gigantischer Kobras, die sich jetzt weit in die Luft erhoben, bis dicht unters Kuppeldach.

Ätzender Ammoniakgestank stieg Julie in die Nase. Panik verdrängte jeden logischen Gedanken. Sie taumelte instinktiv nach hinten, spürte einen Widerstand im Rücken. Das kann nicht sein!, dachte sie. Bis zur Wand sind es noch mindestens fünf Meter.

Sie fuhr herum und stand vor einem quaderförmigen Kasten von der Größe eines Autos, aus dem das gedämpfte Summen der Filter drang. Die Wasseraufbereitungsanlage! Dem Fluchtimpuls folgend, huschte Julie um den Block, um sich dahinter zu verstecken. Sie warf sich auf den Boden, kauerte sich zusammen, betete. Aber schon schlangen sich die beiden monströsen Tentakel wie mächtige Peitschen um den Quader und rissen ihn mit einem einzigen, kräftigen Ruck aus dem Sockel. Beton bröckelte, Stahl quietschte. Eine Wasserfontäne spritzte aus einem Rohrstummel am Boden in die Höhe und prasselte auf Julie nieder.

Sie wälzte sich zur Seite, wischte sich mit der Hand übers nasse Gesicht und riss die Augen auf. Der Dux befand sich unmittelbar vor ihr, groß wie ein Sattelschlepper. Irgendwo hinter ihm krachte die Wasseraufbereitungsanlage gegen die Wand, bevor sie mit einem ohrenbetäubenden Donnerhall auf dem Boden aufschlug. Das Biest nahm davon keine Notiz. Es hatte seine großen schwarzen Augen starr auf Julie gerichtet.

Jetzt ist es aus, dachte sie. Es gibt kein Entrinnen!

Leise ploppend lösten sich die Saugnäpfe der Fangarme vom Boden. Aber anstatt sich weiter auf Julie zuzubewegen und sich wieder festzusaugen, stellten sie sich plötzlich wie Spinnenbeine auf und stemmten den tonnenschweren Leib nach oben. Gleichzeitig senkten sich die beiden kobraartigen Fangtentakel über Julie wie Fühler, die nach Beute tasteten.

Die radkappengroßen Saugnäpfe näherten sich unaufhaltsam. Sie zuckten und schmatzten und glichen mit ihren Zahnreihen gierigen, schnappenden Mäulern. Aus jedem einzelnen von ihnen tropfte Wasser. Auf Julie wirkte es wie triefender Geifer.

Pures Adrenalin jagte durch ihre Adern. Sie lag auf dem Rücken, strampelte, gewann ein paar Zentimeter Abstand. Aber sie wusste, dass das nicht genügen würde.

Der erste Tentakel berührte sie beinahe zärtlich am Arm, der zweite wand sich soeben um ihr Bein. Gleich werden die

Schmerzen einsetzen, dachte sie. Sie wollte schreien, brachte aber nur ein heiseres Krächzen über die Lippen. Leise begann sie zu schluchzen.

Die Tentakel strafften sich und zogen Julie über den nassen Boden zu dem noch immer aufgebäumten Kalmar. Seine Haut pulsierte in den schillerndsten Rottönen, aber seine tiefschwarzen Augen zeigten keinerlei Regung. Unter dem riesigen Körper erkannte Julie den weit aufgerissenen Hornschnabel, dem ein Grauen erregender Zischlaut entwich. In den Hornschnabel eingebettet war die Radula, der mit Mahlzähnen ausgekleidete Schlund, der sich in gieriger Erwartung öffnete und schloss wie ein schmatzender Rachen.

Julie spürte einen kräftigen Ruck durch ihren Körper jagen, als der Kalmar sie weiter zu sich heranzog. Sie versuchte, um sich zu schlagen, zu kratzen, zu beißen, zu treten, aber was sie auch tat, es beeindruckte das Biest nicht.

Ein Schrei gellte durch die Halle. Eine Sekunde später sah Julie etwas über den Kalmar hinweg in ihre Richtung fliegen. Etwas Faustgroßes, das sie für einen Stein hielt. Irgendwo hinter ihr schlug er scheppernd gegen die Pumpe.

Gleich darauf folgte ein zweiter Stein, der den Kalmar ungefähr dort traf, wo die vorderen Fangarme zusammenliefen. Julie hatte den Eindruck, dass das Biest nicht einmal Notiz davon nahm.

Jetzt ein dritter Stein – genau ins Auge. Diesmal reagierte der Dux. Ohne Julie loszulassen, wirbelte er seinen mächtigen Körper herum, in die Richtung, aus der die Wurfgeschosse geflogen kamen.

Der Ruck durch Julies Bein war so heftig, dass sie einen Moment lang glaubte, das Vieh habe es ihr ausgerissen. Doch als die Tentakel von ihr abließen und die Schlitterpartie mit einem

Prall gegen die Seitenwand endete, stellte sie zu ihrer eigenen Überraschung fest, dass sie so gut wie unversehrt war. Ein paar Schrammen und eine Risswunde am linken Arm, aber nichts Ernstes.

Ihre Erleichterung schlug augenblicklich ins Gegenteil um, als sie Jeff erspähte. Er hatte sich notdürftig hinter der herausgerissenen Wasseraufbereitungsanlage verschanzt und bewarf das Ungetüm mit irgendwelchen Trümmern: Betonbrocken, zerborstenen Glas- und Kunststoffteilen, Stahlrohren – mit allem, was ihm zwischen die Finger kam. Dabei brüllte er laut genug für eine ganze Armee.

Doch der Dux ließ sich nicht irritieren. Geschickt wich er den fliegenden Trümmern aus, indem er seinen Leib mithilfe der Fangarme hin und herwippen ließ. Manche Wurfgeschosse peitschte er auch einfach mit seinen Tentakeln weg.

Jeff warf Julie einen hastigen Blick zu. *Und was jetzt?*, schien er zu fragen.

Julie schüttelte den Kopf. *Ich weiß es nicht!*

Hilflos musste sie mit ansehen, wie das Ungeheuer jetzt Jeff angriff. Es ließ sich auf den Boden klatschen, breitete die Fangarme wie einen Trichter vor sich aus und schleuderte die beiden Tentakel nach vorne. Sie durchschnitten zischend die Luft und krachten gegen die demolierte Wasseraufbereitungsanlage. Splitter und Trümmer barsten nach allen Seiten, aber Jeff hatte sich mit einem gewagten Hechtsprung gerade noch aus der Gefahrenzone retten können. Jetzt lag er bäuchlings auf dem glitschigen Boden, während die Tentakel zum nächsten Schlag ausholten. Ohne sich umzudrehen, rappelte er sich auf und sprintete zum Labor. Er erreichte es nach zwei endlos langen Sekunden und verschwand in der Tür. Beinahe im selben Moment donnerten die Tentakel gegen die Wand.

Julie erkannte Jeff jetzt hinter der Panoramascheibe.

Der Kalmar sah ihn ebenfalls!

Rasch schob er sich näher ans Labor heran. Seine Fangarme betasteten das dicke Acrylglas, sogen sich daran fest, zerrten mit aller Macht daran. Die Scheibe wackelte, aber sie hielt.

Auf Jeffs Gesicht legte sich ein triumphierendes Grinsen. Gleichzeitig zeigte er dem Dux beide Mittelfinger. Julie hörte gedämpft, wie er »Dieser Punkt geht an mich, Arschloch!« brüllte.

Dann brüllte er noch etwas, aber es dauerte einen Moment, bis Julie begriff, dass er jetzt sie meinte.

»Die Pumpe!« Dabei deutete er mit ausladenden Armbewegungen in den hinteren Bereich des Labors. »Versteck dich in der Pumpe!«

Noch immer benommen, richtete Julie sich auf. Ihre Beine fühlten sich an, als seien sie aus Gummi. Sich in der Pumpe verstecken? Welchen Sinn hatte das? Der Dux würde die Apparatur in sämtliche Einzelteile zerlegen!

Hinter der Scheibe fuchtelte Jeff wie ein Irrer. Die aufgeregten Bewegungen machten den Kalmar so wild, dass er ein Stück zurücksetzte und sich mit seinem ganzen Gewicht gegen das Fenster warf. Unter Julies Füßen zitterte der Boden, doch die Scheibe hielt stand.

Der Kalmar änderte seine Taktik. Er schleppte seinen Körper ein Stück zur Seite, näher in Richtung Labortür. Die beiden Tentakel schlängelten sich in den Eingang.

Entsetzt erkannte Jeff die Gefahr. Aber anstatt davonzurennen, blieb er stehen und gab Julie weiterhin Zeichen. Er deutete mit den Fingern auf seine Augen, dann formte er mit den Händen einen großen Kreis. Jetzt dasselbe noch mal. Dabei brüllte er nach wie vor, Julie solle sich in der Pumpe verstecken.

Plötzlich verstand sie: Augen! Große Augen! Der Kalmar war ein Sichtjäger. Wenn er nicht *sah,* wo sie sich versteckte, würde er sie nicht finden.

Zumindest war es eine Chance! Die einzige, die sie hatte.

Während Jeff den Dux weiterhin mit seinem Gefuchtel ablenkte, setzte Julie sich in Bewegung. So schnell ihre wackeligen Beine es zuließen, rannte sie in den hinteren Bereich des Rondells.

Die Pumpe war, ebenso wie die Wasseraufbereitungsanlage, von einem großen, kastenförmigen Gehäuse umgeben. An seiner Front erkannte Julie schon von weitem zwei Türen, groß genug, um hindurchzuschlüpfen – sofern der Kasten nicht bis zum Anschlag mit technischen Apparaturen vollgestopft war.

Ich muss es drauf ankommen lassen, dachte sie.

Sie riss an dem Türknauf, duckte sich und atmete auf. Hier gab es genug Platz für ein Versteck!

Sie wollte soeben in den Kasten kriechen, als ein gedämpfter, heiserer Schrei an ihr Ohr drang. Jeff! Sie warf den Kopf herum und erspähte den Dux. Alle acht Fangarme und beide Tentakel waren in der Labortür verschwunden. Nur der massige Körper schien sich nicht durch die Öffnung zwängen zu können.

Julies Blick schwenkte zum Panoramafenster. Erneut ein Schrei. Jeff schlug wie besessen um sich, eine Kopfhälfte war blutverschmiert. Offenbar hatte er es nicht rechtzeitig bis zum Ausgang geschafft. Er schwenkte einen Stuhl wie eine Waffe vor sich – vergeblich. Die Greifarme des Kalmars schienen überall gleichzeitig zu sein.

Plötzlich wurde er von den Füßen gerissen. Ein weiterer, langgezogener, heiserer Schrei, ein hysterisches, flehendes Kreischen.

Julie fasste einen Entschluss.

Sie hastete zum Bassin, griff nach einem am Boden liegenden Knochen und trommelte damit gegen die Lexanplatte.

Nichts. Nur ein dumpfes Klopfgeräusch, viel zu leise, um die Aufmerksamkeit des Ungeheuers auf sich zu lenken.

Julie fühlte Panik in sich aufsteigen. Was nun?

Sie blickte um sich wie ein gehetztes Tier und erkannte den Kran. Den Knochen noch immer in der Hand, stürzte sie auf ihn zu. Mit aller Gewalt schlug sie gegen die Stahlrohr-Konstruktion, einmal, zweimal, dreimal.

Das Dröhnen erfüllte die ganze Halle. Es klang wie ein einziger, nicht enden wollender Glockenschlag.

Der Dux riss seine Greifarme aus der Labortür und wirbelte herum.

Komm schon!, schrie Julie in Gedanken. Komm her und hol mich!

Das Biest ließ sich Zeit, beinahe so, als genieße es das Katz-und-Maus-Spiel. Eine Träne rann Julie über die Wange. Die schiere Angst erfüllte nun jede Faser ihres Körpers.

Langsam krochen die beiden Tentakel in ihre Richtung. Jetzt hatten sie den Beckenrand erreicht und schlängelten sich rechts daran vorbei. Julie wich aus. Sofort wand sich ein Tentakel zum linken Beckenrand, um ihr den Weg abzuschneiden.

Julie war nun hinter dem Becken gefangen. Es gab kein Entrinnen mehr. Der Dux schlurfte unaufhaltsam näher. Seine acht Fangarme, nun allesamt nach vorne ausgerichtet, schlüpften über den Beckenrand und zogen den mächtigen Leib hinterher. Wasser schwappte über die Lexanwand. Die schmierige Schicht am Beckenboden wallte auf – eine brodelnde Wolke aus Affenblut, Knochensplittern und Fleischfetzen.

Julie wankte mit unsicheren Schritten zurück und spürte die Wand im Rücken. Zwischen ihr und dem Kalmar lagen jetzt nur noch der Kran und die aufgeklappte, kreisrunde Beckenabdeckung.

Bitte, lieber Gott, lass ein Wunder geschehen, flehte sie. Mach, dass das Mistvieh die Platte berührt und dadurch die Falle auslöst!

Doch gerade so, als spüre er die Gefahr, mied der Dux jede Berührung mit dem dreißig Tonnen schweren Deckel.

Julies Zunge klebte trocken am Gaumen. Im Augenwinkel erkannte sie die beiden Tentakel, die ihr links und rechts den Fluchtweg abschnitten und immer näher kamen. Sie hörte die Saugnäpfe schmatzen. Und wenige Meter vor ihr, im Becken, wuselten die anderen acht Fangarme wie gierige Schlangen, die eine Maus erspäht hatten.

Plötzlich fiel Julie etwas ins Auge: der große rote Druckknopf auf der Konsole neben dem Becken. Der Entriegelungsknopf. Die Rettung!

Blitzartig spurtete sie los. Sie wusste, dass die Tentakel sie verfolgen würden, zwang sich aber, es zu ignorieren. Sie hatte nur noch ein Ziel vor Augen: den Knopf, der über Leben und Tod entschied.

Noch fünf Meter.

Vier.

Drei.

Dann ein Schlag in die Flanke.

Julie geriet ins Taumeln, glitt aus, stürzte. Sie nahm einen Schatten wahr, wälzte sich zur Seite und riss den Kopf herum. Da, wo sie eben noch gelegen hatte, prallte in diesem Moment ein Tentakel auf den nassen Boden. Wasser spritzte auf und schlug Julie ins Gesicht. Sie achtete nicht darauf, sondern rappelte sich wieder auf. Noch zwei Meter … einen …

Dann hatte sie endlich das Schaltpult erreicht. Mit der flachen

Hand schlug sie auf den Knopf, beinahe gleichzeitig ertönte ein gedehntes, metallisches Quietschen. Julie blickte zum oberen Ende des Krans. Der Sicherheitshaken hatte sich gelöst. Wie in Zeitlupe neigte sich die schwere Lexanplatte unter ihrem Eigengewicht nach vorne.

Der Dux erstarrte mitten in der Bewegung. Es dauerte eine Sekunde, bis er registrierte, was vor sich ging. Julie glaubte, so etwas wie Panik in den riesigen schwarzen Augen zu erkennen. Die Tentakel zischten in die Höhe, versuchten jedoch vergeblich, die stürzende Platte aufzuhalten.

Die acht Fangarme griffen nach dem Beckenrand. Mit einem mächtigen Satz stob der Dux aus dem Wasser. Doch noch während er versuchte, seinen zwölf Meter langen Leib aus dem Bassin zu ziehen, schlug auch schon die Abdeckung auf ihn nieder. Das klatschende Geräusch hallte laut von den Kuppelwänden wider, gefolgt von dem ohrenbetäubenden Kreischen des Tiers, als es zwischen der Lexanplatte und dem Beckenrand eingequetscht wurde. Die Wucht des Aufpralls schnitt den Körper regelrecht entzwei. Ein Schwall blau-grünen Bluts ergoss sich über den Boden, der Ammoniakgestank raubte Julie beinahe die Besinnung. Die Tentakel und Fangarme der Bestie bäumten sich ein letztes Mal auf, bevor sie schlaff in sich zusammenfielen. Die krampfartigen Zuckungen der Saugnäpfe waren nur noch Reflexe.

Mit unsicheren Schritten umrundete Julie das Bassin. Der Körper des Dux war zur Seite gedreht. Dem weit aufgerissenen Schnabel entrang sich nur noch ein stöhnendes Röcheln. Dann wurden die schwarzen, glänzenden Augen des Tiers von mattem Schimmer überzogen, und das Farbspiel der Chromatophoren erblasste. Der Kalmar war tot.

Julie stand reglos da und konnte es kaum fassen. Doch sie

empfand nicht nur Glück, sondern auch so etwas wie Mitleid, denn dieser stolze Gigant war nur durch den Einfluss von Metamorphin zu einem lebensbedrohlichen Monster geworden. Ohne das Eingreifen des Menschen in die Natur hätte all das nicht geschehen müssen.

In der Labortür erschien Jeff. Er sah erschöpft aus, außerdem blutete er. Aber alles in allem schien er wohlauf zu sein.

Julies Herz machte einen Satz. Mit Freudentränen in den Augen rannte sie zu ihm. Sie schloss ihn in die Arme, presste ihn an sich, küsste ihn leidenschaftlich auf den Mund.

Als sie wieder von ihm abließ, fragte er spitzbübisch: »Bist du immer so draufgängerisch?«

Sie strahlte ihn an. »Nur in lebensgefährlichen Situationen.«

33

Vor der Tür zum Aquarium taumelte Tom O'Sullivan ihnen entgegen wie eine auferstandene Mumie.

»Ich wollte Sie warnen!«, keuchte er aufgeregt. »Ist Ihnen der Kalmar in die Falle gegangen?«

Jeff nickte. »Was ist mit Ihrem Kopf passiert?«

O'Sullivan erzählte von dem Kampf mit Doktor Scott und dessen anschließendem Selbstmord.

Julie fühlte sich maßlos erschöpft, dennoch konnte sie es kaum erwarten, diesen schrecklichen Ort endlich zu verlassen. »Lasst uns zur Station gehen«, sagte sie, »damit wir unsere Sachen packen und von hier verschwinden können.«

Sich gegenseitig stützend, machten sie sich auf den Weg.

In der Basis kümmerte Julie sich als Erstes um Jeffs Verletzung.

»Das Biest hat mich geschnappt und ein bisschen seine Muskeln spielen lassen«, erzählte er. »Dabei hat mein Schädel Bekanntschaft mit der Tischplatte gemacht.«

Julie wusste: Was so locker und harmlos klang, hätte ebenso gut tödlich enden können. Glücklicherweise sah die Platzwunde an Jeffs Schläfe schlimmer aus, als sie war. Julie säuberte sie mit einem Wattebausch und beträufelte sie mit Jod.

Jeff biss die Zähne zusammen, krümmte sich und zischte: »Ein Kalmar-Angriff tut nur halb so weh!«

»Dafür ist Jod nicht ganz so gefährlich«, entgegnete Julie. »Jetzt halt endlich still, du Mimose!«

Jeff gehorchte und ließ sich von Julie auch noch einen Kopfverband anlegen. Anschließend verabreichte er sich selbst eine Spritze, um die Infektionsgefahr einzudämmen.

Als er sich im Küchenspiegel betrachtete, gesellte sich Tom O'Sullivan zu ihm. »Jetzt sehen Sie fast so aus wie ich«, sagte er.

Jeff schüttelte schmunzelnd den Kopf. »Aber nur fast.«

Sie begruben Doktor Scott am Rand der ROSCO-Lichtung. Anschließend packten sie ihre Rucksäcke mit allem, was sie für den bevorstehenden Fußmarsch durch den Dschungel benötigten – hauptsächlich Verpflegung und Medikamente. Aber sie nahmen auch die Betäubungsgewehre mit, außerdem eine alte Zeltplane samt Ausrüstung, die Jeff nach einigem Stöbern im Geräteschuppen fand.

Tom O'Sullivan behauptete zwar steif und fest, er fühle sich stark und gesund, dennoch war ihm deutlich anzusehen, wie viel Kraft ihn allein der kurze Weg von der Basis zum Aquarium gekostet hatte. Seine momentan gute Verfassung konnte mehrere Ursachen haben – der Triumph über den unerwarteten Sieg, das sich nur langsam abbauende Adrenalin in seinen Adern oder die noch immer anhaltende Wirkung der Spritze, die Jeff ihm in der Nacht verabreicht hatte. Aber aller Wahrscheinlichkeit nach würde er schon in wenigen Stunden erschöpft zusammenklappen. In diesem Fall wollte Jeff aus den Zeltstangen und der Plane eine Trage bauen, auf der er O'Sullivan hinter sich herziehen konnte.

Der Marsch würde beschwerlich werden, aber keiner der drei bezweifelte, dass sie es schaffen würden. Im Vergleich zu dem, was sie in dieser Station erlebt hatten, mutete ein Fußmarsch durch den Dschungel wie eine Urlaubsreise an.

»Was haben Sie mit dem Laptop gemacht?«, fragte Julie.

»Im Fluss versenkt«, sagte O'Sullivan.

Bleibt nur noch zu hoffen, dass niemand eine Sicherungskopie hat, dachte Julie. Andererseits wusste sie, dass die Wissenschaft sich ohnehin nicht aufhalten ließ. Irgendwann würde es irgendwo auf der Welt einen anderen Doktor Scott geben, der mit seinen Experimenten womöglich ein neues Unglück heraufbeschwor.

Die Sonne stand hoch am Himmel, als sie die ROSCO-Forschungsstation verließen.

»Dort entlang«, sagte Jeff und deutete mit einer Kopfbewegung flussabwärts, wo gerade eine Schar weißer Ibisse aus einem Gebüsch aufstob. »Da uns keine wilden Bestien mehr auf den Fersen sind, können wir eine ganze Weile am diesseitigen Ufer entlang marschieren. Immer weiter in Richtung Osten.« Mit Blick in den strahlend blauen Himmel fuhr er fort: »Wie es aussieht, ist das Wetter uns wohlgesonnen. Wenn es so bleibt, werden wir kaum Probleme mit Hochwasser haben. Mit etwas Glück sind wir in ein oder zwei Wochen zu Hause.«

Ein oder zwei Wochen? Julie seufzte innerlich auf. Andererseits war sie froh, dass sie überhaupt noch lebte. Vanessa wird Augen machen, wenn ich ihr erzähle, was passiert ist, dachte sie. Selbst Glimsky wird von der Story so begeistert sein, dass er sie auf der Titelseite der Cairns News bringen wird. Und wenn es nicht mit dem Teufel zugeht, ist auch noch ein zweiter Artikel im *National Geographic* drin. Verlockende Aussichten, die Julie ein Lächeln ins Gesicht zauberten.

Wenige hundert Meter von der ROSCO-Station entfernt passierte ein kleines, struppiges Tier ihren Weg, eine Art Wasserratte.

»Kojak!«, rief Jeff. »Meine Güte, wo kommst du denn her?« Er nahm das fiepsende Geschöpf auf den Arm und streichelte ihm über den kahlen Schädel. »Viel anschmiegsamer bist du aber nicht geworden«, lachte er, als das Tier in seinen Armen zu zappeln begann. Er kraulte es noch einmal und ließ es dann wieder zu Boden. »Besser, du bleibst hier«, sagte er. »Da, wo ich hingehe, gehörst du nicht hin.«

Jeff wandte sich an die beiden anderen. »Wisst ihr, wie ich diesen vierbeinigen Kerl kennen gelernt habe? Nein? Ist eine lange Geschichte, aber Zeit genug haben wir ja. Tom – im Grunde waren Sie der Auslöser …«

Er legte dem Mann einen Arm um die Schulter und begann zu erzählen, während sie ihren Weg fortsetzten.

Nach einigen Schritten blieb Julie noch einmal stehen. Einer spontanen Eingebung folgend drehte sie sich um und sah, wie Kojak unter das nächstgelegene Gebüsch tippelte. Für einen winzigen Augenblick glaubte sie, das graubraune Fell würde sich grün verfärben – sich der neuen Umgebung anpassen. Aber schon war das Tier verschwunden.

Ich muss mich geirrt haben, dachte Julie. Andererseits …

Doch darüber wollte sie sich nicht mehr den Kopf zerbrechen. Sie wollte jetzt nur noch an etwas Schönes denken. Zum Beispiel an ein romantisches Picknick am Strand.

Danksagung

Die Nähe zum eigenen Werk ist ein Berufsrisiko. Je länger man sich mit einer Geschichte befasst, je tiefer man in ihr lebt, desto stärker schwindet die Fähigkeit zur Selbstkritik. Für wertvolle Hinweise und Anregungen danke ich daher wie immer meiner Frau Sonja und meinem Agenten Bastian Schlück, außerdem meinen Lektoren Sabine Cramer und Dr. Kai Lückemeier.

Manche Wahrheiten bleiben besser verborgen. Der neue Thriller von Patricia Lewin – atemberaubend!

Patricia Lewin
DIE EINSAME WAHRHEIT
Thriller
352 Seiten
ISBN 978-3-404-15596-5

Die Ex-Agentin Erin Baker hat der Geheimdienstarbeit den Rücken gekehrt. Doch die Vergangenheit holt sie wieder ein. Die CIA rekrutiert sie für einen Undercover-Einsatz. Erin soll eine Gruppe skrupelloser Ärzte ausspionieren, die auf Kuba einem finsteren Plan nachgehen. Der Anführer der Verschwörer ist ausgerechnet Erins seit langem verschwundener Vater. Doch es gibt noch einen Grund, warum sie in das Schattenreich von Castros Diktatur abtaucht: Ihr früherer Mentor ist auf der gleichen Mission spurlos verschwunden. Erin gerät zwischen die Fronten. Kann sie ihrem Vater trauen? Spielt die CIA ein falsches Spiel mit ihr? Sie muss eine Entscheidung treffen, die die Welt verändern wird ...

Bastei Lübbe Taschenbuch

Wie weit würden Sie gehen, um das eigene Leben zu verlängern?

Boris von Smercek
DER ZWEITE GRAL
Thriller
352 Seiten
ISBN 3-404-15378-2

Die Gemeinschaft der Gerechten, ein Orden, dessen Wurzeln in die Zeit der Kreuzzuge zurückreichen, existiert bis zum heutigen Tag. Ihr Anliegen: Gerechtigkeit schaffen, wo Recht versagt. Bei einer Mitgliederversammlung in Schottland wird ein blutiger Anschlag verübt, bei dem fast alle Mitglieder des Ordens ums Leben kommen. Eine der Überlebenden ist Lara Mosehni, und die junge Frau setzt alle Hebel in Bewegung, um die Hintermänner des Anschlags ausfindig zu machen. Die Spur führ in ein kleines Dorf im Sudan, wo immer wieder Kinder, schwangere Frauen und Greise verschwinden, und nach Arabien, wo ein Scheich behauptet, den Heiligen Gral, eine Formel zur Lebensverlängerung, gefunden zu haben …

Bastei Lübbe Taschenbuch